焚服！
從此便是國姓孤臣（下）

鄭森

朱和之 著

目錄

第貳拾壹回

揚帆

一道巨浪打來，將同安梭高高拋起，同時間側舷的佛郎機砲發出幾聲轟然巨響，打出一排砲彈，船身旋即又墜落撞在海面上，倏地一震。不遠處另一艘鳥船的後方濺起一片水花，砲彈偏差甚多，毫無威脅。

「搞甚麼鬼，打到爪哇國去了！」同安梭尾樓上的船頭對砲手劈頭一陣喝斥。砲手則在狂風中嘶吼著辯解道：「祚爺，浪太大了，船身不穩，不好照準啊。」船頭鄭泰怒道：「行船還有抱怨浪大的？要是真打起仗來，你跟敵軍說浪太大去！」

鄭泰再次下令開砲，一排砲彈打去，其中一發擦過對方尾樓一角，頓時欄杆摧折、艙板糜爛，船上人們驚慌成一團。但畢竟未曾傷及對方要害，不能稍阻其勢。

鄭泰更加惱怒地罵道：「混帳！我叫你嚇嚇他們，你卻給我來真的。要是把船打沉，你有十顆腦袋都不夠砍！用心點，瞄著他船首前面打！」砲手不敢再說話，在劇烈的搖晃中俐落地重新裝填彈藥。

鄭森站在鄭泰身旁，雙手抓緊欄杆，眉頭深鎖。風勢時緊時弛，濃密的烏雲飄飛如流，低沉迫人。海天之間似暗非暗，透著一片詭譎的幽光。

鄭森沉默已久，見鄭泰舉起手又要發砲，終於忍不住勸阻道：「阿泰哥，砲手說得沒錯，遇到這風颱天，確實不好照準，萬一不小心打中了可不妙。」

鄭泰臉上肌肉一抖，不即答話，眼見鳥船調轉船頭逃走，同安梭也轉舵追上，以船頭向著對方，一時已不便發砲，遂將舉著的手放下。他回頭看看身後另一艘同安梭，對旗手道：「跟阿騄仔他們說暫時停火，從兩邊包抄！」

旗號打出，兩艘同安梭轉動方向跟著鳥船追去。一陣狂風吹過，彷彿一堵無形的巨牆橫倒，同安梭不斷劇烈震盪，前方的鳥船則更被浪頭打得連連橫飄，速度也因此緩了下來。

「哼！」鄭泰擰上了勁，「咱們船底裝的梗水木多，不怕橫飄。追上去，用鉤索鉤住這狗娘養的！」

兩艘同安梭一左一右漸次追上，三隻海船在不住湧動的大浪頭上此起彼落，越靠越近。同安梭船首上一名水手拋出鉤索，差了一尺沒有鉤住，但身旁眾人躍躍欲試，眼看就要將對方一舉成擒。

鳥船忽然把舵一轉，竟以側舷對著浪頭，甚且將帆張滿——要知海船遭風，須得以船首頂浪才不易翻覆，大風之中也須降帆以免被吹倒。此際鳥船狗急跳牆，不要命似地轉舵升帆，卻果然將距離一口氣拉開許多。鳥船船底雖然梗水木少，不及同安梭迅速靈便，但兩舷裝有披水板，能安穩船身，又能當作櫓槳使用，在這大風浪中行險逃脫，反見優勢。

「走哪裡去？砲手預備！」鄭泰心知追趕不上，見對方又轉到同安梭側面，準備再次開砲截擊。砲手得令，將火把舉起，就等鄭泰發令。

鄭森臉上忽然一片冰冷刺痛，無數雨點瀑布般當頭落下，說來就來。雨幕打在船板上，在轟轟不絕的浪濤聲和呼嘯的風聲中，依然打出爆豆般嘩然清脆的響聲。

大砲上的引線被雨水打濕，已然無法擊發。鄭泰恨恨地道：「兩艘鄭家的同安梭追不上一條外路商船，咱們的臉往哪擱？」

鄭森看砲手們在顛簸傾斜的甲板上死命穩住砲身，免得大砲移動碰撞，乃至掉落海中，水手們也都渾身濕透，酒醉似地搖晃著拉繩、操舵，既危險又狼狽。遂道：「犯不著跟他們玩命。反正咱們知道他們的去處，早一步到地頭上去也攔得到人的。」

鄭泰望著鳥船在驚濤駭浪中飄搖擺盪著，距離越來越遠，明白實在不宜窮追下去，但看了一眼鄭森，就是無法下令罷手。

鄭森從鄭泰的眼神中看出端倪，這位堂兄實是不想因著自己一句話而改變心意，但風雨波濤之中，無暇細想怎生做個臺階給他，索性率直地道：「阿爹有令，要咱們捉活的，莫把人逼死了。」

鄭泰並不答話，啐了一口唾沫，對舵手吼道：「轉向！」

●

鄭森一行駛入澎湖灣，上岸在娘媽宮1躲避颱風。澎湖古稱平湖，位於水流湍急的黑水溝中央，而數座島嶼圍成的澎湖灣內卻終年平靜如湖，乃是海船避風救命之處。鄭芝龍出資修建了這座廟宇，裡裡外外蓋得異常堅固，除了供神以安水手之心，也用以庇護商旅貨物。

廟中門窗緊閉，縫隙都用布條塞得嚴嚴實實，卻仍不住格格亂響。狂暴的風勢在每一個孔竅上奏出尖銳的呼哨長鳴，更夾帶著一團團雨塊，嘩啦、嘩啦毫不休止地拍擊著屋牆。

水手們四散在殿內各處，室中一盞微弱的燈火被不知從哪裡鑽進來的風勢擺弄著，鬧得牆上黑影閃爍躍動，似有生命。

鄭森忽覺鼻尖一涼，一顆水珠滴在上頭。他伸手抹去水滴，抬頭望著幽闃的屋頂，這才聽見梁柱嘎嘎作響，也不知牢不牢靠？凝視間又一顆水滴落下，鄭森偏著頭避開，卻不想移動身子。

鄭森從小到大經歷過不少颱風，卻不曾見識過如此猛烈的，畢竟平戶和安海都還有山丘屏障，而澎湖卻是海中孤島，只能硬生生頂下強大的風雨。

他閉上眼睛，想像著廟外是怎樣一幅光景。兒時在平戶，每次颱風來，他非但不感畏懼，甚且總是興奮地打開窗戶窺看。只見白茫茫的雨幕將對面的九州島遮蔽不見，平時寧靜的海灣如沸湯般傾濺，草木彎折到地，無助地擺盪不已。直到一陣風雨潑進來打得他閉眼躲避，才趕緊關上窗戶，而在一旁等候多時的母親便會拿布巾蓋住自己的頭臉，促狹地亂抹一陣……

鄭森睜開眼睛，想起四面是無盡的大海和風雨，天地之間無所遁逃，而自己只能幽囚在一座不知是否安穩的房舍裡。

他想起張宛仙，心頭頓時一熱，隨即轉為酸楚。鄭森對母親的思念，只有她最能明白，而她任情放懷的性子，也讓一向拘謹自持的鄭森感到溫暖寬慰。無奈那日自鎮江返回南京，張宛仙已避禍而去，不知所終。鄭森拜託南京商人曾汝雲和鄭家在蘇州、杭州等地往來的商人多方打聽，卻始終沒有消息，不知她此刻正在何處，是否平安？

鄭森眼前又浮現許多人的臉孔：錢謙益、柳如是、黃宗羲、侯方域、吳應箕、史可法、左良玉……還有父親鄭芝龍。他不願想，卻又揮之不去。

1 娘媽宮：即媽祖廟。馬公地名便是由此轉化而來。

他因為出身海外，自幼被族人輕視，遂而發憤苦讀四書五經，決意走上科舉正途之路，打從心底以儒者自期。因此，能夠拜海內大儒錢謙益為師、與復社諸子交遊，著實令他歡欣不已。然而目睹朝局糜爛、南京投降，竟讓他深深迷惑於儒者之道究竟為何？

黃宗羲等復社諸友慷慨悲歌、豪情萬丈，但行事過於激憤，使國家陷入不可挽回的黨爭之中；史可法大義凜然，欲以一身之死激勵天下，但他堅守揚州卻招致數十萬人慘遭屠戮，江南各地反而深受震懾，紛紛望風降清；至於錢謙益，鄭森每一想起總覺格外痛心，自己傾心追隨的恩師，竟打開南京城門跪迎清軍，尚且為清人撰寫檄文到處勸降。雖說此舉意在保全百萬生靈性命，但鄭森依然無法接受本應氣節貫日的東林領袖，成了清朝的馬前卒。

不過最令鄭森寒心的是，清兵渡江時，把守鎮江要地的叔父鄭鴻逵在父親嚴令下，不發一彈一矢便匆匆撤軍，將南京城的門戶拱手讓給敵人……

「森舍！」一聲呼喚將鄭森從沉思中驚醒，回神一看，鄭明騄一屁股坐在他身旁，遞來一個酒瓶：「喝點三燒？」鄭森本來無心飲酒，懵然中隨手接過喝了一口，忽然一道濃濁辛辣的酒氣竄入喉中，逼得他皺緊眉頭咳嗽起來。

「哈哈，這玩意兒沒別的好處，就是嗆，而且便宜。別看它馬尿似地，在臺灣可搶手得緊呢。」鄭明騄拿過酒瓶喝了一口，「酒水又重又占地方，一般黃酒運到臺灣根本沒半點利頭。一官叔想出這麼個妙法，把酒蒸燒三次，三甕燒成一甕，本來是要運到臺灣後加水調開賣的，沒想到臺灣人更愛這辛烈勁頭，都買三燒直接喝！真不愧是一官叔，誰也比不上他做生意的腦筋。」

鄭森心中有事，本就沉默著，這時胸口更是湧上一股無名煩鬱。鄭明騄看鄭森這模樣，把酒瓶拍在他肩頭道：「這殿裡關著門窗已經夠悶了，幹嘛自己也悶，來，再喝！」鄭森抓過酒瓶，差點沒往地上砸個粉碎，忿然道：「阿爹滿心裡只想著生理，竟置國家於不顧，真教人生氣。」

鄭明騄用閩南語道：「你喔，四書讀透透，毋識黿鼇龜鱉竈。」鄭森一楞：「甚麼？」鄭明騄笑道：「枉費你學問淵博，卻連烏龜有幾種都弄不清楚——不通世事！你怨鴻逵叔撤守鎮江，那真是分不清是非好歹。」

「阿爹和鴻逵叔是國家大將，怎能如此！」

「國家大將降清的多了——祖大壽、洪承疇、吳三桂、劉澤清、劉良佐、左夢庚……哪個不是從國庫裡猛掏錢，臨了卻倒戈相向？咱們鄭家的軍隊不但糧餉自給，更沒有投降！」鄭明騄連珠炮似地道：「洪承疇當年在關外帶十幾萬人跟清兵打，尚且打不贏。史可法在揚州城死守，下場你也看到了。閩兵在水上雖強，但清兵既然上岸，當然不能白白犧牲。」

鄭森無法接受：「可南京城就這樣丟掉了。」

鄭明騄忍不住「哈」地笑出來：「你不是最痛恨那班昏君閹黨，這會兒又來替他們可惜？若要追究南京失守的責任，鴻逵叔絕對排不到前面去。你何苦只在那裡責怪他和一官叔？」

鄭森依然氣憤難平，雖然鄭明騄說的似也有二分道理，但大丈夫生於天地之間，守正道、存氣節方為立身之根本，父執與師長們的行徑實在令人無法苟同。

「好啦，別多想了。」鄭明騄道：「弘光爺被俘之後，鴻逵叔不是從杭州迎了唐王到福建，扶持他就任監國[2]了嘛！眼前大明朝的龍廷是一官叔和鴻逵叔他們兩個扶著，你還懷疑他們對朝廷有異心？」

當鄭鴻逵棄守鎮江，全軍撤往福建時，在杭州遇到唐王，將之迎往福建，意欲擁立他以號召天下復國。唐王在百官不斷勸進之下答允在福州就任監國。

想到唐王，鄭森精神為之一振。當初福王即位為弘光皇帝之前，東林諸人批評他有七不可立，唐王則正好相反，不僅純孝、好讀書、廉潔自持，而且禮賢下士，真乃中興之主。不過雖然鄭鴻逵一直熱心地勸進擁立，鄭芝龍卻始終不肯表明態度，讓鄭森感到十分憂心。

「喀喇——」廟外忽然傳來一陣巨響，不知甚麼東西倒塌掉落，但混在呼呼的風雨聲中難以聽清，也不知距離遠近。水手們轉頭看向聲響來處，卻都只能茫然望著牆壁，一臉忐忑。

鄭森心中閃過一念：值此風雨飄搖之際，自己不可空抱滿腔義憤，而是應該做一番真正能扭轉時局的大事業。唐王想來不久就會登基，天下有歸，人心思漢。無論父親忠義與否，他畢竟都是最能與清人抗衡的一大勢力，自己務必說服他支持監國、興復大明。

鄭森仰頭吞了一大口三燒酒，只覺胸腹如沸，就算此刻屋頂塌下，也不當他一回事。

●

兩天後颱風遠離，海面恢復平靜，鄭泰和鄭明駿的同安梭分頭出發，不分日夜向東南航行。將破曉時，海上泛起大霧，同安梭落帆下碇等候，直到朝陽升起，霧氣逐漸散去，才又啟航。

鄭森在船艙裡假寐，聽得起碇的號令，一骨碌地起身出艙。天色已然大明，薄霧後面隱隱約約露出一道陸地的影子，鄭森以手遮目，瞇著眼睛避開陽光，才看清楚這片「陸地」其實是光禿禿幾塊橫亙在海中的細長沙洲，其後方還有一片廣大的內海。當中最大的一塊沙洲邊緣矗立著一座城堡，雖然距離尚遠，已可想見其氣勢。

「從南邊的港道進去！」鄭泰已在尾樓甲板上發號施令。他不再有半點追擊敵船時的精悍之氣，恢復平日裡像是隨時要打起瞌睡似的模樣。

舵手問道：「祚爺，不走鹿耳門水道？」鄭泰懶洋洋地道：「鹿耳門水道越淤越淺啦，難走得要死！就從熱蘭遮城大門前進去吧。」

「阿泰哥，這裡就是臺灣了？」鄭森走到鄭泰身旁問道。

「不然咧？」

鄭森問道：「我只是覺得『臺灣』和『大員』名字太也相近，用咱們閩南話讀起來更是一模一樣，卻不知有何分別。」

「你連這也不知道？」鄭泰原本不太想理會鄭森，但看他問得誠心，頓了一頓依然侃侃說道：「兩個本來就是同一個地名。臺灣原本指的是眼前這塊大沙洲——咱們中國人管它叫鯤鯓，你瞧島上沙丘隆起，像極了一隻大魚浮在水上——後來大家過來這邊時都說『去臺灣、去臺灣』，臺灣就變成整座島的名字了。為求分別，才把鯤鯓改叫大員。」他指著鯤鯓沙洲南邊，「這鯤鯓島南邊與陸地相連，沙洲裡面就是臺江內海，可以避風，但港道淺，和蘭人的大甲板船進不去，得泊在外面用小船駁運。」

2 監國：意指代天子監臨國事。譬如皇帝離京外出，例由太子留守監國，當非常之時國家無君，也常由近親宗室暫充監國之職。

同安梭駛入港道，臨岸而築的熱蘭遮城益形巨大。那城堡分為上下兩層，上層方正高聳，下城則成長方形，附築在上層的側邊。

鄭森心想：和雄壯遼闊的南京城相比，此城的規模當然相去甚遠，但南京畢竟是人口百萬的帝都，和蘭人只不過為了貿易，竟在這不毛之地興建這樣一座堅固的堡壘，其堅心宏願著實令人驚嘆。

再細看那城堡時，鄭森發覺每個城牆轉角處都向外擴建出一塊稜堡，甚是奇特，因問道：「這突出的城角卻是作何用途？」鄭泰道：「這是一旦敵人攀登城牆時，大砲和銃兵可交互射擊，毫無死角。」鄭森讚嘆道：「此城不唯堅固，而且精巧，和蘭人果然頗有辦法。」

正想得出神，岸上一個物事忽然引起鄭森注意。那是在熱蘭遮城和大員市街之間的空地上，孤伶伶地立著一座絞首架，雖然架上空無一物，卻反而透露無數冤魂牽掛於斯的陰森，也顯出大員商館在此地至高的權威。

同安梭在大員市街碼頭上靠岸，鄭森放眼望去，實難想像海外孤島上能有這樣一大市鎮。只見商店、作坊、打鐵鋪子、教堂、學校、醫院、和蘭官府衙門和許多巨宅豪邸櫛比鱗次地鋪展開去。街道以磚塊鋪成，道路則敷以石板，市集攤棚連綿不斷，熱鬧已極。碼頭和船塢也毫不含糊，盡數由磚石砌成，並築有海堤以防潮浪。

和蘭稅務官領著幾名從人上船察看。鄭泰在大員頗為知名，這次奉命祕密前來，因此躲進艙裡，叫鄭森出面接頭。

稅務官詢問誰是船頭，鄭森自報姓名，隨行的漢人通事轉達是「森舍」，稅務官便在簿子裡寫下「Simsia的戎克船[3]一艘入港」。鄭森命手下呈交貨物清單，那稅務官皺著眉頭，用佛郎機語道：「又是磚頭、瓦片、鐵鍋和犁頭這些沒有價值的東西，中國人只想在赤崁蓋房子，都不想再做貿易了嗎？」他又指指單子道：「上面寫著有藥材，卻是些甚麼？」通事用明朝官話詢問，鄭森答道：「都是些蒼朮、細辛、乳香、雄黃等避瘟驅疫的藥物，聽說今年島上有瘟疫，因此帶了這些來。」通事點點頭：「那真是太好了，這回瘟王爺駕臨，整個島上竟是從南到北都逃不過，死了上百人，城裡的醫院也都住滿了。」

稅務官見他們閒話起來，打斷道：「你們這回要採買些甚麼？長官有令，赤崁的柴薪砍得太凶，不准再出口柴薪到中國去了。」鄭森經過通譯回答：「我們要買鉛和硫磺。」稅務官意興闌珊地道：「真是無趣。」他見從人已核對貨物數量無誤，揮揮手便下船去了。

鄭泰從艙裡出來，卻不即下船，派了一名手下到大員市鎮上去找一位「架必沙」——商人頭家何金定。不久，手下去而復返，說何金定不在家，到赤崁去了，鄭泰便吩咐開船渡過臺江內海。

鄭森訝異地問：「咱們不是來找和蘭人投遞阿爹的牒書嗎，怎地卻不進大員市街去？」

鄭泰淡淡地道：「做生理就像打仗，不先抄斷敵人後路，怎能將其全殲？」鄭森不解：「此話怎講？」鄭泰道：「你道和蘭人這回怎麼敢跟咱們翻臉，還不是瞧著清兵占了江南，咱們斷了貨源，這才發動。他們想直接和南京的商人進貨，咱們當然得先把這幫叛徒整治好了，才能去逼

3 戎克船：荷蘭人泛稱中國船隻為zonk或junk，即「艚」字或閩南語「船」字的對音。

和蘭人讓步。」鄭森恍然道：「不錯。」

原來鄭芝龍在上年取得大員長官發給准許前往呂宋傍佳施蘭的路引，這是和蘭人封鎖馬尼拉水道十五年來第一遭，鄭芝龍隨即派了兩艘船前往，不料和蘭人卻依然將船截奪扣留，並將價值七萬兩的貨物盡數沒入。鄭芝龍大為憤怒，修書警告和蘭人須將船貨歸還，否則將施以報復。

和蘭人與鄭芝龍恩怨糾葛二十多年，雙方打過幾次惡戰，也曾水乳交融地貿易往來過一段時間。但從六年前開始，鄭芝龍在中國沿海站穩腳步，直接派船與日本貿易，使大員商館的中國貨物急遽減少，蒙受極大打擊。和蘭人幾度謀求貿易不成，於是當江南一帶落入清朝版圖、鄭芝龍的瓷器與絲綢貨源斷絕之際，和蘭人便試著與南京商人接觸，企圖直接取得貨物。鄭芝龍在大員的作探察知此事，將消息傳到安海，鄭芝龍遂命鄭泰等人前往大員投遞牒書、阻攔南京商人。

同安梭渡過臺江，在赤崁靠岸，前往市街中心大井頭附近的何金定房舍。

「何頭家！」鄭泰和何金定極熟的，不待通報直闖了進去。天氣甚熱，何金定正拿著把蒲扇猛搧，見鄭泰進來，一面握手招呼，一面看著鄭森熱情地詢問：「這位是？」鄭森隱去身分，只道：「我叫阿森，跟著祚爺學做生理。」何金定疊聲道：「好，好。祚爺是臺灣第一號大頭家，你跟對人了。」

「才幾個月不見，你就『黑乾瘦』成這樣，」鄭泰用手肘推推何金定，故意調侃他道，「早就警告你少沾惹這裡的番女，你偏不聽。」

何金定在鄭泰肩窩打了一拳：「祚爺別『黑白講』。我是老了，身體不中用了。」鄭泰道：「講啥瘋話？你也才四十多，哪裡老了。」何金定嘆道：「臺灣天氣濕熱，瘴氣太強，我竟沒有一年不生病。加上這次瘟疫流行，怪嚇人的。」鄭泰道：「我給你載了一批避瘟祛疫的藥材，還有整船磚頭建材，就在港邊船上，你待會叫人去搬。」

何金定聽說有藥材，喜上眉梢，卻促狹道：「你這麼一個大船頭，淨賣這些磚瓦鍋鐽的不嫌寒酸？」說著轉身朝內室叫道：「阿斌，你拿和蘭人那張火藥方子出來。」裡邊一名少年應聲而出，他十七、八歲上下，一雙賊忒忒的眼睛咕溜直轉，滿臉機靈的模樣。

「這不是斌官嗎，你也長這麼大了！」鄭泰驚喜地道。

那少年何斌笑嘻嘻地打過招呼，將一個信封交給父親。何金定慎重地道：「這是和蘭人最新的火藥方子，按此調配，砲彈能多打出兩成距離。」鄭泰的瞇縫眼裡放出光芒：「戰場上勝敗出入甚微，兩成距離可不得了！你倒真有辦法，哪裡弄來這方子？」何金定道：「這是阿斌弄來的，他每天去大員街上鬼混，和城裡的熱而瑪[4]砲手混得熟透。雖然大員長官嚴禁方子外流，但那幫歐羅巴兵仔來這裡就是要撈錢，多費點銀子也就是了。」

鄭泰開門見山地道：「怎麼賣？」何金定想都不想：「拿貨來換，四十箱京綾、三千細瓷器，我用安海的價錢加三成，連同這張方子跟你買。」鄭泰差點衝口就說「不行」，話到口邊硬生生打住，委婉地道：「你是要害我被老一官剮了餵王八嗎，他嚴禁把這些貨色運到大員來，你又不是不曉得。」何金定懇求道：「自己老兄弟，也不瞞你，我有一筆跟和蘭人借的款子快到期了，得趕緊張羅張羅。」鄭泰爽快地道：「我給你現銀。」何金定搖搖頭：「今年大員都沒有像

4 熱而瑪：即日耳曼。

樣的貨色入港，和蘭人三天兩頭找我們這些架必沙去催促進貨，都快被他們逼瘋了。」

鄭泰實是有一批私藏的貨色可以轉讓，但礙著鄭森在場不好出口，於是咧嘴笑道：「方子你先收著，我來想辦法。」他話鋒一轉：「你這裡開墾的生理做得如何？」

「土地開墾得很快——有點太快了。來，這邊走。」何金定將信封收進懷中，領著鄭泰等人從後門出去。

離開赤崁大街不遠便是大片稻田和甘蔗園，後方更是一望無際的曠野。鄭森大感興奮，忍不住道：「人說臺灣沃野千里，我還懷疑海中荒島哪得如此。果然眼見為憑，這片田地若都開發出來，怕不能供萬人，不，十數萬人之食？」他想到福建山多田少，糧產不豐，而眼前這片土地正可給養大軍，作為復國後盾，竟有些激動。

何金定道：「不錯，北方平原甚廣，都是番社之地。番人不懂農耕，浪費了這大好土壤。」何金定指著北邊一條道路：「赤崁附近乃是大員商館的領地，能開墾的都已被墾出來，農產運量大，和蘭人指畫著開了好幾條新路——當然是咱們出錢。北邊這條直通新港溪，寬六十和蘭尺，兩邊都有排水溝，路上遇到小溪還做了拱橋呢。」

鄭泰詫道：「去年還沒有南邊這塊蔗園，還有那裡……我看田地比以前多了快一倍。」何金定道：「今年田地說不定可以開墾到三千甲，光是甘蔗園就有六百多甲。去年赤崁產沙糖一百萬斤，照這態勢，今年怕不有一百五十萬斤！」

「那你不是荷包滿滿，還跟我要甚麼京綾和瓷器？」

何金定憂慮地道：「一百五十萬斤哪！去年整個歐羅巴和波斯加起來的訂單也沒有那麼多。

到時候沙糖跌價，本錢也不知收不收得回來；而且從中國來墾荒的難民一撥接著一撥，赤崁竟已有上萬人，米價、柴薪甚麼都貴，本錢又墊得更高了。」

鄭森默默在一旁聽著，這才恍然：怪不得最近安海港運出恁多磚頭和建材，原來中國難民逃來臺灣，磚頭都用在這裡了。他想起去年父親曾說，和蘭人大力種蔗製糖，父親不但不加阻撓，反而暗中多運人力前來，讓紅毛忙著墾殖，無暇找安海的麻煩。甚且將來等中國人多了，還可以就地號召成軍將和蘭人趕出臺灣。眼前看來，移墾之勢果然已經初成氣候，於是道：「把這裡的米運到安海，就不怕大軍缺糧了。」

何金定笑道：「這裡種的米，本地人都不夠吃呢，米價貴得不像話。」

鄭森不解：「不是有這麼大片田土嗎，米價貴，大家多種稻不正剛好？」

「那些種田人的眼光都跟綠豆一樣，看到去年糖價稍漲，都搶著插蔗，沒人願意種米，勸也勸不聽。」何金定掉轉話頭，嚴肅地道：「不說這個了，我要請教，江南失守，老一官有甚麼計策？他卡著絲綢和瓷器，其實是沒了貨源吧？」

鄭泰道：「貨源斷了不是新聞，也不必瞞你。福建自己多少產點瓷器，廣東也有沙糖……」

他猛然想起剛剛才聊到臺灣沙糖盛產，安海的處境雪上加霜，一時語塞。

鄭森見狀，不疾不徐地插口道：「老一官上年就已顧慮到這個風險，因此召集南北各地商人，籌設『山五商』和『海五行』，即便南北隔絕，貨物還是可以照常出海販運。」

何金定半信半疑：「且不說江南戰亂，瓷窯和機戶四處逃散。就算照常生產，貨物真能運得出來？」

鄭泰見讓鄭森搶先做了如此得體的回答，有些不是滋味，趕緊道：「當然運得出來。戰亂只是一時的，大家總要穿衣吃飯，瓷窯和機戶不會停太久。」他調整一下姿態，續道：「把中國商人團結起來對付和蘭人的宗旨是不變的，過去六年來咱們不和大員來往，眼看就快要逼得和蘭人就範了。可是眼下有幾個南京商人想渾水摸魚，私自與大員聯絡，我這趟來，就是奉老一官之命阻止他們。」

何金定轉開目光，盯著綠油油的田地，一會兒才道：「我知道你要問這個，你們前幾天在海上追趕過人家嘛。」鄭泰道：「果然是你的消息最靈，他們此刻在哪裡？」何金定道：「他們不敢直接到大員和赤崁來，從別處上岸，想請和蘭人派兵護送。」鄭泰直問：「在魍港？北港？還是打狗？」何金定道：「這我就不好說了。」鄭泰心下詫然，面上卻是一笑：「你跟我賣甚麼關子？」

「我一片產業都在這裡，還幫著大員商館收稅，成天與和蘭人打交道，不能壞他們的事。」何金定道：「實話說，自從老一官不與臺灣貿易，咱們這些架必沙日子就難過了。我本來也是『家在此，店在彼』，不時販運兩岸的。然而過去這六年來，從安海進貨，竟得偷偷摸摸像做甚麼虧心事似地。我只好改到廣南一帶去貿易，或者索性待在這兒墾起荒來。」

「不是這一說，」鄭泰拍拍何金定肩膀，「老一官不是要斷絕臺灣的貿易，而是要把紅毛對中國商人予取予求的態勢倒過來，讓中國商人得利！一旦事成，你還怕沒得施展？」

「和蘭人雖然貿易受阻，但在臺灣另闢財源，看來還有得僵持。何況中國亂成這樣，架必沙們都說，時局再壞下去，只好把家眷接過來，在此落地生根了。」何金定雙手一攤，發起牢騷來：「老一官與紅毛擰著幹，竟是不管咱們在臺灣的中國商人死活。人在屋簷下，頭上頂著和蘭天，我能怎麼辦？」

「看你把老一官說得如何刻薄似地，你們回來安海進貨，他還不是睜一隻眼、閉一隻眼。何況，紅毛待咱們中國商人難道就好了？」鄭泰稍一沉吟，爽快地道：「好啦，你要的貨我來安排，碼頭上的藥材磚瓦一併奉送。我也不用你帶路，透點消息給我就成——這頂『和蘭天』能夠在臺灣上頭飄到幾時也還難說呢。」

何金定不動聲色，心中盤算了一番，最後淡淡地道：「阿斌，你帶祚爺和森舍去禾寮港那邊走走看看。」

●

禾寮港是臺江邊上的一處港澳，在赤崁北邊二十多里，和蘭人稱之為「士美村」，意即「油村」，又畫地闢為「阿姆斯特丹農場」，有不少漢人在此種植胡麻用來製繩、榨油，或者種植稻蔗。

臺江沿岸水淺，同安梭往來不便，何斌遂領著鄭泰、鄭森和從人們搭乘舢舨前往禾寮港。閏六月正當炎夏，熱風炙人，眾人坐在前後無門的篷艙裡，也禁不住身上直淌汗。岸上幾株高大的龍眼樹上蟬聲山響，一波又一波地十分驚人。

何斌甚是活潑，話匣子打開便停不住，講起當地風土人情和新聞時事，連見多識廣的鄭泰也聽得津津有味。

「斌官，你曉不曉得南京商人的消息？」鄭泰出其不意地詢問，看這少年會不會漏出口風。何斌看似輕佻躁動，遇上正經話頭倒也能沉得住氣，嘻嘻一笑：「祚爺別心急，咱們這不就在路上了嘛。」他反過來問鄭泰：「祚爺聽過郭懷一這個人沒有？」

「郭懷一？你是說郭五官吧，他以前是老一官手下的伍長，多年前解甲到臺灣來種田。他現在是禾寮港的甲必丹？」

「他是當地的首領不錯，但是脾氣太衝，紅毛不肯任他當甲必丹。」何斌習慣性地咂咂嘴，「實話說，我爹也不知道南京商人的下落，不過郭懷一知道。」

「喔？」

「南京商人要紅毛派兵護送，可是熱蘭遮城已經派了一支兵隊出征淡水、雞籠和噶瑪蘭，又忙著準備南部番社的歸順儀典，沒有多的人可派，就找郭懷一幫忙。」

鄭森道：「和蘭人還挺忙碌的嘛。」

「可不是，」何斌道，「這也是被老一官給逼的。原本紅毛只打算經營商館，轉手買賣各地商品，但自從老一官斷絕往來，紅毛只好在島上另闢財源。像是這幾年為了剝鹿皮，梅花鹿都快給捕光了。種蔗製糖也是如此。為了治下安定，紅毛這幾年在南北各地的番社也下了不少工夫。」

鄭森瞧見其中的隱憂：「如此一來，和蘭人在臺灣的根基豈不是越來越穩？」

「那也未必，和蘭人治理地方，也搞得像是在做買賣，大家並不真心服氣。」何斌眼睛咕溜一轉，忽然道：「我有個主意，想請祚爺幫忙跟老一官提一聲，看看可行不可行？」

鄭泰好奇地道：「甚麼事？」

何斌道：「現在往來中國和臺灣的船隻，老一官也是要抽稅的吧。」鄭泰道：「這個自然。」何斌道：「可實際上很多船隻從臺灣出發，卻不進安海港，老一官自然也就抽不到他們的稅了。」他故意頓了一頓，「我在想，倘若改在臺灣收稅，那就再無漏網之魚了。」鄭泰道：「聽著像是不錯，怎麼辦理呢？」

何斌道：「可以學和蘭人的辦法，把收稅的活兒交給本地商人包辦，每年上繳一定的稅款，至於該怎麼收，就讓商人自個兒忙乎去，老一官一點也不用操心。」鄭泰聽出他的意思，故意追問道：「誰願意在紅毛的眼皮底下做這樣的事？」何斌昂然道：「咱們父子願意效勞。」

鄭泰仔細瞧著這名少年，眼睛瞇得更細了：「這是你爹的主意？」何斌得意洋洋：「這是我的主意！」鄭泰猝不及防地在他頭上敲了一記：「夭壽死囝仔，別給你爹亂出這種餿主意，要是讓和蘭人知道了，看他們不把你綁在車輪上，敲斷全身骨頭慢慢折磨至死！」何斌做了個鬼臉，漫不在乎地道：「那就當我沒說。」

舢舨抵達禾寮港，眾人來到郭懷一家中，這是一座三合院，在曠野間顯得頗為氣派。

郭懷一正在甘蔗田裡指揮農人幹活，家人請大家先到正廳中坐，出去叫人回來。鄭森環顧室內，無論格局、設計都和閩南民家差相彷彿，只是桌椅窗櫺都為竹製，別具風情。正廳裡設著神龕和公媽神主，顯示著這家人已在此落地生根。

不多時，郭懷一大踏步進門，摘下斗笠，拿著布巾擦拭身上的汗水，一面出聲和眾人招呼。

他膚色黝黑、身材精壯，微禿的頭頂十分油亮。雖然年近五十，依然聲如洪鐘，頗見精神。

家人從屋後提來一個大茶壺放在桌上，壺嘴裡直冒煙。郭懷一掀開蓋子一角嗅了嗅，說道：「出味了，出味了。」提起茶壺將幾只粗厚的陶杯倒滿，依次遞給客人。鄭森淺淺一啜，乃是茉莉香片，茶底雖粗，但清新的花香依然頗為消暑。郭懷一也不客氣，嘓嘓嘓連飲三杯，一臉心滿意足的樣子。

鄭泰假意喝了兩口，放下杯子道：「五官正在忙，這時來攪擾實在不好意思。」郭懷一道：「不用客氣。各位來我們這偏僻的莊腳所在，卻有甚麼貴事？」鄭泰道：「五官是爽快人，我就直說了——聽說和蘭人請你護送幾個南京來的商人進城，可有這事？」

「所以想要半路阻攔的就是你們了？」郭懷一反應甚快，一下就猜中鄭泰的來意，當即斂容道：「若是為了這事，我幫不上忙。」

鄭泰道：「你放心，咱們不會害人。只是南京商人向來和老一官有約定，不得私自到臺灣來貿易，咱們不過是要請他們遵照約定。」

郭懷一道：「你們之間的事我管不著。紅毛叫我辦事，我給他辦好，如此而已。」

「受人之託，忠人之事，五官不愧是講信義的好漢。」鄭泰知道郭懷一是個急躁漢子，故意激道：「怪不得和蘭人命你為本地的甲必丹！」

郭懷一果然受激：「我不是甲必丹，我也不希罕那個紅毛官位。和蘭人待咱們並不好，丁稅每個月收到四分之一個里爾，整年下來合著二兩一錢銀子；種田要先繳一次地租，等收穫了還要另外抽稅，本來值二十抽一，去年改成值十抽一，竟是這樣盤剝咱們。」

鄭森問道：「既是如此，五官為何還要替和蘭人做事呢？」

郭懷一道：「咱們小百姓，和官廳對著幹沒有好處，能敷衍的地方還是要敷衍，才能安生過日子。」

鄭泰道：「和蘭人在臺灣設商館，只不過是把土地租給咱們漢人開墾，又不是真正的官府。否則他們幹嘛要靠甲必丹來管領漢人？」

郭懷一搖頭道：「隨你怎麼說，總之我不想生事。」

「五官這就不對了。莫以為送幾個南京商人進城不打緊，等你把人送進去，才真的要生出許多事來呢。」鄭泰一面信口開河，同時在腦中慢慢編出一套說詞：「紅毛來臺灣本是為了貿易，近年因為老一官停止往來，這才不得不墾荒製糖。倘若他們和南京商人接上頭，瓷器、生絲大筆大筆地進港，哪還有空來做這沙糖生理？」

「祚爺別以為我是沒見過世面的莊稼人，我也跟著老一官四處打過仗、在外洋走過船的。」郭懷一道，「蔗田現成闢在那裡，糖廍也蓋了不少，和蘭人只管抽稅、買糖，哪有甚麼關係。」

「大有關係。」鄭泰嚴肅地道，「紅毛的公司仔在臺灣只有幾百人，他豈會樂意看中國人成千上萬地來這兒落地生根？你要是大員長官，難道就不怕哪天中國人圍了熱蘭遮城趕他出去！」

郭懷一半信半疑地看著鄭泰，又看了看何斌，忽然大聲道：「我不相信你們生理人說的話，誰知道你們是不是來幫紅毛探聽甚麼？」他指著何斌：「你阿爸和城裡的那些架必沙最沒良心，比紅毛還壞。紅毛把丁稅和墾租『出贌』[5]給出價最高的架必沙，你們亂開高價包攬下來，就來壓榨咱們。」

何斌毫不退讓地道：「黑白講！稅銀該收多少都有定規，也按田土好壞分等，我爹要是收得多了，各地的甲必丹馬上就會去出首告狀的。」

郭懷一怒道：「說得好聽，你們收稅又不管糖、米價錢起落。像今年米價騰貴，叫人連飯都吃不起了，偏生糖價卻跌，大家白白辛苦一整年，欲哭無淚，稅銀還不是半分都少不了？照你們這樣苛斂，遲早弄到官逼民反！」

何斌叫道：「米價漲是因為逃難來墾荒的人多了，糖價跌是因為大家紛紛搶種。我爹去年就奉勸大家不要一窩蜂地種甘蔗，說得嘴角生沫，你們有誰肯聽來？」

「好了，好了。咱們不是來吵架的。」鄭泰打圓場道，「大家都是自己人，怎麼讓和蘭人一挑撥就中了他的計，自個兒吵鬧不休。」

「只怕有人仗著紅毛的勢，欺壓自己人！」郭懷一仍然憤憤不平，大手一揮道：「我甘蔗田裡還有得忙，沒那麼多閒工夫跟你們說這些，失禮！」說罷竟自轉身出門去了。鄭森和鄭泰忙起身跟出，郭懷一回頭喝道：「免跟來，我不會和你們多講的。」

鄭森看了鄭泰一眼，道：「我來和他談談看。」鄭泰點點頭：「也好，你一個讀書人樣子，說不定他比較聽得進去。」

郭懷一步伐甚大，很快就鑽進蔗園深處，鄭森趕緊跟上。時當盛夏，蔗苗已長得有一人來高，青綠色的甘蔗皮剛剛有些轉黃，若非整齊而密集地插種著，倒像是進了竹林一般。

鄭森心神一爽，衷心讚嘆道：「好漂亮的蔗園，竟有幾分風雅呢。不知夜裡來此賞月，光景如何。」

郭懷一畢竟是莊稼人，聽他稱讚蔗園，不禁有些得意，嘴上卻道：「園裡滿地都是田鼠和草蛇，來蔗園賞月？虧你想得出來！」

他足不停步，穿過一壠又一壠田地。蔗葉交錯，甚難行走，銳利的葉緣在鄭森身上臉上割出好幾道口子。濃密的枝葉阻擋風勢，頗為悶熱，鄭森馬上被逼出一身汗來。

郭懷一任由他跟著，卻故意不加理會，讓他吃點苦頭。蔗葉遮眼，鄭森只能低頭疾走。蔗根之間裸露的小塊土地零碎不成路徑，蔗枝間的空隙又都像是可以通行，稍一猶豫便會丟失郭懷一的身影。只聽得前面傳來郭懷一的聲音：「快回頭吧，要是迷了路，我可不理你。」鄭森一股勁頭提上來，更不打話，曲起雙手保護頭頸弓身鑽行，聽著前面撥動葉子的聲音緊緊跟隨。

不知走了多遠，郭懷一走上一條田埂，隨即轉上一條小路，鄭森眼前豁然開朗，像是走進一個用竹子搭建的廊道，不禁「哇」地一聲道：「真漂亮。」

郭懷一笑道：「我這園子裡種的，是當年老一官特地從廣東潭州挑選送來的『脆皮大蔗』，與別家尋常竹蔗不同，端的是皮脆汁甜，最宜榨汁製糖。」他抽起腰刀隨手劈下一段，熟練地削去蔗皮，遞給鄭森：「試試？」鄭森取過一嚼，一股生澀的草莖味霎時充滿口中，忙將蔗渣吐出。郭懷一哈哈大笑，自己也嚼了一口，道：「眼下蔗苗還生，澀得很！不過行家還是吃得出其中不同。」鄭森細細品味口中餘韻，確實薄有雋永清甜之感，嘆道：「真想吃吃看它成熟的滋味

---

5 出贌：為荷語pacht之對音，指將徵收租稅的權利公開招標，由出價最高的承包商辦理之制度。在承包價以外多收的稅金歸為承包商的利潤，因此承包商無不盡力徵收，但也因此發生惡性收稅的狀況；除了丁稅（人頭稅），荷蘭人還將原住民村落貿易獨占權、獵鹿許可、捕烏魚許可等種種權利贌出。

如何。」郭懷一道：「甘蔗這玩意兒有意思，天氣愈熱長得愈好，性子卻涼，最能退火！臺灣土壤肥沃、天氣炎熱，特別適合種蔗。這裡插的甘蔗，長得比潭州本地的大蔗還要好呢！」

鄭森好奇地道：「你說這苗種，是老一官送來的？」

「那是很多年前的事啦。一官那時為了給咱們找好蔗苗，著實費了一番苦心。」

「一官當年曾有意來臺灣開墾嗎？」

「他最早起事的時候，就是在臺灣的笨港。嘿嘿，咱們『笨港十寨』好生興旺，要說熱鬧，可不比今日的赤崁街差多少。只不過大家並不開墾田地，而是在海上幹那沒本錢買賣罷了。」郭懷一說起往事，仍不掩風發意氣。他停了一會兒又道：「後來一官回福建發展，又給朝廷招安當了官，就不曾再到臺灣來了。」

鄭森道：「我聽說五官您也曾跟隨過一官。」

「不錯，我老家很窮，又被官府欺壓得狠，我一時氣盛殺了催餉的胥吏，就到笨港來投靠一官。他投了官府之後，我們一班兄弟們不想給朝廷賣命，也厭倦了打打殺殺的日子，就向一官告辭，沒想到他不但爽快地讓咱們走，還給每人三兩銀子、三人給牛一頭，又尋了上好蔗苗來。」郭懷一提起鄭芝龍，臉上露出欽仰之色，「一官對待兄弟們，那是沒得說的。」

鄭森聽他這麼說，心中如同方才咀嚼的那段生甘蔗般甜澀夾雜。自己對父親的行事作風有諸多不能苟同之處，沒想到在這海外孤島上，卻有人念念不忘父親的恩德。

郭懷一捏起身旁蔗葉上一隻白螟蟲，丟在地上踏死，嘆道：「兄弟們雖然離開一官手下已久，都還是很感念他。沒有想到他後來成了國家大將，唉，時局這麼亂，北京丟了，南京也沒了，一官肩上的責任越來越重，咱們卻幫不上一點忙。」

這次鄭芝龍派鄭森來臺灣，除了辦幾件事，也要他多了解海外情勢。待得親眼見到臺灣廣大而肥沃的土地，醒悟父親也許盤算著是否將臺灣取在手中，一方面可獨占海外貿易，更可屯田養兵。這樣一想，就覺得像郭懷一這樣的血性漢子，應該著意結交，說不定他日可得其助力。於是道：「難得五官依然憂心中國之事、掛懷老一官的處境，乃是真性情之人。」

「我們遠遁海外，本想過著與世無爭的日子。誰知糊裡糊塗，卻成了紅毛治下之民！」郭懷一忽然激憤起來，「年輕的時候，我以為大明朝是天下最壞的官府，如今在紅毛腳底下，才知道外夷根本不把你當人看，一心只想搜刮，由著架必沙欺壓咱們——讓漢人自相殘害，他吃乾抹淨，手上還不必沾惹腥羶；這會兒清人才剛得了南京城，就強逼著漢人剃髮，要人人都跟著他當蠻子，你看他將來怎麼整治咱們！漢人的天下，還得讓漢人來治理，無論是興復大明朝，還是一官自個兒當了皇帝，那都成！」

鄭森聽他提起「外夷」字眼，非但不像以前那樣刺心，反而大有鼓舞之感。自己親見了南京失守、師長文友們進退失據的模樣，深陷迷惑之中。不想在這海外孤島上，卻遇見這樣心憂國事的血性漢子，他的愛國之心並無任何高深之處，也就是希望官府清明，不想剃頭當蠻子，不被外族欺壓而已。如此簡單直白的心念，卻讓鄭森大為警醒，在這枝葉濃密的蔗園中，隱然浮現出一條清楚的道路。

鄭森遂道：「既然如此，五官為何不幫老一官的忙，阻止南京商人到大員？」

「打著老一官名號招搖撞騙的人多了，我怎麼知道是真是假？」

鄭森方才聽他語氣中對父親的崇敬，一度想要表明身分，但這時說自己是一官之子，卻彷彿果然是來「招搖撞騙」的，因而道：「我們確實是老一官派來的。就算您不信也不妨，您只要想想，若是南京商人與和蘭人接上了頭，老一官的生理立時就要受到防礙。」鄭森目光堅定地道：「放眼天下，如今能與清人抗衡的，除了湖廣的何騰蛟大人，就只有老一官了。他和鄭鴻逵將軍擁立唐王監國，使天下人心有歸，復國大業指日可待。」

郭懷一點點頭：「這倒是實話。」

鄭森道：「然而福建山多田少，老一官養兵的糧餉全來自海上，這節骨眼上絕不能讓和蘭人重新把貿易拿在手上！」他懇切地道：「五官是明白人，一旦江南貨物出海不經泉州，老一官拿甚麼養兵？利頭讓江南那面賺去了，更等於資助清兵，一來一往，南北之勢差距就更大了。」

「原來竟有這一層緣故？這樣的事情你們卻不早說！郭某雖是海上匹夫，於國家有益之事，卻是義不容辭。隨我來！」郭懷一甩開手中的一截甘蔗，轉身就走，他一旦下了決心，竟是比誰都還心急。

出了蔗園，鄭森招呼鄭泰和從人們跟上。鄭泰看了一眼鄭森，像是在說：沒想到你竟能說動郭懷一！

鄭森問郭懷一道：「那些商人究竟在哪裡？」

「就在禾寮港這裡，住在紅毛士兵的房舍。」郭懷一道：「他們從藾豔上岸，在禮拜堂住了兩晚。我昨天就把他們接了過來，本來今天要過臺江進城，但帶頭的商人八哥染上時疫，有些發燒，就留在這裡養病。」

和蘭人在禾寮港派駐有數名士兵，按月檢查繳交丁稅的執照，並留意是否有未繳稅的中國人闖入。郭懷一在距離士兵營舍尚遠時停步，道：「這麼大陣仗去，驚動了紅毛兵可不好。我進去問問，倘若南京商人們今天要進城，你們就在半路上現身說話。」

郭懷一隻身前往營舍中探問，眾人在一個油坊後的隱蔽處默默等待，吹著濕熱的風，聞著濃濃的麻油香氣。過了許久，郭懷一神色匆匆地快步回來，似乎事情有變。他越走越快，最後小跑起來，急切地道：「人已經走了，可能有人看見你們到我家來，早一步給他們報信——快到岸邊攔阻。」

眾人在豔陽下飛奔至岸邊，見臺江上兩隻舢舨剛剛離岸，往大員的方向駛去。鄭森等人匆匆與郭懷一別過，跳上舢舨升帆搖櫓，急起直追。

鄭泰等人都是海上老手，將一條舢舨駛得飛快，與前方兩船越來越近。那兩艘船發覺有人追趕，頓時也緊張起來，加速前行。這臺江內海甚淺，吃水較深的船隻無法進入，但水域頗為廣闊，起風時船底扁平的舢舨又十分容易翻覆。三隻舢舨追趕之間，不免猛烈搖晃，險象環生。雖無暴風大雨，鄭森卻幾度覺得就要跌入水中，比在外海遇風還要危險。

鄭森的座船終究趕上其中一艘舢舨，對方艙中人物樣貌可見。鄭森看見幾張熟悉的面孔，心頭一驚：其中二人依稀正是南京的曾汝雲和蕪湖的宋哥，只是剃光了頭頂，腦後結著一條辮子，樣子變了不少，叫人無法確認。

鄭泰大聲喝道：「前面的朋友，暫且停船說幾句話！」對方見鄭泰來意不善，哪肯停船，不發一語地繼續航行。鄭泰這邊並無鳥銃弓箭等武器，也無鉤索可以捕捉，即便幾乎與對方並行，也無法逼迫停船。鄭泰把心一橫，叫道：「靠上去！弟兄們跟我跳過對船拿人！」

舢舨行險靠近，對方幾番閃避，仍然無法擺脫。鄭泰一腳踏在船舷上，正要縱身跳躍，忽然起了一陣大風，吹得舢舨左右亂晃，兩艘船硬生生地撞在一起，劇烈震動，鄭森只覺天旋地轉，身軀直墜，噗通一聲掉進水裡。

他睜開眼睛，見水中四處光亮一片，不辨上下，也不知該往那邊游。正慌亂間，一大片氣泡飄過眼前，他心念電閃，看清氣泡的去向，蹬腿游動衝出水面，「噗哈」猛吸一口空氣，這才左右張望起來。只見自家舢舨雖然未沉，但篷帆掉落，櫓槳遠遠飄失。對方被撞的舢舨則船底朝天，在水面上載浮載沉。

鄭森游到自家舢舨旁，扳著船舷攀上。鄭泰早他一步上船，拉了他一把。眾人拉救同伴，忙了老半天，幸而不曾短少一人。對方落水之人，多數讓另一艘安然無事的舢舨救了去，少數幾個則被拉上鄭森這艘船上來。鄭森看其中並無曾汝雲和宋哥，不知怎地竟有些鬆了口氣。

嘩啦一聲，從人又自水中拉起一人上船。鄭泰忽然叫道：「八哥！」那人臉色蒼白、氣若游絲，乃是著名商人八哥。他身染時疫，又落水受驚，眼見不活了。鄭泰低聲咒罵：「糟糕！」急急吩咐手下開船往大員而去。

●

當天傍晚，鄭森和鄭泰偕同在大員等候的鄭明騄，前往大商人顏開譽的「旭遠」商號密談。

顏開譽也是安海人，他的堂妹嫁給鄭芝龍為妾，算起來算是鄭森等人的表舅。他在崇禎初年便帶領家人移居臺灣，在當地經營甚久，深受鄭芝龍信任，臺灣事務只交給他和鄭明騄二人辦理，因此雖然並未列名八位架必沙之中，但地位崇高，備受尊敬，人們都稱他做「顏伯爺」。

顏開譽含著菸斗默默聽完鄭泰的報告，一時並不答話，眾人也都不敢多說甚麼，一時只聽得「咂吧咂吧」抽菸的聲音。他面無表情，大家也猜不透事態好壞。過了好一會兒，顏開譽才開口道：「事情有些棘手。新任大員長官卡龍正風風火火地推動商務，與南京商人直接聯繫就是他的主意，咱們卻把人弄沉到水裡，那是和他對著幹了，他萬不能容讓的。」

顏開譽說明了大員商館的現狀：現任的大員長官卡龍乃是法藍西人，因為所信仰的新天主教不為國內所容，逃到和蘭，與東印度公司簽約前來亞細亞。他最初在日本平戶商館當廚師，娶當地女子，精通日語，因此逐漸受到公司重用，竟在二十年間一路擢升至商館長之職。後來德川幕府鎖國，驅逐佛郎機人，因為卡龍熟悉國情、應對得宜，和蘭人獲准移到長崎出島繼續與日本貿易。卡龍以此功績一度被召回和蘭的公司總號任職，又率兵攻打錫蘭獲得大勝，可謂文韜武略俱全。

自從鄭芝龍斷絕與大員商館往來，臺灣的貿易一落千丈。東印度公司遂借重卡龍對日本與中國情事的了解，派他出任大員長官。卡龍到任之後，果然勵精圖治，將大員這所貿易斷絕的孤絕商城，轉變成銳意開發臺灣的首府，不再只圖過水抽頭，而是就地興利。除了到廣南收購生絲取代中國絲綢，也大幅開墾農地，獎勵開採硫磺、種植稻米、甘蔗和藍靛，同時與原住民部落締結盟約、肅清海盜，一時大員商館業績蒸蒸日上。

鄭泰臉色凝重地道：「這卡龍手段高明，和蘭人在臺灣的根基益發穩固。只是時機也太不湊巧，一官叔忙於復國大業，這當口上更需海外貿易支持，卻遇上這麼位冤家。一官叔嚴令咱們全力阻攔，也才有今日之事。」

顏開響道：「一官打算與和蘭人開戰嗎？」鄭泰道：「不，眼前絕無這個餘裕。」顏開響道：「那麼咱們就不能把事情鬧得太僵。」鄭泰道：「那麼，此事可否遮掩過去？大事化小，小事化無就算了。」顏開響搖頭道：「其他的南京商人已經到大員了，怎生遮掩？」

眾人一時都覺無計可施，鄭森忽道：「伯爺，卡龍治績固然好看，但咱們昨日到赤崁和禾寮港，竟是商人和農人們都有一肚子怨氣。凡事榮枯一體、禍福相倚，卡龍求治之心太盛，過於雷厲風行，必然引起眾多不滿，也易招嫉。中間是否有可以見縫插針之處？」

顏開響眼睛一亮：「照啊，你倒提醒了我。」他起身呼喚家人去城裡請商務官凱薩和牧師巴維斯來談事情，一面問鄭泰：「八哥現在怎麼樣？」鄭泰道：「他人在我家，大夫說挨不了多久了。」顏開響又交代家人道：「拿我那枝老山人參來給阿泰。」他對鄭泰道：「熬碗參湯給八哥吊一吊氣，至少要讓他挨過今晚。」

顏開響坐回羅圈椅中，嘴角「啵啵啵」地噴著菸，眉頭不鬆不緊，好整以暇地道：「森舍說得不錯，這兩年和蘭人面上看起來光彩，其實擴展太速，商館的力量控制不到，也生出很多弊端。和蘭人自己因此分成兩派，暗中較勁得凶。事情是從教會那幾個牧師身上起來的——」

他解釋道，牧師在南北各「番社」傳教，為了吸引土著聽講，必須補貼誤農的費用，並贈送稻穀和坎甘布等禮物，所費不貲，這些經費都是從獵鹿執照一類稅金中支出。牧師志在傳教，並且真心關懷土著的生活，與商館積極拓展商務的目標並不一致，日子久了，彼此難免生出嫌隙，逐漸分成商務派和傳教派。商館中也有同情牧師的，譬如上席商務員凱薩因為擔任北部地方政務員甚久，了解部落的實況，其立場就傾向希望穩定秩序的傳教派。

說話間，家人報說凱薩和巴維斯來了。鄭泰趕緊起身道：「我這回是悄悄地來，不便現身。我先拿人參回家去給八哥喝。」說罷自從後門出去了。

凱薩和巴維斯對旭遠商號也是熟門熟路，進得門來也不多客氣，自在地與顏開譽和鄭明縣招呼。顏開譽為他們介紹鄭森：「這位是森舍，跟著明縣學做生理，向兩位致意。」

凱薩常與中國商人來往，會說一些閩南語，遂道：「森舍恁好，阮叫做凱薩。」鄭森見這麼一位紅髮碧眼的人物說起閩南語，大感驚奇，趕緊回禮：「多謝凱薩大人。」

凱薩為了尊重巴維斯，也避免與中國人私下溝通的嫌疑，還是說起佛郎機語：「天色已經晚了，伯爺不到商館說話，卻忽然急著邀請我們來這裡，是甚麼樣慎重的事情？我猜是一官為了兩艘船被我們查扣之事，有信來吧？」

「甚麼事都瞞不住凱薩大人，一官確實對扣船之事感到不滿，不過眼前還有更重要的事情。」顏開譽不忙切入正題，盤算著繞個彎子先把兩人拉攏在同一邊，於是道：「這兩年到臺灣來的中國人多了，一官甚是關切他們在這裡的生活，希望他們獲得公正的對待，過好日子。」

巴維斯讚道：「一官真是好心，不愧為基督的子民，願上帝保佑他尼古拉斯[6]。」

---

6 尼古拉斯：鄭芝龍的天主教名，西方文獻多稱他為Nicholas Iquan（尼古拉斯・一官）。

顏開譽道：「謝謝牧師的祝福。中國人到臺灣，畢竟也還都是咱們的鄉親。一官絕不希望六年前馬尼拉的慘劇發生在福爾摩沙島上。那可真是慘哪，只因西班牙的菲律賓總督見中國移民越來越多，害怕他們群起反抗，竟下令屠殺馬尼拉的中國人，一共殺死兩萬多人！」

巴維斯聞言臉色一變，道：「我們和殘暴的西班牙人不同，絕不會無故屠殺中國人。」

凱薩畢竟是商務員，不像巴維斯那麼天真，不以為然地道：「馬尼拉死了兩萬人，也沒聽說一官怎麼關心；現在中國陷入戰亂，一官自顧不暇，卻來管福爾摩沙島上中國人的閒事？」

鄭明騄接話道：「馬尼拉距離太遠，當時一官又奉命在深山裡討伐叛民，得到消息時早已無法挽回；福爾摩沙近在咫尺，一官與島上的中國人們關係深厚，多少貿易往來都靠他們，當然更加關切。」他摸著凱薩的性子，以商言商，凱薩果然點頭接受了。鄭明騄遂繼續說道：「我們聽說，無論是赤崁的中國商人，或者其他地方的農人，最近都遭遇到很大的困難。米價和糖價大起大落，人頭稅的收取漫無章法。更有許多和蘭士兵藉口檢查人頭稅證明，在三更半夜直接闖入家中，藉此敲詐索賄，大家都不堪其擾。」

「這些心中沒有上帝的無賴，確實十分可惡！」巴維斯忍不住抱怨：「不只是中國人，部落裡也是一樣。這一年來物價漲得不像話，土著們竟連食鹽、鐵鍋和坎甘布都快買不起了，鹿皮的價格又賣不好。土著的日子是越來越難過。」

鄭明騄知道這是實行贌社之故，卻故意問道：「奇怪，以前都好好的，怎麼這兩年忽然亂起來，真叫人想不透是甚麼緣故？」

「還不是因為贌社！山也出贌、海也出贌，最可惡的是村落的交易獨占權也出贌！」巴維斯氣呼呼地道：「商人贌下交易獨占權，土著捕到的鹿皮、鹿肉只能賣給他，又只能跟他買日用品，價錢任由商人決定，收入減少、支出卻變多，自然變得窮困了。商人根本是在喝土著的血！」

顏開譽道：「贌社實行第二年，今年商人得標的金額比去年高了一倍，我聽商人們談論，都說明年恐怕還要再貴一倍。商人要回本，當然就從土著和農人身上壓榨。收稅本來就該是商館分內的事，包給中國商人像甚麼話。我雖然也是中國商人，卻是反對贌社的。像這樣橫徵暴斂，不出幾年一定鬧得天下大亂，甚麼生理都沒法做下去。」

「正是如此。我不能坐視事態惡化下去，必須阻止商館胡作非為。」巴維斯道：「我已寫信去巴達維亞，讓總督和商務監督知道這裡的實況。」

凱薩道：「這封信我也署名了。我身為商務員，比誰都希望公司貿易開展。然而土著是本地的基礎，中國人更是目前島上唯一釀蜜的蜂種，過去公司下了許多本錢和心力招徠中國人，才使福爾摩沙物產豐饒、公司連年獲利巨萬。倘若激起變亂，公司將蒙受無法承受的損失。因此，上策莫如善待此地的中國人才是。」

鄭明騄趁勢給凱薩戴頂高帽子：「凱薩大人是所有商務員中最了解臺灣的，其實應該由您來出任長官才是。」

凱薩確實有此志向，這話直說到他心坎裡，但表面上卻不肯顯露，只道：「無論上帝和公司交付我甚麼使命，我都會全力以赴。但你說的這件事，距離我太遙遠了。」鄭明騄心照不宣地一笑，不再多說。

顏開譽道：「這麼說來，兩位的想法和咱們是一致的，我們都希望局勢安穩，做個長久生理。」

凱薩知道這些中國商人必然別有所圖，率直地問道：「說了半天，你們究竟想要甚麼？」

鄭明駼道：「凱薩大人是否知道，今天有幾個南京商人抵達大員。」凱薩道：「不錯，我安排他們住在一個安全的地方。」鄭明駼道：「他們是和您接洽的？」凱薩道：「我是北部地方政務員，他們在蕭壠上岸，當地的駐軍自然呈報給我。」鄭明駼喜道：「那正巧，請凱薩大人不要讓南京商人與卡龍長官會面。」

「不可能！長官等候南京商人很久了，大員和中國的貿易能否重開，都寄望在他們身上。」凱薩冷笑道：「過去一官封鎖沿海，如今北方被韃靼人[7]占領，一官再也無法阻止南京商人出海，卻要來找我幫忙嗎？我再怎麼說也是公司的職員，不會做這種背叛公司的事情。」

「不，你錯了，如果南京商人真的把貨物運到福爾摩沙來，那才是商館危機的開始。」顏開譽接口道：「一旦貿易再起，大員商館勢必忙於商務，更加無力管理各地的土著部落和中國人村鎮，到時只能徹底依賴中國商人的承包，任由他們貪婪而肆無忌憚地將局勢變得無法收拾。」

凱薩有些動搖，卻仍說道：「商館本來就是為了貿易而設的，倘若貿易再開，利潤豐厚，根本就不需要收那些稅了。」

「已經移居來此的一萬名中國人，大人卻該怎麼處置，難道商館有辦法將他們全部送回中國去？」顏開譽步步進逼，「何況已經開徵的稅收，商館怎麼肯放棄。」

凱薩一時無話可說。鄭森在一旁聽鄭明駼說明了大概，用閩南語道：「方才巴維斯大人說已經寫信向總督報告贌社的弊病，若是這時候貿易再開，總督定然視為大功一件，到時商務派占了上風，您二位再說甚麼也都沒用了。」

凱薩聞言，深思了好一會兒，忽然抬頭道：「往呂宋的商船被劫一事，一官必定沒有好話，你索性一次都講個清楚吧。」

「好！」鄭明騄取出鄭芝龍寫的信念了起來：

大明南安伯致大員長官閣下：

去年幾位中國官吏和商人所擁有的兩艘戎克船，委託鄭明騄和許耀心，透過臺灣本地的架必沙，向大員商館取得執照前往呂宋傍佳施蘭行商。兩艘船抵達目的地時，卻忽然遭遇大員商館商務員斯汀率領的六艘和蘭船襲擊，其中一艘在卸下貨物後遭到焚燬，另一艘滿載貨物的船隻則被挾持到大員。如此背信棄義的作為，實與盜匪無異，且已嚴重傷害中國商人的利益。我要求大員商館必須完全賠償這兩艘船以及船上所有貨物的損失。

鄭明騄頓了一頓，凱薩不以為意地笑道：「商館是曾發給通行證不錯，但上面寫得十分清楚：『目的僅限於前去探望當地的手下，且不得搭載超過一千兩以上的商品、不得載運任何生絲和絲織品，更不能藉故前往馬尼拉。』那兩艘船違規開往馬尼拉，貨物價值更高達二十七萬

7 韃靼人：當時西方人對清人的稱呼。

七千六百二十九個和蘭銀盾，合七萬多兩精銀！我方加以沒收，完全依照規定，並無理虧之處。一官想出甚麼狠毒的方法，要來追討？」

鄭明騄點點頭，繼續念道：

> 倘若貴方不願歸還或賠償，則臺灣的何金定、彬哥、八哥、三社仔等九位架必沙，連同鄭明騄和許耀心等人都將為此受到牽連。他們留在中國的親人長輩將不再被視為友方，我會將他們關入大牢，乃至株連全族剿滅毫無子遺，曝屍於荒野之中。眾多人命，都在長官一念之中，唯閣下昭鑑。

鄭明騄念著，顏開譽一邊低聲為鄭森翻譯。鄭森聽得汗毛直豎，被父親的冷酷所震懾。以鄭芝龍目前的處境，無法憑武力向和蘭人討回公道，但和蘭人不只全憑架必沙幫他們到中國買賣貨物，這兩年更依賴架必沙收稅、管領治下土地，鄭芝龍以他們的親人作為威脅，也就同時掐住了和蘭人貿易兩岸和開墾臺灣這兩條命脈，著實是計高招。但鄭森想到稍早鄭泰還與何金定大攀交情，這邊卻毫不顧念情分地性命相脅，叫人打心底生出一股寒意。

巴維斯生氣地道：「一官這樣做，只會把架必沙們逼得對公司死心塌地，對他自己並沒有好處。這是非常愚昧的舉動。」凱薩則道：「我不相信一官真的會這麼做。」鄭明騄嚴肅地道：「請不要懷疑一官的決心，他就是靠著言出必行，才能夠有今日的成就。」凱薩道：「我並不懷疑他的決心，但這麼做對他的利益只有損害，沒有幫助。」鄭明騄道：「一官現在是朝廷的大官，他的威信就是最大的利益。」

凱薩道：「公司不可能賠償的。一官有一官的威信，公司也有公司的威信要維護，通行證上寫得清清楚楚的規定，倘若不追究，以後怎麼管領海洋。」

顏開譽繞著彎子道：「其實大員商館不一定要照價賠償。重要的是得把這封信盡快轉到巴達維亞，讓總督明白一官仍舊掌控著中國沿海。總之必須壓下商務派的氣焰，才能讓事情回到安定的正軌。」

巴維斯忽然拉著凱薩，用熱而瑪語道：「一官這封信其實是個機會，可以讓巴達維亞的總督和評議員們了解，透過中國人架必沙們來治理臺灣是不可行的。一官若真狠心下手，公司的貿易和開發立刻就會癱瘓。」

顏開譽雖然不懂熱而瑪語，但從兩人神情看得出來他們態度已然鬆動，遂打鐵趁熱地道：「請容我再提醒兩位，維持臺灣的安定是我們雙方共同的目的。應該好好照顧會生蛋的雞，而不是殺雞取卵。」

凱薩終於道：「好，那就這樣。我明天一早就去長官公署，在長官見到南京商人之前把這封信交給他。你們現在就把八哥悄悄送進醫院，不要表明身分，只說是在臺江路過救起的，你們強行攔阻之事，不會傳到長官耳裡。至於一官的損失……」凱薩用閩南語道：「我會想一個辦法，總不會讓他太失面子就是。」

第貳拾貳回 擁立

四天後，鄭森的座船已然回到圍頭灣，向著安海港內駛去。

鄭森看著這片熟悉的風景，卻大有陌生之感。自己頭一次以商人的身分往來海外，又回到這片岌岌可危的漢家江山，在在都讓他覺得隔膜。

鄭泰不知何時站在鄭森的身邊，用他那雙瞇縫眼隨意眺望，鄭森忽然發覺他不再帶著敵意看待自己。經過上年前往日本，以及這次到臺灣，鄭森了解貿易海外並不簡單，對這位堂兄也生出許多敬意，於是道：「阿泰哥辛苦了，此行讓我受教許多。」

鄭泰下巴一揚，不置可否，一會兒卻道：「我說你啊，心裡彎彎曲曲，一點也不像咱們行船走海的。」

鄭森沒料到他會這麼說，忽然醒悟難得鄭泰說了交心話，趕緊道：「願聞其詳！」

鄭泰看了他一眼，道：「你其實會說日語吧？我看你在日本時，聽咱們用日語交談，面上裝傻，卻甚麼話都聽了齊全，這可瞞不過我。」鄭森默默點了點頭，鄭泰又道：「咱們貿易海外，能通外語是多難得的一項本事，你卻假裝不懂；放著做生理和帶兵都是天下第一等的一官叔不去跟隨學習，只肯死抱著幾本破書，把那頂秀才帽子寶貝兮兮地成天戴在頭上。好嘛，士、農、工、商，讀書人排在前面，買賣人活該下賤。你混了個膳廩生，每個月從官學裡領幾斗米，就瞧不起咱們生理人似地。看到咱們這些族兄弟，總是一副『結屎面』，又避得遠遠的，叫人怎麼回你好臉色？」

鄭森聞言既驚詫又惶愧。自己一直覺得被族中兄弟輕視，因此默默發憤讀書，沒想到卻讓兄弟們誤以為自己倨傲。於是道：「兄弟們誤會了，我何曾敢瞧不起人。」他頓了一頓，感嘆道：

「我總以為大家輕視我的日本出身，所以看到兄弟們總是緊繃著臉躲開，也才想從科舉路上掙個功名，讓人無話可說。」

「是嗎？」

「這乃是我的肺腑之言。」鄭森忙道，「四民都是社稷的根基，『尊士、重農、抑商』之說是古早時候的事了。王陽明先生就曾說：『終日作買賣，不害其為聖賢。』又說：『古者四民異業而同道，其盡心焉，一也。』顧憲成、高攀龍等東林前賢也都有惠商便民的主張——阿爹就是天下第一號買賣人，我怎麼會瞧不起做生理的？」

鄭泰見他叨叨絮絮引經據典地辯解，忍不住發笑：「我還以為你這回願意到臺灣，已經轉性了，一開口還是個書生樣子。」

鄭森懇切地道：「我從小沒個知心的兄弟，也不知該怎麼說，自個兒往讀書的路上鑽去，不過就是想著不被看輕罷了。」

「嘲笑你日本出身的兄弟確實不少，但也不是人人如此。」鄭泰雙手抱胸道：「你別忘了這裡是福建，是泉州安海！咱們鄭家是靠打仗和買賣興旺起來的。在這裡，想叫人看得起，得做實事！」

「你說得對。這個道理，我是到南京轉過一圈，親眼看見江南淪陷才能領悟到。」鄭森道，「從今往後，無論是做生理還是帶兵，我都要用心學習。請阿泰哥多教我！」

鄭森和鄭泰趕回安海，是為了參加這天在鄭家大宅所辦的會議。這是一次前所未有的商人大會，不僅各地最有實力的店東、頭家來得齊全，就是一般行商販客、經營零售批發的小店牙行也都可以參加。鄭芝龍近日都在福州輔佐唐王監國，為此也特地趕了回來。

商人本就最會攀交情、拉關係，這下子三江五湖地湊在一起，省不得高聲招呼、拉手親近，鄭家宅院的大廳頓時像是一座市集似的。只是商人們寒暄已畢，三兩句話聊起來，總不免搖頭嘆氣，感慨時局艱難。

鄭泰代替鄭芝龍在門口接待，他對來客都十分熟悉，無論實力大小，還是多年不見，都能毫不猶豫地叫出對方姓名稱謂，並妥當地遣人引導入座。鄭森遠遠看著，心下頗為佩服。

一片喧鬧聲中，角落裡忽然有人喊道：「曾老板，你怎麼坐在這角落裡？這個位子，和你的身分不太相稱啊。」本來眾人都在彼此招呼，這幾句寒暄之語也沒甚麼，但說話那人提高音調，明顯帶著敵意，因此登時引起不少注意。

鄭森看向角落，認得說話的人是泉州商人陳卯，而他招呼的對象佝僂身子坐著，天氣雖熱，頭上一頂厚厚的氈帽卻戴得嚴嚴實實，一時看不清楚面貌。

陳卯扯開嗓子道：「曾定老，曾老板！你以為躲在角落裡又戴個大帽子就沒人發現嗎？」那人勉強抬頭，果然正是曾定老，氈帽下滿頭是汗，尷尬地道：「陳老板好。」陳卯道：「我好，我好，託你的福，那筆一萬三千兩的債務你再不還，我全家就得喝西北風了。」

這時整座大廳都安靜下來，所有人的目光都聚集在曾定老身上。曾定老畢竟也是見過世面的，定下心神道：「唉呀，陳老板這麼說，叫兄弟這張老臉往哪擱呢？明明是定銀，您怎麼楞給說成『債務』。我要想賴帳，今兒個又怎麼敢來？」

陳卯卻不客氣：「老一官叫你來，諒你不敢不來。你說是定銀，那好，我定的生絲和京綾期限已到，請你立即交貨，否則就把定銀退還！」

曾定老為難地道：「您也知道，買生絲得在蠶寶寶一養上就放定銀。銀子在我手上轉一轉手就到各地的牙行和絲戶去了。可江南到處打仗，絲戶停養、機戶斷織，今年這趟買賣，我的老本也都賠在裡面，說起來我才是受害最深的人啊。」陳卯冷笑道：「哼，只怕你手上屯了不少生絲，想等到市面斷貨，再來狠撈一把吧。」曾定老抗聲道：「你別胡亂栽贓，不信的話，你自己到盛澤和雙林各處去看看，市上買得到一根生絲不？」

陳卯道：「你手上若沒有貨色，派兒子到臺灣去與和蘭人接洽甚麼？」

曾定老身子一顫，知道私自與和蘭人接觸乃是鄭芝龍的大忌，絕不可在這鄭家大宅裡讓陳卯指控得實了，連忙疊聲道：「絕無此事，絕無此事！」

陳卯不等他多說，步步進逼道：「你這廝背著老一官與和蘭人接頭，只怕那邊也忙著向清朝官府輸誠吧。」一說著忽然伸手揭去曾定老頭上氈帽，露出前額新剃的一片青色頭皮，原本盤在帽中的辮子也垂落下來，一晃一晃地十分顯眼。曾定老臉色刷白，想遮掩也不是，不遮掩也不是，羞愧得無地自容。

鄭森聽聞清人的髮式已久，這卻是第一次近身目睹，而且還是看到熟人剃成如此，說不出的駭異驚怪。鄭森打從心底感到沉痛與恥辱，清人不僅僅要占領江山，還要改變漢人的髮式衣冠，讓漢人也入於蠻夷。他想起孔子所言：「微管仲，吾其披髮左衽矣。」一時心情無比複雜。

曾定老身旁的蕪湖商人龔孫觀對陳卯怒道：「你別欺人太甚。」陳卯鄙夷地道：「這是龔世侄嘛，龔老爺子怎麼沒來？莫非結了辮子不好意思來看老朋友們。」龔孫觀把自己頭上的帽子扯下，也露出剃光的前額和髮辮，大聲道：「我是剃了頭，那又怎樣？朝廷守不住江山，百姓剃頭是迫不得已，陳老板卻怎生如此羞辱人？你不過是運氣好待在福建，你若是在北邊，我倒要看你留髮還是留頭！」

陳卯身後，晉江商人柯文老陰惻惻地道：「龔少掌櫃的不必大呼小叫，貴寶號也欠著在下一批瓷器呢。」

「欠甚麼欠？」龔孫觀上了火，「虧得有我爺爺冒死維持著，饒州的瓷窯多數沒給搗壞。等局勢平定些，窯工回來就能點火，產出瓷器讓你們拿到海外翻手賺你們的暴利去。要是我爺爺撂開手不管，莫說這筆定銀你們拿不回來，往後一輩子都沒有瓷器可買了！」

此言一出，惹惱了更多商人，大家紛紛你一言、我一語地加入爭論：「就你爺爺了不起？誰不是扛著腦袋做買賣？」「生理歸生理，照規矩，期限到了不交貨，利息得加三倍！」「兵荒馬亂，又不是存心坑你們的。」「各位大老板實力厚，甚麼大風大浪都挺得過去，咱小本經營的，捱不了兩個月就會要了全家人的命……」一時商人分成兩邊，爭得臉紅脖子粗。

鄭泰趕緊打圓場道：「各位老板請聽我一言，今日請各位來，就是要集思廣益，一起想辦法度過這個難關。鋪商和船商應該是魚幫水、水幫魚，咱們可不能自個兒亂了陣腳。」然而商人們吵得興發，竟不理會他的調解，許多人更捲起袖子，一副就要打起來的樣子。

江南一帶的商人多是自產地收購貨色的「鋪商」，他們經營多年，投注無數心血才建立起穩固的人脈和貨源，卻在戰亂中幾乎毀於一旦，更遭受亡國剃髮的屈辱，已然無比痛心疾首，又被指責失信，自然難以承受；閩粵沿海則多轉運海外的「船商」，他們冒著性命危險遠涉外洋，風險和開銷都很大。其中許多人向和蘭人借取定銀到江南採辦貨物，倘若無法提貨賠還，不斷增長的利息讓他們很吃不消，因此爭執起來益發不留情面。

哄鬧得不可開交之際，眾人忽然在一瞬之間安靜下來，像是有人拿了把剪刀把聲音給剪去。一個全身雪白的身影從大廳的照壁後面閃出，飄逸地走向廳心，正是鄭芝龍現身了。他看似不曾知道方才的激烈爭執，一臉安然閒適，又像是對時局成竹在胸的模樣。只有鄭森看出來，幾天不見，他臉上的細紋和白髮又多了不少。

「各位老兄弟、好朋友，久違啦。」鄭芝龍微微一笑道：「這麼多朋友齊集在舍下，倒是難得的一場盛事，若有招呼不周之處，請大家多多包涵。」說罷向鄭泰一招，接過一只杯子高高舉起，道：「先敬大家一杯！」然後仰頭一口把酒喝乾，滿堂的商人們趕緊舉杯相敬，不敢稍有落後。

鄭芝龍受弘光皇帝封為南安伯，其弟鴻逵則受封靖虜伯，顯貴已極。兩人擁兵數萬，推戴唐王為監國，看來擁立他即位稱帝也是指顧間事，屆時鄭芝龍就是一人之下，萬人之上的朝廷重臣。但在商場上，鄭芝龍仍以同儕的姿態和眾人來往，單憑這點，就已令許多人大感佩服。

鄭芝龍走到角落，拾起掉在地上的氈帽拍了拍，幫曾定老戴好，曾定老眼眶一紅，幾乎墮下淚來。鄭芝龍笑著按按他肩膀，一手挽著陳卯，一手拉起曾定老，讓兩人在大廳上首坐好，又請幾位重要的商人上座。

待賓客們全數入座已畢，鄭芝龍用他厚實悅耳的聲音道：「各位應該都已經知道，唐王在本月七日於福州晉位監國，我大明江山有主，天下人心有歸了。」下首有人喊道：「這都是老一官扶持之功！」商人們轟然叫好。

鄭芝龍似笑非笑，擺了擺手，接著道：「監國的頭一道諭旨就說：『有髮者為義民，無髮者為難民。』江山淪陷，原非百姓之過！」此語一出，滿堂賓客更是發自肺腑地大聲喝采，疊聲稱頌監國乃是仁君、明君，又稱頌鄭芝龍推戴得人。曾定老和龔孫觀等剃了髮的江南商人，更是情不自禁地流下淚來。

「咱們生理人都是同一條船上的，大亂之際更應該互相幫襯。幾根頭髮有甚麼好計較——」鄭芝龍摘下帽子，露出渾圓的光頭。他前年為了抗拒朝廷調遣，削髮佯稱要遁入空門，此後覺得方便，就不再蓄髮，但從未在眾人面前顯露。此時乍然脫去帽巾，立時引起一陣驚呼。鄭芝龍摩摩光滑的頭頂心，灑脫地道：「要說剃髮，和尚也沒我剃得乾淨，還不是錢照賺、酒照喝！」眾人先是一楞，繼而哄然大笑，先前的尷尬頓時化為無形。

鄭芝龍待笑聲暫歇，起身踱著方步，一面道：「生理，生理，甚麼是生理？豐年裡收割笑到合不攏嘴，遇上荒年就坐在田地裡哭，那不是生理；豐年裡撿便宜囤貨，荒年裡待價而沽，這才是求生之理。」他停下腳步看著上座諸人，「在座都是海內一等一的生理人，不會不明白這個道理。做小生理的，都希望市面平靜。咱們做大生理的，愈是時局亂，愈是運通有無的大好機會，各位說是嗎？」上首眾人和他目光一接，頓時都像吃了一顆定心丸。

福清人周崔芝朗聲道：「老一官說得不錯，咱們生理人能夠有今天這樣的局面，最初也是從夾縫裡硬長出來的。」周崔芝也是海盜出身，早年往來日本，與薩摩交往密切，甚至拜藩主島津忠恒為義父，在當地的影響力遠大於鄭芝龍。受朝廷招撫之後，撥歸鄭芝龍指揮，但自營生理，並不向鄭軍請餉，多年來積功升到副總兵。在商、軍兩面都是鄭家的一大盟友，發言極具分量。

鄭芝龍一笑，鼓勵他繼續說下去，周崔芝遂又道：「年輕一點的朋友也許不曉得，就容我賣個老——且不說大明朝打洪武爺起就壓抑商人，頒下海禁，嚴令『片板不得下海』；就是到了嘉靖爺，那也不過是一百年前，販海行商還是被當成賊寇似地。」他蹺起二郎腿，豪邁地道：「咱們福建山多田少，務農難以維生，不得不往海上去，否則只好鬧變造反；不僅如此，大江南北、內陸外洋各地的物產不同，本來就有互通有無的需要。若非商人居間販運，江南多少窯工、絲戶製出貨色賣給誰去？無數織女、腳伕又要靠甚麼生活？更進一步說，大明朝二百多年太平盛世，人口滋蕃百業俱興，更需要海外的銀子流通利市，否則銀兩不足，物價騰貴市面蕭條，小民無法度日，朝廷財政也深受其害。說起來，咱們商人大有功於國家！」

鄭森聽得暗暗點頭，商人們更是大聲叫好。周崔芝續道：「然而朝廷不明白此中道理，一再嚴令禁海，人們為求生理，只好鋌而走險。官府派兵查緝彈壓，人們也就只好動武自保。這也就是嘉靖朝倭患始終難以根絕的原因。」他看著遠方，一邊追憶自身往事，娓娓道來：「兄弟當年被土豪劣紳欺壓，在陸上無法存身，這才下海為盜，對此一節知之甚詳。倭患之後有佛郎機人與和蘭人叩關謀互市，然後是鍾斌、李魁奇、劉香這些個大海盜肆虐沿岸。朝廷用兵百年，乒乒乓乓打了數十場大戰，始終無法肅清沿海。為甚麼？因為人們的『生理』就在海上。人要求生，你怎麼禁得了呢？這沿海的局面，畢竟要等老一官出來收拾，才有過去這十五年的平靜。」

「這都是老一官無敵於海上，並且仁義過人所致。」他身旁的柯文老湊趣道。

「文老兄說得固然不錯，但看得還不夠深。」周崔芝咧嘴一笑：「劉香那些個海盜們想獨個兒通吃，乃至打家劫舍殺人放火，這都不是民心所向。靠這片海吃飯的人太多了，大家求的無非也就是有個規矩可以遵循，如此而已。老一官所做的，正是整理了秩序、訂出了規矩，讓大家能夠安心經營生理，所以大家都服他。」他頓了一頓，道：「咱們生理人從來就不是扯順風旗行船的，無論海禁、倭寇、紅夷和海盜都阻擋不了，眼前局勢雖亂，只要咱們齊心一力，必然可以度過難關。老一官也必然會帶領咱們尋得『生理』！」此言一出，眾人轟然稱是。

鄭芝龍笑道：「好嘛，沒想到周兄弟一番長篇大論，原來竟是繞著彎子編了個籠頭給我套上。」周崔芝也笑道：「你早就裝上這籠頭很久了嘛。何況你不來套這籠頭，又有誰能承擔？」

眾人笑聲未歇，陳卯卻冷冷地插口：「兩位一搭一唱，說得好聽。我倒要請教，老一官有甚麼切實的辦法沒有。」陳卯這樣毫不客氣地公然質疑，有人不免暗暗捏一把冷汗，擔心激怒了鄭芝龍。但陳卯說出了多數商人的心聲，大家都安靜下來，對鄭芝龍投以或殷切或質疑的眼光。

鄭芝龍坐回位子上，好整以暇地道：「今年一月，我和龔老爺子、陳兄、曾兄等幾位大老板在南京喝春酒，當時提出要成立『山五商』、『海五行』之議，原本就是為今日情勢預做準備，只是沒想到江南淪陷得這麼快，看來咱們得加緊腳步才行。」鄭芝龍吩咐鄭泰向眾人解釋五商、五行的構想，是要讓所有商人團結在一起，合股營商、一致對外。

陳卯卻不買帳：「這辦法當時我瞧著就覺得不甚可行，彷彿咱們都成了老一官手下的行商販客似地。就算可行，現在也有些緩不濟急吧。」

「這辦法太可行了！」鄭芝龍對坐在側席上，掌管鄭家海外貿易帳務的小妾黃益娘道：「益娘，妳給大家說說，咱們在晉江設的窯場景況如何？」黃益娘起身向眾人福了一福，俐落地道：「承蒙蕪湖龔老爺子大力幫忙，轉介了江西饒州的熟手窯匠，咱們在晉江各地的窯場開得很快。眼下共有窯場二百六十餘座，其中德化一百三十座、安溪一百一十座，永春也有二十三座，大多燒製青花瓷。此外，漳州平和燒製青花瓷器已有數十年，品質之精與景德鎮不相上下，咱們也正著手增加窯爐。」

鄭芝龍補充道：「正如在春酒上承諾的，凡是龔老爺子幫忙新開的窯場，我都算他一分股子。將來他就算不從江西運出一件瓷器，光靠福建這兒的分紅，就夠他過活的了。」

「瓷窯是一回事，但鋪商和咱們船商之間該交未交的貨物、積欠的定銀該怎麼賠還？利息錢可是每天在那裡滾轉哪。」陳卯把頭一偏，提高聲音道：「老一官曾說要代替和蘭人放定銀給咱們，眼下時機正好，是否請您墊一筆款子，讓大夥兒脖頸先鬆上一鬆，喘口氣。」

「我是說過要放定銀，但卻不是讓你拿了賠還臺灣的紅毛去，他們可是我的死對頭哪。」鄭芝龍笑語罷，頃刻間已有計較：「晉江瓷窯剛剛製出一批瓷器，平和的青花瓷在海外也很搶手，我先借一筆貨色讓陳老板拿到臺灣去抵和蘭人的定銀，將來再慢慢還我貨款，如何？」鄭森聞言，不由得佩服父親之精明。他不直接介入船商和鋪商之間的債務糾紛，另外借出一筆貨色讓船商給和蘭人交差，同時幫晉江新製出的瓷器找到銷路，可謂一舉數得。

陳卯卻無歡快之意：「且不說新窯場的貨色好壞如何還得再看，和蘭人買不買帳也不知道；

今天我不能單為自己一人盤算，在座的船商很多都放了定銀給鋪商，單憑福建的瓷窯供應得上嗎？」

鄭芝龍道：「除了福建還有廣東！廣東出產沙糖和藥材，我也抓著一些貨源。最重要的是絲綢，廣東從前原也出生絲，幾年前遭了蠶瘟，絲戶們才棄業停養。但這幾年和蘭人到安南購買不少生絲，安南天氣熱成那樣都能種桑養蠶，廣東沒有不能養的道理。我打算在粵東找地方重新養上，也算是山五商之一。」他看著曾定老道：「絲業是曾老板最在行，要請你幫忙引進蠶戶和機戶，算你一分股子。也請在座有興趣的朋友入股。」

潮州商人孫銘憂慮地道：「潮州各地土豪逐漸坐大，黃岡有黃海如，南洋寨有許龍、魏朝義，澄海有楊廣，揭陽的劉公顯更公然謀反，建偽號『後漢』……他們四處劫奪，不僅商船往來大受威脅，若要種桑養蠶恐怕也會遭到侵擾。」

鄭芝龍眉頭不易察覺地微微一皺，卻刻意輕描淡寫地道：「我在澄海口外的南澳島上駐有重兵，小小寨寇不足為慮。」

另一名泉州商人伍胤開卻抗議道：「年初老一官登高一呼，說要成立五商、五行，在下當即毫不遲疑入股德化窯場，也是個小東家。這會兒老一官要將瓷器借給陳老板，貨款卻該怎麼拆算？我本錢薄，可沒法放款子給陳老板。」龔孫觀也道：「船商的問題解決了，咱們江南鋪商該怎麼辦？」兩人的發言引起一連串回響，大小商人們頓時七嘴八舌地訴起苦來。

鄭芝龍似笑非笑地聽著，並不制止，卻也不發一語，眼中銳利的鋒芒卻使商人們紛紛住口噤聲。

大廳裡一時恢復安靜，鄭芝龍這才冷冷地道：「人欠、欠人，千絲萬縷盤根錯節，這時硬要撕扯起來，那只有全盤皆輸。各位彼此欠來欠去，兄弟手上卻不曾欠誰一毛錢。借出貨色、籌組商行，那都是為了整個東南商界著想。」他語氣恢復了原有的豪爽，「能借出的貨色我來借出，瓷窯股東該拆的款子我一定給上。但也要大家共體時艱。」

許多小商人被其氣概所感，紛紛叫好，但幾位大商人卻仍有猶疑之色。陳卯依然強硬地道：「閩粵兩省固然物產增加，可論質、論量，再怎麼樣也填不上整個江南斷貨的窟窿。只有重新把江南和沿海聯繫起來，則無論船商和鋪商的問題都能解決，這才是問題的根本，才是『生理』所在！」他這番話砍金斷玉、擲地有聲，頓時滿堂叫好。

周崔芝道：「老一官既然已扶持監國，那就勸監國即位，趕緊發兵北上一統江山，我自請擔任先鋒！」龔孫觀卻表反對：「周將軍好豪氣，然而江南飽受戰火摧殘，再來這麼幾下可吃不消。何況兵凶戰危，打仗的事沒準頭的，萬一你來我往地打個三年五載，江南的瓷窯和桑田恐怕要摧毀殆盡了。」柯文老則道：「其實南北互通，也不一定要在同一面旗子底下嘛。江南情勢已定，絲戶和窯場開始有些恢復的跡象，大明朝若能以錢塘江為界，和清人畫江而治，咱們絲綢瓷器照樣出海，生理照做！何況陸路斷絕，船商做的是獨門生意，未必不好呢！」

陳卯「嗐」的發一聲喊，語出驚人地道：「不成，不成，南北隔絕，生理斷然難做——只要能做生理，要我把頭剃成甚麼樣子都行！」言下之意，竟是願意讓清人一統天下。眾人心頭一驚，生怕這人的「憨膽」鬧出甚麼亂子，可滿廳堂上並沒有人出聲斥責，大家看向鄭芝龍，竟連他也不曾露出丁點不悅之色。

曾定老沉默了許久，這時忽然道：「陳老板開的好大玩笑，你方才還揭我帽子，懷疑我向清朝官府輸誠呢，這會兒你卻肯剃頭了。你也不瞧瞧，扶著大明朝龍廷的伯爵大人就坐在這兒，你就不怕此語大逆不道，犯了國法？」他語氣不慍不火，但一方面試探著鄭芝龍的態度，一來又把「大逆不道」的帽子套在陳卯頭上，如果鄭芝龍動怒，乃至將陳卯正法，那就報了方才當眾羞辱的一箭之仇。

陳卯卻毫不畏懼，站起身來大聲道：「老一官不也說，幾根頭髮有甚麼好計較。南北再不打通，我一家老小連著整班水手夥計幾百口人都要餓死了，還等得到國法來治我？」

商人們交頭接耳，偌大的廳堂裡嗡然一片。鄭芝龍面無表情，鄭森看出他互攏著的袖子底下微微顫動，知道父親正在飛快地轉著拇指上的翡翠扳指，這是他思考重大難決之事時的習慣。鄭森想到自己胸前衣袋裡也有一枚同樣的扳指，不由得伸手按了按，霎時憶起父親命令鄭鴻逵撤守鎮江之事，深恐他真的對朝廷毫無忠心，就此降了清人，一面又想，父親畢竟扶持著唐王監國，如果他要投降，何必多此一舉？心中兩股念頭交戰，十分忐忑。

陳卯發話道：「事情明擺著，不論是大明朝復國，或者讓清人定鼎，這局勢愈快安穩下來愈好。講得白了，其實不管誰得天下，都是一般地欺壓百姓。只要有個像老一官這樣體恤生理人的主兒鎮守沿海各省，大家依舊謀生趁食，那就阿彌陀佛了。」

眾人紛紛附和道：「是啊，陳老板說得對！」「老一官是咱們的首領，大夥兒跟著您走。」「咱們當初也是和大明朝的官府對著幹，做生理就是做生理，哪管他是誰家天下！」「『三國歸司馬懿』，嘿嘿，不如老一官自個兒樹一支旗幟吧！」

陳卯上前一步，瞪大了眼睛看著鄭芝龍道：「今日之事，就憑老一官一句話！」

鄭芝龍看著陳卯，也看向他身後滿堂商人。他的話棉裡藏針，說眾人需要的是一個「能體恤生理人的主兒」，言下之意，鄭芝龍若能做得到，大家自然唯他馬首是瞻，倘若不行，那就難說了。

他心裡明白，自己從海上起事二十多年來，能夠有今日，就是因為善待商人和平民，進而得到眾人支持。福建總鎮大軍是自己一手建立的，朝廷敕封爵祿則是有求於他，這一切都靠貿易致富而來，而維持貿易，就必得依靠眼前這些蛛網互結般休戚與共的商人們；反過來說，東南地區依靠貿易為生的商賈、工匠、水手、腳伕等人們早已成為一大勢力，倘若自己無法領導眾人走出困局，便將會有人取而代之，自己更將被這股力量所反噬。

於是鄭芝龍哈哈大笑，起身拍拍陳卯肩頭，洪聲道：「陳老板好膽氣，真是咱們海上男兒的榜樣。」他環顧眾人，道：「各位兄弟，今日站在這裡的不是甚麼南安伯福建總兵，而是鄭一官！我無論當上甚麼官，封得甚麼爵位，骨子裡永遠是一個生理人！」眾人高聲叫好，振臂疾呼，鄭芝龍續道：「時局亂，眼前大家日子苦些，卻也讓咱們看清了，無論窯場、機戶、鋪商還是船商，都是同船合命。咱們正好趁著這時局重新打理秩序，合成鐵板一塊。」他看著場中每一個商人，眼裡放光，豪氣干雲地道：「無論發生甚麼事，這片海洋都是屬於咱們的，是咱們『生理人』的，誰也搶不走！」

商人大會結束後，鄭芝龍旋即前往福州，毫不停留。鄭森回家稍作安頓，遲了一天才抵達鄭家在福州的新宅邸。原本鄭芝龍受弘光帝封為南安伯時便在福州起造了一座伯爵府，此時讓給唐王作為監國行宮，鄭家則將福建按察司改建當作府邸。鄭芝龍每天忙於軍政事務，鄭森雖在府中，竟連著幾日都見不著父親一面。

鄭森在福州街頭晃蕩，見城中熙來攘往，人人精神十足，一片新朝新京氣象，自己卻無所事事，不免有些氣悶。他心中有事，腳下不辨東西地信步亂走，忽然抬頭一看，認出是在城西黃巷小黃樓附近，心下暗道：我竟走了這麼遠，卻不知如何走到了這裡。

鄭森日前聽人說過黃道周就住在這裡。南京陷落之後，黃道周南歸漳浦老家，途中在浙江桐廬謁見唐王，深受賞識，後來跟隨唐王來到福州，並幾度為其獻策、制文。黃道周剛正之名傳揚天下，論學識和清望都是閩中第一，福州公論，一旦唐王登基，他便是首輔的不二人選。

鄭森想起半年前元宵節的時候，在南京與黃道周、陳子龍師徒偶遇之事。雖然黃道周對自己不假詞色，但後來聽聞錢謙益講述他幾度在崇禎皇帝面前據理力爭、毫不畏懼天顏震怒的風骨，對他只有更添敬意；錢謙益降清之後，自己失卻了請益追隨的師長。復社諸子星散，在福建更少可以談論切磋的文友。此刻心緒煩亂，忽然很想與黃道周見上一面，請教他在這亂局中的立身之道。

於是鄭森向路人問明黃道周居處所在，整了整衣冠上門求見。門房通報後，家人領著鄭森到內書房，沒想到等著他的除了黃道周，竟還有陳子龍。鄭森又驚又喜，忙不迭拜見問候二人。

黃道周鐵著臉，一貫嚴肅地問道：「今日所來何事？」鄭森恭敬地道：「晚生聽聞黃大人在此，特來申致問候之意，並無別事。」黃道周眼神銳利地盯著他看了半天，道：「我在杭州聽族侄宗羲說起，你和令尊並不完全在一條路上，這才願意見你。」鄭森不敢直接稱是，委婉地道：「家父與士大夫取道雖異，報國之心卻無二致。」黃道周點了點頭，不再言語。鄭森聽黃道周提起黃宗羲，關切地問：「太沖近來可好？」

「大局如此，哪裡會有好的。」黃道周對著陳子龍道：「你剛從浙江來，給他說說。」

短短三個多月不見，陳子龍已然兩鬢全白，不復從前的倜儻，但眉宇之間更見英毅之氣。他向黃道周微一欠身，道：「學生離開南京，在杭州和太沖見過一面。他和弟弟宗炎會齊，正準備將老夫人送回餘姚老家，然後要在浙東舉事。」鄭森道：「我曾聽他說過要組一支『世忠營』。」陳子龍道：「不錯。我近來與沈猷龍、夏允彝等人在松江四處聯絡，召集陳湖義士，準備成立『振武軍』。我們和太沖約定，振武軍循水道攻蘇州，世忠營則從浙東攻杭州，互相聲援。」

黃道周道：「監國入閩之前，我曾勸他暫駐衢州，以通浙南、贛北兩路，可惜沒有被採納。閩中雖然絕險，然而五代以來，割據者都只能偷安自保，不足自拔進取。」

「老師所言極是。」陳子龍道：「清人入浙之初進兵神速，各地多不戰而降。五月十五南京迎降後，二十日弘光爺被俘。清軍主帥博洛接著發兵東下，六月十三日陷蘇州、十四陷杭州，浙東各地也都遞了降表。但清人通令剃髮，嚴命『留頭不留髮，留髮不留頭』。江南父老誓死不從，許多本已降清之地，又紛紛起兵反抗。」

黃道周厲聲罵道：「身體髮膚，受之父母，不敢毀傷。蠻夷悖逆天理、不知禮義，竟要我華夏子民剃髮，實比蒙元更加凶狠惡毒。」

鄭森也氣憤地道：「清人不只竊我江山，更想奪我中華魂魄，是可忍孰不可忍！我輩頭可斷，髮絕不可斷！」

陳子龍道：「不錯，凡是稍有血性之人，無論縉紳官員還是市井小民都誓死不從此蠻虜之俗。不僅劉宗周、高弘圖大人分別絕食而死，其他自縊、投水者不知凡幾。鄞縣一名樵夫不肯剃髮，長吟道：『髮兮髮兮，父之精兮、母之血兮！我剃髮兮，何以見我父母兮！』也自沉而死。」

「好，好！」黃道周讚道：「可知漁樵中也有聖賢，真我中華子弟本色！」

陳子龍道：「最初清人大有席捲江南之勢，一來是南京淪亡之後群龍無首，一方面也是錢謙益等降臣為清人寫勸降書，四處前驅號召，許多本來意在觀望的人們，也就望風而倒。」

「好個賣國求榮的奸佞！」黃道周罵道：「打崇禎朝起，錢謙益一心巴望著入閣不成，現在又為清虜賣命，還想換個閣老來做？」

陳子龍道：「錢謙益之賣力，更有甚者。清人入南京之後，下令漢人也須剃髮，一眾降臣們聞令面面相覷，不知該遵守不？議論間，錢謙益忽然說：『頭皮癢甚』，起身離席。眾人以為他外出篦頭，沒想到待他回來，竟已剃了髮。降臣們見此，也只好紛紛跟進。」

鄭森心中五味雜陳，錢謙益曾是自己仰望崇敬的師門宮牆，拜入其門下，自己方有能夠成為儒者的信心。又因為他的引介，自己得以和黃宗羲等文苑名士交遊。更有許多次，當自己深感疑惑時，錢謙益溫煦從容的態度總能讓自己定下心來，並且深受啟發。因此錢謙益後來積極為清人奔走，委實叫鄭森難以置信、至感沉痛。

鄭森嘆道：「牧翁……錢謙益曾說開城降清是為了保全江南百萬生靈，這還不無道理。但清人強逼漢人剃髮易服，此乃毀壞華夏衣冠道德之舉，其用心較諸侵踏江山更為險惡，錢謙益卻竟為虎作倀，實在不可原諒。」他一咬牙，恨恨地道：「於私，牧翁是我恩師。於公，錢謙益卻是叛離國家名教的罪人。待王師恢復南、北二京，必教他知道人心未死、道統不亡！」

陳子龍寬慰他道：「師者亦親也。大義滅親，正是洗雪師門恥辱之道。你難為了。」黃道周眼神銳利地看著鄭森，一言不發，卻似乎在說，你要滅的「親」恐怕不只錢謙益而已。鄭森看著黃道周，毫不畏縮地道：「韓昌黎曰：『師者，所以傳道、授業、解惑也。』錢謙益自棄於道，即不再成其為師矣。讀聖賢書，所學何事？清人要將我亡國滅道，我輩自然只有誓死周旋到底。」

「說得好！此正所以江南遍地義旗高舉的原因，華夏子民，終不可為韃虜所制。」陳子龍扳著指頭一一細數道：「浙江參政侯峒曾大人號召士民守嘉定、兩廣總督沈猶龍大人起兵上海、總督朱大典集師於金華、刑部員外郎錢肅樂與總兵王之仁守寧波、吏部尚書徐石麒守嘉興……各地諸生志士，如會稽鄭遵謙、江陰典史閻應元也紛紛起兵；就連許多平日不服官府的江湖豪傑也群起響應，太湖寨主殷之輅和吳江人吳易所部白頭軍，就已答允與我振武軍呼應進兵。江南情勢真可謂風起雲湧，光復可期！」

鄭森大受鼓舞：「江南遍地氣節如此，何愁國之不復！」

「人心思漢更勝元末之時，只待有一明君能效太祖高皇帝之奮起，天下便有歸矣。」黃道周鐵鑄般的眉頭稍稍舒展開來：「我已數度上表勸唐王即皇帝位，復國大業指日可待。子龍乃是運籌帷幄之才，又可聯絡各地義師，我這就薦你入朝任職。」

「多蒙老師謬讚，學生惶愧無已。」陳子龍表情有異，顯然另有別話，果然他頓了一頓後道：「振武軍舉事在即，學生原抽不開身，今日特地趕來福州，其實是要與老師商議一件大事——浙江義師彼此聯絡，已決意勸請魯王在臺州監國。以老師清望，乃首輔的不二人選，請老師隨學生往臺州共謀王事！」

兩人聞言大為震驚，黃道周喝道：「天無二日，民無二主。唐王監國名分早定，魯王既為大藩，正應率先奉表稱臣，天下臣民也該同心戮力，焉可為此篡逆之舉？」鄭森也道：「黃大人本來就將以首輔主政，子龍兄這時候來遊說，是要阻撓王上即位嗎？」

陳子龍凝重地道：「學生此行，只為天下大業著想，並無權謀。魯王乃是中興之主，唯缺一柱石之臣輔佐。老師不出，奈天下蒼生何！」

「魯王秉性庸懦、頗安逸樂，而且恆常病喘身體孱弱，不能堪此大任。弘光皇帝之事，殷鑑不遠，豈可重蹈覆轍。」黃道周年紀雖大，盛氣不減當年：「唐王深明大義、禮賢下士，好讀書通典故，又自奉儉樸。王上自浙入閩，詔免一切供應，違旨者治以不忠擾民之罪。其愛民如此，更兼具膽識與勤奮，這才是國家當前所賴之明君。」

「魯王仁厚謙抑，待人以禮，乃浙江眾望所歸，不能再事他主。」

「唐王是太祖高皇帝九世孫，魯王是十世孫，唐王輩份高、血脈近，當立唐王。」

「唐、魯同宗，都是太祖所封之大藩，本無親疏之別；浙、閩義兵同舉，也無先後之分，兩王並稱監國，先成功者正位為帝，豈不宜乎。」

「唐王已經監國，怎能說無先後？」

陳子龍道：「唐王今年四十四歲，卻有三十四年幽囚於獄中，因此性情陰鷙暴戾。此前他在嘉興和都督陳洪範等人聚議時事，只因一言不合，竟揮拳毆擊陳洪範。國家紛亂之際，不可託付於如此輕躁之人。」

當初唐王朱聿鍵的祖父唐端王不喜長子器墭，將他幽禁在內宅，三歲的長孫聿鍵也隨同被囚，直到二十八歲都還未向朝廷和宗人府報生請名。後來器墭被覬覦王位的弟弟下毒害死，唐端王怕一旦事發遭朝廷追究，趕緊放出聿鍵立為世孫，聿鍵最終才得襲封為唐王；崇禎九年，清兵入關寇掠，直逼京師，唐王未得朝廷同意即率兵勤王，因此被廢為庶人，幽禁在鳳陽宗人府的高牆中八年，直到弘光皇帝即位才獲赦免。合計三十四年幽囚歲月，聿鍵別無他事，刻苦讀書，倒也成就一番學問，以此為人所重，雖然並未恢復王爵，人們仍敬稱其為唐王。

黃道周道：「豈不聞孟子曰：『天將降大任於斯人也，必先苦其心志，勞其筋骨，餓其體膚，空乏其身，行拂亂其所為，所以動心忍性，增益其所不能。』唐王被囚多年，無一語怨艾，更加刻苦自勵。此正上天鍛鍊其堅忍之性，以賜我大明。」

陳子龍道：「崇禎九年，唐王未得朝命便擅自發兵勤王，犯了外藩不得擁兵干政之大不韙，以此獲譴被廢。由此可見，唐王目無祖宗成法，過於輕率躁動。再者，他雖然獲赦，但朝廷並未賜復王爵，按理來說，他根本沒有資格監國！」

黃道周鼻頭一抽，兩眼泛紅，壓抑著洶湧的情緒道：「崇禎十七年三月，闖賊進京，皇上急詔各鎮勤王而無一兵至，最終才有城破殉國的慘事。倘若人人都像唐王不計榮辱、效死盡忠，國家何至於此？」他忽然激憤地道：「唐王忠義貫日，浙江諸臣為謀擁戴魯王之功，竟如此詆毀監國唐王嗎？還是因為朝廷在閩，浙江諸臣以為朝政將被閩人把持，因而不肯受命？」

陳子龍知道老師雖然固執，卻鮮少如此難以自抑，甚至眼角微帶淚光，於是關切地問：「老師為何獨重唐王至此？」

黃道周別開頭去，嘆道：「唐王勤勉自勵、英明大略，在在都與崇禎先帝一般無二。倘若當年我能留在先帝身旁時時進言，也許局勢就不會敗壞至此……」

崇禎與黃道周的君臣遇合甚是獨特，當時國家內外交逼，朝廷中黨派傾軋不休，崇禎雖欲有為，但剛愎猜忌、詔令時變，令人無所適從。而黃道周總是毫不留顏面地直言極諫，要崇禎循道德綱常推行國政。崇禎常被他激得大怒，數次將他貶謫或罷廢，但事後想起他的剛毅忠誠，又將他召回。

「崇禎十三年，我因正言直諫觸怒當道，被廷杖八十、充軍廣西。隔年皇上又下旨以原官召用，當時我對朝局大感灰心，遂告病不赴，返回漳浦老家歸隱著述，不料從此再也見不著皇上一面……」黃道周無限感慨地道：「北京亡後，我許多次夢見皇上，他總是憂心忡忡卻又一語不發。中夜驚醒，榻側寂然，卻又似有千軍萬馬喊殺之聲迴盪耳際。我一生行事自忖無愧於天地，只有這次沒有奉召赴京，至今不知是對是錯。」他抬起頭來，恢復了往常的堅毅：「唐王有先帝的勤謹敬慎，而好學知禮猶有過之。我必定要鞠躬盡瘁以佐之，不能再眼睜睜看著崩天裂地的憾事發生。」

陳子龍深知此中情節，因此聽黃道周這麼一說，當即全然明白了。但他聽黃道周以崇禎比喻唐王，微覺不祥，又擔心老師有此心結，更加固執於知其不可之事。於是依然勸道：「學生固知唐王亦可為英主，但不遠千里而來，實在是為了老師著想，也為國家著想。」他看了鄭森一眼，續道：「當初鄭鴻逵棄守鎮江，回福建時道經杭州偶遇唐王，以為奇貨可居，這才奉迎入閩。唐王一旦登基，他二人以擁戴之功，恐怕又是另一個馬士英。老師在此，恐怕無所施展。」

鄭森聞言又羞又怒，這話擊中自己內心最深的憂慮，壓抑已久的滿腔義憤化為一陣煩鬱，洶湧地填滿了胸口，也分不清是對這時局的無奈、對陳子龍的抗議，還是對父親的不滿。

他一時不及發話反駁，黃道周搶先道：「我懂了，浙江既不肯聽命於閩，又不甘屈身於鄭氏兄弟之下，這才要另舉魯王讓自己出頭。哼，北京和南京都已經丟掉了，還如此囿於門戶之見，器量何其小也。」他冷冷地道：「自太祖以來，文臣輔國乃不移之祖制。你回去告訴浙江諸臣，鄭氏兄弟乃是武人，並非文臣。以王上之英睿，斷不可能任其干預朝局。我若為輔臣，也不會容其亂政。」

鄭森也道：「恕我直言，浙江義師雖然忠心可嘉，畢竟是倉促而集，不僅糧秣器械無著，更乏訓練，以此抵擋清人鐵騎難有勝算；福建總鎮乃天下雄兵，二十餘年來糧餉自足，朝廷以此為正兵，義師於各路策應，這才是兵法正著！」

陳子龍道：「江北四鎮殷鑑不遠，若無秉忠效死的決心，一點用處也沒有——當初鄭軍不發一矢便棄守鎮江，忠義如何人所共見！鄭兄最知令尊與令叔父的底細，你倒說說看，令尊與令叔父真有匡扶國家的心思？」

鄭森道：「不瞞兩位大人，家父的餉源取於海上，而海上之利泰半來自貿易江南貨物。版圖若不能一統，日子久了，家父也難以為繼，因此他必然會有所作為的。」他深深吸一口氣，大聲道：「無論如何，家父都將扶持朝廷、北上恢復。我在家父身旁，也必時時力諫，以堅其志！」

●

鄭森離開黃道周府邸，心中矛盾萬分。自從鄭芝龍與馬士英、阮大鋮結盟，後來意欲劫持假太子，乃至於下令鄭鴻逵棄守鎮江，鄭森對父親也由景仰、疑惑而變為憤怒不滿。然而南京亡後，放眼天下，能戰之師雖然不少，但餉源無虞的卻又幾乎只有鄭芝龍的福建總鎮一軍。何況他扶持著唐王監國，動向繫乎興復大業之成敗，鄭森作為其子，期待與憂懼之情交雜，實難平心以對。

鄭森仰望朗朗天日，暗下決定，縱有再多不滿，也不能讓父親發覺自己的敵視之心，必須取得他的信任，而後無論是勸諫、誘騙，乃至逐步掌握軍權，都要讓父親擁立唐王即位，並且出兵北上。

他回到家中，才一進門就看見父親手下頭號大將施天福帶著一個與自己年紀相仿的青年迎面而來。

「森舍回來得好，一官正叫我找你呢。」施天福拉過那位後生，問道：「森舍還認得他不？」

鄭森仔細一看，那人圓頭闊臉、鼻梁寬長，丹鳳眼、柳葉眉，一副精明外露的模樣，依稀記得是施天福的侄子施郎[1]，遂道：「記得，這是阿郎哥嘛。小時候咱們一塊兒挖蛤蜊、抓螃蟹的。」施郎笑道：「多年不見，難為阿森還記得。」

施天福道：「我記得你們倆同年？」

「我大著阿森三歲呢。」施郎搶著道：「阿森面相這麼後生，阿叔怎會把咱們兩年紀搞混？」施天福道：「是了，你今年都二十五了。」

鄭森唯唯而應，不多答話。一時想起來，從前一起玩耍時，施郎總是搶著當「孩子王」，處處爭先，連挖蛤蜊都要計較是他挖得最多，要是別人挖得比他多了，他也要說他挖到的比較大！臉上無時不掛著一副似笑非笑的表情，誰也不放在眼裡。不過他善說笑話，鬼點子又多，大家也都愛跟著他四處跑。

鄭森忽然想起兒時胡鬧的趣事，忍不住「噗」地一笑：「那次阿郎哥說起炭火烤蛤仔太慢了，竟把一堆蛤仔放進佛郎機砲裡，加了火藥點上，結果蛤蜊全都炸得粉碎，還噴得滿地都是，害大家忙不迭地撿拾了好久。」

施郎哈哈大笑：「還不都是你不聽我的話，火藥加得那麼多！下次咱們重新拿捏過了再試試。」施天福道：「原來是你們這群夭壽死囝仔搞的鬼，怪不得我老覺得那尊砲有股蛤腥味。」

1 施郎：即後來的施琅。

施郎沒個正經地道：「那豈不是越打越香？」

施天福笑罵一番，對鄭森道：「阿郎在我手下歷練了幾年，現在混了個把總銜，任本營左衝鋒，就等有機會打個幾場結實仗，也就能指揮一軍了。」施郎毫不客氣地道：「大將之才，胸中自有十萬甲兵，運籌帷幄之中，決勝千里之外；諸葛亮躬耕南陽，也沒聽說帶過一天兵，初次上陣還不是談笑間檣櫓灰飛煙滅？」施天福道：「你還早得很咧，誇你兩句就在那裡『展風神』！」

鄭森等他們說完，掉轉話頭道：「天福叔，你說阿爹找我，究竟是甚麼事？」施天福道：「一官召集親信大將議事，要你也來參加。」鄭森眼睛一亮，心想必是為了擁立唐王的大事，自己正愁沒機會向父親進言，於是道：「阿爹有命，我自然非到不可——此刻就要會議了嗎？」施天福道：「還差聯仔沒到，等他一來便隨時開議。」

施天福說罷，揮揮手便自去了。施郎向鄭森一揚下頷，邁步跟上，還沒走出門外，便一個勁兒地問施天福：「老一官會議軍務，卻怎麼沒找我？」施天福道：「你一個小小的左衝鋒，想跟人家議甚麼軍務。」兩人聲音越來越遠，鄭森隱隱約約聽得施郎兀自追問：「阿森也沒帶兵，怎麼就找他？」「這還用問，他是老一官的兒子——對了，你好歹也該叫人家一聲『森舍』。」「他還不是叫我阿郎……」

軍務會議在南安伯府內院大廳展開，自鄭芝龍以下，與議的有老四靖虜伯鎮江總兵鄭鴻逵、老五水師總兵鄭芝豹、族弟錦衣指揮僉事鄭芝莞、侄子總管貿易海外船頭鄭泰、族侄副總兵領勇衛營水師鄭彩、族侄參將鄭聯，還有副總兵施天福、諮議參軍馮聲海，以及總管海外貿易帳務的小妾黃益娘。

鄭芝龍手下將領甚多，但今日會議者多為族親，只有施天福和馮聲海是鄭芝龍的親信舊部，得以參加。不過族親所領各軍，卻多非鄭芝龍轄下親統。鄭彩和鄭聯乃是遠親，各以自己的軍隊前來依附。又如鄭鴻逵，即便他是芝龍同胞嫡親的四弟，並且是打從寇掠海上時便跟著起事的，但他考上武舉，被朝廷調往山東任登州副總兵後也算是自立門戶了。堂上諸將實是會盟，鄭芝龍乃是盟主而非總帥。

鄭芝龍開門見山地道：「今日邀集大家，乃是商議我軍行止。在座都是自家人，盡可暢所欲言，不必顧忌。」他對鄭鴻逵道：「老四，你先給大家說說天下大勢。」

鄭鴻逵一點頭，侃侃說道：「月前南京開城降了清軍，起初江南各地也多歸降，但自從剃髮令頒下之後，情勢驟然大變。浙江境內除了各地義師大起，官軍尚有王之仁率三萬八千人守西興，方國安部五萬人在嚴州，張名振也有萬餘人。諸軍沿錢塘江南岸布陣，伺機攻取杭州。」

鄭森道：「十萬之眾，比之江北四鎮和鎮江水師如何？錢塘江再險，又能比長江險得到哪裡去？大軍與天險均不足恃，唯有朝局安定、輔臣與將帥齊心，才能有所作為。」

「我也不看好浙東，但是理由和森舍不同。」施天福道：「帶兵打仗，糧餉最是要緊。浙東一塊鼻屎大的地方，又是官軍、又是義師，十幾萬人擠在一起，哪來那麼多糧餉可吃？」

鄭芝龍問鄭泰道：「浙東一年可出多少糧餉？」鄭泰答道：「正供頂多六十幾萬吧，再怎麼加派也徵不到百萬，就算全拿來養兵，最多也只能供應三、五萬人。這十幾萬人若不能盡早往北打去，就算清軍不攻來也會自己出亂子。」鄭芝龍點點頭不再言語，看向鄭鴻逵，示意他繼續說下去。

鄭鴻逵道：「湖廣那一面情勢也有變化。三月左良玉發兵東下南京時，川湖總督何騰蛟一度被左軍挾持，後來不屈投江，沒想到竟得不死，漂流上岸後逃往長沙後收拾湖廣各部，又有不少被打散了的流賊前來歸順，一時軍威大盛，眼下共有兵馬十數萬。」

鄭泰不待芝龍詢問，逕自道：「湖廣乃天下米倉，又有江、湖之險，不利清騎驅馳，情勢遠較浙東可為。」

鄭鴻逵續道：「李自成敗走山西，又被清兵追擊逃往湖北，五月間敗亡於湖北九宮山。這位『大順皇帝』稱雄一世，最後既非死於官軍，也非死於清兵，卻是虎落平陽，被地方團練的無名鄉兵所殺，最後連屍首都下落不明。梟雄末路如此，著實可悲。」

鄭森忍不住道：「流賊作亂十餘年，禍延十數省，多少百姓因他而死，國家元氣也給掏個精空，才讓清人趁虛而入。李自成這般下場，不過稍洩神人之憤，沒有能夠明正典刑傳首天下，已經便宜他了。」

鄭芝龍卻笑道：「森兒好大火氣。整個大明朝從根裡腐朽壞爛，民不聊生到了極點，即便沒有李自成，也會有其他人起來造反。只不過成王敗寇罷了。」

鄭鴻逵最後說到清軍：「咱們在北京的探子來報，由於剃髮令激變太過，攝政王多爾袞似有意以勒克德渾為平南大將軍、洪承疇總督軍務，代替多鐸駐守南京，改以招撫之策安定民心。江南情勢看來會稍稍緩和一段時日，咱們可趁此機會備戰、進取。」

鄭芝龍蔑笑道：「『以撫代剿』不過是個幌子，擔心多鐸功高震主才是主因。洪承疇了解南方情勢，又是漢人，立再大的功也無從威脅多爾袞的攝政之位，確實是最佳人選。」他看著鄭森道：「好啦，再來看海外情勢，森兒剛去過臺灣，給人夥兒說說。」

「是。」鄭森沒想到父親指名自己發言，腦中飛快地理了理思緒，言簡意賅地將和蘭人因為無法取得中國貨物，改而墾殖稻蔗、收服番社等情事說了。「大員長官卡龍實心經營臺灣，和蘭人在當地根基益發穩固。然而擴展太速，也種下不少亂因，當地漢人不堪欺壓，頗有異志。」鄭森心念一轉，建言道：「閩浙地狹兵多，糧無所出。臺灣沃野千里，若能前往屯墾，倒不失為一大餉源。」

沒想到此言一出，眾人盡皆訕笑。施天福道：「咱們在福建都自顧不暇了，還有餘力跨海去從紅毛口中奪食？」馮聲海也道：「臺灣遠隔重洋，咱們一旦發兵，世人必說鄭家志不在中原，只想遯跡海外扶餘。此舉不可不慎。」鄭聯則和鄭彩交頭接耳，悄聲譏諷道：「森舍是海外來的，念頭就是不同。」聲音雖低，鄭森卻聽得一清二楚。

「森兒這個想法甚好！咱們靠海為生的，就該有這樣以海為家的思維！」鄭芝龍忽然盛讚起鄭森，眾人都感意外，連鄭森自己都有些不解。鄭鴻逵和馮聲海互看一眼，彼此心照：一官莫非是要開始重用森舍了，才會趁著這樣的場合大加讚揚，不著痕跡地抬高森舍的地位。鄭鴻逵面露寬慰之色，一旁的施天福卻有些不以為然。

「我在臺灣確實有所布置，將來若要攻取，不愁沒有內應。但國內局勢未定，此刻還不宜向外用兵。和蘭人愛鼓搗甚麼就任他們搞去，免得他們吃飽沒事來尋咱們晦氣。」鄭芝龍環顧眾人，慎重地道：「眼前最重要的事情，還是咱們的生理命脈，否則幾萬大軍靠甚麼支撐？這一年來咱們雖然盡力增加福建的瓷器和沙糖等貨色，畢竟填不上江南這個大窟窿。因此一定要把廣東拿在手裡，尤其是潮州一帶的富饒之地！」

鄭聯曾多次奉派前往惠州、潮州一帶清剿，對閩粵之間的情勢較為熟悉，於是道：「潮、汕一帶民風剽悍，自來海盜多，鄉民為求自保而競相結寨，間或四出寇掠。近來黃岡的黃海如、南洋寨的許龍和揭陽的劉公顯等寨勢力逐漸坐大，彼此聯絡支援，鎖著韓江口疊灣，整個潮州就在他們掌握之中，外人無從進入。」

施天福道：「早先一官的潮漳總兵府就設在韓江口外的南澳島，後來也派陳輝在島上駐守多年，卻怎麼連幾個小小水寨都收拾不起來？」

鄭聯道：「他們偶爾出海侵擾，咱們一巴掌就能給搧回去。但各寨憑藉地利固守，咱們試著打過幾回，硬是屢攻不下。若想一舉掃平，非派重兵不可。」

「我自己駐守過南澳，知道那個地方難搞。但若能兼控閩、粵，就算外頭天翻地覆，咱們的根基都還是鐵板一塊，因此無論如何都要拿下來。」鄭芝龍沉吟道：「各寨面上看似團結，其實未必真那麼齊心，只是被咱們逼得緊了，才不得不聯手對外。聯仔！你派人通知陳輝，先把勢頭鬆一鬆，讓他們自己去起內鬨，到時候咱們再發大軍，便可事半功倍。黃海如以前曾是我潮漳鎮鎮標游擊，近來才結寨自立，善加籠絡，依然可以為我所用。你給他送枝上好的何首烏，說是我給他老父親的，多拉拉關係。」

鄭芝龍雙手攏入袖中，飛快地轉起扳指，一時不再發話，眾人也不敢出聲打擾。他轉了幾轉便即停手，臉上陰晴不定，顯是心中難以決斷。過了一會兒才開口道：「今日會議，最要緊的莫過於我軍行止。南京亡後群龍無首，老四從杭州迎來唐王，奉為監國，大明朝這才總算有了個主兒。近日許多人說要擁立唐王即位稱帝，但反對的也不少。此事我尚無定見，想聽聽大家的想法。」

「大明朝到這份上已經是上天無路、落地無步，還立甚麼皇帝？這是鴨卵掉在磚仔地——趁早看破吧。」施天福率直地道：「本來咱們和大明朝之間也就是樁買賣，朝廷任一官為官，不花一分錢就可換得沿海平靖；咱們不和官府對著幹，就能全力經營海外，這不過是彼此兩便的事。主顧倒店，貨棧也搬空了，咱們自然換個對象做買賣，難不成真跟他講甚麼忠孝節義？」

鄭芝莞大聲道：「橫豎整個閩粵沿海都在大哥手上，唐王能不能坐這龍椅都聽你一句話，就算是清人來了，也還是得靠大哥治理福建。要是換個人，沿海就不能聽命於北京。所以無論是立唐王還是迎清兵，大哥趁機掙個東海王來當當才是正經。」

「不，無論如何，咱們都得立唐王登基。」鄭芝豹久隨芝龍，頗知他的心意，揣摩著道：「倘若大明朝真的興復起來，大哥就成了開國功臣，我鄭軍也必成朝廷的骨幹；就算要迎清兵，擁著大明天子在手上，也才好討價還價！」

鄭森聽得氣血上湧、毛髮衝冠，這幾位叔父長輩非但毫無忠義之心，甘願臣服於關外蠻夷，甚至把唐王當成買賣的籌碼，實在叫人氣憤。更可慮者，父親目光閃爍，似乎對此頗為動心。但鄭森近年頗有些歷練，不急著起身說話，壓著怒意默默分析，明白叔父們所言乃是鄭軍中的一派意見，甚至很可能就是父親的想法。他明白在這廳堂上講甚麼忠義之道只有適得其反，心念一動，哈哈笑道：「叔父們平日裡總笑我是海外來的，可我骨子裡是個徹頭徹尾的中華男兒。那清人的蠻夷髮式，我是說甚麼都不肯剃的！」他雖未把話明說，但諷刺眾人甘願臣服蠻夷的意思甚為明顯，鄭芝莞等人當即變色。

「大木說得好！」鄭彩一拍扶手，慨然道：「要我剃髮，門都沒有！」鄭聯也道：「福建山多、灣澳多，清兵騎兵在此無用武之地，咱們的水軍天下無敵，盡可一戰，何必忙著把江山拱手送人？」

鄭芝龍面無表情地道：「老四是主張擁戴唐王最力的，你倒說說看。」

鄭鴻逵從懷中取出一捲紙軸在桌上攤開，乃是一幅地圖。他指著圖上不疾不徐地道：「若論情勢，福建山巒疊嶂，易守難攻。自浙入閩須經仙霞關，自贛而入則須經分水關和杉關，那都是一夫當關，萬夫莫開之天險。只要各派一驍將駐守，即可保全境無虞。海路不消說，那完全是咱們的天下，尚且可以水軍直驅舟山、崇明撫敵之背。王上於此號令天下，可謂萬無一失。」他指了指浙東和杭州附近：「清兵打到杭州之後為錢塘江所阻，一時半刻過不了江；江西官軍仍有數萬，湖廣何騰蛟更有數十萬之眾。如此閩、贛、湘連成一氣，清朝又必須分兵攻打，急切間難有作為。」

馮聲海也道：「清兵入關後一路勢如破竹，看似就要把這花花江山整碗捧去。但其實北京朝廷裡暗潮洶湧，諸王中頗有不服多爾袞攝政的，只是他正扯著順風旗，一時未便發動。倘若南方諸省能夠抵擋一陣，待其師老兵疲，打一場大勝仗，與許北京城裡就會互爭大位自個兒亂起來。」

鄭鴻逵點點頭，接著道：「俗話說買賣不成仁義在，何況大明朝廷是十多年的主顧，老掌櫃的一死咱們立時就抽腿，信用上也說不過去。」

鄭芝龍看似有些鬆動，看看施天福和鄭芝豹，又看看鄭彩和鄭聯，攏著袖子不言聲。

鄭森起身道：「兒有一言！」鄭芝龍眼睛一抬，俐落地道：「說！」鄭森道：「如四叔所說，清人一時半刻拿不下南邊幾省，未來情勢還難說；浙東那邊正打算擁立魯王為監國，下一步眼看就要即位稱帝。咱們早早拱著唐王在手上，倘若卻讓魯王捷足先登，各省奉表稱臣，到時朝政悉由浙東而出，咱們反而落了後手，凡事都得聽命於人了。」

鄭芝龍警覺地道：「這事我也略有耳聞，消息確實不？」馮聲海道：「魯王現在臺州，三不五時都有各地官員前去拜謁，消息很確實。」

鄭芝龍看看芝豹，想起他說「就算要迎清兵，擁著大明天子在手上，也才好討價還價」，倏然起身道：「好，咱們就立唐王為帝，越快越好，須得早日將登基詔書通告天下。」

眾人見鄭芝龍已有決斷，霍地起身聽命。鄭芝龍笑道：「咱們做了一世買賣，不妨當他一回忠臣。要知弄得好，忠臣就是椿最好的買賣！大家可要實心任事，好好輔佐新皇啊，哈哈哈！」

眾人大聲道：「謹遵一官號令！」

鄭芝龍看向馮聲海，賊笑道：「洪承疇也是咱們南安人，這鄉誼不可不攀。你親自到他老家去一趟，給老夫人請安，派幾個兵護衛他們家周全……不，這樣還不夠。那一干酸丁腐儒必然日日前去騷擾，我看你把他家人都接到咱們安海家裡，好生養著，就萬無一失了。」馮聲海當即領命。

眼看就要散會，鄭森大聲道：「兒子請命帶兵，不拘哪一路，請阿爹指派兒子前去效力。」

鄭芝龍眉尾一揚，眼角帶著笑意：「喔，勸了你這麼多年都不肯，這會兒總算想通啦？有個差使正巧用得著你——我要練一支新兵，以爪哇銃手和日本武士當教頭，精習銃術、砲術和槍法。你能通日語，乃是絕佳人選，我即刻委你為福建總鎮鎮標副總兵！天福那個侄子阿郎也是能帶兩個兵的，讓他幫著你！」

第貳拾參回

爭位

鄭氏各軍議定擁立唐王為帝，看似已成定局，然而幾次上箋勸進，唐王卻都固辭不許。眾人本以為唐王只不過是循例卻請，表示謙抑，但無論文武官員怎麼勸說，唐王都不為所動。群臣們逐漸感覺到唐王或許是真的不願登基。

這天，工部尚書東閣大學士曾櫻、太常卿曹學佺和文選員外郎曹履泰連袂來訪，鄭芝龍正與鄭森交代練兵事宜，兩人聞訊趕緊到大廳上出迎。

曹學佺是福建侯官人，乃閩中士林領袖。曹履泰則是浙江海鹽人，當過泉州的同安知縣，召練鄉勇抵禦當時為海盜的鄭芝龍和李魁奇等人，為官清正，深受鄉里敬重。芝龍受朝廷招安過程中曾遇到許多阻礙，也是他大力維持撫局，最後才能成功，因此芝龍以師禮侍之；曾櫻與鄭芝龍淵源更深，他任福寧副使時，海盜劉香與和蘭人勾結寇掠沿海，福建巡撫熊文燦想派鄭芝龍前往討伐，又擔心他與劉香是舊識，恐怕串通為禍，因此猶豫不決。這時曾櫻以全家百口性命作保，力薦芝龍，才成定案。芝龍對此知遇之恩大為感激，後來還跟隨曾櫻前往粵、贛山區征討山賊，兩人交情非比尋常。

鄭芝龍將三人迎至上座，引鄭森見禮已畢，親自奉茶，恭敬地道：「三位大人今日來，有何見教？」

曹學佺道：「南安伯軍務倥傯，我就不多客套——聽說最近有人商議要大修王宮，打算叫本省各州縣攤派費用，大縣分派四百兩，小縣分派三百兩，南安伯可曾聽聞此事？」

鄭芝龍道：「王宮以前乃是福建總鎮府衙，拿來作為監國的宮室勉強還過得去。但王上進位在即，府衙若要當作皇城大內，實在難彰威儀。您們讀書人不也常說甚麼『不睹皇居壯，安知天子尊』，整修宮殿，乃是為了新朝新政的氣象。」

曹學佺道：「仁聲出自儉約之德。王上都還未登基，怎可就先加派額外的費用？這也會將奢侈之風傳播下去，不肖有司藉此搜刮庫藏、苛刻百姓，豈不是反而置王上於不義，彰顯其過嗎？」

「老公祖過慮了，」鄭芝龍聽說是這麼件事，輕鬆地一笑，「總兵府以前是我的居處，甚麼地方蟲蛀漏水當修當改，那都是一清二楚。我自己督造，費用大半也是我自己墊上，只是採辦木料等事，還需地方上配合。」

曹學佺道：「伯爵大人如此戮力王事，著實可佩。只是消息傳出去，底下人拿著這因頭從中漁利，那也是萬難防範，總是對王上聲名不利。」

鄭芝龍低著頭思索起來，雙手老實地放在膝前。鄭森平日見父親總是傲視群倫、威風八面，難得他在這幾位老官員面前如此謙恭，一時頗覺新奇。

須臾，鄭芝龍抬頭道：「老公祖說的也是實情，但我修築宮殿，乃是為了敦促王上早日登基，唯王上與各位大人共鑑。若擔心有司從中侵吞，我派人嚴加監督就是。」

一旁曹履泰聽他這麼說，忽然涕泗交流。三人之中他的年紀最長，滿頭白髮、鬚髯戟張，一張老臉卻哭得像個娃娃似的。鄭芝龍趕緊起身關切：「老師這是為何？森兒快拿張綢絹來！」曹履泰從鄭森手中接過綢絹，不經心地一抹，抽抽噎噎地喚著鄭芝龍的字號道：「飛黃，一官哪！你可要實心為朝廷效忠，要盡力，千萬不可猶疑瞻顧。我老了，在朝廷裡也沒甚麼用處……」他顫著手推開鄭芝龍，「你不用安慰我，我知道自己真是老了，我能做的也只有好好勸你。你若能聽我的勸，好好給朝廷效力，那我就算是立了大功了……」他翻來覆去就是那麼幾句話，不斷重複著要鄭芝龍對朝廷忠心。

鄭森在一旁看著，雖覺曹履泰有些老邁衰頹，但他勸鄭芝龍的苦心很叫人動容。鄭芝龍一面扶著曹履泰哄慰，一面看著曾櫻和曹學佺，苦笑道：「我這不正給王上起造宮殿嘛，勸進表也上了好幾次，鄭氏各軍都列名得齊全，卻不知王上究竟還有甚麼顧忌？」

曾櫻從一坐下便始終姿態端正，像是一塊巖石似地。但他開口說話時，語氣卻十分溫煦敦厚：「你我共事多年，別人也許不知道你，我豈有不知？固然有人老拿著你嘯聚海上的往事，說你不可信任，但這些都屬無稽。」他指著曹學佺，溫吞地一笑道：「日前有個屠夫徐五找上曹大人，求他寫副對子掛在家裡。尋常縉紳多半不願寫的，咱們曹大人卻是一諾無辭。你猜猜他寫的甚麼？」

鄭芝龍自然茫無所知，但這則軼事在文人間傳揚甚廣，鄭森也曾聽說過，遂接口道：「曹大人寫的是『仗義每從屠狗輩，負心多是讀書人！』」

曹學佺捻鬚微笑，曹履泰也破涕道：「對，對！」曾櫻拍拍鄭芝龍肩膀：「我拿曹大人的對子開你個玩笑，可不是真心說你乃屠狗之輩，芝龍兄別生我的氣噢。」鄭芝龍大笑道：「曹大人這對子寫得好，套在我身上更是貼切。芝龍一生掃蕩賊寇、拒抗紅夷，將來更要驅逐韃虜。那海寇、清虜跟狗子也無甚分別，說我乃『屠狗之輩』一點也不冤枉！」曹學佺讚道：「好！南安伯如此仗義，國家何愁不復？」

曾櫻嘆道：「南、北二京失陷，一干降臣們那個不是飽讀聖賢書的？如今要謀恢復，真的要仰賴像你這樣忠義之人。」他收斂笑容，認真地道：「話說回來，王上不肯登基，確實與你有關。」

鄭芝龍道：「喔？請曾大人明示。」

曾櫻道：「當初逵帥從杭州奉迎王上入閩，幾次啟請監國，後來又勸進正位，但芝龍兄對此卻不甚聞問，似乎無意擁戴。若干朝臣們不免擔心，芝龍兄如今上箋勸進，是出於別的原因。」

鄭芝龍佯怒道：「是甚麼人在王上面前亂嚼舌根，這樣誣陷忠良，更耽誤王上早日正位！」他指著自己胸口，激憤地道：「區區之心，天日可表！請幾位大人向王上分說明白，不要為了小人讒言誤了國家大事！」

三位官員彼此互看，連連點頭，對鄭芝龍的態度十分滿意。曹履泰破顏笑道：「止謗莫如自修，一官要好自為之。」曹學佺道：「眼下朝臣們分成兩派，一派力主擁立，另一派則主張王上緩稱號，待出關恢復蘇、杭，乃至入南京後再即皇帝位。明面上，他們是擔心流亡南來的宗室甚多，王上太早稱帝有礙諸王歸心，乃至同室操戈。」曹學佺緊緊盯著鄭芝龍，「實際上，也有人是擔心王上若在福州稱帝，南安伯兄弟獨掌大權，卻未必有北上恢復之志。」

鄭芝龍大大搖頭：「這些人是以小人之心度君子之腹，講得白些，我要想當土皇帝，多少年前早就當上了，何必費這麼大力氣給朝廷守邊？這回擁戴王上，那更是真心誠意。」他眼睛一轉，試探地問道：「莫非是王上自己還信不過我？」

曾櫻欲言又止，拿捏好說話分寸，緩緩道：「王上監國並非貪冀大位，只圖偏安割據，而是要恢復祖宗基業，拯民於水火。登基與否，於王上而言並無差別。王上要的是文武將帥向義之心，以及忠義勤王之師，如此才能慮及其他。」

鄭芝龍何等精明，立時明白唐王等的只是自己效忠之態。他想若答應得太快，顯得其意不誠，於是故意裝作深思沉吟一番：「我知道了，王上不是貪慕榮華富貴之人，更不想以長居福州為安。修葺宮殿之舉，是我用錯了力氣，我即刻叫人停工。從今往後，我將全副心思放在匡復大業上就是了。」

曹履泰滿心歡喜地道：「你總算明白了。」

曹學佺卻道：「然而王上欲命賢昆仲為浙閩分守、分巡總督，南安伯卻為何不肯接受？」

鄭芝龍道：「浙東素負資望的閣老、大將甚多，鄭某是海濱後起之輩，怎敢僭越。」曹履泰急著道：「你這就不對了，堂堂南安伯，難道連一個總督也當不得？」鄭芝龍謙遜地道：「本朝督撫，向來都是由文臣以都御史身分出任，我和舍弟是武人，恐不相宜。」曹學佺道：「原來南安伯擔心的是這個，真是顧全大體，令人敬佩。但在此非常之時，國家用人唯才，南安伯若過於拘泥成法，反耽誤了大事。」

鄭森在一旁聽得奇怪，父親向來心高氣傲，朝廷有甚麼封賞都是坦然接受、多多益善。他不願接這總督之職，必有別的顧慮。

曾櫻道：「芝龍兄，今日在座都是自己人，我就直話直說。眼下浙東各軍雖然都向唐王監國奉表效忠，其實各自為戰，更有不少人想另立魯王。唐王和大臣們計議戰守之策，咸認王上登基之後即應率師親征、北上浙江，才能號召各軍歸附，使天下恢復之師一統於王纛之下。因此芝龍兄的態度至關重要，你若與令弟受此浙閩守巡總督之職，不拘哪位分守福建，哪位分巡浙江，既能顧及閩師根本，又能輔佐王上成就大業，豈不兩全其美？」

鄭芝龍見話講到這分上，再推託下去顯得自己毫無誠意，遂自失地笑道：「原來大家疑心我不願出關，這太冤枉了，不願受職和不願出關是兩回事。各位大人想想，浙東那邊多少勳臣大將，腦袋頂著清軍刀鋒，吹風淋雨地苦苦死守，朝廷卻憑空委了我當浙閩總督，他們能服氣嗎？這個總督的位置我就想坐也坐不穩的，硬坐上去，對朝廷也不好。何必為一個虛銜壞了大計？」

曹履泰嘆道：「一官對人情世故摸得熟透，也算老成謀國。不過太講究這些個，那就甚麼事都做不了啦。你再堅拒下去，恐怕大家疑心你不肯擔任艱鉅。」

鄭芝龍道：「老師放心，我雖不願出任浙閩總督，但福建總鎮還是做得好好的嘛。王上登基後，隨時準備好要親征，福建總鎮任其驅使就是了。」

三人面露喜色，曾櫻道：「本來芝龍兄不肯出任總督，大家難免都有疑慮，現在既然知道原委，那王上應該也可放心了。芝龍兄這分心意志向，還是親自上表言明更好。」

鄭芝龍滿口應承：「這個自然，我立刻就來寫，今日就拜摺送進宮去。」

三人起身告辭，鄭芝龍和鄭森直送到中門外。曾櫻卻叫二曹先走，說他有點私事要和鄭芝龍商量。

待二曹走遠，曾櫻道：「芝龍兄，我有件為難之事，想來想去只能拜託你。」鄭芝龍道：「曾大人和我鬧甚麼生分，有事儘管吩咐就是了。」曾櫻點點頭道：「我有個侄兒叫做曾德，是長兄之子，今年十七歲。家兄與我手足情深，卻不幸英年早逝。我答應幫他造就阿德成個人才，無奈阿德不喜讀書，仕進之路無望。他沒別的長處，就好弄點槍棒，我想不如讓他從軍，收束收束煩躁性子，在這當口也能為國家出點力氣，他日若能從軍功上圖個出身，我也就對得起家兄了。」

「這有甚麼為難？」鄭芝龍爽快地道：「曾大人的兄長就是我的兄長，阿德等於是我的侄兒，想從軍還不難？」

曾櫻如釋重負：「我知道芝龍兄必定慨然無辭。只是我這侄兒性子有些野，老實說，我自己有些管他不住，才想到要讓他在你軍中磨練。芝龍兄切莫格外優遇他，省得他搗亂壞事，也失了矯治他的意思。」

「曾大人說的我明白，不過行軍打仗，還得靠膽子大、性子野呢。」鄭芝龍指著鄭森道：「正巧我叫森兒練兵，阿德就編在他隊伍裡，如何？」

「這樣我總算放下心頭一塊大石了。」曾櫻對著鄭森懇切地道：「我即刻叫阿德入營，此刻起他要犯事，該打該殺都由森舍按軍法來辦。」

鄭森沒想到自己還沒真的帶上一天兵，就忽然給塞了個私人在手下，聽起來還是個任性難制的角色。但他看著曾櫻正直的眼神中流露著剴切的託付之意，連忙道：「曾大人放心，晚生必與阿德兄戮力同心為國效力。」曾櫻省不得拱手再三，千恩萬謝地去了。

鄭森目送曾櫻遠去，一回頭，鄭芝龍已倏地轉身，道：「來！」說著拔步就走，鄭森連忙跟上。

鄭芝龍快步走到簽押房，隨手拿起桌上一張紙遞給鄭森，他接過一看，竟是唐王親手所書諭旨。鄭森詫異於「聖旨」竟只是這樣樸素的一張紙，趕緊恭敬捧讀。上頭寫著：

漢、唐中興，各有成資。今止一隅，勢非昔比。況孤庸質，恐羞祖烈！惟是先生兄敬弟忠，勛猷夙著。前靖虜伯奉孤南來，實惟先生是奔是依；孤以困頓餘生，宮內生長，不諳軍國大事；惟先生竭力輔孤，以全奉孤南來精忠大節。把守關隘一切急務，先生業已料理有緒；孤不勝嘉慰！措餉之難，其來已久，孤今惟實實至儉至勞，布素外朝以先天下；至委先生兄弟守巡總督重任，出孤獨斷，倚任之專；先生不可辭此官，即孤不可辭監國。

至於勸進之語，孤無當天下、貪大寶之心，著毋庸議。

鄭森仔細讀完，頗為唐王的謙恭與誠意所動，遂道：「雖說督撫例由文臣出任，但王上已說了這是他的獨斷，還說『先生不可辭此官，即孤不可辭監國』，足見王上倚重之深。阿爹就接下這總督之職吧！」

鄭芝龍道：「唐王要我出任這個總督，竟以辭去監國相脅，性子果然擰啊。你別看這諭旨把我捧上天似地，合著方才三位大人的話來看，事情就明白了，唐王終究還是對我不放心！他越是謙抑，話說得越好聽，就越是要趕鴨子上架，逼我就範。」

鄭森道：「王上監國，任命方面大員以圖恢復，這是理所當然。王上在福建，不依仗阿爹又要倚仗誰？」

鄭芝龍冷笑道：「若只是對我委以重任，命我為福建總督就行了，或者閩粵總督不更好？

你看這『浙閩總督』一職，浙在前、閩在後，瞧出蹊蹺沒有？他們就是要逼我去蹚浙江這片渾水！」

鄭森道：「浙東局勢混亂，王師北上以統號令，確是正辦。」

「憨兒，王上要號令各軍，光憑一面王旗過去頂甚麼用？我知道這是黃道周跟福建巡撫張肯堂的主意，他們要我去當散財童子！原本浙東諸軍都得自己想辦法籌餉，我若套上這個浙閩總督的籠頭，幾十萬人的餉都著落在我頭上了。」鄭芝龍頗為不滿：「唐王南來時一文不名、兩手空空，吃穿用度都是我供應。監國行宮是我的總兵府，御營親衛也是我的兵。現在他們還想借花獻佛，既籠絡了浙東，又削弱我的力量，真是打得如意算盤，做他的大頭夢去吧！」

鄭森心下一驚，沒想到這個官職背後有這麼多計較。鄭森深知要勸諫父親幫助朝廷北上，曉以大義無用，須有一套能打動他的道理，於是道：「王駕入浙，起初當然是要阿爹下點本錢。但反過來說，一旦各軍聽命於王旗之下，向北收復失土，阿爹這個浙閩總督不正剛好把地盤把在手心裡？前日會議軍務，阿爹不也說光憑福建一省貨源不足，要往外打出去？」

鄭芝龍吃吃一笑：「你想得挺美，倒像是和唐王他們一夥的。我要爭地盤也是往廣東去，跑到浙東和那十幾萬丘八搶食？又不是『頭殼壞去』。」

鄭森道：「不然這樣，阿爹仍在福建坐鎮，王上親征，兒願領一軍為先鋒。如此浙東不成阿爹的負擔，王上也能入浙。」鄭芝龍想都不想：「不行！」鄭森抗議道：「這又是為何？」

鄭芝龍道：「清兵入關後所向無敵，無論悍勇如李自成，還是忠義如史可法，多少名將、猛將都抵擋不住。閩軍長於水戰，在陸上拿甚麼跟人家打？」

鄭森道：「咱們不過是穿針引線，趕在魯王成氣候之前號召各軍，讓王上即位後天下歸心。就像四叔說的，各省連成一氣，清兵備多力分，局勢就轉過來了。」

鄭芝龍心底暗笑兒子紙上談兵，面上卻忽然緩和下來，默默對著鄭森端看良久。鄭森見父親在一瞬之間露出極深的老態，嚇了一跳。父親接連在商人會議、軍務會議，還有方才會見三位官員時，始終雄姿英發、談笑風生，就有天大的事也難不倒他的樣子，原來他的煩憂竟是如此之深。

鄭芝龍的疲憊之情一閃即逝，嘆道：「你道我一點都沒有扶助朝廷之心嗎？我固然有許多盤算，然而一旦有所決定就會貫徹到底。商人會議你也參加了，南北一統不只是朝廷的想望，也是商人百姓們至為企盼之事。我貿易海外的貨源都在江南，心裡其實比唐王和黃道周他們都還急。可我是戰場上、死人堆裡滾出來的，知道仗不是這樣打法！如果像街上的無賴賭骰子，隨手浪擲一通，家底再厚也是一下子就輸得精光，還談甚麼恢復？」

鄭森見父親交心相告的樣子，關注道：「喔，看來阿爹必然已有良策？」

「你以為我為甚麼要叫你練那支新軍？」鄭芝龍說起軍務，不由得眉飛色舞起來：「清兵鐵騎強在野戰衝鋒，但浙南閩北都是山地，又有關隘之險，我軍應該以長就短。日本的鎧甲冠於天下，防禦弓矢如金石一般堅硬。我從平戶聘來擅長砲術和刀法的浪人武士，又把爪哇的黑人銃兵從安海調來，就是要練一支披重鎧、善使火器的『鐵人軍』！火器不僅殺傷大，也可驚嚇敵人馬匹。加上重鎧刀槍不入，以此與清兵對陣，可大增勝算！」他眼神炯炯地看著鄭森：「此軍練成，方才是我出關之日。你責任甚重，不可輕忽，趕緊專心把兵練好吧！」

「鐵人軍！」鄭森對此聞所未聞，聽起來確實是支能對付清人的奇兵，不覺有些興奮。他雖然並不盡信父親說兵一練好就立時出關的話，但暗忖道，等練了兵，自己把點兵權在手上，說話才更有力量。眼前最要緊的，還是要讓唐王早日登基，等御駕親征一事成為定局，父親想不出關也不行。於是道：「兒子知道了，我一定好好把兵練成。只是王上那兒，阿爹要怎麼回奏？」

鄭芝龍道：「老馮出門辦事，我就是要找你幫忙寫這奏疏。來，我念你寫。」鄭森聞言，忙就桌上拿過筆硯，磨好了墨蘸飽，展開箋紙等父親開口。

鄭芝龍沉吟半晌，卻道：「我想送唐王一些禮物以示誠意，但他自奉儉約，說甚麼違旨者要治以不忠擾民之罪，送錯了東西反而自討沒趣。」鄭森道：「王上正要賣阿爹面子，只要所送的是阿爹既有之物，並非搜刮而來，應該不至於駁下來吧。」鄭芝龍靈光一閃：「面子！對了，得想個名目給他做做面子。」鄭森偏著頭略一想，道：「有了！」援筆寫道：

芝龍盥手跪誦唐王殿下賜諭，如絲如綸，感高厚之恩。特進冰紗十端，以報天恩於萬一。

鄭芝龍「噗」地一笑：「沒想到你這小子還挺會拍馬屁的嘛。」鄭森神色不動地道：「君以手書賜諭，為臣者自然不勝榮寵。」鄭芝龍收起笑容，一口氣道：「好，我送王上冰紗十端，漳紗、葛紗、軟紗、永春布各五端。你這麼寫——天下到了這麼個局面，幸好有王上出來主持，大家都高興得很，覺得總算有個明君了。局勢亂，其實也正是個機會。王上這時登基，正好收拾江山。我是粗俗之人，不會說話，但都是出於一片誠心，請王上多考慮考慮。」

鄭森邊聽邊寫，文不加點一揮而就：

惟是天步艱難，正望蕩平之日。幸殿下神明，尤為中興之主。自殿下監國以來，芝龍即亟會撫按、司道及縉紳、孝廉、貢監、生員，無不歡欣鼓舞，共慶昇平。人心如此，天意可知。禍亂之作，皇天所以開聖人也，其在斯乎！先監國而後登極，上承天心，下合民意，唯殿下昭鑑之。芝龍一味拙直，茍有奏誤，更望天涵；到底方信芝龍之無他也。

鄭森寫罷，恭敬地將筆擱好，側身侍立。鄭芝龍端詳了一會兒，大笑道：「好，好，一個字都不用改，就這樣送進去！三位大人這會兒應該也向唐王稟告過了，他不會再疑心我了吧！」說著將箋裝進封筒封好，隨即差人呈進宮中。

唐王很快親手寫了回信：

自古英雄相遇，凡功業之巨細，正在相信之淺深。啟內一切慎舉動、擇行在，識慮周詳、任事堅決，孤更感激！另啟所進衣著，孤即受用，以昭與卿一體之忠愛云爾。所奏知悉。一切事宜，俱要預備；一統所基，關繫至重。勉之慎之。

鄭芝龍看完手詔，隨手往桌上一丟，對鄭森道：「行了，明天可以叫百官一起勸進了。」他口中哼起小調，抓起一塊米糕丟入嘴裡，米糕頓時散化開來膠黏了滿口。他一邊大口配茶，一邊含糊不清地自語道：「哼，黃道周和張肯堂這些不曉事的老傢伙，得讓你們知道這裡是誰在當家……」

●

閏六月廿七日，剛過子時，鄭森便警醒地起身，妻子董友也趕緊幫著他盥手、洗面，服侍更衣。

這天是唐王登極之日，鄭森以禁軍副總兵的身分扈從。鄭芝龍給了他一件繡有麒麟白澤[1]的青補朝服，但按制伯爵以上的勳貴才得穿著，鄭森不敢僭用，另外準備了繡獅的二品武官朝服穿上。

董友幫他理好朝服，退後幾步端詳，黛眉微鎖，幽幽嘆道：「可惜衣角離地太高，若繡的是仙鶴或錦雞[2]多好。」

鄭森向來企盼循科舉正途出身，穿上這身武官朝服本已頗感彆扭，這時被妻子點破了自己的心病，頗感不悅。董友是禮部侍郎董颺先的侄女，董家世代簪纓，嫁入海盜出身的武官家裡令她頗覺委屈。因此她對鄭森的科名企盼之殷，甚至比丈夫還深。幾年前鄭森鄉試不第，心中鬱結，回家卻還聽得妻子的怨懟之語，兩人為此冷淡過一陣，直到長子鄭錦出世，才又稍和睦些。

鄭森有些賭氣，故意昂首挺胸地道：「岳飛、韓世忠也是軍伍出身，光復神州還得靠胸前繡著瑞獸的呢！」說罷大踏步出門去了。

清晨五鼓，唐王身著冕服，前往福州郊外祭天。鄭芝龍戎裝騎馬前導，鄭鴻逵率領禁軍殿後，端的是軍容壯盛、威儀無匹。福州建城以來，在五代時曾為閩國都城，宋末時端宗於此即位，但不出數月便被元兵所迫而出逃。此後三百七十年未曾有此盛事，自然是萬人空巷，麇集瞻仰。

只見唐王登上剛築好的祭壇，捧讀祭文，忽然大風震起，拔木揚沙，眾人都被吹得睜不開眼睛，臉上細沙刺擊不絕。唐王沉著地抓緊祭文，一字一句地誦念下去，但語句被風聲吹得支離不清。

好容易念完了祭文，唐王步下祭壇。風勢陡然增強，尚寶司卿的坐馬受驚，長嘶一聲人立起來，剛鑄好的國璽從尚寶司卿手上脫出，在百官低聲驚呼中重重砸在地上。鄭森站得近，趕緊上前將國璽拾起，見缺損了一角，心中微感不祥。鄭芝龍接過國璽，捧舉過頭，高聲道：「璽印大地，江山一統，吾皇萬歲萬歲萬萬歲！」

百官們正都覺得兆頭不好，懵然間聽他這麼一說，趕緊跪成一片，高聲誦道：「江山一統，吾皇萬歲萬歲萬萬歲！」

郊際禮畢，車駕回宮。行殿是由福建布政司改成，規模不能與南北二京相比，但布置了許多由松柴束成的庭燎，火光輝煌猶如中晝。

司禮及文武百官依序進入正殿前的丹墀，鵠立已定，便只聞環珮叮咚，再聽不到一點聲息。

---

1 白澤：傳說中東海濱的神獸，能言語，通達萬物情理，提供聖明君王治民除害的建言。
2 文官朝服離地一寸，武官朝服則是五寸。文官的朝服上繡祥禽，武官則繡瑞獸。

寅時一到，鴻臚寺卿入內殿奏請陞殿，唐王隨即由中門緩步而出，陞上御座。這是鄭森頭一回親眼見到唐王，雖然隔得遠了，面容不甚清楚，但見他長身豐頤、儀態端重，確是人君之資。

冷不防「劈啦！」一響，錦衣衛鳴鞭肅靜。接著欽天監報唱吉時，鴻臚卿贊唱百官行五拜二叩首之禮。

叩拜已畢，通贊高聲宣唱：「班首詣前——」黃道周穩重地邁著四方步走到皇位之前，將朝笏插於腰間，挺身長跪，百官們也跟著長跪於地。奉寶官從盝盒中取出國璽，黃道周接過後高舉過頂，朗聲道：「陛下進陞大位，臣等謹上御寶。」尚寶官接過國璽收入盝盒，黃道周一拜之後降階復位，百官伏地一拜，唐王平舉著手宣道：「平身——」從此刻起，他便是大明隆武皇帝了。

百官起身鞠躬，再行二十四拜之禮。通贊不斷高唱：「拜、興、拜、興、拜、興、拜、興、平身；拜、興、拜、興、拜、興、拜、興、平身……」雖然反覆冗長，百官們仍一絲不苟地彎身鞠躬，許多腰腿不便的老臣也都堅持著毫不失儀。

鄭森在朝班中專注恭敬地持續行禮，也不知已拜了幾拜，只覺一股莊嚴之感油然而生。左右許多大臣默默流下淚來，甚至雙肩隱隱顫抖，鄭森也覺得有些激動。他向武官班首偷瞧了一眼，見鄭芝龍和鄭鴻逵兄弟同樣頂真地行禮，心中安穩不少。

通贊將最後一次「平身——禮成——」唱得特別長，百官不敢再稍動彈。皇帝隨即起駕回入後殿，百官便依次退出。

走出行殿之後，肅穆的氣氛一時不散，官員們先還低聲交談，漸漸才彼此高聲稱慶、頌讚儀典莊嚴。有些官員參與過南京弘光皇帝即位，乃至崇禎皇帝的即位大典，更是不勝唏噓。

曹履泰滿腮花白鬍子戟張亂顫，悲欣交集地道：「不想今日復見漢官威儀！」此語出自《後漢書・光武帝紀》，乃劉秀推翻王莽新朝恢復漢室衣冠後，朝會時老吏感慨之語，正合著今日清人強逼剃髮易服的情境，又帶著中興吉兆，因此眾人無不附和。

曾櫻拉著鄭芝龍道：「倉促之間辦此大典，一切印信寶物、鹵簿儀仗和御用冕服，多虧芝龍兄備得周全。許多大人們從南京逃難而來，朝服缺陋、配飾不齊，也都是芝龍兄幫著張羅。登極儀式莊嚴恢弘，真是好一番開國氣象，較諸先帝時毫不遜色，芝龍兄功不可沒。」

鄭芝龍笑道：「皇上是大明天下正兒八經的主子，大典自然不能稍有簡慢。一應儀注都是黃道周大人所進，我不過是奉命行事罷了。我想添幾樣寶物、給皇上獻刀獻砲，都讓黃大人一口回絕了呢。」

他轉頭在人群裡找尋黃道周的身影，正想跟他說幾句話，行殿內忽然高唱：「宣詔！」一名官員捧著聖旨出來，文武百官和士民數千人霎時跪成一片恭肅聆聽。聖旨洋洋二千言，誦念許久才全部讀畢，卻也無人稍有不耐。

詔中以漢光武帝於六月改當年為建武、蜀漢昭烈帝於四月改元章武為例，以弘光元年七月初一日為隆武元年。改福州為福京，所有大小衙門都冠「行在」字樣，以示北上恢復之心。

宮中隨即又頒旨，封鄭芝龍平虜侯，鄭鴻逵定虜侯，兩人俱加太師[3]。鄭芝豹澄濟伯，鄭彩

3 太師：三公之首，正一品，非常設，無定額。負責掌佐天子，是最崇隆的官職。

永勝伯。黃道周以吏部尚書、武英殿大學士任內閣首輔。曾櫻工部尚書、東閣大學士。張肯堂兵部尚書。除了遙授浙東、江西、湖廣各地領袖為尚書、閣員，也召用清流名宦入朝，光是大學士就任命了不下三十人。閣員實在太多，除了幾名重臣實際入閣辦公，其餘並不令其票擬，個個優閒無事。此舉固然意在號召天下人才，但不少官員們竊竊私語，都憂心封賞太濫，反而削弱了朝廷的威信。

緊接著宮中傳旨賜宴，在京五品以上官員都獲召。賜宴是事前就安排好的，鄭森聽完宣詔隨即趕往行宮察看禁軍護衛事宜。這裡本是他家，每個角落都十分熟悉，何處該加派警衛，何處該不時巡察，早都安排得十分妥當，鄭森依然謹慎地裡外檢視了三回，才稍稍放心。

鄭森回到大堂，見馮聲海額上淌汗，一臉嚴肅地抱胸看著僕役們布置，不時高聲斥責指揮，還親自搬動桌案對齊，看到鄭森來了，便微微點頭示意。鄭森道：「馮叔這回可真是卯足勁了。」馮聲海道：「你爹下了嚴令，務必要把宴席辦得風風光光，給皇上做足面子，誰敢怠慢？」鄭森道：「這不該是內廷司禮監和司設監來辦的事嗎？」馮聲海笑道：「皇上入閩時是個光桿子藩王，滿福京城裡也找不到幾名太監，內廷只是個空殼，還不是得靠咱們料理。」鄭森點點頭，不再打擾馮聲海，自又到宮外沿牆巡視了一番。

午時一到，百官們絡繹入宮，鄭芝龍親自在大堂門口迎接，引導眾人入席。不多時，聽說黃道周來了，鄭芝龍迎至宮門外，親切地道：「黃相來得好早。黃相出掌內閣，我還沒給您賀喜呢！裡面請！」黃道周瞥了他一眼，並不答話，逕自走向大堂。鄭芝龍暗暗怒道：這黃道周好生無禮！但他面上依然故作和善，趕緊跟上，和黃道周並肩而入。

兩人到了大堂門口，鄭芝龍道：「我給黃相領路。」黃道周卻停下腳步，大聲喝道：「司禮監掌印龐天壽何在？」裡裡外外原本哄鬧一團，聽他這麼一喊，頓時都安靜下來。黃道周又連問了兩次：「龐天壽何在？」一名太監急忙從堂後走出，以平禮相見，道：「相公何事召喚之急？」那司禮監是內廷之首，主管皇帝印璽、文書和禮儀等事，可與外廷首輔抗禮。如劉瑾、魏忠賢等受皇帝寵信的司禮監掌印，權力甚且大過首輔，實際掌握了朝政。

黃道周見了龐天壽，卻劈頭就是一頓痛罵：「皇上賜宴乃司禮監的職責，卻怎生讓平虜侯大人在宮門外接待？如此役使國家元勳，成何體統！」龐天壽看了一眼鄭芝龍，原本司禮監要派人出來接待，是鄭芝龍百般堅持，他才不得不退至大堂內。但他兩面都得罪不起，只好疊聲賠不是。

鄭芝龍道：「這不怪龐公公，是我請他在裡頭主持的。內廷人手短差甚多，一應器用食料也不足，今日宴會兄弟責無旁貸。」

黃道周道：「平虜侯莫忘了，此處現在乃是皇上行宮，已不是您的總兵府了。皇上賜宴，我等外臣都是賓客，平虜侯怎可以主人自居？」

鄭芝龍笑道：「『普天之下，莫非王土』，這總兵府呈給皇上，自然就是皇宮大內。今日所有桌椅杯盤、器用食材，兄弟既然呈給皇上了，自然也都算是御用之物；我記得下一句是『甚麼甚麼海濱，莫非王臣』，大家都是皇上的臣子，在下幫著接待，那也是服侍皇上的意思，怎麼就讓黃相說得大逆不道似地。」

黃道周冷冷地道：「倫序有常，內外有別，平虜侯不會不知道這個道理。」

龐天壽怕他們當場吵起來，好好一場宴席就給搞砸了，趕緊道：「內廷空缺得凶，事情照顧得不周全，確實是內廷的錯，相公責備得是。太師體諒咱們，卻委屈了自己身分，這也是咱家欠思量。請相公和太師海涵。」他深深一揖，向裡一讓：「吉時已近，皇上就要出來了，這就請二位大人入席吧。」

黃道周這才肯邁步，不疾不徐地走進大堂。裡邊文武百官早到了不少，都起身肅迎，私底下卻是心思各異。有人憂心鄭芝龍過於跋扈，有人不滿黃道周當上首輔，也有些人純然等著看場好戲。

黃道周在龐天壽引領下走向席前，眼看就要在首位坐下。鄭芝龍忽道：「黃相且慢，這個位子乃是留給兄弟的。」黃道周道：「如此本輔卻該坐於何處？」鄭芝龍指著次席道：「委屈黃相稍讓一讓了。」

黃道周和一干文官頓時變色，鄭森更是心裡一突，擔心鬧出甚麼變故來。黃道周鐵青著臉道：「平虜侯這個玩笑開得過頭了。」鄭芝龍道：「黃相是文官班頭，兄弟是武將之首，本來無分大小。但兄弟封了平虜侯，黃相尚無爵位，您方才說倫序有常，兄弟自然不敢落後。」

「廟堂之上、宮禁之中，平虜侯卻言必稱『兄弟』，哪裡有一點大臣體面？」黃道周怒上心起：「本朝自太祖定制，開國以來從無武官居文班之右者。本輔為了朝廷體制，不能不爭這首位。」一旁的戶部尚書何楷忍不住插口道：「鄭芝龍，你如此妄自尊大，不但欺凌我等，更是目無陛下！」

鄭芝龍存心氣這幫文官一氣，故意吊兒郎當地道：「兩位大學士別欺我武人沒過讀書，開國故事我也聽過不少。太祖爺的朝班上乃是以大將徐達為東班之首，你們可以回去翻翻書看！」何楷不想他竟能搬出這則典故，一時語塞。身旁兵部尚書張肯堂卻毫不遲疑地道：「中山王乃開國元勳，功蓋天下，你敢與其相比？」鄭芝龍大言不慚：「以今日相比，我從福建統兵恢復，直打到燕京，功勞也不在徐達之下！」何楷怒不可遏：「等你打到北京，再坐這首席不遲！」

鄭芝龍笑道：「除了開國事蹟，歷代掌故我也愛聽些。我最愛聽那戰國故事，且說廉頗和藺相如同朝為臣，一武一文，藺相如禮讓廉頗，因此流芳百世！兩位大人何妨學學人家的氣度，相讓一讓！」

何楷氣得七竅生煙：「廉頗還知道負荊請罪呢，你……」黃道周看出鄭芝龍似乎是有意胡鬧，伸手阻住何楷和張肯堂，按捺下滿腔怒火道：「平虜侯今日竟是堅持要壞亂祖宗成法了？」

鄭森頭腦轟鳴，萬想不到皇帝登基第一天，父親就如此露骨地爭奪上位。一時幾乎忍不住上前勸諫，但自己十分明白以父親的性子，絕不可能當著滿朝文武之面聽兒子的話就退讓，此舉只有適得其反。他看向站在黃道周身後的曾櫻，希望他能出來勸說幾句，但曾櫻也只能暗暗搖頭，無法插手。

這時堂後忽然高聲宣唱：「皇上駕到！」眾人連忙跪了一地。鄭森面朝地下，聽得端凝的腳步聲走到大堂上首，接著一個不怒自威的低沉聲音道：「眾卿平身。」百官們答道：「謝萬歲！」鄭森隨著眾人起身，這才頭一次看清楚隆武皇帝的面貌。只見他身形甚長，臉頰豐滿，留著五綹鬍鬚，文質彬彬，確是個飽讀經籍的樣了。他臉色略顯蒼白，想是長年幽囚所致。眼光到處，卻掩不住一股鷹視般的冷銳。

隆武早在堂後聽見鄭芝龍等人的爭執，這才提早來到大堂以免事端不可收拾。他彷如無事般雍容就座，聲如洪鐘地道：「眾愛卿都請坐吧。」

黃道周想也不想就往首位坐去。然而鄭芝龍動作更快，他畢竟是武人，腿腳俐落，又不像文人講究儀態，一屁股便占住了首位。黃道周自不肯硬搶，拱手對隆武道：「啟奏陛下，請治平虜侯失儀之罪。」鄭芝龍道：「皇上賜宴、賜座，臣何失儀之有。」

隆武眼中寒光一閃，眾人都不敢再言語。他掃視滿堂大臣，臉上露出和悅的表情，溫言道：「黃先生與鄭先生都是朕的股肱、國之柱石，朕一般地依仗。趁著今日朝臣們都在，朕即賜黃先生號『奉天翊運中興宣猶守正大臣』，賜鄭先生號『承天翊運宣力定難功臣』，載入國史。」

黃道周臉上愁雲散去，立時跪謝道：「謝主隆恩。」鄭森一聽，黃道周不僅賜號在先，名號也較長，明白皇帝已不著痕跡地在二人之間分出高下，不知怎麼，頓覺大大鬆了一口氣。

鄭芝龍卻不知是真不明白其中差別，還是不肯知趣退讓，竟沒有起身謝恩，大聲道：「陛下，臣願以此稱號，換得將『平虜侯位列班首』載入史冊！」

「放肆！」「無禮！」文官們一時譁然怒罵，何楷更是氣沖沖地道：「請陛下治鄭芝龍欺君之罪，以昭新政！」

隆武卻無慍色，緩緩說道：「此前雖是令弟定虜侯奉朕南來，實是投奔先生、依靠先生。自朕勉允監國以來，專望先生兄弟扶持。兩位在朝，是朕的心膽；在邊，則是朕的臂膊。朕思圖恢復，而先生竭力輔佐，以全奉朕南來的精忠大節，你我才不愧是太祖高皇帝的臣子。」他堅定地看著鄭芝龍：「朕倚仗先生之深，自不待言。但祖宗成法，卻連朕也不可擅改。至盼先生與眾愛卿文武協恭、各捐夙謬。」

鄭芝龍心中暗罵：若沒有我，莫說是打到北京，今日在這福京裡恐怕連你皇帝賜宴的地方都沒有哩。但他向來能屈能伸，善於見風轉舵，知道再說下去只有自討沒趣，遂爽快地離座道：「好吧，既然有皇上都改不了的規矩，臣願遵旨。」他作勢揮手撣了撣座席，道：「其實臣也不是非得與文官爭先，只是也要看對方能不能讓人服氣。倘若是像曾櫻大人這樣才德兼備的坐這首席，那臣也就讓得心甘情願了。」

曾櫻聞言尷尬萬分，黃道周卻不容他巧言分化，淡淡地道：「誰列首輔，誰坐此位，萬不可私相授受的——您受賜封號，還沒謝恩呢。」

鄭芝龍恨恨地瞪了他一眼，向隆武下拜謝恩，黃道周同時優然落座。隆武待鄭芝龍在次席坐好，對龐天壽微微一揚手道：「擺上吧。」龐天壽立即拉開嗓子高喊：「賜宴開席！」內堂等待多時的太監們乍然魚貫而出，俐落地上酒上菜。

鄭森大感無地自容，悄悄退出大堂，一轉身，正與馮聲海四目相對。鄭森低聲道：「我去巡查宮門警蹕。」馮聲海默默點頭，鄭森遂匆匆去了。

●

賜宴已畢，百官散去。鄭森回家換下朝服，隨即又出門去找馮澄世。

鄭森心緒混亂已極，一句話也不提方才之事，滿口都是練兵細節。此前鄭森已向父親報請讓馮澄世以協理監營一職幫忙練兵，兩人自數日前便翻爛了戚繼光所著的《紀效新書》和《練兵實紀》。然而今日鄭森叨叨絮絮說了半天，發現自己竟有些語無倫次，馮澄世也不答腔，只是唯唯否否地應著。他默然良久，抱歉地道：「阿世，我心裡太亂了。」

「是為了賜宴上的事吧。」馮澄世道：「我若是一官叔，一定也要爭的。」鄭森疑惑地應道：「嗯？」馮澄世道：「你想想看，皇上兩手空空來福建，身旁連幾個使喚人都沒有，全靠芝龍叔兄弟扶著坐上龍椅。皇上吃他的、用他的、穿他的，登極大典上每一樣寶物，宴席上每一個杯盤都是芝龍叔張羅出來的，要說朝廷是他一手打造也不為過。那些個文班領袖光出一張嘴，甚麼功勞也沒有，卻能高居首位，你說氣不氣人？」

鄭森詫道：「連你也這樣想？」馮澄世道：「我當然不這樣想，我是揣摩一官叔的心境嘛。」鄭森道：「皇上才剛登基，阿爹和四叔又無恢復尺寸之功，就都受封侯爵。這已是破格優賞，為人臣者怎可還有非分之想。」

馮澄世笑道：「沒想到你迂直到這分上。我說一官叔是故意鬧他們這麼一下的，以他之精明，怎會不知道朝廷制度難改？而且一個釘子碰下來，不是反而減損了自己的威望。」鄭森恍然：「經你這一說，仔細想想阿爹確實像是盤算好了的，爭位不成似乎也無所謂。」馮澄世道：「這首位能爭著，算是額外的利頭，爭不著也在意料之中。重點是經此一爭，讓文臣們知道他不是個好相與的，戰守大計，最後還是要看他臉色。」

鄭森嘆道：「這樣我也看懂了曾大人的事。阿爹爭位不成，故意抬出曾大人來，對他推崇備至，皇上便不能不重用他來節制阿爹。其實曾大人秉性溫厚，最好說話，阿爹是要擺個棋子在皇上身邊。」他看著馮澄世道：「阿世洞察入微，我竟連你一半也不及。」

「你不過是關心則亂罷了。」馮澄世道：「咱們還是趕快練兵，能早一日出關都好。」

鄭森心緒一定，思路也就清晰起來：「阿爹交代練兵之事，首重阻擋清兵鐵騎。他要我練一支別開生面的新軍，全般器械、戰法都與尋常隊伍不同。咱們明天就開始練！」

次日一早，鄭森便在演武亭點召部伍，開始練兵。

這批近千人的兵卒都是新募而來，不懂法令，也無秩序。看見鄭森命人將幾副鎧甲搬到將臺上，便紛紛圍上來議論。這些鎧甲多半是日本的「具足」，除了全身披掛之外，頭盔飾以金銀牛角、五色長絲，鐵面護頰上假髯刺張，狀如鬼神。另外也有兩副和蘭「板甲」，上下銀光耀眼[4]。在鎧甲之外，同時還有一些雲南斬馬大刀和藤製盾牌等物，兵士們聞所未聞，看得嘖嘖稱奇。

施郎在一邊冷眼旁觀。他受命來輔助鄭森，十分地不服氣。心想自己從軍數年，跟著叔叔施天福征討山賊海盜，一刀一槍地拚出功勞，好不容易升到左衝鋒一職，掛個小小的把總銜。這回調來練兵，才給加上千總；而鄭森一介書生，從未接觸兵事，卻立時當上副總兵，主持操練新軍，倒要看看他變得出甚麼把戲來。

鄭森站上將臺，仗劍而立，朗聲道：「各位弟兄，我是福建總鎮副總兵鄭森，也就是你們的主官。我要說的不多，只要你們牢記：你們當兵，就算遇著颳風下雨，躲在兵營裡納涼無事，也

---

4 具足：為日本戰國時代武將所著的鎧甲，頭盔上常有華麗誇耀的裝飾；板甲，歐洲中古時期盛行的大塊金屬板式盔甲。

少不得一日三頓飽飯、五分餉銀。這銀米都是官府徵派地方百姓辦納來的，你要想想在家種田、捕魚納餉的苦楚艱難，也就得想想今天吃糧容易。養你在兵營，不過望你上陣殺賊。你若不肯殺賊報效，養你何用？就是軍法漏網，天也假手於人殺你，定不放過騙食官糧民脂之人！」

士卒們肅然而聽，施郎卻在心下冷笑：這是戚繼光《練兵實紀》上的話嘛，咱們這位書生主官竟照本宣科起來了。

鄭森又道：「讓你們認認本營的副官，左衝鋒千總施郎，主管軍紀。早先你們各旗的旗總都宣過軍紀了，切莫以身試法！」

施郎身子挺得筆直，卻幾乎忍不住想打哈欠。他看著演武亭校場上散漫的兵士們，心下嘀咕：像這種新兵，抓個不長眼的打幾棍殺威棒，或者即刻上操練到人人哀告求饒，紀律和士氣馬上就有了。嘴上練兵，能練出個甚麼鳥來？

「皇上英明神武，剋日就要御駕親征。本營練成之後，我將自請為大軍先鋒！」鄭森指著將臺上的武器和鎧甲道：「清人蹂躪我大明江山，靠的是騎兵強悍。我奉平虜侯鄭太師指示，務將本營練成他騎兵的剋星。與騎兵放對，須憑兩支奇兵：一是火器，二是鐵人。火器專用鳥銃、大砲，不僅殺傷敵人，還可威嚇馬匹；鐵人披重鎧，持斬馬大刀，專在陣前劈砍馬足。因此今日要將弟兄們分成兩撥，身手靈巧、心思專注的練火器。膽子大、力氣大的練鐵人。」

「副帥！」曾櫻的侄子曾德站在前班，大聲問道：「所謂鐵人，就是得穿上這玩意兒，站在陣前拿大刀迎敵？」

鄭森道：「不錯！」

曾德抬頭看看日頭，不以為然地道：「全身披掛，莫不有三、四十斤？七月天裡日頭正毒，穿上這玩意兒，莫說砍敵馬足，光是站上一刻就要中熱了。」士卒們聞言紛紛附和道：「可不是，還沒對陣自己都先熱倒了。」

鄭森心下不快，自己站上將臺發布的頭一道指令，就讓這曾德頂了回來，往後還怎麼帶兵。於是道：「曾德，你即刻穿上這鎧甲，在日頭下站個一刻，看看會中熱不？」

曾德回顧同僚們，鄙夷道：「這些都是倭寇、紅毛的玩意兒，咱們是征討清朝韃子的御營先鋒，堂堂正正的華夏王師，怎能穿上夷虜的甲冑？」

鄭森臉色一變，正要發作，身旁施郎已然暴喝道：「大膽曾德！你不僅在教場抗令，還以煽惑之語壞亂軍心。教場視同陣前，陣前抗令當斬！來呀！」他大手往身後一揮，幾名親兵立時跨步上前聽令，施郎毫不猶豫命道：「拿下曾德，軍法伺候！」親兵喝道：「遵命！」隨即上前抓向曾德。

曾德一陣懵然，待親兵欺進身前，才如夢初醒般大聲叫道：「你知道我是誰，我叔叔是曾閣部，你敢殺我？」施郎獰笑道：「刀劍無眼，上了戰場，敵人管你他媽是誰！」曾德不肯就範，使勁掙扎之下，幾名親兵竟有些抓他不住，好不容易才將他制伏。曾德依然不住嘶吼道：「你不能殺我，我是曾德！我叔叔是曾閣部！」

鄭森心底為難，臉上卻克制著不動聲色。曾德抗令亂紀，若不立時懲處，這整營新兵也就不用練了。雖然自己認為他罪不致死，但施郎已然下令斬首，倘若駁了他，軍紀官的威信也就頓時蕩然無存。然而曾德是曾櫻重重託付之人，開營第一天就給斬了，卻該如何向曾櫻交代？

親兵們把曾德往旗杆邊上拖去，曾德不斷呼號抵抗，一名親兵叱道：「是好漢就爽爽快快地吃上這一刀，別給曾閣老丟人現眼了。」說罷在他臀上重重踹了一下，曾德卻不摔倒，反而借力一扭掙脫開來拔腿就跑。親兵們又費了好一番手腳才將他抓住。

鄭森見曾德不僅力大，而且身手矯健，倒是個可用之材，靈機一動，喊道：「曾德，軍法如山，莫說是我，就算是曾閣部親自來此，也救不得你！不過眼前是國家用人之時，這演武亭前的石獅重三百斤，你若能穿上鎧甲，力舉石獅繞亭三匝，就權且寄下你的項上人頭，待他日立功贖罪，如何？」

曾德忽逢大赦，如何不肯？登時甩開親兵，奔回將臺前面。鄭森隨即命日本浪人團十郎為曾德穿上一副具足。那具足配件繁複，有鐵鎧、鐵臂、鐵裙、鐵脛、鐵鞋等物，穿起來頗費了一番工夫。曾德體格魁梧，穿戴停當之後，儼然一尊金剛力士，眾人紛紛叫好。團十郎還要為他裝上鬼形鐵面，曾德不耐煩地一揮手道：「不過搬個石獅，還須裝神弄鬼？」說著逕自走向石獅，馬步微蹲，也不提氣運氣，伸手一抱，大喝一聲：「起！」便將石獅拔離地面，接著邁開大步，繞著演武亭走了起來。

兵卒們轟動了，圍著演武亭大聲數道：「一匝……二匝……」鄭森心中難掩興奮，施郎則是臉上青白不定。曾德繞到第三匝，腳步有些遲滯，石獅也快要碰著地面，兵士們喊道：「兄弟，撐著！剩他媽半匝了！」「你方才的狠勁到哪去了！」曾德深吸一口氣，將石獅再度提高，拚著餘勇繞回亭前，眾人激動喊道：「三匝！」曾德將石獅安回原位，身子晃了一晃，滿頭大汗、臉色蒼白，卻撐著並不跌倒，拱手道：「啟稟副帥，曾德完令！」兵士們炸鍋一般轟然叫好。

鄭森滿意地道：「很好！死罪可免，但是活罪難逃，看施千總怎麼發落你。」施郎雖然出令被駁，但見士氣已整頓起來，遂懶懶地道：「那就寄下二十軍棍，倘有再犯一併綑打便了。」曾德依然滿臉桀驁不馴，但也不敢造次，默默到一旁脫卸鎧甲去了。

一名兵士忽然大聲道：「副帥，這石獅我也能舉得！」說罷不待命令，逕自抱起石獅走了起來。鄭森看那兵士虎背熊腰，抱石獅如提嬰兒，臉不紅、氣不喘地快步走完三匝，忍不住鼓掌叫好，當即問道：「你叫甚麼名字？」那兵士道：「稟副帥，我叫陳魁。」鄭森喜道：「很好，真虎賁之士也。」他隨即宣布：「凡是能力舉石獅繞亭者，都編入『虎衛旗』，專練鐵人！」兵士們踴躍答應，輪番舉起亭前兩隻石獅繞將起來，圍觀者也都情緒高亢地喝采不絕。最後有三百餘人驗中，共編為九旗，由一名把總、三名百總統領，鄭森並特命陳魁為虎衛一旗的旗總。餘下六百人則編為銃隊。

待各旗整隊已畢，行伍整齊，兵士們臉上表情也已大不相同，尤其是選入虎衛旗的都頗感驕傲。鄭森甚是高興，道：「未曾選入虎衛旗的弟兄也不須妄自菲薄，火器各旗也是要緊的，練起來不比鐵人容易，總歸一句，本營將是海內獨有的強兵！」一時想起方才曾德說這些鎧甲乃蠻夷之物，恐怕仍有人心有疑慮，遂又道：「宋朝時就已經有喚做『步人甲』的重鎧，板甲、護肩和戰裙一應俱全，和這些日本鎧甲一般地全身披掛，重五十斤！但畢竟是太重了，早已無人再用。日本鎧甲不過是拿咱們的東西去改得輕些，不僅刀槍不入，而且活動靈變，上馬發弓都沒問題。」

他命團十郎即刻為自己穿上一套朱漆色的具足。那具足穿著起來頗為麻煩，須得裸著上身層層將戰甲穿戴綁牢。鄭森卻也不迴避，當眾脫去外衣，露出結實的肌肉。兵士們都暗道：聽說副帥是個書生，卻不想也打熬得如此精壯。

這副具足是鄭森事前挑選、試穿過的，果然顯得十分精神。他一穿戴好，隨即命人牽過一匹栗色駿馬，持弓一跨而上，策馬飛奔到教場盡處，一旋馬頭，又奔了回來。眾人只見火紅一團影子倏忽來去，奔勢迫人，不由得向後閃避。鄭森奔到演武亭前，對準箭靶連射三箭，箭去如風，深深咬進只有銀幣大小的靶心。

「好！」一聲喝采響徹雲霄，乃是施郎率先所發，接著全軍爆出如雷歡呼。眾人從未想過鄭森竟有這手絕技，個個欣喜若狂，都說主帥如此，全軍何愁不強！

他勒住馬頭，揚鞭道：「這鎧甲的好處大家都看到了，岳飛岳爺爺手下穿的就是這等重鎧，抗擊金兵所向無敵！本營練成之日，無論是鐵人各旗還是火器各旗，每一位弟兄都要能像我一般熟習弓箭，百發百中！」兵士們高呼道：「謹遵副帥差遣！」

鄭森看日已偏西，點點頭道：「頭一天就到這兒吧，各人依所屬旗總安營！」眾人喝諾，隨即整隊依序歸營去了。

回到營舍，他讓團十郎幫著脫下具足，抹去額上大把汗水，一邊對馮澄世道：「曾德說得沒錯，這玩意兒確實是熱了些，咱們得改改。」團十郎到中國已有一段時間，已能用簡單的官話交談，插話道：「內裡綴的是鹿皮，當然熱了。」馮澄世伸手摸了摸，一臉恍然大悟：「怪不得臺灣每年要賣恁多鹿皮去日本。」

「北方天冷，穿著剛好，在南方可不相宜。」鄭森其實暗暗還有別樣心思，他實不願穿著日本鎧甲，給人嘲弄為倭寇的口實，因此道：「咱們的重鎧也只有幾十副，需另行打造，得想想怎麼修改才好。」

馮澄世笑道：「不止是要改得涼快些，也該改得再輕些吧。你說岳爺爺手下都穿這等重鎧，真是信口開河。宋兵正是因為原本鎧甲太重，勝了不能追擊，敗了不及撤退，吃了金兵不少虧，到岳爺爺手上才一改制度哩。」鄭森道：「我何嘗不知？但為了讓兵士們消除疑慮，才不得不這樣說。話說回來，以宋人為鑑，咱們的鐵人軍，還得和火器諸旗搭配無間才成。」馮澄世刻意行個誇張的軍禮，大聲道：「得令！」鄭森笑道：「瞧你這樣子，出去說是個協理監營有誰相信？」

練兵期間，鄭森也住在兵營裡。到得晚間，飯後鄭森和馮澄世談論練兵、製鎧等事，不覺已到戌末亥初時分。鄭森起身舒展一番，忽道：「出去晃晃。」兩人走出營舍，信步而行，不多時經過副官營舍前，見屋內燈火依然明亮。門口站哨的親兵見是鄭森來，行禮道：「參見副帥！」鄭森點點頭，走近喚道：「阿郎哥還沒歇息嗎？」房門咿呀一聲打開，施郎笑道：「副帥好雅興，夜裡巡營至此。」一邊讓著鄭森二人入內。

鄭森見房中別無長物，只當中一張書桌，桌上書本展開，一支燭光幽幽照著。遂道：「阿郎哥真是用功，軍營中深夜還讀書不輟。」施郎翻過書皮，乃是一卷《正氣堂集》，讚道：「俞大猷對兵法頗有獨到心得，竟叫人讀之不倦。」鄭森本以為施郎目空一切，見他如此，不免有些改觀。馮澄世卻道：「俞帥與戚帥並稱本朝名將，也都擅使水軍，的確是我等應當師法的前輩。不過相較之下，戚帥似乎還是略勝一籌。」

施郎道：「阿世這是以功勳論英雄。論兵法，我以為還是俞大猷看得更深些。」馮澄世針鋒相對：「阿郎又在那裡故作標新立異了，戚家軍乃本朝第一強兵，人說『戚帥操行不如俞帥，但果毅過之』，已為定評，論用兵，戚帥還是占先。」施郎笑道：「副帥今日訓話，引的便是《練兵紀實》上的話吧，兩位現學現用，倒沒有白讀書。」鄭森見他語帶譏諷，心下不喜，但才剛共事，不願有所爭執，遂問道：「正要請教，俞帥所長何在？」

施郎不假思索侃侃而談：「戚繼光那套兵學，乃是因陋就簡，沒有辦法的辦法！且看堂堂總理薊州軍務手下，竟然旗幟不一、衣甲各異；他所創的『鴛鴦陣』，陣中的『狼筅』乃是連枝帶葉的大毛竹，後列的『钂鈀』不過是鐵叉；軍中所用鳥銃，乃各地分造，良莠不齊，銃管不時炸裂傷人。而鉛彈口徑不合，射擊不準；火繩常自熄滅，鳥銃形同廢物，以是戚繼光不能以火器為先，只做接敵威嚇之用……這都是朝廷在後方供應不上所致，凡此種種，迫得他只能處處將就；俞大猷看出此非軍務長久之道，曾多次上書亟言一事權、集餉源、整兵備。在書中也不斷提及：兵貴精，不貴多，若以二餉給一兵，使之精熟火器、嚴整裝備，則不特軍力壯盛，國家反而省費，奈何朝廷不聽。」

馮澄世道：「自來打仗都是這樣的，國家多難，實難強求服裝器械整齊畫一。戚帥執簡御繁，化陋為強，正見得其手段。反過來說，俞帥不免高蹈了。」鄭森也道：「朝廷未必見不及此，然而或恐戚帥勢成藩鎮，又是張居正的私人，才刻意壓抑他。俞帥正因要求專權，遭了朝廷忌諱，才被下獄。」

施郎冷笑道：「兩位還在夢中！此一時也，彼一時也。我福建總鎮不稟於官，一切糧餉、衣甲、火器都是自備自足，毋須看朝中官員臉色，你倒說說，咱們該學戚繼光，還是俞大猷？」

鄭、馮二人恍然醒悟，鄭森改容道：「阿郎哥說得對，願聞其詳！」施郎道：「咱們不是要練火器嗎，倘若鳥銃、鉛子像戚繼光手上的那樣不堪，還練個屁？鐵人要在陣前抵擋騎兵衝擊，鎧甲必須極其堅固，斬馬刀必須極其鋒銳，否則只是把人派上去送死。如今一官叔執掌朝廷大政，『一事權、集餉源、整兵備』諸條都不難做到，練兵之法也不能死守著戚繼光那一套了！」接著他洋洋灑灑地說起該如何精軍伍、備器械，如何振兵威、利兵鋒，整套辦法了然於胸，曉暢無礙，令鄭森大為驚嘆。

施郎言畢，鄭森起身相謝：「與君一席話，勝練十年兵。阿郎哥如此見識，大木拜服。明日起，本營操練事宜，就由阿郎哥全般主持，請你切勿推辭！」

施郎連忙起身還禮：「紙上談兵，算不得甚麼。今日拜見副帥騎射神技，那才真叫人嘆為觀止。」鄭森謙遜道：「我曾在左良玉軍中看過操，他們人人都會呢。」施郎道：「閩軍之中，有此身手的卻是不多。老實講，初時我還擔心副帥是書生典兵，原來我錯了，幸虧我錯了！」

馮澄世道：「沒想到阿郎也會稱讚人，真是稀奇。」施郎道：「我自是不輕許人的，但那是因為世上多欺世盜名之輩，我啐都懶得啐。但對於真才實學之士，我一向極為敬佩。」

鄭森道：「阿郎哥所言令人啟發甚多。我記得阿爹曾經上表朝廷：『鳥銃火口寬度和子彈重量務須統一，射擊方能準確；現有鳥銃力小，難以禦大隊、守險阻、張威武，須師法海外新式火器改造。』也合著阿郎哥方才說的意思。」他對馮澄世道：「阿世平日便頗留心於此道，我來跟阿爹說，讓你督造火器和鎧甲，使我軍器械之利冠於天下。」他伸出手掌：「阿郎哥從軍未久便屢建奇功，於兵法一道勝我百倍，爾後仰仗之處甚多。你我三人須齊心為國效力！」馮澄世旋即和他擊掌，施郎更是重重地拍得鄭森手心發疼，大聲道：「副帥但有驅策，末將無有不遵！」

第貳拾肆回

賜姓

第二天起，鄭森便將練兵之責交給施郎，自己在旁監看，不稍懈怠。施郎果然甚有辦法，短短幾天工夫，便已讓全軍嚴明號令，如心使臂，如臂使指，一呼百應，緊接著操演起步法和陣形來。鄭森則協同多默和團十郎，講授鳥銃和各種火器的施用之法。

如此數天過去，七月六日這天一早，全營正照例操演，進城辦事的馮澄世忽然飛馬而來，直馳到鄭森面前，氣喘吁吁地道：「阿森……副帥，皇上下詔御駕親征！」鄭森詫道：「有這等事，怎麼都沒聽說？」馮澄世道：「是真的，一會兒司禮監的王公公就會在宮門口宣詔呢。」鄭森道：「一起去聽聽。」他交代施郎繼續練兵，自和馮澄世上馬回城。

到了大明門前，果然黑壓壓地跪滿人群，司禮監的太監王志道正在誦讀聖旨，看來已宣讀了大半。鄭森從側面悄然上前跪下，只聽得王志道念道：

……朕自到閩一月以來，進素膳、穿布袍，日以忠孝訓羣臣，慈愛待百姓，人人知朕志在雪恥救民。況此福建，家盡詩書禮義，朕未至前，日竚我大明子孫；朕已至後，無人不歡呼愛戴。以天時，則慶雲德星之久見，五風十雨之調均。以地理，則仙霞、崇安，鳥道插天之易防守，北聯江西、南合浙省之可出兵，東粵之財貨日獻貢於行朝，海上之健民盡投誠於闕下。以人和，則文武奮敵愾同仇之志，士民懷成仁取義之心，加以鄭家父子兄弟，實是將星聚於一門。輔臣黃道周蓋代之清風，勳臣鄭芝龍振古之豪傑。朕仰賴天地人之盛眷，故今大出二十萬之雄兵……

底下陳述各路兵馬部屬甚詳，簡而言之，以御營御左先鋒鄭鴻逵領兵十萬出仙霞關北上，其中由總兵施天福出贛東廣信府、總兵黃光輝出浙南金華、衢州；御營御右先鋒鄭彩領兵五萬西進，分兵由汀州出南昌、由杉關出建昌；另派總兵鄭聯、林察領兵一萬乘船由海道直抵溫州、臺州。各路兵將於七月二十八日進發，至南京會齊。

此外八月十八日御駕親征，率御營御中軍鄭芝龍、首輔黃道周以下閣員等，盡起福州三衛戎政五營共二十萬大軍，為四路之後勁。雖然就鄭森所知，合全閩上下之兵，至多不過十萬，但檄文上誇稱軍威乃是常事，也就並不在意。

後面接著宣布行在留守事宜、立功賞格十六款等等，洋洋二千餘言，念了一刻有餘。鄭森聽得熱血上湧，不斷暗道：終於來了！這天終於來了！待王志道念完「布告天下，咸使聞知。欽此——」眾人叩頭起身，彼此稱慶。一名官員涕泣道：「皇上一即位便親征出兵，真雄才神武之主。倘若弘光爺有皇上一半英明睿智，而非鎮日耽溺醇酒聲色，國家何至於此？」旁人們也都紛紛附和。

鄭森不多停留，匆匆趕回家去，聽說父親在簽押房，便足不停步地闖了進去。入門一看，才發現鄭鴻逵、鄭芝豹和鄭彩等一干族親大將都在。鄭森衝口道：「阿爹，皇上御駕親征，兒請隨先鋒出征，不拘哪一路，都願打頭陣！」

鄭森興沖沖地說完，見大家異樣地看著自己，這才發覺房裡氣氛凝重。鄭芝龍雙手抱胸坐在太師椅中，冷峻地道：「森兒退下，這兒沒你的事，回去專心練兵。」鄭森心知事有蹊蹺，怎能不打聽清楚，遂道：「兒方才在大明門外聽得聖旨，皇上盡起福建兵馬出關。兒怕準備不及，因此來向阿爹請示機宜。」

鄭芝龍並不回答，卻忽然重重地在扶手上一拍，厲聲罵道：「甚麼御駕親征？征他媽個屁！」眾人身子都是一震，鄭森從未看過父親如此動怒，第一次感到他眼中射出的寒意幾可殺人。

鄭芝豹附和道：「就是說嘛，朝廷不知在急個甚麼勁兒？皇上命我挑選四千精壯，練成『錦衣衛禁軍』，平時分守宮城等處，皇上有事出城郊祭甚麼的也由禁軍護衛。結果登基還不到十天忽然就說要親征，我四千人都還沒選齊呢！就算是小伙子入洞房，再怎麼猴急也得先脫褲子親嘴兒，他連新娘頭蓋都沒掀就要幹起來！」鄭彩則道：「親征不是不行，但也應集中一路，而不是放煙火似地到處出兵……」

「盡扯這些不相干的做甚麼！」鄭芝龍一聲暴喝，簽押房裡頓時鴉雀無聲。他忿忿地道：「我早說皇上性子暴烈急躁，果然如此！廷議上都已經講定緩些時候再談再看的事，他偏要硬幹，把聖旨就這樣明發出去，趕鴨子上架，一點都不容商量。皇帝和閣臣們根本沒把我放在眼裡！」

鄭森這才明白，隆武此番下詔，事前並未與父親等人商議妥當，而是率爾行之，父親才會如此氣憤。

鄭鴻逵深知此時切不可火上添油，冷靜地接過話頭：「皇上確實是急了。魯王趕在皇上登基前六天，於臺州稱號監國，也設了一個朝廷，打算立足紹興，搶占北上恢復的先機。皇上大概是擔心，萬一浙東那邊先打到南京去，他這皇位也就不是那麼穩當了。」

鄭森聞言恍然，勸道：「阿爹息怒。皇上每日都有手詔給您和四叔，字裡行間總是推崇備至，倚仗之心毫無可疑的。兒料皇上必是為了搶在魯王氣候已成之前，出關號召天下歸附，尤其是將意存觀望的浙東諸軍盡收於王纛之下，這才趕著出兵。」

「黃道周正是這麼說的，哼，真是兒童之見。魯王根本不足為慮！」鄭芝龍冷冷地道：「浙東一年餉銀只有六十萬，十多萬兵馬一年卻得開銷兩、三百萬。皇上大可以好整以暇地等個大半年，待魯王山窮水盡了，浙東諸軍自然會轉向福建朝廷輸誠索餉，到時候全盤接過來何等輕鬆。他好好的福京龍椅不坐，卻要跟人家去搶紹興的冷板凳！浙東諸軍一看兩邊都要爭取他們，哪有不自抬身價，趁機大敲竹槓的道理？」

鄭芝豹湊趣道：「這幫只知讀死書的，連算盤該怎麼拿都不知道！」鄭芝龍餘怒未消，罵道：「他們是從我口袋掏錢，當然不覺肉痛！」

鄭森聽父親一派權謀，更未曾顧及復國大勢。因此明知父親還在氣頭上，仍忍不住道：「可清兵已占了杭州，在錢塘江北岸虎視眈眈，隨時就要南下。浙東諸軍如果糧餉不濟，一旦譁變潰散乃至事急投敵，清兵趁勢渡江，咱們福建也就唇亡齒寒吶。」

鄭芝龍漫不在乎地道：「清軍一奪下南京，多鐸就被召回北京去了。北京朝廷裡也有人不樂見南方將領打得太順手，功高震主啊。洪承疇接多鐸的差使，人還在路上呢，就算來了也得一段時日才能上手，一年半載之內不會大舉來攻的。」

鄭森道：「即便如此，江南義師蜂起，百姓泣血望穿，只等王旗北上。倘若皇上親往浙東，號令一發而天下歸附，阿爹的功勳不也更加崇隆？」

「你以為方國安那些人是甚麼好東西，一支光桿子王旗過去他就肯死心塌地效命？你沒聽過『皇帝不差餓兵』！沒糧沒餉哪來的忠臣？」鄭芝龍道，「咱們這位皇上怕也不是真的為了收拾諸軍，我說他啊，其實只是因為魯王不肯奉表稱臣，他嚥不下那口氣！」

這番誅心之論令鄭森頗感震驚，他想起陳子龍也說過隆武的性情「陰鷙暴戾」，但親眼看過隆武之後，覺得他分明是個端正穩重之人。於是道：「皇上一生忍辱負重，怎會為這種事情輕率躁進？」

「他就是！」鄭芝龍不由他再說下去，掉轉話頭問道：「我叫你練兵，你練了幾天了？」鄭森一楞，答道：「今日是第八日了。」鄭芝龍道：「兵士們會列隊了沒有？」鄭森道：「會了。」「練過陣法了沒有？」「剛開始練五梅陣。」「火器旗會發鳥銃和大砲了嗎？」「還不曾實射……」鄭芝龍忽然大聲道：「才剛練了八天兵就想出征？你的兵連打了敗仗該怎麼逃命都不會！那些個鎧甲、斬馬大刀和鳥銃、大砲一應火器，你知道我費了多少功夫才蒐羅來的？要是一傢伙打敗了，你上哪裡再變出這些東西來？這麼沉不住氣，還怎麼把軍隊交給你？」

鄭森羞愧萬分，父親甚少在人前這樣責罵自己，更教人難受的是他說的全在道理上，自己毫無辯駁的餘地。聽父親話中意思，甚至還想把兵權收回，念及於此，他壓下紛亂的心緒，暗忖著：好不容易有支自己的隊伍，絕不可輕易失去，於是道：「是，兒子這就回去好好把兵練好。」

鄭芝龍看著他，深邃的眼神像是能看穿所有的心思。他轉身對眾人道：「一切如常，平日做甚麼就做甚麼——誰都不許準備出兵。」

眾人得令而出，鄭森也待離開，鄭芝龍卻叫住他，緩緩說道：「我福建總鎮過去以水軍為主，陸戰卻需從頭練起。你三叔和四叔都正在各自練兵，我上次也說了，對付清人的騎兵，得靠火器和鐵人，我若無心恢復，練這些幹嘛？」他眼中露出慈藹與懇切之色，「知道我為甚麼把新軍交給你？無論老四還是老施那些老行伍，打仗雖精，卻已固執於成法，斷難再學甚麼新把戲；你雖然沒有帶過兵，但是個將才無疑，所以我把操練新軍的擔子交給你。新軍將來必是我軍精銳，你身上責任甚重，要耐住性子。」

鄭森看著父親，心頭不由得淌過一陣暖流，但對父親諸般言行的不滿也同樣揮之不去，心中五味雜陳，只能重重地一點頭道：「是。」

●

一連數日過去，鄭氏各軍毫無動靜，鄭芝龍稱病不朝，鄭鴻逵和鄭芝豹甚至以練兵為由分赴仙霞關和南安去了。鄭森在演武亭埋頭操練新軍，但叫馮澄世每天進城打探消息。

十一日傍晚，太監王志道忽然來到鄭森軍中宣詔：皇帝御駕將在明日清晨離宮，溯閩江西上，逕出仙霞關入浙。各軍務必盡行遣出，不可落後。

鄭森心頭一驚，皇上調度不動父親，這下竟要自行起駕出關了。他隨即趕回家中，本以為書房裡必定正在議論軍情，沒想到鄭芝龍卻正好整以暇地和馮聲海在後院涼亭裡吃酒下棋。

鄭芝龍看見鄭森，淡然道：「皇上果然要蠻幹起來啦，你該不會又要跟著他胡闖一氣吧。」

鄭森見他如此，緩下呼吸，鎮定地道：「御駕離京，咱們若不扈從出兵，朝廷就可治咱們抗命之罪了。」鄭芝龍和馮聲海下快棋，兩人出手如風，毫不思索停滯。鄭芝龍一邊喝了口酒，瞪著棋盤道：「堂堂大明皇帝出門，若無禁軍侍衛護駕，確實太不成話。明日我會親率一千禁軍陪他『出征』，你也帶鐵人和銃隊各一百名去給他顯顯威風，隊伍挑整齊些，衣甲器械要光鮮——當頭砲，將軍！」

馮聲海笑道：「一官就是特會使『砲』，叫人難以招架。」鄭芝龍意有所指地道：「不會使砲，怎擋得住敵人的『馬』躍過楚河漢界？」

鄭森不解地道：「皇上出京，不到浙江不會罷休，難道咱們真的只帶一千二百人隨駕出征？一應行糧、營帳等物又該怎麼預備？」

鄭芝龍詭祕地一笑，只道：「他要面子，咱們給他面子得了！」

次日一早，隆武皇帝御駕親征的隊伍在鼓樂聲中威儀烜赫地走出行在宮門，城裡數千士民跪拜送行，恭祝王師旗開得勝。隆武戎服乘馬，表情異常堅定，大有破釜沉舟、直搗燕京的壯志，看似不會再回來福京了。

鄭森率隊前導，出城西行，剛過中午，便到了芋江驛。遠遠看見驛站左近黑壓壓一片都是人，竟似有上萬名之多。鄭森大感奇怪，這芋江驛雖是閩江邊上一大水路碼頭，卻應該沒有這麼多居民才是。

居民們一望見御駕，紛紛轟傳：「來了，來了！」成千上萬士民瞬間潮湧而上，聲勢驚人，鄭森手下兩百人頓時被淹沒。人群直直衝向隆武，禁軍懵然間不及阻擋，待已被圍得嚴嚴實實，才忙著喝叱眾人後退。

人群中忽然傳出一聲悲呼：「皇上啊，您別拋下咱們福建啊！」眾人紛紛跪了一地，膝行而進，驚天動地哭號起來：「皇上別走！」「皇上在福京登基，卻這麼快就不要咱們了！」「福建有三關之險，乃復國之根本要地，不可輕離啊……」

饒是隆武一生在王府中多歷陰謀苦難，卻不曾見過如此陣仗，臉上力持鎮靜，心中卻不免忐忑，一時勒馬不前。後面首輔座車轎簾掀開，黃道周探出身子，大聲道：「禁軍護駕！平虜侯何在？」他急急四處張望，卻都不見鄭芝龍的身影。而士民們喊聲震天，任憑黃道周怎麼呼喚，聲音都傳不出去。

禁軍初時還不住將人群推開，但士民們如潮水般一波又一波湧上，終於將御馬團團圍住。護駕的禁軍抽出長短鞭子，往人群頭上一陣亂打，頓時哭爹喊娘之聲此起彼落，場面益發混亂。

隆武看士民們似乎並無惡意，且其中有許多文人、耆老，忙喚道：「住手！別打！這都是朕的子民！」眾人聽他這麼一說，哭得更加激烈，七嘴八舌道：「皇上真仁君也！」「君父愛民如子，乃天下之真主……」

隆武擺擺手，待眾人漸次安靜下來，問道：「你們由誰領頭？」眾人都道：「沒人領頭，咱們都是自己來的。」隆武道：「你們阻擋御駕和禁軍，倒不怕犯了王法？」眾人聞言急忙磕頭如擣蒜，齊聲哀告：「草民不敢冒犯皇上天威，請皇上恕罪！」「小民是山中野人，不知犯罪，請皇上饒命！」一時七嘴八舌，又喧鬧起來。隆武被眾人攪得有些著惱，但仍勉強擺出和善的姿態道：「無罪，今日擋駕者一律無罪！你們有甚麼話，好好跟朕說。」

當先那耆老道：「咱們沒別的意思，只想請皇上留在福京。」隆武道：「福京雖好，但朕出關北上，乃是為了弔民伐罪、中興復國，不得不然！」耆老道：「皇上垂憐，滿天下亂成這樣，只有皇上駐蹕福京，咱們福建人才有幾天安生日子可過！」隆武道：「老人家，你的意思朕曉得了，可朕乃是天下之主，不可偏安一隅，須得拯民於倒懸啊……」

那耆老不等隆武把話說完，忽又痛哭流涕起來，眾人也都捶胸扯髮、呼天搶地。隆武勸阻不住，想要開口解釋也不成，眼看士民人數比禁軍還多，強加驅散恐怕變得不可收拾，幾番回頭張望，沒有看到鄭芝龍和黃道周，大感孤立無援，頓時有些手足無措。

然而隆武看士民們挽留之情發自肺腑，不似作偽假裝，不覺間竟也有些暈陶陶地。他被囚禁多年，看盡太監們的冷眼，即便登基以來每日裡聽多了羣臣頌聖之辭，卻總是千篇一律、表情刻板，哪裡比得上百姓們的真情流露。

一名士子摘下網巾，披散頭髮哭道：「皇上，臣是泉州惠安人，本在南京國子監讀書，江南陷落，臣不肯剃髮，九死一生才回到福建。臣沒有對不起太祖爺、先帝爺！請皇上坐鎮福京，以安朝廷根本，讓臣等侍奉效命吧！」

隆武打心底被感動了，他環顧著百姓們的每一張臉，一時激動地道：「好，好，都是朕的好子民。好吧，朕今日就暫且回宮，親征之事再從長計議。」眾人一聽，旋即破涕為笑、山呼萬歲。隆武不禁落下淚來，哽咽道：「朕必定要打造一個太平盛世，讓大家都能安生度日！」

鄭森本來正拚命擠上前去想要「救駕」，到了三十步外就被人群所阻，再難前進一寸，焦急間，百姓們卻乍然歡呼起來，紛紛傳言：皇上不走了！領頭陳情的那名耆老手舞足蹈間轉過身來，鄭森大覺眼熟，仔細一瞧，竟似乎是馮聲海喬裝改扮的。鄭森先是一楞，接著胸腹間一股怒意直衝髮尖，心道：原來這都是阿爹搞的把戲！竟連皇上都敢戲弄！

隆武命調轉隊伍，還駕福京，百姓們歡天喜地，直送到城門口。首輔座車在宮門前停下，黃道周鐵青著臉下車，也不待從人傳轎，便自怒氣沖沖地去了。鄭森將這一切看在眼裡，心中氣憤難平，直到領兵回營，才發覺雙拳緊緊攥得太久，一時之間竟鬆放不開。

●

隆武回宮之後，表面上朝局安靜了幾天，底下卻是暗潮洶湧。

七月十八日，福京發生地震，雖然幸未毀屋傷人，但隆武和許多不曾經歷過地震的重臣卻飽受驚嚇。給事中黃大鵬隨即上書，說此乃天象示警，陳言規勸皇帝。御史陳一球也疏言「皇躬六誤，時事九非」，直指皇帝應急出關，並且批評鄭芝龍兄弟推諉拖延。接著奏章如雪片般投入宮中，給事中劉中藻專摺彈劾鄭芝龍「跋扈有跡，若遷延不出，陛下終必為其所制。」戶部尚書何楷更嚴厲地指責鄭芝龍「自恃援立功，開府福州，驕蹇無禮；坐見九卿，入不揖、出不送。」並把賜宴時爭位的事又翻出來，說他欺君罔上，有不臣之心。

鄭芝龍卻不忙為自己辯解，只是唆使門客中一名諸生上書彈劾黃道周和何楷「迂闊、結黨」，同時命幾個給事中備妥後續的攻訐奏章，準備把局面攪渾，弄成一番黨爭的模樣。隆武瞧出端倪，將這名諸生的奏章轉下給督學御史，以「妄言詆毀元輔重臣」之罪鞭撻懲戒，明快地阻止了事態發展。但隆武對攻擊鄭芝龍的奏章也都留中不發，羣臣的彈劾如石沉大海。

數日後，欽天監上了一道奏章：「欽天監恭擇八月十八日丁酉與聖誕壬寅、乙巳、丙申、丙申細推，丁與壬合、乙丙丁相會，為日月星三奇，照耀大明之象；允宜聖駕親征，大張九伐。」朝廷將這份奏章明發出去，雖未多加說明，但再次昭示皇帝御駕親征的決心並未改變。

隔天，隆武敕封九江總兵黃斌卿為肅虜伯，掛招討大將軍印，授以敕書、印劍，復賜銀幣，派他由海道出鎮舟山，相機入長江進取。同時派周崔芝為都督副將，封來夷伯，輔佐黃斌卿。

黃斌卿是福建莆田人，善使水軍，曾擊退左夢庚東下南京的先鋒，聲名遠播，與黃得功並稱「水路二飛將」。南京淪陷後他逃回福建，上奏「恢剿事宜」，力陳：「舟山為海外巨鎮，北可窺長江、南可取吳越。」隆武正為鄭氏各軍不願出兵而大感煩憂，當即召對，並且大為讚賞，命他盡速出兵。周崔芝則是海盜出身，熟習海戰，且自營生理供應軍需，是閩軍中少數可與鄭芝龍抗禮的一員悍將。

黃斌卿出征時，隆武親自餞送，文武百官羅列郊外，軍容整肅，士民夾道圍觀。隆武頒賜敕書，上頭提道：「一統不全，即朕不孝；三吳未復，即卿不忠！」黃斌卿則指天畫地，誓死奪還江山，一眾大臣們聽了又是激動，又是唏噓。

鄭鴻逵與黃斌卿頗為交好，臨行時解下腰上所束的玉帶相贈，祝他此去馬到成功。鄭軍諸將也都與周崔芝相熟，少不得彼此殷殷祝福。

鼓角聲中，黃斌卿的大將旗幟風風火火地遠去了，隆武也正準備起駕回宮，黃道周忽然意有所指地道：「烈士暮年，壯心不已！肅虜伯為三朝老將，報國不落人後，這才是扶危匡時的忠良。」鄭芝龍知道他在譏諷自己，卻只一笑，並不作聲。黃道周見他如此，更覺惱怒，大聲道：「陛下聖諭親征，御營御左、右先鋒定於七月二十八日進發，眼看日子就要到了，平虜侯和定虜侯卻一無準備，竟是視朝命於無物了！」

鄭芝龍好整以暇地道：「黃相這話可冤枉我了，副總兵鄭聯與林察領兵一萬、舡三百艘，將自海道入惠州、潮州，上陸後直抵南贛，剋日就會出發。黃相怎可說咱們一無準備。」

黃道周憤然道：「平虜侯以為本輔是三歲小兒？欲入南贛，取道汀州最速，何必從海上繞個老大圈子由粵東上陸。平虜侯其實是要藉機掃除潮州土豪，卻打著皇上親征的旗幟，欺君罔上莫此為甚！」

「黃相豈不曾接到汀州大旱的災報？」鄭芝龍板起了臉：「汀州斗米銀價二兩三錢，百姓餓得挖『觀音土』吃，一萬大軍還從那裡過境不是太沒良心了嗎？」

「敵人在北，中軍不動，卻派偏師到贛南去做甚麼？」黃道周義正辭嚴：「今日當著皇上、文武百官和福京百姓面前，平虜侯切實說一句，你到底發不發兵？」

這幾句話擲地有聲，在場數千官民一時默然看著鄭芝龍。隆武本不欲朝廷文、武大員在百姓前面公然爭執，但也想知道鄭芝龍怎麼回答，便也不吱聲。

鄭芝龍冷眼看著黃道周：「這乃是朝堂之事，黃相真要在百姓面前撕擄明白？」

黃道周強硬地道：「難道平虜侯心虛不敢應答嗎？」

「好，那我今日就把話說清楚！」鄭芝龍昂然道：「先還談不到出兵進取，眼下光是固守都有問題。仙霞關外應駐守的地方有一百七十處，兵餉每年一百三十一萬九千一百六十兩，戶部何大人至今撥下來的不及一半；所有雲、貴、廣西三省解到正供，戶部都盡數給了張大人的福建巡撫撫標各營和三個衛所。至於我御營中軍和左、右前鋒各軍六萬多人的糧餉，戶部不曾給過一錢，都是由我獨力承擔！」

何楷一半無奈，一半不甘地道：「福建之餉已優先派給仙霞關外守兵。外省解餉多寡不一，解到時間也不定，這才留給撫標各營。戶部也曉得輕重緩急，但版圖七省，司農實無一錢，我們已竭盡全力轉輸了。」張肯堂則道：「本部堂捐私財募兵六千。曹學佺大人宦囊不豐，也捐了一萬銀子。國家多難，大家都是一般地奉獻。」

「我養著數萬大軍，責無旁貸，平日裡也不曾吭過一聲。然而黃相責備我不肯出兵，還說甚麼『欺君罔上莫此為甚』，未免太苛刻了些。」鄭芝龍冷笑道：「六萬兵士，光是月糧一年就需一百二十萬。一旦開拔出征，行糧、安家、衣甲、犒賞和器械等費，一人須得五十九兩六錢銀子，共計三百五十八萬兩，就算只給一半也要一百八十萬！黃相倒是問問何大人，至今可曾撥給我一分錢？」

「分斤掰兩，豈大臣之風？」黃道周針鋒相對地道：「凡事都要這樣計算，莫非永遠都不出兵了？放著江南富庶之地不去征討回來，難道要任由清人對我百姓敲骨吸髓，用以資敵？更何況，平虜侯富可敵國，乃是歷年向海外船舶抽取而來，這本都是朝廷該收的關稅，而為你所侵占！取之助餉天經地義！」

鄭芝龍一聽，登時動了火氣。但他環顧四周，知道今日將相爭執一事必然轟傳開來，正好趁機爭取民心視聽，於是裝作一副委曲求全的樣子道：「二十年來，本鎮維持沿海平靜，使百姓安居樂業、人人都有飯吃，朝廷在直、浙、閩、廣各省所收的海船洋稅更是翻了好幾番。本鎮於朝廷財政也有微功，哪裡有截奪關稅之事！」

「平虜侯舌粲蓮花，本輔辯不過你。」黃道周卻無他這等心機，耿直地道：「然而皮之不存，毛將焉附。萬一國家滅亡，你就算坐擁金山、銀山，卻又有何用？」

隆武一聽「國家滅亡」這不祥之語，心頭一沉，又見朝廷文武班首罵街似地爭執不休，實在太不成話，終於忍不住道：「兩位先生總是以國家為重。出兵大事，待回宮再從長計議吧。」

黃道周忽然上前大聲道：「陛下，鄭氏兄弟並無經略之志，與其坐而待亡，臣請督師出關。臣的門生故舊甚多，必有肯效死者，可募成一軍。臣將由廣信出衢州，順錢塘江而下，直取杭州，以圖恢復！」

此語一出，頓時一陣譁然。隆武大出意外，忙道：「朕不可一日無先生，先生怎可棄朕而去？」黃道周悲憤地道：「國勢衰微，政歸鄭氏。諸大帥又都巽懦觀望，不敢出關。如此則臣在朝中亦無作用，不如出而督師，為陛下前驅！」

隆武震驚之餘，一時竟不知該說甚麼，鄭芝龍趁機搧風點火：「黃相三思！朝廷兵食兩缺，恐難讓黃相帶領出關。您兩手空空，卻該怎麼募兵？」

黃道周激切地道：「百姓身陷水火，望救目穿，王師到處必然簞食壺漿以迎，何愁餉之不濟？天下忠忱之士所在多有，以大義鼓動，必能號召風雲來會。臣只需齎一月糧，絕不叫朝廷為難。」

何楷勸阻道：「安有將在內、相在外而能成事者？黃相乃國之柱石，不可為此暴虎馮河之舉。」

黃道周大袖一揮，堅定無比：「立君以救民，乃吾之素志。今主上親征在即，正當糾合浙東、贛南、湖廣各軍，分道而進滅寇復仇，機會不可失！我為大臣，尚且不惜以身當先。天下人心有知，必不至如諸將之畏葸不前！」

鄭芝龍心下冷笑，暗忖道：好不曉事的老東西，要像你想得這樣簡單，李自成攻進北京時為何沒有義師入京勤王？史可法忠義之名高過你黃道周百倍，他也不能光憑「以身當先」號召各鎮一同阻擋清兵！面上卻假作感動道：「黃相志節令人敬佩無已！本鎮各軍自當厲兵秣馬，靜候黃相渡江捷報，隨時出關接應！」

圍觀人群中忽然奔出五名書生，在黃道周身後跪倒，領頭一人大聲道：「臣等是黃恩師門下趙士超、賴繼謹、蔡春溶、毛至潔、陳駿音，願率家人子弟隨恩師出關，請陛下恩准！」又有幾人跟著奔出，跪奏道：「臣閩縣貢生林之果、建陽諸生劉光榮、崇安余應顥，我等景仰黃首輔高義，願破家助餉！」

隆武見黃道周意志堅定，也覺民心可用，流著淚道：「若天下都如眾卿一般忠義，何愁國家不復？朕勉允所請，即命黃先生督師出關，兼兵部尚書，晉上柱國、太子少傅，招征直省便宜聯絡恢復南京、江北。」他看著鄭芝龍道：「鄭先生盡量撥些兵士和糧餉為黃先生助威吧。」鄭芝龍唯唯否否，並不肯切實地答應一句，黃道周慨然道：「臣不須平虜侯一卒一餉！看臣渡錢塘江之後，揮師直指南京，到時候料他不敢落後！」

黃道周隨即在七月二十二日率領子弟數百人，出福京西門往延平而去，準備經建寧出杉關入江西，一路召募士兵、勸助糧餉。鄭芝龍也果然不曾撥給一卒一餉。

黃道周出發時，隆武並未出郊餞送，也未令百官羅列壯行，只有何楷和張肯堂等寥寥幾位大臣前來話別，場面頗為冷清。

何楷不平地道：「堂堂首輔督師離京，皇上不郊餞也就罷了，文武百官也迫於鄭芝龍之勢而不敢前來，竟不如黃斌卿一介武人出征時的烜赫。鄭芝龍真是可惡已極！」

黃道周卻十分平靜：「鄭芝龍雖然跋扈，皇上畢竟是個有定見的主子。皇上若要來送，鄭芝龍也攔阻不住。」

張肯堂猶豫了一下才開口道：「今日本是來為黃相壯行，原不想多提此事。但既然黃相說起，我也不必顧忌——我看皇上是風色變了。」何楷不解：「此言怎講？」張肯堂嘆道：「前陣子羣臣彈劾鄭芝龍的奏疏，皇上統統留中不發；朝廷兵權和餉源都在鄭氏兄弟手上，皇上不能不遷就其威勢。恐怕也是為此，才放黃相離京督師的。」

黃道周道：「何止如此！此前廷議時我等堅請皇上急出關，乃至於御駕先行以逼鄭芝龍出兵，不料鄭芝龍目無主上驕橫至斯，竟鼓動百姓攔道遮留。現在鄭氏兄弟占了上風，皇上反過來怨我當初太過急躁，讓他在鄭芝龍面前大失威信，放我出京，也是想與鄭氏修好之意。」

何楷長嘆一聲：「這真是和崇禎爺一個樣兒，出了事就拿輔臣塞責。」黃道周正色道：「何大人慎言！皇上畢竟從未當面見責於我，還讓我以輔臣督師，足見其信任。朝政讓權奸把持，皇上也是迫於無奈。」張肯堂道：「愈是如此，愈見得皇上不可在閩中久留。」

「不錯，我自請督師，實是為了皇上親征鋪路。前方若能做出一番事業，鄭芝龍就再無理由拖延了。」黃道周道，「我有一首〈責躬〉，聊抒己志──」他以蒼老而鏗鏘的聲音長吟道：

天地何高深，日月猶循環。星宿陳其巔，動靜恒無端。舉翼不能翔，而作醯雞觀。大命一以至，不能復研鑽。鬼神欲告之，翕吸近告難。傷哉草木頹，不得留朱顏。

吟罷向張、何二人殷切地道：「往後朝中之事，就請諸位多多費心。」

三人話別間，黃道周的學生趙士超忽然一臉驚恐地從遠處奔來，上氣不接下氣地道：「老……老師……不好了……」黃道周當即斥責：「你也是我軍統領，就算是泰山崩於前也應不改容色，這樣慌張成甚麼話？」趙士超盡力壓抑，卻仍急急指著遠方：「鄭芝龍派兵來截堵咱們了！」

何楷吃了一驚：「甚麼？你沒看錯吧？」趙士超道：「我看得分明，一支大軍全副武裝，打著鄭軍旗號，就快到這兒了。」黃道周道：「看來鄭芝龍終究不肯善罷甘休，二位大人先請回吧。」張肯堂斷然道：「我倒要當面問問，他究竟意欲何為？」何楷道：「我二人留在此地無益，只能讓鄭芝龍一鍋燴了。張大人快與我一起入宮面聖，請旨排解。」張肯堂低聲道：「來不及啦！」何楷舉目一看，遠處一支彪軍疾步而來，數面「鄭」字大旗在風中獵獵飄揚。

趙士超小心地問：「老師，咱們是否要列隊迎……迎敵？」黃道周冷峻地道：「不必！」對方當先一騎疾馳而來，馬上之人騎術甚精，卻穿著一身儒服綱巾，顯得有些突兀。黃道周定睛一看，那人卻竟是鄭森。

鄭森遠遠駐馬，姿態恭謹地下鞍，垂手緩步走近。黃道周厲聲道：「鄭芝龍羞辱於我尚且不足，今日派你來攔阻？」鄭森道：「人子不言父之過。但閣部大人督師離京一事之曲直，朝野自有公論，也不待晚生多加分說。」黃道周冷眼看著他：「你到底來做甚麼？」鄭森道：「晚生景仰閣部大人高義，對日前家父與您爭論之事也耿耿於懷，故而特來向您致意。」

何楷揮手道：「罷了，你是鄭芝龍的兒子、錢謙益的學生，何必在那裡假惺惺！」

鄭森激動地道：「晚生受聖賢之教，也識得忠義二字。無論家父、師長所為如何，我自為我。難道只因身為某某人的子弟，就不許行正道嗎？」

這時鄭森所部已在近處列隊，和黃道周旗號不整的義兵相比之下，顯得格外軍容壯盛。黃道周冷眼瞧著，道：「如果你只是來表個心跡，想以此稍減愧悔，這就請回吧。倘若你有心為國，就該奮身力行，而非滿口空言。」

鄭森慨然道：「晚生正有此意，願為閣部大人執鞭墜鐙，為馬前之卒！」

此言一出，眾人登時騷動起來，趙士超讚道：「這才是好男兒、大丈夫！」何楷卻依然譏諷道：「大木敢情是來作埋伏內應的吧？」鄭森憤然道：「何大人如何始終不肯見信？神州陸沉，凡是稍有血性之人無不心肝如沸，恨不能早日提一旅之師犁庭掃穴、奪還江山！晚生所部雖只千人，卻都是百中選一的精銳，願為前驅！」

鄭森返身走到自軍陣前，朗聲道：「各位弟兄，咱們投效軍中，為的是甚麼？無非是報效國家、救我同胞於水火，將韃子逐回關外去！皇上聖旨，命福建全軍五路出征，又命黃閣部督師出關，招征直省便宜聯絡恢復南京、江北。今日正是我軍效力之時，弟兄們隨黃大人出兵！」

然而他號令下過，軍中反應卻異。諸如曾德、陳魁等親手提拔的部屬固然大聲答應、躍躍欲試，但一眾把總、旗總等軍官卻面露猶疑之色。鄭森喝道：「全軍開拔！」軍官們面面相覷，竟不稍動。鄭森心下詫異，面上卻力持鎮靜，鐵著臉命道：「本副鎮令，全軍開拔！」

施郎向前一步，委婉地道：「副帥今日原說離營操演行軍，未曾說要遠征，一應軍帳、炊具和器械都未帶得齊全。是否先回營去，準備停當再做計較？」

鄭森明白軍官們都是父親舊部，不肯輕易聽自己指揮出兵，眼中寒光一閃，心下暗道：莫非今日得用刑立威？猶豫之間，施郎又道：「稟副帥，本軍糧草是由御營中軍糧臺逐日撥給，一旦離開福京，恐怕今晚就要斷炊了，請副帥三思！」

鄭森看了施郎和眾軍官們一眼，暗忖今日之事已難善了，就算率師回營，父親也必將問罪，不如堅持到底，把兵帶離福京再說，於是道：「監營協理馮澄世聽命，你即刻率一百弟兄回營搬運軍帳和炊具等一應器物，跟上本軍！至於糧餉，本副鎮自有積蓄可資備辦，不必擔心。軍令如山，各人不許再多言！」

然而連馮澄世也不奉令，而是走到他身前低聲道：「副帥，阿森！時機未到，暫且隱忍，等兵練熟，將校人心也都籠絡親近了再行出兵未遲！」

施郎卻在一旁盤算，此刻若不阻止鄭森，回頭鄭芝龍追究起來，自己和一眾軍官恐怕都難逃一死，遂顧不得鄭森顏面，逕直道：「太師命我等輔佐副帥練兵，卻未有令出兵。副帥且慢，待末將進城向太師請命，再定行止吧！」說罷不等鄭森反應，扯過轡頭，在馬臀上狠抽一鞭，頭也不回地去了。

鄭森不及攔阻，只能大罵：「施郎！你還算是我大明的臣子嗎，你還有半點忠義血性嗎？」他見施郎身影已遠，咬牙道：「其餘眾人都不許離隊，聽我號令開拔，違令者斬！」

「哈，哈！」何楷忽然乾笑道：「你大老遠來，就為演這一齣？趁早省省力氣吧。」

鄭森氣得渾身發抖，揮手道：「回去，要回營的都回去！反正我今日是走定了，是男子漢的就跟黃閣部走！」全軍聞言都躁動起來，曾德和陳魁當即就要出列，三名把總卻按劍怒目而視，各旗旗總也都拉住手下不許各人妄動。

張肯堂對鄭森較有好感，覺得他不是作偽，遂上前道：「大木盛情可感，今日之事暫且作罷，不必勉強。」黃道周卻不領鄭森之情，冷冷地道：「大木請回吧，王師只合忠義之人共舉，貴軍既無為國效命之心，來了也是無用。」回頭對趙士超道：「咱們走！」竟自撇下鄭森去了。

鄭森臉上青一陣、白一陣，只覺山風撲面，吹得自己搖搖欲倒。喪氣之餘，只能恨恨地道：「全軍回營去吧。」

●

鄭森讓軍官們帶領手下回營，自己隻身進城回家，主動去找父親。

他本以為父親必然暴跳如雷，大出偵騎逮捕自己，因此反而激發出一股豪情，索性自己回家去找父親議論。沒想到直到家門口都沒遇上半個來人，府裡也靜悄悄地彷若無事，一時滿腔義憤倒有些冷了下來。

鄭森尋著老管家蔡仔，問道：「阿爹在哪裡？」蔡仔道：「大小姐從濠鏡澳[1]來，太師正同大小姐和姑爺在小教堂望彌撒呢。」鄭森楞了一下，才想起他說的是誰。

鄭芝龍年輕時離家到濠鏡澳投靠母舅黃程，曾娶一名陳氏女子為妻，並生有一女鄭香。一年多後芝龍前往馬尼拉，隨即又轉往日本平戶，陳氏母女並未隨行，而是留在濠鏡澳。此時陳氏已然謝世，鄭香則嫁給一個佛郎機人。鄭森從小就聽說有這麼一位大姊，但從未謀面，也不曾有書信往來，平日裡根本不會想起自己有這麼一位手足。

鄭森想，父親一定已經知道自己欲出兵之事，就算在望彌撒，也可派人處置，但他毫無動靜，顯然不當一回事。於是深吸了一口氣，逕自往小教堂而去。

鄭家的小教堂蓋在花園一角，外觀只是一間尋常房舍，裡頭簡單布置成天主教堂的擺設。馮聲海守在教堂門口，見鄭森來了，悄聲道：「到聖祭禮了。森舍稍等一會兒吧。」鄭森並不信仰天主教，遂不進門，自在教堂外背著手等候。

從半掩的門中望去，屋內爇著大量的乳香，白霧繚繞，加上主祭單調低沉的誦經之聲，顯得神祕而莊嚴。鄭芝龍在濠鏡澳受洗成為天主教徒，雖然他依然崇信觀音菩薩和媽祖等中國神明，捐獻修繕安海龍山寺、耗費鉅資在澎湖興建娘媽宮，在日本也經常參拜神社寺廟，種種行為並不符合天主教規，但他時時在家舉行彌撒，入教至今從未中斷。

鄭森曾問父親為甚麼要信仰歐羅巴的神明，當時鄭芝龍嘻皮笑臉、沒半點正經地道：「這樣才好跟佛郎機人與和蘭人做生理、買火器，也才好統領那一班黑人衛隊！」然而此刻望著父親在煙霧中虔敬禮拜的背影，鄭森卻不禁迷惑，若只是為了生理和帶兵的需要，那麼在人前做做樣子也就罷了，十多年來父親望彌撒卻是風雨無阻。鄭森隱隱約約明白，父親是真心信仰著天地間的所有神明，虔誠之心毫無差別。也許正因他對諸神一體敬畏，所以能夠縱橫四海，但反過來說，這也顯示他心中並無堅信不移的天理法度。

不久彌撒禮成，眾人魚貫而出。除了鄭芝龍和銃兵教頭多默等經常參加彌撒的幾名黑人衛隊首領，還有幾個生面孔。芝龍見了鄭森，表情冷淡，隨即卻回頭笑著以佛郎機語道：「這個就是我的兒子森舍。」

一名和鄭森年紀相仿的女子熱情地上前拉住他的手，用佛郎機語道：「噢，我的兄弟！我聽說你又有學問，又會武藝，將來要做大官的，果然長得一表人才。」鄭森心想這必是大姊鄭香，但不免被她親暱的舉止嚇了一跳，遂深深一揖，順勢將手抽回，用官話道：「大姊妳好！歡迎回到家來。」

鄭香改用官話道：「你不會說佛郎機語？那就可惜不能和你姊夫說話了。」說著介紹起自己的夫婿羅德里格斯，以及公公貝羅。羅德里格斯久居濠鏡澳，也會說一點簡單的官話，熱切地寒暄。鄭森心頭有事，實在拿不出精神對應，只能盡力敷衍著。

1 濠鏡澳：即今澳門，又稱香山澳。

「近年局勢變化很大，自從六年前日本驅逐佛郎機人以後，貿易不行，他們在濠鏡澳困難重重，我就把他們接過來。」鄭芝龍意在言外地道，「一家人不能老是遠隔重洋，總要團圓才好——可惜阿香她娘去得早了。」鄭森目光一閃，就想問母親何時能夠前來中國，鄭芝龍瞧出他的心思，不待他問，點點頭道：「你娘的事已有眉目，不必心急。」

鄭芝龍讓馮聲海將鄭香一行送回房間，一邊看著她們遠去的背影，嘆道：「阿香一出世我就離開濠鏡澳，你和七左衛門在平戶也是一樣。二十年來，我東奔西走無一日空閒，也讓你們吃了不少苦。從今往後，我必在福京和安海老家打造一個萬世不移的基業，再也不讓妻兒子孫流落在外。」

鄭森卻問：「阿爹這萬世不移的基業，卻可是立在我大明江山之上？或者另有別的盤算？」鄭芝龍白了他一眼，道：「你違令出兵，我還沒拿軍法辦你，你倒先來質問我？」鄭森早已將後果置之度外，率直地道：「皇上下詔親征，盡出福建各軍出關，兒乃是遵旨而行，何來違令之有！恐怕抗旨不肯出兵的卻是阿爹！」

鄭芝龍怒道：「我幾次三番說了，你就是不明白！滿口忠孝仁義，卻領著新練沒有幾日的蝦兵蟹將上戰場去送死，這就是你的『仁義』！」鄭森昂然道：「兒也知本軍新練，仍屬烏合，無奈阿爹數萬精兵在手卻無出關之意，兒出兵實非得已。」

「哼，你始終不相信我有心恢復就是了。」鄭芝龍冷笑道：「隨我來！」說罷拔步就走，鄭森趕緊跟上。

鄭芝龍領頭直出侯爵府，乘船到閩江中的南臺島。岸邊停泊著十數艘大海船，碼頭上一堆堆粗布罩著不知甚麼物事。兵士們看見鄭芝龍來了，都紛紛跪拜行禮。

鄭芝龍大手一揮，命道：「都掀開！」兵士們旋即俐落地將粗布一掀，鄭森只覺一片燦爛的金光難以逼視，眼前東一尊、西一尊，竟擺滿了數十尊簇新的大銅砲，一旁地上碩大的彈丸堆積成幾座小山，不知有幾萬顆，直教鄭森看得目瞪口呆。

鄭芝龍豪氣地拍拍身前的一尊銅砲：「這些大砲，大多可發二十一斤之彈，最小的也可發十八斤之彈，共有四十二尊，都是我向濠鏡澳的佛郎機人重金購來的。」鄭森登時醒悟：「姊夫與此有關？」鄭芝龍道：「不錯，羅德里格斯和貝羅都是鑄砲高手，這批大砲正是他們押運送來。我將他們安頓於此，除了教練砲術，也是要學習他們的鑄砲之法——可惜啊，這批大砲，原本也要撥幾尊在你新軍裡操練的。」

鄭森默然，心中不知是悔是恨，父親的意思很明白，即便不行軍法懲治，自己也已不能再帶領這支新軍了。

鄭芝龍道：「我早說過，我軍陸戰並非所長，此刻貿然出兵毫無勝算。一切都已計畫停當，等大砲和鳥銃等諸般火器備妥、硫磺火藥加緊煉製，各軍用半年時間操練純熟，到時派往日本貿易的船隻也都趁北風回來了。兵精、餉足、器利，待明春出關，那真是所向無敵！」他無奈地看著鄭森：「可你一個勁兒在那裡跟著皇上和黃道周瞎起鬨，壞我計畫、亂我法度，太讓人失望了！你愛讀書，那便仍舊回家慢慢讀書去吧！」

鄭芝龍風也似地轉身離去，留下鄭森對著陽光下閃閃發光的砲陣呆立良久，直到兵士們用粗布將大砲一一覆好，鄭森才失魂落魄地漫步回家去。

鄭森典兵不到一個月便遭罷廢，所部併入鄭芝豹麾下一體操練。鄭芝龍命他在家讀書，不許任意出府，也不再和他見面。鄭森卻並未因此消沉，很快地拾起各種兵書和山川圖冊用心研讀起來。

這日馮澄世來尋他說話，一進門便驚奇地道：「阿森還是這麼用功。」鄭森正看到要緊之處，只抬了一抬眼皮，又繼續埋首書中，道：「國事蜩螗，豈能懈怠？若有機會，我隨時還要出來典兵！」

「好志氣！」馮澄世湊近前來，問道：「對了，你猜首輔一缺，補了甚麼人？」

鄭森淡然道：「無非是路振飛路大人吧。」馮澄世無趣地道：「好沒意思，讓你一說就中。」鄭森讓他攪得無法專心，索性擺下書本道：「那有甚麼，路大人乃東林領袖，為官清正，又是幹才，可說望重朝野。更何況他對皇上有患難相救之德，對阿爹又有提拔獎勵之恩，於公私兩面都最相宜。」

「嗯，路大人巡按福建時，指揮一官叔擊破海盜劉香與和蘭人的聯軍，期間糧餉供輸不絕，事後又大力請功，一官叔感念至今。以路大人主政，想來是要借重他的威望控抑一官叔吧。」馮澄世接著道：「皇上同時將曾櫻大人晉升為禮部尚書、文淵閣大學士。路大人加上曾大人的面子，這回一官叔可不能不買帳了。聽說兩道中旨一出，大臣們額手稱慶，都說朝局尚有可為。」

「恐怕未必。」鄭森毫不樂觀，「阿爹舉薦我妹夫張自欽為山東道御史、門人葉正法為戶部主事，皇上以二人資望不符拒絕；昨日皇上郊祭天地，阿爹和四叔竟稱病不從。何楷大人彈劾他們『勳臣不陪侍，無人臣禮，宜正其罪。』又被阿爹恫嚇，當下辭官回家去了。」

「這事我也聽說了。」馮澄世嘆道：「何大人出城不遠，在福清遭遇盜匪，被截去了一耳。朝野紛紛傳言，說這是一官叔遣部將楊耿所為，大家面上不敢吭聲，暗地裡卻都忿忿不平。」

鄭森道：「我雖不能認同阿爹的種種作為，但他不會幹這種雞腸鳥肚的事。他若有心報復，豈只割去一耳？」

「是啊，我爹問過一官叔此事，他也這麼說。不過他還說，大家要覺得是他幹的也無所謂，興許朝臣們會少廢話些。」馮澄世話鋒一轉：「我再給你說件新聞，今天一早鴻逵叔領著阿肇那傢伙進宮面聖，皇上竟賜封國姓。阿肇一出宮就到處得意洋洋地宣傳他從此是『朱肇基』了，還要人叫他『國姓爺』，真讓人看不過去！」

鄭森留神思索，覺得事有蹊蹺。鄭家上下受朝廷封賞甚多，本來不足為奇，但此番隆武敕封鄭鴻逵長子鄭肇基為國姓，卻是獨厚鄭鴻逵而略過鄭芝龍，這就不尋常了。

馮澄世見他出神，以為他心中不平，寬慰道：「算了，何必跟阿肇那種人計較，他就算封了國姓，也不過是沐猴而冠！」

「說到哪裡去了。」鄭森道：「我是在想，皇上此舉，恐怕意在籠絡鴻逵叔，離間他們兄弟。」馮澄世恍然大悟：「你說得不錯，若要封賞，應該連你一起賜封才是。嗯，其實當初將皇上從杭州奉請入閩的是鴻逵叔，力主擁戴皇上即位的也是他，以皇上看來，鴻逵叔才是真正忠心護主之人。這麼說來，皇上是想以鴻逵叔取而代之？」

「取而代之恐怕不容易，但只要四叔肯站在皇上那邊，朝局就不同了。」鄭森沉吟道，「這恐怕是哪個大臣出的主意，也算得高明。」

馮澄世道：「一官叔也不是省油的燈，想離間他兄弟倆哪有這麼容易？」

果然，當晚鄭芝龍差人傳話，要鄭森次日隨他入宮面聖。隔天清早，天還沒亮，鄭森便穿著朝服到大廳等候。稍停鄭芝龍出來，並未多言，領著鄭森直往皇宮而去。

到得大明門外，恰好時辰已到，只聽得宮內隱隱鳴鉦一響，細樂一奏，接著鳴鉦二響，伴隨「咿呀」開門之聲，是內廷的奉天門打開了。緊跟著鳴鉦、奏大樂，居中的午門開啟。最後砲響三聲，雙套大樂吹作，內官傳呼：「開大明門──」門外錦衣官齊聲高喊：「開大明門──」這座原本是布政司鼓樓門的大明門才緩緩開啟。鄭森心下暗道：福京宮制簡陋，這儀節倒也一絲不苟。

鄭森隨父親到奉天門外，鄭芝龍將二人的牙牌遞給宮門外傳旨承事太監張鳳鳴，張鳳鳴詫道：「沒聽說皇上今日召見鄭森大人呀？」鄭芝龍笑道：「犬子仰慕天顏，請皇上賜見！」張鳳鳴不敢怠慢，揣著牙牌進殿裡去了。

鄭芝龍冷笑道：「皇上以為賜封肇基為國姓就能增加老四的分量，好跟我分庭抗禮。想得美！我難道就沒有兒子可受封賞嗎？」鄭森這才知道皇帝並未召見自己，而是鄭芝龍擅做主張，領著自己硬來討賞，立時就想轉身出宮，但想到必須伺機再掌兵權，也便極力隱忍下來。

過了良久，張鳳鳴才出來喊道：「宣，平虜侯鄭芝龍、鄭森晉見──」接著滿臉堆笑，哈著腰道：「皇上在御書房，太師這邊請。」

二人逕直來到書房，只見隆武在榻上盤膝而坐，對著一份奏章振筆疾書。他雖貴為天子，但一身素長布袍，手邊所用並無金銀器皿，而是磁瓦銅竹等尋常物事。屋內不飾錦繡綵幔，只用布帛。案上書籍充盈，數十帖文書堆得有二尺來高，四壁更放滿圖書，處處牙籤標識。鄭森不敢多張望，低頭暗想：人說皇上儉樸、勤政、好學，果然不錯。

隆武看見二人，將句子寫完，這才放下硃筆。鄭芝龍跪下叩頭：「參見陛下。」鄭森也朗聲跪奏：「臣御營御中軍副總兵鄭森，叩見吾皇萬歲！」

隆武道：「二位愛卿平身，賜鄭先生坐。」語氣卻頗為冷淡。他登基月餘，心中念茲在茲的是立即出關，然而鄭芝龍非但不肯發兵，甚且在賜宴上爭位、派人遮留御駕親征，還擠走了黃道周和何楷。凡此種種，令隆武深覺正位以來事事不利，對鄭芝龍也非常不滿，因此才有封賞鄭肇基之舉。

鄭芝龍見隆武臉色不佳，道：「陛下又熬夜批看奏章了？」

「只改到三鼓，剛打四鼓時睡下，黎明起來，算不得熬夜。」隆武意有所指地道：「朕日對群臣、夜覽奏章，宵衣旰食，只怕事情沒有趕緊辦好，會使外廷諸臣更加怠惰。」鄭芝龍卻似乎聽不懂他的譏諷，關懷地道：「陛下何必如此自苦，所有詔命、奏章都要自己親筆書寫批答。那一班內閣大學士也不是白當差的，陛下凡事只要抓個總，其餘的讓臣下們來做就行了。」

隆武看著鄭芝龍，不知此人究竟是真不明白，還是作偽的功夫登峰造極了？一時擱下這個話題，忽問：「鄭森，你這個副總兵是甚麼時候劄授的？」鄭森不防有此一問，忙道：「臣本為南安縣學諸生，月前方才投筆從戎。」

「這就不對了。」隆武話音嚴峻，「朕登極詔書上說得十分明白：『名器者，天下之重器也。弘光元年劄付武弁，濫用已極。從今以後一洗陋規，參將以上俱不准輕行僭授，副總兵、正總兵必待欽命始准入。以前授過之官，不論欽封或是私自札劄，都須到兵部請換新劄，方准稱是。若無隆武元年七月一日以後的新劄即是偽官！』你到部領過新劄沒有？」

鄭森汗流浹背，從未想到自己受父親付劄，竟是未曾經過朝廷欽准的偽官，連忙磕頭道：「臣知罪！臣練兵不滿一月，現已卸職……」

「呵呵，憨兒太過耿直了。」鄭芝龍一拍鄭森肩膀，笑道：「陛下問你何時參與兵事，你光講月前練兵做啥？啟奏陛下，鄭森四歲起便隨名師學習雙刀之藝，自幼熟習弓箭與銃術，又得寧南侯左良玉親授騎射之法。容臣自賣自誇，要論水戰，臣敢稱天下第一，論陸戰，卻恐怕得讓他個一、二分呢。」

此語一出，隆武和鄭森都感驚詫。鄭森沒想到父親幾天前才罷黜自己，現在卻於皇帝面前讚不絕口。隆武則是對鄭芝龍的「自賣自誇」有些難以置信。

鄭芝龍隨即又道：「上個月，黃道周大人舉薦錢秉鐙和吳德操二名布衣，陛下當即有旨：『時方多事，朝廷破格用人。既經輔臣薦舉，著吏部即與一體試用，不必更俟鄉試。』足見陛下求才若渴之心！我這個兒子，本來也想等下一科鄉試再來下場的，但朝廷用人之際，俗話說內舉不避親，我也舉薦給陛下！」

「臣不敢希圖倖進！」鄭森連忙道：「並請陛下治臣僭稱偽官之罪！」

隆武面色凝重地看著鄭氏父子二人，不發一語。鄭芝龍瞪了鄭森一眼，旋即笑道：「其實臣父子今日來，乃是答謝陛下對我鄭氏一族高厚之恩。昨日聽說舍侄肇基蒙賜國姓，陛下對鄭家真是格外優遇，敝門上下皆感榮寵，所以臣與鄭森才不能不親來向陛下致謝！」

隆武心中膩味已極，沒想到鄭芝龍臉皮一厚至斯，聽說鄭肇基受封國姓，竟旋即帶鄭森晉見，毫不掩飾地要求封賞。如此一來，自己想要獨厚鄭鴻逵以制衡鄭芝龍的計策也就歸於無用了，眼前還是只能委曲求全，待他日離開福建再說。於是勉強笑道：「鄭森果然是個人才，朕即賜你為國姓。從今日起，你便是朱森了，望愛卿實心為國效力。」

鄭芝龍不待鄭森謝恩，當即道：「謝陛下恩典！唉呀，以鄭肇基這樣一個白丁，既不是縣學裡的諸生，又不曾入過一天行伍，就得陛下封為國姓。鄭森今日又得此無上封賞，臣下一家真不知該怎麼報答呢。」他滿嘴謝恩，話裡意思卻明白不過，鄭森的封賞可不能與鄭肇基相提並論。

隆武一咬牙，道：「鄭先生別急，朕還沒說完。賜姓之外，朕再賜名『成功』，鄭森的全名改為朱成功，即刻付宗人府載入譜牒。」

鄭芝龍一拍鄭森，哈哈笑道：「朱成功，陛下賜的好名兒，森兒……成功，從今日起你也是國姓了，可要好好輔佐皇上復國大業馬到成功啊！」

鄭森本在懵懂間，被父親這一拍，恍然醒悟：自己一向都為海外出身所苦，族中長輩兄弟亦多以此輕視欺侮，如今受封為國姓，已是皇帝親收的宗室根苗，旁人再也不能拿這個嘲諷自己了。一時心中激動，涕泗縱橫地謝恩：「臣朱成功，不惜萬死以報陛下天恩！」

隆武看他謝得真誠，忽然想起一件事，探身道：「朕聽說日前黃道周先生出京，百官俱未相送，獨有一名小將領兵為他壯行，可是愛卿？」鄭森道：「正是臣下。」隆武道：「喔？是鄭先生命你去的？」鄭森道：「是臣自己的意思。」隆武看了一眼鄭芝龍，故意問道：「你就不怕鄭先生不高興？」鄭森道：「臣父與黃先生政見不同，報國之心則一。」鄭森稍頓一頓，又道：「臣本意是想隨黃大人出關，但所部新募、糧餉無著，這才僅止於送行。」言下之意，他自己和鄭芝龍也是「政見不同」。

這時隆武已約略看出來鄭森和鄭芝龍父子並不完全是一回事，也猜到鄭森正是因為替黃道周送行而被廢黜，遂道：「你可曾聽說，崇禎九年北京戒嚴，朕曾率護軍千人勤王之事？」

鄭森當然知道，當初唐王就是因為疏請勤王未獲朝命許可，依然擅自出兵，後來才被廢為庶人圈禁在鳳陽高牆。因此道：「臣聽說過。」隆武道：「你以為朕當年的舉措如何？」鄭森道：「心憂君父，勤王救難，乃忠心臣子必然之舉。」隆武道：「那麼朝廷將朕廢為庶人，圈禁高牆，是否太過？」鄭森答道：「朝廷制度、祖宗成法，不可輕廢，這乃是天下安定之基。」隆武道：「朕出兵沒錯，朝廷廢黜朕也沒錯，你這回答，似乎有點兩面討好啊。」鄭森毫不遲疑地道：「此正是太祖高皇帝神靈為保全國家大統、欲降大任於陛下，所以才讓陛下離開南陽，在鳳陽動心忍性、增益所不能。」

隆武微笑頷首，想起接替自己繼任唐王的弟弟後來慘死於闖軍之手，若非自己被圈禁在鳳陽，死的就是自己了，又何來今日？念及於此，不由也覺得冥冥中都為天定，心裡安慰不少。於是又問：「倘若是你，在勤王與違制之間，該作何選擇？」

鄭森道：「君子愛國之心，甚於愛全節也。該當出兵之時，臣定然義無反顧！」說完自己才想起來，這句話是錢謙益引用黃尊素之語，不知怎麼在此時脫口而出。

「其心可嘉！朕要的就是你這等血性臣子！」隆武一掃陰霾：「你的官職，朕看就先授御營中軍都督，待立了功再另行升賞。你本已在御營練兵，不妨仍舊練去。」都督一職已可出任總兵，較原本的副總兵又高了一級，鄭森父子連忙再次謝恩。

鄭芝龍見鄭森所獲遠比鄭肇基高出許多，當下心滿意足，也想投隆武之所好，稍稍補報一番，因此環顧書房，說道：「陛下隆恩，真叫臣等難以報答。陛下愛看書，咱們福建印的書，論數量那是天下第一。陛下看看缺哪些書，改日叫成功選了送進來。」

隆武笑笑不語，鄭森卻道：「我聞省印書量多，乃因盛產毛竹，利於造紙之故，其實多半刻印不精，難奉御覽。臣有宋版《資治通鑑》殘本共四函五十六卷，若蒙允可，臣即奉呈入宮。」鄭芝龍道：「年輕人好不曉事，既是殘本，怎好呈給陛下？」隆武卻驚喜地道：「宋版《資治通鑑》？這可是有錢也難買到的珍本，愛卿卻從何處得來？」鄭森道：「是錢謙益送給臣的。」隆武奇道：「你識得錢謙益？」鄭芝龍吹噓道：「成功前年入南京國子監讀書，乃是錢謙益的關門弟子，還經他取字『大木』！」隆武更感詫異：「喔？你是錢謙益的學生？」

鄭森尷尬地道：「臣在錢謙益門下未久，他便投降清人、替虜作倀，為天下人所不齒，臣亦羞列於其門牆。」隆武點頭道：「錢謙益學不補行，畢竟是海內文宗。你若傳承其學，而以忠孝報國，亦足以洗雪師門恥辱。」鄭森細細體味此語，似乎隱隱暗示他即便師長不忠，自己仍可為國盡忠，於是道：「陛下訓誨極是。錢謙益等並非不知忠孝，只是被私慾隔斷。臣父子一家蒙受天恩，敢不以區區赤忱忠藎之心報答！」

隆武大展歡顏，連聲道：「好，好！」他初時因為鄭芝龍的緣故，對鄭森並無好感，此時仔細一瞧，竟是這樣一位飽學書生，不僅風儀整秀，而且對答如流。相較於鄭肇基的淺薄輕佻，更顯出鄭森的才具。他有心再考較鄭森的時策，因問道：「愛卿試為朕析論時局，略進數策如何？」

鄭森想也不想，成竹在胸地道：「臣有四策：據險控扼，揀將進取，航船合攻，通洋裕國。」

隆武道：「喔？你仔細說說看。」

鄭森道：「清人所長在於騎兵弓矢，閩有三關之險，足以阻敵。朝廷正宜據險控扼、揀將進取，可立於不敗之地；至於恢復之道，可憑閩軍所長，循海路而上，不唯出其不意，甚且可以飛渡關隘天險，直指南、北二京！此外，大軍發動，糧餉最要。朝廷雖有版圖七省，但浙東、湖廣和江西各地鎮將截留餉源，何楷大人乃有『司農實無一錢』之嘆。福建山多田少，卻能富甲海內，乃通洋之功。朝廷可善加獎掖，以收裕國之效。」

隆武閉著眼睛，邊聽邊點頭。此四策之中，前二策中規中矩，但後面這兩策，出自鄭家子弟之口，也算是言無不盡了。隆武默默盤算著，鄭氏兄弟乃是鐵板一塊，看來並無離間的可能。這鄭森卻是學問中人，忠心血性也非假裝，拉拔他以鬆動鄭家，興許比在鄭鴻逵身上打主意來得有機會。何況隆武也打心底覺得與他投緣，於是嘆道：「愛卿真乃騂角也！」

鄭森聞言，不由得身子一震。他知道此語典出《論語‧雍也》中孔子稱讚弟子仲弓之語：「犁牛之子騂且角，雖欲勿用，山川其捨諸？」犁牛乃毛色駁雜之牛，不可用以獻祭。這樣的牛卻生出了一頭毛色純赤、兩角周正的小牛，即便人們不用以獻祭，天地神明也不會捨棄。仲弓出身微賤，但品學甚高，孔子遂以此語讚許並鼓勵他。然而現在隆武卻當著鄭芝龍之面用此語稱讚自己，同時暗中貶損父親，足見其對父親的不滿，及對自己的信任。鄭森又是興奮，又是惶恐，稱是也不對，推辭也不得體，另外又帶著一絲擔心父親聽出言外之意的憂心，一時竟不知該怎麼接話。

鄭芝龍當然不曉得其中典故，只知是好話，爽朗地道：「陛下太過譽了，可別慣壞年輕人才好。」

「不，一點也不過譽。」隆武步下坐榻，撫著鄭森的背說道：「可惜我沒有一個女兒可以匹配愛卿啊！這樣吧，朕賜你以駙馬都尉體統行事。雖無公主可嫁，朕仍當你為半子！」

第貳拾伍回

阻奸

鄭芝龍與鄭森退出御書房，鄭芝龍滿面春風，歡快地道：「呦响，國姓爺！沒想到你和皇上倒說得上話。」鄭森道：「那是皇上抬舉，兒不過如實應對而已。」鄭芝龍笑道：「你又在假仙，明明就和皇上投緣得很。嗯，你成了國姓爺，那我就是國姓老太爺了！」

鄭芝龍見鄭森所受封賞不僅勝過鄭肇基，還遠超過自己的期望，得了個「儀同駙馬」的殊榮，足見皇帝並非受自己討索而不得已敷衍，乃是真心賞識鄭森。自己今日大大露臉，非常開心。

鄭森則是在喜悅中帶著戒慎：「皇上賜名『成功』，蓋有深意，我們不可或忘皇上的付託。」

「好嘛，取個名字就把魂兒都給收去了。」鄭芝龍調侃道：「你娘叫你福松、我叫你森兒、縣學的先生取字明儼、錢謙益取字大木，都比不過皇上起的『成功』就是了。」

鄭森有些發窘：「兒子不敢忘本。初見皇上就蒙厚恩如此，叫兒子有些難以承受。無論如何我都是鄭家子弟，何況『朱』這個姓，兒避諱不敢妄用。」

「所以你要叫『鄭成功』？」

「不，皇上賜姓也不可輕棄，往後我稱『國姓成功』就是了。」

「朱成功？鄭成功？國姓成功！」鄭芝龍樂不可支：「要說這名字好嘛，是挺大氣的。不過也有點像是我手下那些『張得勝』、『李奪標』，太過直白了些！」

鄭森正色道：「此君賜之名，阿爹不可輕慢。」

父子兩正說話間，一位方面大耳、長鬚連鬢的官員迎面走來，笑問：「太師得了甚麼好彩頭，如此高興，也說給我老唐聽聽？」鄭芝龍道：「唐大人！我給您引介，這是小兒鄭森，方才蒙皇上賜國姓、賜名成功，又賞了以駙馬都尉體統行事！」他又對鄭森道：「森兒，不，成功，見過兵部侍郎唐顯悅唐大人。」

鄭森見父親還沒出宮就這樣大聲嚷嚷地吹噓，恨不得地上有個洞能鑽進去，卻也只能行禮如儀地向唐顯悅見禮。

唐顯悅驚奇地看著鄭森：「恭喜，恭喜！這可是開國少有的恩遇！其實像令公子這樣的人才，莫說是皇上喜歡，若非我幾個女兒都早已定了親，也想招作女婿呢。」鄭芝龍道：「老唐少來做這等嘴上人情！」唐顯悅和鄭芝龍頗為交好，彼此並不拘禮：「駙馬爺可有子嗣啦？」鄭芝龍驕傲地道：「長孫方才三歲。」唐顯悅樂呵呵地道：「那敢情好，我有個女孫剛出世，就和令孫匹配如何？我招不成女婿，跟你連個孫輩親家總成！」

鄭芝龍心念一動，自己一直想把廣東這塊地面抓在手裡，卻始終不得其法。自己和唐顯悅私交甚篤，反而忘了他對廣東十分熟悉，正該更深一層地與之結納，於是哈哈大笑：「妙，妙，妙極了！老唐快人快語，這門親事和你結定了！今日真不知是甚麼好日子，喜事連連！」鄭森怎能揣度父親的心思？還在五里霧中，兒子鄭錦已給說定了親事，一時也只能盡力敷衍。

鄭芝龍道：「老唐這回從廣東回來，聽說也給皇上帶了好彩頭？」唐顯悅道：「哪裡話，不過臣子分內之事罷了。」鄭芝龍道：「二十八萬兩餉銀哪！奉使到外省催餉的官兒多了，沒見過那個按『分內之事』解回這麼多來。我也真服了你，惠州和潮州那樣混亂地方，你也擠得出、運得回這麼多餉。」唐顯悅連連拱手：「託福、託福，這丁點零頭，哪及得上太師一根小指頭。」

鄭芝龍道：「不是這一說，眼前軍興之際，你這二十八萬兩可真是及時雨。」唐顯悅道：「餉銀解到，皇上固然快慰，怕是又要催著你馬上出兵呢。」鄭芝龍詭祕地一笑：「總不會讓皇上等太久的。」唐顯悅像是貓兒嗅到腥味，急急湊近道：「喔？大軍總算要出關了？」鄭芝龍神祕兮兮地道：「軍機不可洩漏，老唐快面聖請功領賞去吧！」唐顯悅抗議道：「我是兵部侍郎、總理御營戎政，有甚麼軍機須瞞著我？」鄭芝龍拍拍他肩膀：「親家公稍安勿躁，過兩天你就知道啦！」說罷拉著鄭森就走，笑聲不絕地揚長出宮而去。

鄭森在宮裡顧忌著禮儀，不敢造次多言。一出宮門，便關切地問：「阿爹說要出兵，可是真的？」鄭芝龍並不回答，走到他那乘八抬大轎之前，轎夫恭敬地踩下轎槓、打起轎簾。鄭芝龍卻忽然改變心意，喚從人牽過馬來，俐落地踩鐙而上，對鄭森喝道：「跟上！」說罷將馬鞭一抽，飛也似地奔出，衝入鬧街人群之中，一時眾人閃躲逃避，乃至跌倒翻滾者亦有之，鄭芝龍也都不管。

鄭森毫不遲疑地乘馬緊緊跟上，小心地避開人群，很快地跟著鄭芝龍返回家中。鄭芝龍叫開大門直奔進去，一直到內院大堂方才下馬。他後腳一落地，鄭森前腳也跨下了馬鞍。

鄭芝龍將馬鞭隨手丟給左近一名家人，逕往大堂中走去。廳裡鄭鴻逵、鄭彩、鄭芝豹和馮聲海等一干重要將領都已到得齊全。

鄭芝龍奔馳了一陣，猶自喘息，不即坐下，雙手插腰站在太師椅前，也不廢話，下頷對著馮聲海一揚：「如何？」馮聲海道：「人安頓好了，隨時可以傳見。」鄭芝龍點點頭：「叫上來。」

馮聲海隨即命從人帶進一人，鄭森一看，驚呼：「甘三兄！」此人竟是太湖白頭軍的甘煇，他臉上多了幾道剛癒合的疤痕，顯是曾經歷過一番惡戰。甘煇也頗為意外：「鄭先生！」

鄭芝龍知道鄭森曾在太湖營救假太子一事，對於他們彼此認識並不意外，也沒功夫等他們相認，逕自問道：「這位兄弟遠來辛苦，不必拘禮，請你給咱們說說太湖左近的情況。」

甘煇沉痛地道：「稟告太師，我軍慘敗！我白頭軍殷之輅寨主，跟隨吳江職方主事吳易大人起義，與松江的沈猶龍大人、總兵吳志葵大人和黃蜚人人約定，合兵攻打蘇州城，原本希望切斷清將李成棟和南京的聯絡，再與浙東各師南北夾擊。無奈沈大人兵敗松江，中箭而死；吳、黃二位大人也全軍覆沒……」

鄭鴻逵問道：「吳志葵的崇明水軍都是可以泛海的大戰船，黃蜚的水軍也有上萬人，怎麼就這麼輕易敗了？」

「二位大人會師上海，但將戰船泊於泖湖水道狹隘處。陳子龍大人急命人馳書警告，說當地戰船回轉不易，請二位大人速速移兵。」甘煇嘆道，「然而已經太遲了，李成棟以二萬馬步和輕艇來攻，將船隊首尾截斷，打得潰不成軍，二位大人都被擒斬。」鄭森忍不住打斷：「陳子龍大人如何？」甘煇道：「陳大人幸而無事，逃匿在鄉間。」他極力克制心緒，但仍難掩激憤：「松江、常熟、嘉興、嘉定、崑山各地義師都被一一擊潰。清兵陷城之後多行屠戮，崑山被屠四萬人、嘉定也被洗城。然而義師屢仆屢起，人人誓死如歸！」鄭森聽得攥緊拳頭，恨不能立時提兵北上，或者投身義師，和眾人並肩殺敵。

鄭芝龍冷靜地問道：「吳易大人情況如何？」甘煇道：「吳易大人逃回太湖裡去，屯兵長白蕩。清軍無法下水，我軍一時尚可喘息。」

「我本來與黃蜚大人有約定，待我軍一批新的銅砲運到，在戰船上安好，便可派去助戰。誰知他卻等不及了，可惜啊，可惜。」鄭芝龍道：「冒昧請問，貴軍現在還有多少實力？」

「我軍雖敗，但太湖四周各地義師潰敗之後，紛紛逃入湖中歸附，聲勢反見增長，眼下有數萬之多。」甘煇細數：「我軍除了太湖水寨白頭軍，還有吳易大人自吳江所募的團練鄉兵，以及幾支官兵。說雜是很雜，但這會兒同船合命，也都能聽吳大人號令。」

鄭芝龍點點頭：「吳大人以職方主事統領這樣一支大軍，恐不相宜。明日我請聖上封吳大人為兵部侍郎，並以僉都御史總督浙江直隸，如此名正言順，辦起事來也才方便。」甘煇俯身道：「太師設想周全，我家大人必然感激不盡，末將在此先代吳大人多謝太師！」

鄭芝龍又道：「貴軍有太湖地利，自不怕清軍來攻。不過糧餉上頭不容易吧？」甘煇道：「太師明鑑，確實不易。」鄭芝龍對馮聲海道：「老馮，你即刻安排，運五千人三個月的米糧給吳大人。入長江之後，該怎麼偽裝躲避、到何處接頭，請甘兄弟安排。」甘煇聞言當即跪倒：「太師大義！真叫人不知該說甚麼才好……」

「——我有幾批貨色，就在太湖左近的幾座市鎮裡，我想請貴軍幫著運到舟山。」鄭芝龍不等甘煇說完，逕自道：「事成之後，我再運一批米糧給吳大人。」

鄭森正覺得奇怪，父親一直嚷嚷著糧餉不足，卻何以對太湖義軍如此慷慨，原來卻是要和對方做一筆交易。

甘煇是個精明角色，知道鄭芝龍下這番本錢只為運出貨物，恐怕不易做到，嘴上卻先一諾無辭：「太師交代下來的事，兄弟們自然無有不遵。只不知太師要運的是些甚麼貨色？」

鄭芝龍好整以暇地道：「多是絲綢一類，不能吃，兵荒馬亂的也難在當地脫手變現，對貴軍來說乃是無用之物。但運出海外，卻能換回不少銀子。貴軍替我運出來，我拿米糧來換，彼此兩利，且大有助於興復大業。」

甘煇完全明白了：「貨色在何處，運到舟山後如何接頭，也請太師示下。」

鄭芝龍指著馮聲海：「貨到舟山就交給水師副將周崔芝——詳情讓老馮跟你談吧。」他從懷中順手抓了一把金瓜子遞給甘煇：「甘兄弟雖然剛到，但還是要辛苦你儘速回去覆命。這點小意思，讓甘兄弟路上用。」

「末將銜命而來，乃是本等之事，不敢收太師的賞賜。」甘煇不卑不亢地道：「吳大人遣末將前來，本是為求朝廷發兵呼應，南北夾擊清兵，如此我軍在太湖腳步也就更穩了，必能為朝廷光復南、北二京的先鋒。關於此節，末將該如何回去覆命，還請太師示下。」

鄭芝龍看著甘煇，讚道：「難得，難得，真是條忠心的好漢子！你回去告訴吳大人，他不會失望的。過兩日你自會聽到消息。」

甘煇雖未得到切實的回答，但此行所得已然遠超過期望，於是行了大禮，辭別而出。

待甘煇走遠，鄭芝龍對馮聲海道：「先運幾批貨色試試，看他們手段如何。這方法要能成功，往後『山五商』就能往外運貨了。」

鄭森疑惑道：「阿爹，福建各軍糧餉已很吃緊，運一批糧食到太湖適合嗎？萬一被清兵截住，豈不成了資敵？」

「誰說要從福建運糧過去了？米糧叫曾定老在江南四處收購，就近運過去，這樣一來，清兵能吃的糧反而少了！」鄭芝龍看著鄭森：「你大概在想，這節骨眼上，我怎麼滿腦子還在貿易？告訴你，今年上等生絲在長崎已經漲到三百三十五兩一擔了！我今年總共運了一千擔去，光這個，就比老唐從廣東徵來的糧餉還多，更別提價格數倍的各色緞子、綸子和綾、緬、紗、絹。大明朝要復國，就得指望著這個！」說罷逕自對著馮聲海道：「江西情勢如何？」

「清兵以金聲桓為主將不斷南攻，南昌、撫州和吉安都失陷了，江西巡撫曠昭在萬安被擒殺，只有贛州的江廣剿撫總督楊廷麟大人苦苦支撐著。不過這兩個月江南各地義師大起，江西方面的清兵被抽調了一批回去，贛南一帶算是稍微鬆了口氣。」

「江西要是丟掉，咱們福建就給團團包圍住，悶也讓他悶死。好！即刻出兵，從贛北橫裡截斷。」鄭芝龍早有成算，令出如風：「老四，你派黃光輝出仙霞關，經衢州、開化上馬金嶺！阿彩，你出杉關攻打撫州！傳令給崇安的老施，出分水關攻打弋陽縣，拿下廣信府！老馮派人和楊廷麟聯絡，讓他從南邊往北打！」

眾將紛紛得令而出，毫不遲疑，顯然是準備已久。鄭森熱血上湧，也跟著躍躍欲試，當即跪倒大聲請求：「阿爹！孩兒之前一直誤會您了，實在不孝！孩兒自知犯過軍法，蒙阿爹不加追究，已是法外開恩，本不該妄然再多請求甚麼。但大軍出關，孩兒仍要斗膽請纓出征，不拘哪一路，也不拘在軍中做甚麼事情，就算是當陣前一名小兵也罷，請阿爹讓孩兒去吧！」

「你當帶兵是小孩子騎竹馬打仗，輸了還可以賴皮重來？我要為你開了例，以後拿甚麼號令全軍？」鄭芝龍板著臉：「何況你大概還是搞錯了，我這次出兵，可沒打算直搗黃龍，大軍並不會直薄南京城下。你就算隨軍出征，到頭來恐怕還是要失望。」

鄭森愕然：「這是怎麼說？」

「要是讓清兵拿下江西，福建和湖廣聯絡的聲息就斷了，這是我今日不得不出兵的理由之一。」鄭芝龍坐進太師椅中，蹺起了腿好整以暇地道：「江南義師蜂起，清兵無暇南顧，我軍正可趁機出關打他一傢伙，四處徵點糧餉，此為其二；我軍陸戰經驗不足，挑幾個軟柿子練練把式，也可提振一下士氣，此為其三！但從大局上看起來，我軍的策略還是沒有變過，明年春天才是真正大舉進發的時機。」

鄭森好似在一身大汗淋漓時給當頭倒了一桶寒冰，再次深深覺得父親又在戲弄朝廷，逕自起身問道：「這番策略，阿爹早有成算？各軍也早已準備多時？」鄭芝龍道：「不錯。」鄭森凝眉直視著父親：「如此說來，黃道周大人自請出關，實是無謂之舉了。」

「我又沒說一輩子不出兵，他自己沉不住氣，卻要怪誰？」鄭芝龍看鄭森氣憤難平，心中盤算著，鄭森得到隆武賞識，正可以安插在皇帝身邊做個眼線，乃至左右皇帝的想法。但要讓鄭森心甘情願做這件事，須得哄騙好了才行，於是極力收起笑容，溫言道：「我也不光是做做樣子而已，用兵之道就像流水，要看天、地、人之勢，隨時應變。倘若我軍勢如破竹，而浙東、江南諸軍也能響應，那麼老四這一支隊伍就可穿過馬金嶺直下鄱陽湖，從蕪湖往南京打去——就算沒這麼順利，這回只要把江西全省恢復，皇上登基後的第一仗漂漂亮亮打贏了，威望壓過魯王，號召天下歸心，也已是大功一件。」

鄭森沉住氣問道：「那麼這段時間兒子又該做甚麼？」

「皇上器重你，你正好時時入宮去參贊。」鄭芝龍故作感嘆：「朝中大臣不懂兵事，每日裡對著皇上鼓吹發兵，甚至左一個奏章、右一個疏表，罵我遷延觀望，連『誤國』的話都出來了。他們忘了當年洪承疇松山之敗，就是兵部尚書陳新甲每日飛書催促出兵所致！你是讀書人，和皇上說得上話，軍務上的事也看過不少，你入宮參贊，正可化解朝廷對咱們的諸多誤會。」

鄭森心中雪亮，父親是要在皇帝身邊布一著棋，好隨時察知朝廷的動向。不過他受隆武賞識，本就有報效之意，倘若真被皇帝重用，父親勢必也不能忽視自己，到時要爭取兵權也更為容易。無論如何，總勝過此時賦閒在家。於是慨然道：「兒子明白了，打明天起，兒子就不時入宮請見。」

鄭芝龍欣然道：「你午後就去一趟，告訴皇上大軍出關之事，算是國姓駙馬爺頭一回進宮的見禮吧。說不準皇上龍心大悅，還真變出個女兒來嫁給你！」

●

當天下午，鄭森換上前些時父親給自己準備的那套麒麟白澤朝服，想起當初不敢僭用，事隔月餘，自己竟已深受重賞，能夠光明正大地穿上這套朝服。一時覺得熱血澎湃，定要做出一番事業。

鄭森入宮到奉天殿遞上牙牌，垂手候見，忽聽得殿中一陣激動怒罵，接著又有瓷器摔碎在地上的聲音，不知隆武正為了甚麼事情大發脾氣。不久太監傳進，鄭森惴然入殿進到御書房，見路振飛、張肯堂和曾櫻等幾名閣臣臉色凝重地站著，趕緊跪下請安。

隆武見了鄭森，猶自盛怒，不假辭色地道：「成功回去告訴鄭先生，朕一定要即刻發兵，絕不可再藉口遷延！」他語氣冷峻已極，鋒銳如刀，令人不寒而慄。鄭森早上才經隆武嘉勉封賞，只覺皇帝敦謙仁厚，沒想到才過了兩個時辰，整個人卻已變了一個樣子。鄭森叩頭道：「主憂臣辱，臣等一家敢不盡心？陛下身繫萬方安危，正應善保龍體，卻不知為了何事如此動怒？」

隆武忿然道：「靖江王朱亨嘉公然悖逆，在桂林偽稱帝號，還把廣西巡撫瞿式耜給拘禁了起來！益陽王在浙江龍游，只因收留了罪輔馬士英和鄒太后，便也自鑄監國印，署置官吏；還有楚藩後裔朱盛澂，根本一無爵祿，也敢在太湖自稱『通城王，行大將軍事』，儼然帝制，到處派餉、賣箚、強奪民女！」隆武將几上幾份奏摺往前一甩，本想遠遠擲出，但紙頁散開，飄然無力墜在近處地上，令他更加激怒：「全天下都反了！一個個稱帝稱尊，絲毫沒有把朕和朝廷放在眼裡。如此褻瀆祖宗神器，置復國大業於無物！是可忍孰不可忍！發兵，即刻給我發兵，把這些個謀逆之徒都給我掃平！諸臣僚若再不改因循，國家必致敗亡！」

隆武翻江倒海似地發作，把廷臣們全都罵在裡面。鄭森初次見識到何謂「龍顏震怒」，不免背脊微微發麻，一面暗想，怪不得人們會說皇上性情暴烈。同時他也瞧出來，真正令隆武無法忍受的是，這麼多宗室競相稱帝、監國，表示他的皇帝之位並未廣為天下所認可。

隆武雷霆盛怒之下，路振飛卻果然宰相風範，沉穩地道：「臣要諫陛下一本。陛下說臣僚不改因循必致敗亡，臣要說，陛下若不改操切也未能中興！」隆武聞言，臉孔拉耷得老長，但極力壓抑著道：「路先生說下去！」路振飛一揖，續道：「陛下有愛民之心，而未見愛民之政；有聽言之明，而未收聽言之效。喜怒過於輕發，號令屢屢更改。見群臣庸下，便過於督責；因博覽經史，所以事事務求明備。凡是陛下的長處，都是臣所憂慮之事。」

鄭森對路振飛的抗直敢言大為驚奇，而隆武的反應也出他意表之外。只見隆武握緊拳頭，幾乎沒有將茶几一拳打翻，但依然強自忍耐著，默然良久，勉強從牙縫間擠出話來：「路先生見責得是，面刺寡人之過，應受上賞！」

路振飛回奏：「臣無功，不敢受賞。臣只請陛下息止雷霆之怒。這些不過都是跳梁小丑，名不正、言不順，為天下人所共棄，不久必自有取死之道，不足為慮。」曾櫻也道：「首輔大人說得是，朱盛澂乃是被賊人利用，多行不義，早為太湖臣民所不容；益陽王雖然收留弘光爺太后，假借慈命稱號，但馬士英惡名昭彰，浙江輿論也已群起攻之。」

隆武不以為然：「那朱亨嘉又怎麼說，廣西總兵和廣西布政使等一干大員都與之狼狽為奸，已聚集當地狼兵二萬，還派人到湖廣、貴州等地頒詔授官，若不及時處置，西南各省不復為國家所有了！」

張肯堂道：「那也不過一、二小臣投機附從，臣料朱亨嘉難成氣候。譬如廣西巡撫瞿式耜就不肯附逆，即便身遭幽囚也始終不屈，並請家人星夜入閩飛報軍情，其忠誠必為廣西士民效法。朱亨嘉至今不敢輕離桂林，足見人心向背。臣以為，眼前福建實難抽出兵力派往廣西討伐，何況萬里征伐勞師費餉、緩不濟急。不如就近責成兩廣總督丁魁楚相機進剿，方為上策。」

隆武頗為猶疑：「丁魁楚可靠嗎？萬一他暗中與朱亨嘉聯絡，朝廷責他進剿，豈不是火上澆油？」

路振飛道：「廣西有變，責成兩廣總督進剿，乃是正辦。臣料朱亨嘉必已派人聯絡丁魁楚，甚至許以高爵厚祿，此時若朝廷不加信任，反而是逼他投往朱亨嘉那一面去了。朱亨嘉手下兵將並不甚多，尚不足慮，丁魁楚手綰兩廣兵符，朝廷務須先將他穩住。」

「好吧，廣西的事就如路先生所奏去辦。告訴丁魁楚，事平之後，朝廷必不吝封賞。」隆武依然心有不甘：「至於瞿式耜，實在難稱忠臣！朕登極至今，他始終未曾拜表稱賀，致使西南名省意存觀望，才讓朱亨嘉有機可趁。他既然被擒，廣西巡撫一職等於懸缺，著由兵部添注左侍郎晏日曙去接替。吏部這就付劄。」

此言一出，三位閣員暗暗彼此互看，心下都犯嘀咕。瞿式耜素有清正之名，雖在南京陷落之際曾因想擁立桂王，但那也是考慮桂王乃神宗之孫，遠較唐王或魯王世系為近，所以才未即時對隆武上表稱賀，並非有不臣之心，隆武卻對此耿耿於懷，非立時處置不可，未免氣量褊狹了些。

曾櫻管著吏部，該他回話，遂耿直地道：「臣不敢奉詔！朱亨嘉偽稱帝號，端賴瞿式耜秉持氣節以抗，並上表朝廷報信，朱亨嘉才無法輕舉妄動。此際西南人心浮動，朝廷若將這麼一位正遭囚禁的忠臣罷廢，恐怕將失義士報效之心。請陛下三思。」

隆武看著三位閣員，知道他們意見一致，於是緊緊抿著嘴，從鼻子重重呼了口氣，一揮手道：「也罷，瞿式耜的事就先擱著；那益陽王總該即刻進兵剿滅了吧，浙江離閩不遠，莫不成還要責成另一位『監國』的魯王去處置？」

眾人聽他提起魯王，還刻意尖酸地加重「監國」二字，都知道朱亨嘉和朱盛濃等人都只不過是隆武發揮的藉口，他真正念茲在茲的，畢竟還是受到浙東諸臣擁戴的魯王。

然而此事也頗為棘手，路振飛略一思索，繞著彎子道：「南京城破之時，馬士英以護駕為藉口，帶著鄒太后逃到浙東，一路上猶如過街老鼠人人喊打，魯王甚至派兵捕拿。最後是靖虜侯方國安加以迴護，馬士英才得苟且偷安。眼下處置益陽王不難，但他如此膽大妄為，恐怕也是仗著方國安在背後撐腰。投鼠忌器，須得先想一套周全的辦法。」

隆武聞言沉吟不語，鄭森開口道：「臣有一言，請容臣稟奏。」隆武抬起眼皮：「喔？你講。」鄭森道：「益陽王雖稱監國，號令不出龍游一縣，乃癬疥之疾；清兵南下江西，巡撫曠昭殉國、楊廷麟大人退保贛南，福建大有孤立之勢，這才是朝廷的腹心之患。當務之急，應當恢復江西，和湖廣保持聲息。一旦光復贛中、贛北，朝廷威望大振，何愁天下不能歸心。」

張肯堂道：「早日出關以收拾天下人心，此乃朝野公論，每日多少奏章講的都是這個。奈何平虜侯不肯發兵，盡屬空談。」

鄭森道：「臣父並非不肯發兵，而是在等待時機。今日臣父命臣入宮，就是要啟奏陛下，御營左、右前鋒整裝已畢，即刻就要拔營出關了。」

隆武霍地站起身來，眼中放光：「愛卿所言當真？」鄭森道：「臣不敢欺君！臣父方才已命臣叔鴻逵和族兄鄭彩領全軍出擊。」隆武笑逐顏開：「你卻不早說，讓咱們還在那裡議論了半天！」

張肯堂道：「贛南局勢危及，大軍要逕往馳援？」鄭森道：「臣父以為，從贛北橫裡截斷，贛南清兵後路一斷，陣腳自潰，楊廷麟大人便能北向次第克復。」

隆武恢復了讀書人的樣子，只依然掩不住興奮：「國之大事，在祀與戎！朕要郊告天地，並仿效漢高祖拜韓信為大將，行推轂禮[1]。傳旨鄭鴻逵等暫勿離京，叫工部築壇、兵部備節鉞，禮部擬定典禮儀注！」

●

照鄭芝龍的想法，兵貴神速，一旦決定發兵，大軍即刻便行。但隆武堅持要築壇拜將、行大禮送王師出征，鄭鴻逵等將領只好暫時留在福京，命糧草和部伍先行。

隔天一早，隆武在大明門外以親征事祭告天地；次日，前往太廟祭告祖宗；第三天御駕親至軍營禡祭[2]；到了第四天，在福京西郊洪山橋行推轂禮。

工部打造大銀鉞斧四把，長五尺，硃色柄身，畫金龍盤繞，柄上為龍頭、柄末龍尾。又在洪山橋南邊的釣龍臺築壇，高、方一丈，周邊設置木欄杆，中間設置太祖和崇禎皇帝神位。

隆武戴著翼善冠主持，鄭鴻逵和鄭彩先著吉服登壇禮拜，然後換上戎服接受御賜大銀鉞斧。接著隆武親自穿上甲冑號令出征將士，待一應儀典已畢，大軍方才在執鉞官先行引導下，按部伍、建旌旗、鳴金鼓，揚兵就道。

鄭軍出關後進展十分順利，左、右先鋒才剛離開福京，原本駐守在崇安的施天福已搶先深入廣信府，克復弋陽縣。監軍張家玉飛報大捷，說施天福「殺清軍兩總兵，獲級四百，奪馬四十

1 推轂禮：皇帝親自為出征大將推動戰車之禮，象徵對出征將士的重視和禮遇。
2 禡祭：在軍隊駐紮處敬祀神明，為兵事祝禱的祭典。

四、器械無算，斬虜使，擒偽官，忠勇之名震於浙直。」清人急忙從九江調兵一萬，合江西原有的部隊共二萬人投注廣信，全力與施天福周旋。

而當清軍從贛南調兵北上，江西情勢立刻扭轉，楊廷麟自贛州出擊，循贛江而下，連番攻克萬安、泰和，收復吉安全境，前鋒甚至抵達臨江，距離南昌不遠了；同時，丁魁楚自廣州率數千精兵奇襲梧州，一戰大勝，靖江王朱亨嘉狼狽地逃回桂林，左近將領見此勢頭，紛紛聚集在丁魁楚帳下，齊向桂林進發。平定亂局，不過是早晚之事。

連番捷報傳來，隆武已然深受鼓舞，這時湖廣傳來一個好消息，更讓隆武大喜過望：李自成之侄李過和部將高一功率領殘部二十餘萬人歸附川湖總督何騰蛟，改名為李赤心和高必正，並命其軍為「忠貞營」。對大明朝來說，此事意義至為重大，國家近二十年來內憂外患，弄得京城淪陷、皇帝殉國，主要便是因為關外之「虜」，與關內之「賊」。而今大順軍殘部盡數歸附，內憂大定，朝廷更一口氣增加了二十萬悍勇慣戰的大軍！

這分奏章遞上來時，鄭森正在殿中，隆武聞訊大喜，口中喃喃道：「朕要入廟祭告列祖列宗，朕要入廟祭告列祖列宗！」旋即取過紙筆起草祭文。他急著告廟，文不加點地匆匆寫著，手腕微微發顫，字跡依然一絲不苟。須臾祭文寫成，便領著鄭森一起入廟。

隆武高聲頌念祭文，提到他本為庶宗，從未有克承大統之念，但為了祖祀不斷，又為文武所奉，因此勉強擔此重任。雖然沒有漢光武帝的才能，而志向願效法周文王。如今先帝列祖有靈，使賊軍敗滅、殘部歸順，國家中興之機由此大啟。

隆武一邊念著，同時聲涕俱下，在場者無不動容。而祭文末段，格外引起鄭森留心：

……南京喪亂，海內宗室競稱尊號，褻瀆神器，妄分門戶。臣思諸宗室同分於高廟之後，若云蹀血、靖難，不唯萬世唾罵，亦為痛祖斯甚！然一統高廟，實存亡關頭所在。諸宗室既奉欽命，即應一表明尊，同心戮力、想望中興，以彰帝廟之靈，臣亦第以樸誠待之……

鄭森醒悟到，隆武已決意不再容忍魯王不奉皇帝詔命了。蓋江西恢復、桂林平定、流賊來降，此際朝廷威望大振，隆武遂有信心命魯王退去監國之位。

果然，當天下午，隆武便召集閣臣，議論派使臣前往紹興頒詔魯王，命其去監國之號、退守藩王之位，將國政盡還福京朝廷。閣臣們也都認為時機成熟，共同推舉劉中藻為使臣，隆武隨即召見，命其盡速出發。

一時間，朝廷顯得雲開霧散、充滿朝氣，福京城裡也瀰漫著樂觀的氣氛。

這一日，鄭森退朝回家，在馬背上一路思索著方才朝廷裡大臣們談論的題目，一旦魯王撤去監國稱號，大明天子定於一尊，對抗清復國事業將是一大鼓舞。而浙東奉表之後，朝廷該召用那些大臣入閩、各地戰守方略如何、糧餉怎麼分配撥給……可謂百廢待舉，每一件都是繁難艱鉅，卻又叫人興奮無已。而鄭軍出關、施天福收復廣信府，乃是這一連串捷報的開端。念及於此，令鄭森大感驕傲與寬慰。

鄭森想得出神，冷不防聽得路旁有人喊道：「喂，國姓爺！」抬頭一看，路邊單人一騎，卻是馮澄世，笑道：「阿世吃飽太閒，在大街上專等著調侃我。」馮澄世縱馬過來並轡而行，眨著眼道：「阿森打從封了國姓，每日裡操煩國事，竟難得見上一面。今日天氣甚好，是否有雅興出城溜達溜達？」鄭森抬頭看看天色：「九月天，秋老虎毒得很，天氣哪裡好了？」轉頭看見馮澄世猛使眼色，心下會意，大聲道：「也對，我許久未曾馳馬，騎術怕要生疏了，咱們就出城跑跑！」於是差遣僕從先行回家，自與馮澄世從西門出城。

兩人縱馬奔馳一陣，鄭森直感通身舒暢。不覺間來到洪山橋南的釣龍臺，月前隆武拜鄭鴻逵和鄭彩為大將時所築的祭壇依然保留著，只拆除了欄杆，四周人蹤稀少，顯得頗為冷清。

馮澄世一躍下鞍，將馬隨手栓在路邊樹上，一骨碌便爬上祭壇。鄭森驚呼：「阿世使不得，這可是天子祭壇啊！」馮澄世三兩下已登上壇頂，插著腰哈哈大笑：「阿森真是死腦筋，這壇上又無太祖神位，四周欄杆也都拆了，只不過是個尋常土臺罷了，哪這麼多忌諱？」鄭森想想也是，將馬栓好，跟著爬到祭壇之上。

馮澄世裝模作樣地道：「拜——駙馬都尉體統行事、御營中軍都督朱成功為大將軍，欽此！」鄭森笑道：「你以為你是皇帝嗎？」馮澄世眺望臺下，將手一揮：「站在此壇上，才知當日皇上和鴻逵叔他們所見是何風景。大丈夫當如是啊！」

鄭森和他並肩站立，看著臺下空蕩蕩的大片平野，耳中聽得風聲颯颯，依稀能想見三軍將士帶甲持戈整列於此的景象，果然令人壯志勃發。

過了一會兒，鄭森卻忍不住嘆道：「說句心裡話，我倒不想封這國姓和駙馬都尉體統。」馮澄世詫道：「為甚麼？」鄭森道：「我朝制度，宗室不可應舉。封了國姓和駙馬體統，就再也不能循科考正途出身了。」

「哈哈哈！」馮澄世大笑道：「我本以為阿森是豪傑之輩，沒想到頭巾氣這麼重。」鄭森著惱道：「我心中為此所苦，也沒旁的人可說，沒想到你卻只是笑我。」馮澄世道：「你那點子心思我怎會不知，無非是從小被人欺侮是海外來的，所以才想考個功名在身，好叫人無話可說。可你受封國姓和駙馬，已是堂堂大明宗室，比謀個『進士出身』還強上許多，還有甚麼好自苦的。」

「阿世把我的心胸看得忒也小了。起初也許是這麼想的，但讀了聖賢書，以天下為己志，那些雞零狗碎的心思也都早已放下。」鄭森嘆道：「然而身為孔孟之徒，卻不能以文臣出仕。將來就算中興恢復、立下再大的功勞，也沒有機會執掌政事施展抱負。更何況，黃道周大人和阿爹為了爭位之事決裂，文、武之間鴻溝寬闊如此，也教人難以釋懷。」

馮澄世道：「既然如此，明年福京恩科，你求皇上破例讓你應考，不就結了？」

鄭森搖搖頭：「國家制度，豈可因我而壞？」他掉轉話頭道：「你特地帶我來此，有甚麼機密的話要跟我說？」

馮澄世收起嘻皮笑臉，嚴肅地道：「你可知我爹離開福京之事？」鄭森道：「知道啊，他去仙霞關鴻逵叔軍中公幹。」

「事實上並非如此，我爹此行奉有密令。」馮澄世表情凝重，「一官叔要在半路上攔截劉中藻大人！」

「甚麼？」鄭森大驚，「你別亂開玩笑！」

馮澄世道：「這種事怎麼能開玩笑。我爹昨天忽然匆匆準備出門，我幫他收拾幾樣東西，偶然在書桌上看到兩封信，都是以一官叔的名義所寫。一封要駐守衢州的靖夷侯陳謙攔截劉大人，莫使他前往紹興。另外一封，我還不及看，爹就進來了。」

鄭森如遭雷擊，一時難以置信：「皇上命魯王退去監國稱號，乃是讓皇命歸於一統、對恢復事業大有裨益之舉。阿爹為甚麼要橫加阻攔？」馮澄世道：「我聽爹他們談論過，留著魯王監國，可在浙江作為屏障，福建這面便有更多時間整軍經武，不必急著出兵……」

「荒謬！」鄭森忍不住打斷：「魯王退位，浙東諸軍改而效忠朝廷，一般地可為福建屏藩，哪裡有甚麼不同？」

「如此一來，皇上就更有理由移駕浙東，一官叔再不能攔他了。」馮澄世道：「更有甚者，大明天子定於一尊，海內諸軍都向皇上效忠，一官叔獨掌朝局之勢就難以維持了。」

鄭森氣憤地道：「天下本就是以天子為尊，如此貪戀權位、壞亂朝局，豈不是……豈不是……」他咬著牙，艱難地道，「……成了誤國的奸臣！」

「我不是要幫一官叔講話，可皇上那急性子你也知道，福建各鎮陸兵新建，都才剛開始訓練，皇上就一個勁兒要出關，這實在不是兵法正辦。何況浙東奉表稱臣以後，二十幾萬大軍的兵餉就得由朝廷來張羅了，那可是四、五百萬哪，哪裡變得出來？」馮澄世扳著手指細數道：「已有風聲出來，朝廷要加一官叔『福京留後總理一切軍國事兼五軍都督府印務，東南直省糧餉，掛平虜大將軍印，招討西北直省，保疆奉駕，掌宗人府。』乖乖，這麼一大串粽子頭似的職銜，第二項就是『東南直省糧餉』，這籌餉的苦差事，還不是要丟在一官叔肩上。」

「阿爹已經不再只是一介生理人，凡事都要錙銖必較。他是大明平虜侯，又是太師，位列中興勳臣之首！這千鈞重擔當然要由他一肩擔起！」鄭森斷然道，「江西恢復大半、靖江王亂事平定，還有湖廣二十萬流賊歸附朝廷，士氣最為昂揚之際，皇上趁此風起雲湧之勢，駕出浙東，正可以一鼓作氣北上恢復。一旦光復南京、師次江北，何愁沒有餉源？」

馮澄世道：「說得好！我也是這樣想，所以才趕緊來告訴你這件事。」

鄭森凝眉沉思，站在這拜大將的祭壇上，想起皇上對鄭氏一族期盼之殷，委任之重，頓時覺得萬分諷刺。因道：「我得去奏報皇上！」

馮澄世搖頭道：「不成，一官叔只是暗中阻撓浙東歸附，並無反叛之心，你若將此事揭破，卻是逼一官叔與朝廷決裂了。」

鄭森道：「那我就去攔住馮叔，不讓他把信送到方國安手中。」馮澄世微一遲疑，沉吟道：「我爹先走了一天，一路在驛站換馬疾馳，怕是不容易追趕得上。」鄭森看他憂心的樣子，恍然道：「你是怕我跟馮叔起衝突吧，好，我去追劉大人，給他報訊，請他改換道路。萬一有事，再相機助他脫困便了。」馮澄世感激地道：「難為你這樣設想。這次之事，我不便參與，你可別怪我。」鄭森道：「怎麼會！你暗中報訊，已是大功一件。這次不出面，往後才正好幫忙。」

馮澄世道：「對了，我得給你提個醒，劉大人可不一定會相信你的話。」鄭森道：「此話怎講？」馮澄世道：「近來城裡有些傳聞，只怕你還沒有聽說過。有些不喜我南安鄭氏的大臣，暗中都說你封了國姓之後，每日入朝是為了探查皇上和朝廷的動向。一官叔因此得以盡早查知宮中大小事，文臣們遂也都不敢再議論朝政。」

鄭森聞言默然，心中又是驚詫，又有幾分委屈。自己一心效忠朝廷，為此數度忤逆父親，卻被大臣們當作是父親安排在朝中的耳目，真是情何以堪。他把頭一揚，倔強地道：「由他們說去，遲早讓天下人看見我鄭森的赤膽忠心！」

馮澄世懇切地道：「你要想清楚，這次你出手阻礙一官叔的事，那便是擺明和他對著幹了。」

鄭森慨然道：「國家存亡就在眼前，捨此別無他途。」

一陣大風陡起，帶得二人袍角飛揚。鄭森立在祭壇中央，隱隱然覺得上天彷彿交給自己一項重責大任。他仰頭向天，側耳傾聽，卻只有洪山橋下滔滔流水，潺潺不絕。

●

當日傍晚，鄭森便服閒步出門，假作只是在近處走走，悄聲不響地離家，趕在城門關閉之前出西郊。馮澄世早為他在城外備好馬匹和簡單的行囊，鄭森隨身帶著御營中軍都督和駙馬都尉的令牌，星夜奔馳，闖關過卡，一路倒也十分順利。

古來自閩入浙，主要有兩條道路，都由建寧起始。官驛道由西北經崇安出分水關，再經廣信府到衢州，平直易行，稱為「大關」，但全長七百一十里，且須繞道江西，較為費時；另一條則是往北經浦城過仙霞嶺，直抵衢州，路程只有五百零九里，較為速捷，稱為「小關」，但山道陡峭艱險，商旅多苦。鄭森盤算，若在平時，劉中藻可能會走分水關，但眼下廣信正是用兵之地，他只能從仙霞嶺過，於是在建寧取道而北。

入山前最後一座大鎮是浦城，鄭鴻逵的左先鋒大營就設在此處，因此街上格外熱鬧。鄭森為免被熟人認出，不敢逗留，壓低笠帽匆匆經過。一過浦城，接下來連著兩百里都是山路，不通舟楫。自廿八都鎮後，漸次登上仙霞主峰，山道險峻，只容一人一馬。前人有謂「峻嶺高三百六十級，凡二十八曲，長二十里。」

鄭森牽馬步行，登上山頂時，只見峭壁之中一道隘口，不過丈許來寬。此處關門雖小，但正面狹窄，就算敵眾再多也無所用力。鄭森暗暗讚道：人說仙霞關百人守隘，千夫莫開，誠不虛也！只要有二千精兵駐紮於此，任敵再多，都足以固守了。

走到關門前，居高臨下，望見山道迆邐向著北邊山谷俯衝而下，更是令人心神大暢。

正自觀望之間，冷不防有人喝道：「甚麼人，鬼鬼祟祟地看甚麼？」鄭森回頭，見對方是把守關門的旗總，領著幾名士兵氣勢洶洶地欺了過來，伸手就往鄭森領子上抓。鄭森向後一閃，客氣地道：「在下行旅經過此間，只因景色壯闊，才瞧得出神，這就要下山了。」

那旗總道：「尋常旅人，哪有這般身手？何況你這匹馬俊得緊，馬鞍馬鐙也不平常。我看你八成是清兵派來的細作吧！」鄭森道：「官長誤會了，我乃客商，經常往來行旅，所以馬鞍得用舒適些兒的。我若是細作，遮掩都來不及，怎會用這等惹眼的物事？」那旗總聽他這麼一說，反起了貪念，想要狠狠敲詐一番，於是將手一招，命兵士們左右包圍。旗總道：「乖乖讓兵爺搜上一搜，倘若行囊裡有甚麼犯禁物事，須得留下了，人才能走。」

鄭森聽出他的意圖，怒上心起，暗忖道：倘若我是真的細作，花幾兩銀子也就將這旗總打發了，如此設卡盤查何用？一時板起了臉，冷冷地道：「就憑你也想碰爺的東西？叫黃光輝來見我！」

那旗總和兵士們聞言一愣，黃光輝是鄭鴻逵手下頭號總兵官，駐守在這仙霞關上，眾人對之敬若神明，這名青年卻竟然直呼其名，實在無禮已極。那旗總怒道：「你算哪根蔥……」正想拔出配刀，鄭森忽然伸手按向他眼前，旗總猝不及防，縮著脖子閉了閉眼睛，這才發覺鄭森並非出手攻擊，而是展示著一塊腰牌。

那旗總定睛一看，腰牌上分明寫著「駙馬都尉」，趕緊換過語氣道：「您請稍待，我這就去請。」須臾，一名把總過來，恭敬地請鄭森到營舍中說話。鄭森卻不肯走，非要黃光輝親自到關門來見他，把總只好飛也似地趕去通報。

鄭森見那旗總惴惴不安，頓時反覺自己實在不該和一名小小的軍官計較，而把事情鬧大了。眼看遠處黃光輝率領一眾部屬風風火火地過來，心想自己匆匆趕路，卻不知劉中藻和馮聲海情況如何，正好趁此機會打聽一番，遂安然背著手等候。

黃光輝疾步走到近處，認出是鄭森，見禮道：「國姓……」鄭森趕緊迎上去，大聲道：「將軍別來無恙。」一面低聲道：「我奉家父密令前來，別叫出我身分。」黃光輝心下暗想，這國姓爺好生奇怪，又要自己出來相見，又不許揭穿身分，說倨傲不似倨傲，大概年輕識淺才會這麼孟浪。嘴上還是敷衍道：「是，不知國……您到此間，有失遠迎。」鄭森道：「不，我本該直扣轅門求見的，勞您出來，是我失禮。但因軍務緊急，只好出此下策。」

黃光輝一聽說是緊急軍務，回頭使個眼色，一眾部將和兵士們頓時遠遠退開。鄭森問道：「請問劉中藻大人近日可從這裡經過？」黃光輝道：「是，三天前過關去了。」鄭森壓低聲音道：「馮爺甚麼時候過關去的？」黃光輝想起馮聲海交代不可透露他的行蹤，但既是鄭森問起，自然另當別論，因此道：「馮爺昨日過的關。」

鄭森心想，劉中藻果然由此經過，算算時間應該還來得及向他報訊，稍感放心。又想，鄭芝龍不敢公然反對魯王撤號，所以才須聯絡陳謙半途攔截劉中藻，因此必教馮聲海隱密從事，黃光輝應不知情。於是大膽地試探道：「日前咱們在紹興的探子來報，說浙東那面有人不欲劉大人前往紹興，意欲中途攔截，總鎮大人可知此事？」

黃光輝詫道：「怎麼會有此事？」鄭森道：「魯王是由他們擁戴，萬一退去監國之號，他們也就失勢了，故而想要阻撓。」黃光輝憤然道：「我聽說浙江的官兒們都驕傲得緊，常說甚麼天下翰林半出江南，只怕也是不甘心皇上在福建登基，更不願屈居咱們閩人之下吧。」鄭森順著他的話道：「正是如此。」黃光輝道：「我明白了，不知您有何差遣？要不，本鎮分撥百人隨您下山護送劉大人？」

鄭森猶豫了一下，婉拒道：「多謝將軍。不過此事不宜張揚，畢竟劉大人乃是奉使宣諭，而非率兵討伐，陣仗擺得大了，反讓紹興那面抓著話柄，不利和局；我只需一位熟悉道路的兄弟領著下山，盡早追上劉大人官駕也就是了。」

黃光輝看了一眼那把守關門的旗總，他事前已約略聽說旗總盤查刁難鄭森之事，猜想他也許是想報復，索性將這旗總交由鄭森處置，才不至於遷怒自己，因此指著那旗總道：「這位弟兄經常往來閩、浙之間，腳程也快，由他領路最好不過。」那旗總先是臉色刷白，旋即下定決心似地行了軍禮道：「得令！屬下這就出發。」

鄭森辭別黃光輝，待旗總迅速地換好常服出來，便即出關下山。

兩人默默走了一刻，那旗總忽然在路邊跪倒，大聲道：「小人有眼無珠，得罪了貴人，合當領死。您要殺要剮，小人都甘願領受，只求您給個痛快。」鄭森連忙將他扶起：「你這是在說甚麼呢？我並不怪罪於你，更無害你之心，快快起來。」那旗總訝異地道：「您不是要殺我？」鄭森道：「我豈是氣量如此褊狹之人？只因急著趕路，才請你幫忙領著走一趟。」那旗總道：「您大人大量，小人以小人之心度君子之腹，小人該死！」說罷磕了三個頭才起身。

鄭森聽他繞口令似地「大人、小人」說個不停，忍不住一笑，溫言問道：「你叫甚麼名字？」那旗總道：「小人叫蕭拱宸。」鄭森道：「這名字恁也文雅，倒像是書香子弟。」蕭拱宸道：「小人是在杭州拱宸橋邊出生的。」鄭森恍然：「原來如此。」蕭拱宸道：「小人是同安人，我爹是往來閩、浙的客商，在杭州生下了我，因此小人經常隨阿爹行走這條仙霞古道。」鄭森道：「喔？那你為何投入軍中？」蕭拱宸道：「我爹生理失敗，潦倒而死，還留下一屁股債。我娘身子弱，不久也跟著去了。我還不起債，只好投軍掙口飯吃，倘若將來立了功，也可以還債。」鄭森點點頭：「你倒有骨氣。」

兩人重新上路，蕭拱宸果然十分熟悉路況，何處不宜逗留、何處有店鋪可以歇腳，全都瞭如指掌。他又談起少年時隨父親奔走營商的見聞，無論閩、浙各地風俗，還是「為商十要」一類的口訣，都讓鄭森聽得津津有味。鄭森心想，蕭拱宸雖有些小貪小惡，但本性不壞，而且俐落聰敏，若好好栽培約束，倒也是個可用之人。

鄭森有心激勵他，於是道：「蕭拱宸，你這名字起得很好。」蕭拱宸不以為然：「我在拱宸橋邊出生，也就用了這個名字。人家都說，我汪定勞苦負重一世，給人踩踏經過，自己卻無半分好處。」鄭森正色道：「不是這樣的。『宸』這個字，本來是指皇帝的居所，後來也用以指稱皇帝。拱宸也就是拱衛聖上，唐朝的時候，五禁軍中就有一支『拱宸軍』。你不要妄自菲薄，在此中興之際，國家用人唯才，你應該立志成就一番事業。」蕭拱宸頗感興奮：「是這樣嗎？從來沒人跟我說過，原來這名字如此響亮神氣。要是真如爺金口，小的一定好好發憤！」蕭拱宸自從父親死後，看盡人間冷眼，在軍中也不得意，從來沒有人如此看重他，因此深受鼓舞，也一下子對鄭森敬服得死心塌地。

蕭拱宸打疊起十二分精神伺候引路，兩人很快便來到山下的清水湖。此處屬於江山縣境，可通舟楫，商旅多在此乘船直抵衢州。若繼續循著衢江而下，可經嚴州、富陽到杭州；向東走陸路，則經龍游、金華、義烏，折而往北過諸暨，便可抵紹興。

鄭森進了江山縣城，探知劉中藻正下榻在驛館裡，但江山縣已屬衢州府治下，一時不敢貿然求見，先派蕭拱宸四處打探消息。一個多時辰之後蕭拱宸回來，開口便道：「爺，裡頭果然有鬼。」鄭森忙問：「怎麼樣？」蕭拱宸道：「我到驛館旁的酒鋪，刻意和幾個護衛驛館的兵士同桌，請他們喝酒。我在杭州住過，會說杭州口音，他們遂不疑心於我，幾杯下肚，就甚麼話都藏不住了。我問他們是江山縣裡的，還是衢州府派來的，爺猜怎麼著？他們竟是龍游總兵馮生舜的手下！」

「龍游！」鄭森暗道不好，龍游乃是自號監國的益陽王據守之處，益陽王又與方國安、馬士英等勾結。劉中藻顯然已在不覺間落入對方掌握之中。蕭拱宸續道：「聽他們的意思，似乎是要趁劉大人前往金華時，半路上將大人直送進龍游縣城裡去，面上假作是給龍游總兵派人劫走的。」

鄭森問道：「驛站前後守衛嚴密嗎，有沒有可能暗闖進去跟劉大人說上話？」

「不必暗闖。驛站守衛雖嚴，但並不禁止大小官紳前往拜謁，出入的人川流不絕呢。」

鄭森暗忖道，對方尚只是暗中監視著，並未亮底，因此任由外人拜謁，以鬆懈劉中藻的防備。於是道：「既然如此，咱們也去拜上一拜。」

鄭森為了避人耳目，等天色略暗，裝作是浙江方面的仕紳，用化名「田大川」寫了名刺，毫不惹眼地前往驛站求見。

劉中藻一副容長臉兒，外表修飾得極其體面，是個善於機變的人物。他接待了一整天的訪客，但依然精神奕奕，毫無倦容。鄭森一進客廳，劉中藻起身相迎，客氣地道：「田君此來，有何見教？」在燈影中仔細一看，眼前之人卻分明是鄭森，訝異道：「這不是……國姓爺嗎？」

鄭森一揖：「正是晚生，事態緊急，須得避人耳目，請劉大人見諒。」劉中藻道：「國姓爺這話是甚麼意思？」鄭森道：「劉大人，有人不欲您前往紹興宣諭魯王，打算在途中攔截您。」劉中藻詫道：「有這等事？」鄭森道：「事實上，劉大人此刻已在對方轂中。這驛站裡外的守衛，都是龍游總兵的手下。」

劉中藻乍聽頗感錯愕，但隨即疑惑地看著鄭森，良久才道：「國姓爺消息有誤吧。衢州的靖夷侯陳謙大人差人傳話，說明天要親自出城接我，並且願意當即開讀皇上頒賜的詔書，奉表恭賀皇上登基。這驛站前後的守衛，也都是陳謙大人所安排。」

INK PUBLISHING

讀者服務卡

您買的書是：______________________________

生日：　　年　　月　　日

學歷：□國中　□高中　□大專　□研究所（含以上）

職業：□學生　□軍警公教　□服務業

□工　□商　□大衆傳播

□SOHO族　□學生　□其他 ______________

購書方式：□門市_____書店　□網路書店　□親友贈送　□其他 _____

購書原因：□題材吸引　□價格實在　□力挺作者　□設計新穎

□就愛印刻　□其他 ______________（可複選）

購買日期：______年______月______日

你從哪裡得知本書：□書店　□報紙　□雜誌　□網路　□親友介紹

□DM傳單　□廣播　□電視　□其他

你對本書的評價：（請填代號　1.非常滿意　2.滿意　3.普通　4.不滿意）

書名_____　內容_____　封面設計_____　版面設計_____

讀完本書後您覺得：

1.□非常喜歡　2.□喜歡　3.□普通　4.□不喜歡　5.□非常不喜歡

您對於本書建議：

感謝您的惠顧，為了提供更好的服務，請填妥各欄資料，將讀者服務卡直接寄回或傳真本社，我們將隨時提供最新的出版、活動等相關訊息。

讀者服務專線：（02）2228-1626　讀者傳真專線：（02）2228-1598

舒讀網「碼」上看

廣 告 回 信
板橋郵局登記證
板橋廣字第83號
免 貼 郵 票

235-53
新北市中和區建一路249號8樓

印刻文學生活雜誌出版有限公司　收

讀者服務部

姓名：＿＿＿＿＿＿＿＿ 性別：□男 □女

郵遞區號：＿＿＿＿＿＿＿＿

地址：＿＿＿＿＿＿＿＿

電話：（日）＿＿＿＿＿＿＿＿（夜）＿＿＿＿＿＿＿＿

傳真：＿＿＿＿＿＿＿＿

e-mail：＿＿＿＿＿＿＿＿

INK

鄭森道：「意欲攔截劉大人的，正是陳謙！他盡心接待，讓您疏於防備，其實打算將您送入龍游城中，交由益陽王看管。」

劉中藻道：「這就不對了，我聽說陳大人和令尊平虜侯交情匪淺，我出發前，平虜侯還特地寫了封信讓我轉交給陳大人，請他護衛我周全。怎麼你卻說是陳大人要對我不利？」

原來弘光時，朝廷封鄭芝龍為南安伯，以陳謙為使者。陳謙到安海，開詔宣讀，上頭寫著「南安伯」無誤，誥命的卷子上[3]卻寫成了「安南伯」。鄭芝龍楞然間，陳謙幫他出主意道：「南安不過泉州一縣，安南卻是地兼兩廣。請爵爺留下誥命，下官將詔書帶回南京請朝廷更改。」後來雖然在陳謙北返途中，南京便已淪陷，此事不了了之，但鄭芝龍很承他的情，與之成為莫逆之交。也因此，鄭芝龍意欲攔截劉中藻，陳謙便成為他請託的不二人選。

然而鄭森卻不能告訴劉中藻，父親正是背後的主謀，倘若此時揭穿真相，只怕會逼父親真的與朝廷決裂。念及於此，臉上不由露出為難之色，雖只一閃而逝，但劉中藻何等精明，已然瞧出，於是道：「下官一出福建，國姓爺就馬上前來報警，會不會太過巧合了些？」

劉中藻其實半為試探，但鄭森以為他已看穿，趕緊道：「絕非如此！劉大人出發之後，家父得知警報，這才遣晚生趕來。」劉中藻益發不信任鄭森：「該不會是平虜侯不願此事成功，才派國姓爺來，想騙我隨你回去吧！」鄭森急道：「劉大人可以疑心晚生，但驛站內外士兵來自龍游卻是不假，大人暗中查訪一番，自不難識破。」

3 詔書和誥命：詔書為皇帝通告臣民的文書，誥命則為朝廷任官的人事派令。

「陳謙大人麾下參將廖俊龍已來拜訪過，這驛站防務都是他一手料理的，並非甚麼龍游總兵的手下。」

「晚生方才已經說過，陳謙和益陽王有所勾結……」鄭森一時詞窮，竟難以再說下去。

「自從國姓爺每日上朝以後，平虜侯總是能偵知皇上和朝廷的一舉一動，得以盡早應變，朝臣們也多不敢再議論朝局是非，以免惹禍上身，乃至於像何楷大人一樣，被人不明不白地割去了耳朵。」劉中藻語帶譏諷地道，「平虜侯手下將領恁多，真有甚麼警訊，隨意差遣一位來通報也就是了。國姓爺在朝中任重如此，卻不遠千里、喬裝改名地前來給下官報訊，豈不太也奇怪？下官不得不想，這背後實是另有圖謀。」

「晚生一片赤忱，大人為甚麼要疑心到這份上？」鄭森抱著與父親正面衝突的決心，星夜奔馳前來報訊，沒想到劉中藻不但不信，還說自己是父親安排在朝廷的耳目鷹犬，著實叫人氣結。鄭森這也才醒悟到，自己並未站在外人的立場將全局思索清楚就貿然來向劉中藻報訊，實是孟浪了。

劉中藻冷冷地道：「下官奉皇上之命出使浙東，道途多阻乃是意料中事。無論如何艱險危難，都只能勇往直前，但求不辱君命，斷沒有回頭之理。您這就請回吧！」

第貳拾陸回

護使

鄭森出了驛站，擔心行藏已露，遂和蕭拱宸離開江山縣，在衢州城外找了間客棧歇下。

鄭森心想，為今之計，只有在劉中藻被送進龍游縣城之前將他救出。念及於此，有些失悔拒絕了黃光輝撥派百名兵士協助的建議，當下就想叫蕭拱宸回仙霞關去討救兵。然而顧忌父親可能派人前來追拿自己，這時只能向前，絕不能冒險回頭。

前方可以求援的最近之處，便是龍游之後的金華。駐守當地的是以東閣大學士督師的朱大典，他雖曾上表迎魯王監國，但與隆武有舊，對福京朝廷也頗友善，應可信賴。然而鄭森剛剛才向劉中藻報訊不成，實在沒有把握一定能夠說服朱大典相信自己。

鄭森忽然一拍大腿，叫道：「我怎麼給忘了！」蕭拱宸嚇了一跳，問道：「爺想起甚麼妙計了？」鄭森道：「我忘了楊兄就駐在處州，離此地也不算太遠，不找他幫忙，卻找誰去？」蕭拱宸聽得一頭霧水：「楊兄是誰？」鄭森道：「兵部右侍郎楊文驄！」

楊文驄在鎮江甘露寺一役大敗後，率領殘部逃往蘇州，又輾轉來到浙南山中的處州[1]，就此駐守下來。隆武當年從鳳陽高牆中獲釋，改封至廣西平樂，途經鎮江，和楊文驄父子十分投緣。魯王監國後，曾頒詔賜印，楊文驄始終固辭，因此更加受到隆武讚賞，父子一門都受封要職。

以楊文驄對隆武之忠心，以及鄭森和他的交情，確實是此際求援的不二人選。唯一的顧慮是處州距離稍遠，且位在叢山之中，恐怕往來耽擱誤了救人的時機。鄭森頓時猶豫起來，不知應該去金華以保先機，還是遠道前往處州以求穩當？

鄭森問蕭拱宸道：「從衢州到金華和處州，往來一趟各需多少辰光？」蕭拱宸不愧對閩浙水陸路程了然於胸，當即道：「衢州府到龍游縣八十里，龍游縣到金華府一百一十里，共一百九十里，都是一馬平川的大路，半日可達；從龍游折而往南入山，一百二十里到遂昌，再一百八十里到處州，共三百八十里路程。前段都是山路，且有橋跨溪，松陽以後，就得乘船過渡了。若不辭勞苦拚命趕路，儘一整天應該勉強能到。」

「也就是說，往來至少要兩天。嗯，聽來值得一試。但途中絕不能稍有耽擱……」鄭森沉吟道，「有沒有辦法把劉大人在衢州絆住幾日？」

蕭拱宸眼睛一轉：「劉大人隨身帶著一箱寶貝，倘若將這箱寶貝盜走或者藏了起來，也許他會因此耽誤個幾天。」鄭森道：「甚麼寶貝？」蕭拱宸道：「前幾日劉大人打仙霞關經過，我發覺他隊伍裡最好的一匹馬不是給人騎的，卻馱著一口箱子。那箱子外觀雖然不起眼，但劉大人寸步不離地守在旁邊，就連咱家黃將軍跟他說話，劉大人也還是不時用眼角瞅著，彷彿怕一轉頭，箱子就會不見了似地。爺說，這箱子裡能不是寶貝嗎？」

鄭森細細一想便明白了，笑道：「那確實是個百寶箱，但我猜想，裡頭裝的卻不是金銀珠寶，而是皇上要頒給浙東諸臣的詔書和誥命。要是能把箱子藏起來，劉大人確實就離不開衢州了，不過驛站左右關防嚴密，偷盜談何容易？」鄭森靈光一閃：「有了，此事的確可以著落在這箱詔書上，但得變個方法——明天一早你進城去，到處散布消息，說凡是來拜謁劉大人的，不分官職大小，當下晉升一級。就算不是現任官，地方縉紳前來拜謁，也可追贈父母誥封！」

蕭拱宸當即領悟：「這是要整個衢州府的官兒和富家員外們都來求見，擾得劉大人動彈不

1 處州府：明代浙江南部的行政區域，下轄十縣，府治設在麗水縣。單獨稱「處州」時指處州府城。

得。」鄭森笑道：「不錯，劉大人為了替皇上收攏人心，定然來者不拒。你瞧今日在江山縣，拜謁之人就已不少了，何況衢州。」蕭拱宸興沖沖地道：「那我就到處宣揚，說劉大人昨日一到江山縣，上自縣令、下至九品和未入流的佐雜官兒，不僅個個升官，還都獲賜賞銀，人人有獎！」鄭森見他舉一反三，十分高興：「不錯。待劉大人發覺不對，至少已經耗掉他三、五天工夫去了，不止救兵可到，還能仔細布置一番。」

●

散布謠言之計果然奏效，劉中藻抵達衢州之後被當地官紳糾纏得抽不開身，直到四天後方才能夠重新上路。

劉中藻搭乘陳謙安排的船隻沿著衢江順流往東，本應在半路上起旱，改走陸路繞過龍游縣城，但不知怎麼，座船卻始終並不靠岸，看似要直往龍游而去。劉中藻覺得不對勁，傳喚護送的王把總詢問，王把總起先隨口敷衍一番，後來索性相應不理。劉中藻想要離開船艙，卻被守門軍士制止，忽然想起鄭森的提醒，這才知道自己已被益陽王所劫持。

另一方面，在龍游縣境的龍興渡，早有龍游總兵手下一名把總，帶著十多名兵士在此等候。哨望的兵士遠遠看見江心三艘篷船緩緩駛來，船頭掛著的燈籠上分明寫著「奉旨宣諭欽差給事中劉」，回頭喊道：「總爺，貨到了！」

那名把總譚準正咬著一枝蘆稈躺在船板上曬太陽，懶洋洋地道：「來得這麼快？比約定早了快一個時辰，你沒看錯吧？」哨兵道：「我怎敢糊弄您譚總爺，燈籠上官銜一字不差呢。」譚準一骨碌爬起來，吊兒郎當地道：「衢州的人八成是急著完事，好趕回窯子去找相好的粉頭取樂。也罷，咱們早點交差，也樂得清閒。」他身旁一名隊總笑道：「總爺您不也滿心想著趕回去找小銀寶相好？」譚準「啐」地吐掉口中的蘆稈渣，笑罵道：「你親娘的名諱也好這樣亂叫的？」隊總笑嘻嘻地道：「總爺您又不是我爹，小銀寶怎會是我娘？說句高攀的話，我和小銀寶的姊妹淘小喜寶好著哪，咱倆算是連襟！」

「想得美！」譚準不再搭理那隊總，提起一腳踏在船舷邊上，喝道：「攔住來船！」

待劉中藻的座船停妥，譚準不等跳板搭好，逕自跳了過去。船頭上一名旗總迎了上來，行個軍禮道：「有勞總爺了！」譚準道：「不是說好由本鎮王把總押船過來，怎麼不見？」那旗總笑道：「昨晚咱們家廖參將宴請王把總，直喝到天亮，這會兒怕還在睡呢。短短一趟水路，哪裡能出甚麼亂子，所以就由兄弟們代勞了。」譚準道：「你是衢州來的？怎麼說的一口杭州口音？」那旗總道：「小的隨陳謙大人從杭州來，現在廖參將麾下效力。」

譚準點點頭，對著艙門一抬下頷：「人在裡頭？」旗總點點頭，往旁邊一讓，譚準粗魯地將艙門推開，大踏步走了進去。

艙中一名中年文士盤膝端坐，身旁一名青年插腰侍立，也做文人打扮，腰間卻掛著一柄長劍。譚準見那中年文士雖然穿著常服，但氣質雍容，必是朝中大官無疑。只聽那官員沉著地道：「你是何人，竟敢冒犯欽差官艦？」譚準打個哈哈：「末將是龍游總兵馮生舜將軍麾下把總譚準，咱們將軍奉監國之命，要請劉大人移駕龍游，進謁監國殿下。」

那官員冷冷地道：「監國魯王駐駕紹興，龍游城中哪來的監國？」譚準「哼」地一聲道：「劉大人這是明知故問了，益陽王奉鄒太后之命進位監國，聯絡整理浙南各師，大人豈能不知？大人既已在我龍游縣境，還是識相點，省得咱們動手動腳的，大人面上也不好看！」

譚準正說著，船艙外忽然傳來兵士呼喝：「繳械！」「幹甚麼？」「躺下了！」接著一陣毆擊扭打、摔跌哀叫之聲，顯是動上了手。譚準嘴角一抽，失笑道：「說好做做樣子，何必演得這麼頂真？」船艙外忽然傳來他手下隊總的呼喊：「總爺，有詐！唉呦……」

譚準發覺苗頭不對，拔刀衝出船艙，卻見自己的手下東一個、西一個倒在船頭艙板上，個個都被綁得像個大粽子似地。猛一回頭，卻見那名青年手持長劍指著自己後心。譚準大聲道：「你們究竟是誰？」那官員走出船艙，威嚴地道：「本官乃是兵部右侍郎、僉都御史提督軍務楊文驄！」他指著身旁的青年：「這位是皇上親封國姓，御營中軍都督、御賜駙馬都尉體統行事的朱成功大人！」

譚準臉上變色：「不要亂來！這是龍游城下，監國麾下龍、虎二大營和咱家馮將軍共有精兵萬人，就憑你們幾個也想和監國作對？」

船頭上那名操杭州口音的旗總正是蕭拱宸，他上前用刀背敲了譚準一記：「少在那裡胡吹大氣，誰不知道龍游城中只有不到五千老弱殘兵。何況咱們只須制住你，不讓你回去通風報信也就行了。」他見譚準兀自猶豫，在他膝彎中一踢令其跪倒：「還不快參見兩位大人！」譚準心知無法反抗，只好叩拜道：「參見兩位大人。」

鄭森將劍還鞘，上前扶起譚準：「譚兄弟請起，委屈你和一眾兄弟了。稍後營救劉大人，還需譚兄弟大力相助。」譚準道：「營救劉大人？」鄭森道：「不錯，劉大人的官艦，一個時辰之後會到此間。押船的是貴軍王把總，還需兄弟照著方才的模樣再演一遍，好讓咱們將劉大人救出。」

譚準倒有幾分硬氣：「這不是要我反叛自軍、詐賺同僚嗎？這等不忠不義之事，我不能幹。」蕭拱宸在他臀上一踹：「你這等狗蛋，也有臉說甚麼忠義。劫擄欽差乃是死罪，沒把你一刀砍了丟進河裡餵王八，已經是你祖上積德了！」

鄭森揮手制止蕭拱宸，溫言道：「益陽王僭號監國、攔截欽差，大不忠於國家。譚兄弟跟在他手下，胡裡胡塗也成了叛賊，按大明律，不僅該正法棄市，尚且禍連親族。但今日譚兄弟若能幡然悔悟，助劉大人平安脫困，便是將功贖罪，我和楊大人也必上奏朝廷，另加重用。」

譚準本是無賴子弟，從軍也只為在亂世中趁口飯吃，並無誓死效忠益陽王之心，見態勢如此，也就當即應允了。

鄭森等人換上龍游士兵的衣甲，裝作是譚準的屬下。待劉中藻的座船來到，趁押船軍官不備，一舉將他擒住，順利救出劉中藻。此時劉中藻也已瞧出不對，看到鄭森偕同楊文驄來救，自是不住稱謝。

楊文驄不欲與益陽王正面衝突，帶領眾人上陸，避開龍游往南入山，逕奔處州府。抵達城郊浩然亭時天色已然暗下，城中獲報隨即派兵士出迎，沿著道路兩側舉火，遠遠望去，宛如一條火龍。眾人就在火光輝映中進入處州城。

楊文驄安排劉中藻先到驛館歇息，劉中藻卻堅持先到府署頒賜隆武詔書。楊文驄當即大開府署中門，放砲迎接天使。隆武命楊文驄為兵部尚書、浙閩總督，恢復南京，聯絡浙直。楊文驄恭敬地接過詔書，誓以餘生自效，並派長子鼎卿次日赴福京上謁謝恩。

當晚楊文驄宴請鄭森和劉中藻，劉中藻首先賀喜楊文驄，接著就向鄭森敬酒：「這次多虧國姓爺機警營救，否則下官被擒還不打緊，耽誤國事可就萬死莫贖了。日前國姓爺前來報警，我卻囿於成見不肯相信，想起來實在羞愧。」鄭森道：「大人言重，晚生確實求見得冒昧，設身處地，我也不會信的。何況一切有賴楊兄領兵來援、指揮得宜，晚生不過通風報信而已。」楊文驄笑道：「成功兄何必客氣，若非你的計謀，咱們恐怕不免與益陽王有番血戰，也未必能護得劉大人平安周全。」

劉中藻道：「楊中丞雖在浙江，但固辭魯王封賜，率先上表拜賀皇上登基，忠心慕義，很是難得啊。也幸好有楊中丞這樣的忠臣駐守於此，奸人之計才未得逞。」

楊文驄苦笑道：「我自鎮江兵敗，輾轉來到處州，許多人都罵我貪生怕死，既不往錢塘江上圖謀恢復，也不入閩效力，只知蝸居在浙南叢山之中固守自安。今日總算有點小小微功，可以略表心跡。」

鄭森知道，鎮江一役鄭鴻逵棄城而走，獨留楊文驄孤軍應戰，匆促間大敗而走，僅以身免。楊文驄對鄭氏兄弟心有芥蒂，因此不願赴福京供職，只好落腳於閩浙之間，以待時機。鄭森明白他的委屈，也覺有些抱愧，遂寬慰道：「楊兄不必妄自菲薄，浙南乃是閩、浙間傳輸聯絡的要道，他日皇上親征出關，正需楊兄接應。這也是皇上命楊兄出任浙閩總督之深意。劉大人此行宣諭魯王撤號，便是皇上親征的第一步，咱們務必要想個法子，助大人成功。」

劉中藻捋鬚而笑，胸有成竹地道：「其實下官已有一番計較，楊中丞熟知紹興情勢，不妨幫我看看，此計可以成功不？」楊文驄道：「喔，劉大人有何妙計？」劉中藻卻賣起關子：「國姓爺和楊大人不妨猜上一猜。」二人聞言都沉思起來，鄭森首先醒悟：「劉大人的計策，可與您那口『百寶箱』有關？」劉中藻道：「百寶箱？啊，你是說裝百官詔書的箱子！正是如此！」

楊文驄聽見「詔書」二字，也當即明白了，連連點頭道：「果然妙計！魯王秉性仁和懦弱，並沒有甚麼主見，本來也無心於大位，都是浙東諸臣一再聯章敦請，他推辭不過才稱號監國。劉大人使這『釜底抽薪』之計，先命浙東諸臣開詔、稱臣於皇上，魯王見支持他的人少了，說不定就願意自行撤號。」

劉中藻道：「這麼說來，楊大人也認為此計可成囉。」楊文驄道：「若要計成，先要有一、兩位動見觀瞻的大臣率先響應，其他人自然望風歸附。」鄭森道：「浙東大臣中，誰有此分量，又願意改奉閩中正朔？」楊文驄道：「遠在天邊，近在眼前——以文淵閣大學士督師金華的朱大典！」

鄭森不解：「朱大典不是東閣大學士嗎，何時晉了文淵閣？」劉中藻道：「文淵閣乃是魯王所封。此次皇上也將晉其為少師、文淵閣，賜尚方寶劍，封婺安伯。」楊文驄憂心地道，「成功兄方才提到『正朔』，你可知一個月前，黃宗羲呈上『大明監國魯元年丙戌大統曆』一卷，魯王隨即宣付史館，頒行於浙東，以明年為『魯監國元年』。」

鄭森差點跳起來：「皇上登基後，已宣布自本年七月一日起改元為『隆武』，魯王稱監國已是僭越，竟還要自建曆法、年號，一意孤行至此！太沖兄枉自學富五車，卻也不能以天下為念，太叫人失望了。」楊文驄道：「照這樣下去，時日一久，魯王勢力益發穩固，就更難命其自行退讓了，到時候恐怕不免兵戎相向。」劉中藻道：「所以下官此行非成功不可！」

鄭森問道：「那朱大典是何等樣人？」

楊文驄道：「他是大貪官，卻也是員能吏，還是個大忠臣！」

「貪官、能吏、忠臣，如何能聚於一身？」鄭森深感好奇。

「朱大典就是這樣一位奇人。」劉中藻道，「他是萬曆四十四年進士，為人豪邁，習騎射，好談兵。崇禎時曾平定毛文龍部將之亂、數破張獻忠大軍，又在弘光時力阻左夢庚東下南京，是個善戰的督帥。他雖然節守有虧，貪贓甚多，但每遇國事，又往往傾盡家財招募劍客勇士，購儲西洋火藥。南京淪陷後，他同樣以私財募兵萬人，固守金華。」

楊文驄接著道：「浙東諸軍，以方國安五萬最多，其次是王之仁三萬八千，再來就是朱大典的一萬之眾。要論戰力，朱大典部怕不在方國安之下。」

鄭森道：「然而浙東諸軍多在錢塘江岸，伺機渡江攻取杭州，朱大典卻為何始終駐守金華？」

楊文驄道：「他本想分兵二路，一由江上恢復杭州，一由衢州往西通廣信。然而方國安入浙之後，覬覦朱大典的財富，假借馬士英的名義向他索餉四萬不成，竟大舉圍攻金華月餘。朱大典憑著火器厲害，力守城池，方國安手下死傷數千人，最後是魯王再三傳旨調解，方國安才撤兵返回嚴州。自此朱大典不再離開金華一步。」

劉中藻道：「皇上在鳳陽高牆時，朱大典也曾為其訴冤。因此皇上屢次召其入閣，但朱大典都以須固守浙東餉源為由婉辭。」

鄭森道：「如此說來，朱大典於皇上有恩，與方國安又有仇，應該早奉閩中正朔才是，為何至今尚未奉表？難道他也意存觀望嗎？」

楊文驄道：「當初浙東諸臣表迎魯王監國，朱大典首倡其事，也許因此擔心開罪於皇上。」

「皇上為天下之主，斷不至於連這點容人的器量都沒有。」鄭森道，「何況如今閩、浙相持不下，朱大典位居其中，若登高一呼而使浙東望風歸順，於朝廷乃是大功一件，何來罪咎？」

「正是如此。」劉中藻道：「陳謙與益陽王勾結劫持下官，可見浙東不欲魯王撤號的勢力已有準備，事不宜遲，下官應該盡早前往金華。」

●

劉中藻不在處州逗留，次日一早便出發前往金華。楊文驄派人飛馬前往聯絡，同時親自領兵百人送行。

過了縉雲、永康之後多為山間的平地，行走較速。又循著武義江出谷，眼前平原豁然開朗。陽光下自山邊俯瞰，四面平疇沃野，南北遠山夾峙，當中江流橫貫，迆迆邐邐而去。而金華城就在兩江匯流處的北岸憑江而建，果然好一處浙東衝要腹地。

眾人趁著下山之勢在平原上任馬而行，眼看城門在望，無不大感歡暢。

然而鄭森忽覺遠方有些不對勁，取出千里鏡細看時，不免大吃一驚，城西郊外煙塵大起，竟有千軍萬馬沿著婺江南、北兩岸向這邊殺來。鄭森急呼：「劉大人、楊兄快看！」劉中藻也已瞧見，詫道：「莫非益陽王不肯甘心，竟點起大軍硬要來攔截下官嗎？」楊文驄鐵青著臉：「不，益陽王並無恁多兵馬，除非是方國安自嚴州派兵過來。」

鄭森道：「無論如何，敵兵已近，此時若回頭入山，恐仍不免被追擊。不如衝進城去。」楊文驄估量情勢，入城實為上策，於是高呼：「全軍誓死守護劉大人和國姓爺入城！」說罷一抽馬鞭當先衝出，眾人也都沒命似地奔馳起來。

到了婺江南岸，眾人直奔上通濟橋。此橋石墩木梁，橋上設有五十間瓦屋作為店鋪，以及三殿兩亭供奉神像，十分壯觀。但這時往來行人逃散一空，只有幾個留戀財物的掌櫃夥計沒頭蒼蠅似地收拾著貴重物品，抱了滿懷地往城裡跑。

下橋到了小碼頭，這是金華的水路起點，沿街市肆商鋪林立，看得出來原本十分熱鬧，但自然也已逃得一乾二淨。街道盡頭便是金華城西南角的通遠門，頗為高大雄偉，然而城門就在鄭森一行人的眼前緩緩閉上，任由幾個來不及進城的居民撲在門上拍打哭喊，也不再打開。

楊文驄對著城樓上的守軍高喊：「開門！我是兵部左侍郎……」城上忽然一箭射下，鄭森大喊：「小心！」衝上前去一馬鞭把箭撥開，眼看城頭上人人彎弓搭箭，趕緊領著眾人躲到房舍後面。

鄭森從牆後探出身子，高喊：「我們是福京的劉中藻大人和處州的楊文驄大人一行，不是歹人，請趕緊開門！」守將罵道：「你倒不如說是監國王上親自到此哩！隨口編兩個官銜就想騙俺開門，休想！」接著城頭上一陣箭雨射下，處州兵士太多，無法盡數躲在屋後，登時便有幾人掛彩。

鄭森低呼：「不好，被誤會了。」楊文驄道：「我已派人前來聯絡，怎麼城上卻仍將咱們當作敵人？」劉中藻道：「定是先前方國安圍攻金華太過慘烈，咱們一行人數又多，守軍才會如此風聲鶴唳、不分青紅皂白。」鄭森道：「咱們趕快繞到別的城門，派一、二人上前把話說清楚，也許還有機會。」眾人聞言，掉頭向東沿江疾走，經過長仙門、清波門、八咏門和赤松門，守軍都不容分說將箭射下。眾人繞到城東旌孝門，遠遠離開城牆，一時無計可施。

鄭森道：「楊兄，咱們人多令守軍起疑，我獨自上前喊話，請朱大人上城頭來辨認一番，也就是了。」他正要行動，蕭拱宸忽然喊道：「爺！敵兵來了！」眾人看時，只見城角後方一支隊伍衝了出來，打著「方」字和「郭」字旗號，部伍凌亂不成章法，但進退之勢顯得極為剽悍。

鄭森仔細一看，隊伍中許多馬匹上馱著不少劫掠而來的糧食、財物和婦女，遂道：「對方似乎是來打劫，而非衝著劉大人來的。」然而敵軍發現鄭森一行，旋即便向著這邊疾馳而來。楊文驄趕緊指揮士兵列陣，並派親隨護著劉中藻後退。

鄭森取過一張硬弓，颼地一箭射在對方領頭的軍官盔纓上，那人卻毫不畏懼，依然全速奔來。鄭森心下駭然，暗忖道：「莫非今日要斃命於斯？無論如何都須護得劉大人周全！」於是又一箭射在對方的馬腿根上，那馬前膝一軟，向前跪倒，軍官跟著翻滾在地。楊文驄指揮手下將一陣箭雨射去，敵人奔馳之勢稍阻，但呼嘯一聲，又分為兩路包抄過來。

敵人來勢太快，鄭森不及再射，棄弓拔劍，準備肉搏死戰。劉中藻大聲喊道：「劉中藻在此，你們要抓的是我，不要殺傷旁人！」

就在此時，城頭上忽然連番砲響，敵人頓時如割草般倒伏了一片。城門嘎嘎開啟，一支彪軍衝出，擋在鄭森一行與敵人之間，三方瞬時都靜止下來。

金華守軍的將領喊道：「這不是方帥手下的郭將軍嗎，上回貴軍在此吃的苦頭還不夠，今日又來與我金華為難？」

敵將郭士捷大聲道：「吳邦璿你別得意，上回要不是國主[2]有旨要我軍移防嚴州，這金華城落於誰手還難說得很。」

吳邦璿道：「哼，你們四處搜括，跟蝗蟲沒甚麼兩樣，只可憐嚴州地方的百姓了。」郭士捷道：「我軍數次以萬人強渡錢塘江與清軍血戰，如此保家衛國，地方上本就該供應軍餉。倒是你們，就知道龜縮在這金華城中享福！」吳邦璿怒道：「咱們如果出兵到江上，保不準金華城第二天就被你們暗地裡趁虛偷襲了！」郭士捷道：「不出兵也罷，有道是有錢出錢、有力出力。國主有令，本月裡由督師張國維大人親自領軍渡江，盡起我方元帥麾下全軍到杭州與清虜決一死戰！你們金華既然不出兵，總該出點糧餉助戰吧！」吳邦璿道：「放屁！我金華府給朝廷供呈的糧餉，在浙東數第一！本來是要供應各路義師的，結果還不是大半塞了你們的狗洞！」

「嘴裡放乾淨些！」郭士捷不屑地道，「老子不要你輸餉，自己來取，已經是便宜你們了，還有這麼多說的。」

吳邦璿道：「該供呈的糧餉我們少不了一顆一粒，但絕不容許你們這樣燒殺擄掠。上次你們圍攻金華一個多月，鬧得方圓數十里內荒煙遍地、城中百業蕭條，最近才好不容易恢復了點元氣，你們卻又來騷擾。你是東陽人，也是咱金華府的子民，難道就沒有半點香火之情？」

郭士捷道：「廢話少說，東西咱們徵用了，你待怎地？」吳邦璿道：「你們劫掠的婦女和財物，都須盡數留下！」郭士捷啐了一口唾沫：「若是不還呢？」吳邦璿大喝一聲：「這是你自找的！」舉手向城頭上一招，頓時連番砲響，打得郭軍陣腳大亂。

郭士捷罵道：「娘希批，上回沒打出分曉，今天讓你知道誰是公的誰是母的！」隨即攻了過來。他一半是被激怒，一半也是刻意要讓兩軍混殺，城上便不能再開砲攻擊。吳邦璿積壓了數月的恨意猛然爆發，不待城上多開幾砲，也率隊直衝向前，和郭士捷硬碰硬地殺將起來。

這時從城頭上一人大喊：「楊文驄大人！果然是您，快進城來！」楊文驄一看，正是朱大典，登時大喜，領著眾人往城裡衝。

鄭森見劉中藻已然脫險，又看到吳、郭兩軍混戰之際，郭士捷另一批手下正牽著馱滿劫掠之物的馬匹悄悄退走，心頭火起，雙腿一夾馬肚，飛馳而出，直衝進馱馬隊中，半立在鞍鐙上，左一箭、右一箭地連環抽射，不消幾趟來回，便將馱馬隊伍衝散。他拔出長劍，將馬索和綁縛婦女的繩子斬斷，又將許多糧食和財物推翻在地。押隊的敵軍見他如此神威，又急著帶剩下的財物奔逃，竟無人向他挑戰。

郭士捷回頭看見馱隊有變，軍心已亂，急命撤兵，自己轉頭直向鄭森而去。鄭森見他滿臉血汙，如發狂的野獸般衝殺而來，深吸一口氣，按住長劍，拈弓就射，竟一箭射下郭士捷頭上鐵盔。饒是郭士捷如何悍勇，氣勢也為之一阻，座下馬蹄慢了一慢，回頭看見吳邦璿緊追不捨，遂

2 國主：魯王進位監國之後，臣民稱之為國主。

別過馬頭朝西奔逃而去了。

鄭森佇在原地，看著兩股人馬前後奔逸而去，四周恢復安靜，放眼望去一片蒼茫，身前身後滿地都是傷兵、死屍和狼狽啼哭的婦女，而這一切都是打著大明旗號的官兵所為，一時心中百味雜陳。

回過神時，才看到楊文驄領兵前來接應，城中也有人出來收拾善後。楊文驄讚道：「國姓爺方才單人一騎如入無人之境，殺得敵軍落荒而逃，真是膽識與武勇兼備。有此良將，真國家之福！」鄭森沒有多說甚麼，默默跟著楊文驄進城。

金華城裡築有一道內城，又稱子城，舉凡府署、城隍廟、天寧寺、八詠樓等府衙和名勝都在子城中。眾人來到由巡按御史行臺改做的朱大典督師府，府前教場上三軍齊集，正為擊退來犯的方國安軍而歡慶不已。

朱大典與劉中藻乃是舊識，按著他的手道：「劉大人受驚了。我未能即時出城接應，致使大人遇險，罪莫大焉！」劉中藻道：「敵人忽施偷襲，不能怪罪閣部大人。」朱大典慼嘆道：「這方國安一軍，該稱敵？該稱友？實在叫人為難——諸位大人遠來辛苦，先請入廳、上座，喝杯酒壓壓驚，才好敘話。」

劉中藻卻不肯移步：「中藻乃是奉使而來，皇上有詔書賜公，請閣部大人先行開詔，咱們才好敘私誼。」

朱大典臉上閃過一絲猶疑之色，顧左右而言他：「敵兵剛退，這城裡城外亂成一團，倉促之間開詔恐怕失儀。要不，請諸位大人們先到驛館休息一番，待我指揮教場上三軍歸營，這再從長計議。」

劉中藻堅持道：「三軍齊集，正好宣讀聖諭，讓將士們知所依歸。」朱大典推託道：「將士們方歷戰鬥，渾身血汙髒臭，不合恭聆聖諭。」

鄭森惡戰之餘悖憤未消，見他一味推辭，不禁有氣，遂率直地道：「晚生聽說閣部大人乃是國士，又於皇上夙有私恩，為何卻昧於大義不肯奉詔？」朱大典一時語塞，楊文驄趁勢接話，假作打圓場道：「成功兄慢來，閣部大人有他的難處。金華雖與福建不遠，畢竟仍屬浙東，與紹興聲氣相聞，不可驟然割裂。但若要閣部大人兩面奉表，依違於閩、浙之間，又絕非朱大人這般高義之士所為。」

「皇上嗣承正統，乃大義所趨，奉閩原是正辦，何可猶豫？」鄭森見楊文驄眼色，知道他並非真的為朱大典辯白，而是起個話頭讓自己發揮，於是道：「就以今日之事來說，方國安以徵餉為名四出騷擾，以百姓為芻狗，更視閣部大人為寇讎，如此『聲氣相聞』，有何可惜？」

朱大典嘆道：「我何嘗不做如是想？然而當初魯王也是因我率先上表迎立，這才從臺州移駕紹興、進位監國。如今我若轉奉皇上號令而棄之，於情不忍，於義更是有虧。」

「閣部大人重情重義，不愧是大丈夫。然而私情小義，與天下大義相較孰重？」劉中藻見他已有鬆動之意，以大局相勸：「大人在弘光朝身膺重任，南京之敗，看得最是清楚。江北四鎮各懷異心，朝廷與左良玉兵戎相向，縱有百萬之兵，終究使國事潰裂至此。如今皇上得人心擁戴，正號閩中，位尊名正，無論江西、湖廣、兩廣還是滇、黔都已奉表效忠，只有浙東小朝廷猶自堅持。此際天下臣子正應戮力同心以成中興大業。如果還在那裡分疆畫界，彼此仇視，仁人義士誰不痛心？」

朱大典頗為動心，但仍有疑忌，沉吟再三道：「當初南京朝廷因為擁立潞王和福王之爭，鬧出多少事來！弘光爺雖然仁厚，但史閣部等擁潞諸臣仍不免懷罪自危。誰知將來對景兒的時候，『擁魯』這一節會不會讓有心之人拿來興風作浪？」

鄭森這才明白，這些久歷宦海的老臣有其憂懼謹慎之處，不能單憑大義勸說，於是道：「大人忒也多慮了。福京朝廷都是正道君子，又無阮大鋮那樣專事挾怨報復之輩，大人還怕被人給編進《蝗蝻錄》裡去？更何況大人身繫天下觀瞻，一動而左右閩、浙之勢，皇上倚重都來不及，哪裡會加以怪罪？」

劉中藻也道：「不錯，詔書裡明白寫著，將大人晉為少師、文淵閣大學士，賜尚方寶劍許便宜行事，封婺安伯，督師金華，大人還有甚麼疑忌！」

朱大典掀髯道：「你們說得對，你們說得對！好，我這就奉詔受職、馳表入賀，以全天下中興一統之局！」

朱大典引著眾人到教場上，設下香案禮拜詔書，並由劉中藻當著三軍之前捧詔宣讀，朱大典跪稱：「遵旨」。金華守軍因與方國安打過幾場惡戰，又不甘心供呈的糧餉被監國朝廷分撥給方軍，早積了一肚子火，聽說主帥改而效忠隆武，無不歡聲雷動，高呼萬歲。

鄭森和劉中藻見滿城欣然歸附，朝廷獲得浙東一大重鎮，大事成功可期，也都頗為激動。

頒詔已畢，朱大典招待眾人，自不免論起浙東情勢。

鄭森問道：「方才晚生聽敵將說，魯王命方國安全軍在本月渡江決戰，因此才來劫掠以充糧餉，可有此事？」

「確實如此。其實從魯王進位監國以來，浙東諸軍便不時渡江出擊，偶有斬獲，尤以方國安部作戰最力。」朱大典道：「不過說來叫人扼腕。浙東官軍，除了方國安之外以王之仁和我為主，是為『正兵』，總數約有十餘萬；而各地仁人志士糾合的『義兵』，規模稍大的也有十來支，總數不下萬餘。無論正兵還是義兵，各軍都互不統屬，即便渡江期會，不過聯舟發砲、各自攻打而已，全軍毫無指揮，更無彼此援衛之事，甚且相互爭餉，自然難有甚麼戰果。這也是我願開詔奉表，定皇上為天下一尊的原因之一。」

劉中藻道：「那麼，這回全軍大舉出戰，卻是為何？」

「一個原因是時近秋收，士飽馬騰。」朱大典捋著長鬚，故作祕語般，「骨子裡實是因為八月間施天福一軍在贛北大勝，江西恢復大半，皇上聲威大振，紹興這面就緊張了。幾位大臣們商議，非得有些功績不可，否則天下人心都要盡歸於閩。倘若能夠一舉攻下杭州，按著『先入關者為王』之說，魯王說不定還能後來居上，將聲勢扳回來，乃至就在杭州即位稱帝。」

「笑話！楚漢相爭，眾諸侯約定先入關者為王，再怎麼說都是諸侯之爭；皇上登基，天下除了浙東都已奉表稱賀，魯王怎還能有這種想頭！」鄭森憤然道，「就算先入關者為王，那也該以光復南京為準，光拿下杭州又如何？」

楊文驄冷靜地道：「那麼依閣部大人看，此番方國安渡江之舉，有幾分成功的把握？」

「若以抗清復國而言，當然希望魯王光復杭州；但若以國家長遠的中興之局來看，魯王一旦拿下杭州，反不利於閩、浙歸一。真叫人不知該怎麼期盼才好。」朱大典道：「平心而論，方國安雖然跋扈橫暴，但手下能征慣戰，可以阻擊百萬。其侄方元科不僅有萬夫不當之勇，更能約飭士卒，在方軍中獨稱紀律嚴整。此番又是由閣部督師的張國維親自督陣，真的大舉打上一仗，勝敗之勢還很難料。」

●

次日一早劉中藻便出發北行，改由朱大典派兵護送，楊文驄則自回處州。鄭森想親眼看看浙東監國朝廷的實況，將蕭拱宸遣回仙霞關，自己跟著劉中藻繼續前行。但因身為鄭芝龍之子，又是隆武所封之國姓，恐怕多所不便，遂隱去身分，到了紹興城南的殖利門外即與劉中藻暫別，自行進城。

門內即是貫通府城南北的府河，行旅多在此處下河改乘烏篷船。紹興城中水道縱橫，所謂「一街一河」，船路竟不少於陸路。港道多，自然橋梁也多，從低矮的船艙篷底觀看頗具風情。

魯王以舊分守寧紹道署衙為行宮，位在城內西北隅的龍山東麓。劉中藻下榻的會稽縣驛則在府河北段縣西橋東邊不遠處，與行宮甚近。

烏篷船開到了縣西橋，鄭森在府前街找了個客棧住下，心想若要打探民情消息，莫如茶館酒樓，於是隨即又出門進了一家臨河的酒樓，點了醉蟹、雞肉乾絲和一碟臘鴨，少不得配上一壺紹興老酒，對著河景吃將起來，一面留心四周人們談話。

不久，一群人蜂擁入店，見座位不夠，道了聲擾便自行在鄭森這桌坐下。看來此處食客往來頻繁，大家都是搭桌慣了的。

這群食客方才坐下，其中一名書生便憤憤不平地道：「這馬士英好不要臉，之前兩次上啟監國請求謁見，頭一回讓張國維大人劾其誤國十大罪而止，第二回讓咱紹興人張岱請旨發兵捕拿，可惜讓他躲進方國安軍中。沒想到這回趁著方軍準備大舉渡江攻打杭州之際，由方國安出面敦請以馬士英入閣辦事，看準國主礙著出征大將的面子，說不定就這麼准了。」

眾人哇哇大叫，都道：「這怎麼行，馬逆壞亂國家，把南京好好的中興之局搞得稀爛，弘光爺都讓清虜給捉去了，本該處以大辟之罪，逍遙法外已是便宜了他，怎還可讓他入朝？」

另一名書生問道：「張兄，方國安為甚麼要如此迴護馬士英？」最先說話那名姓張的書生道：「明面上是為了報答馬士英對他的提攜之恩，實則是要在朝廷裡安插私人。陸兄想想便知，要是馬士英真的入了朝，就不當首輔，至少也還是個大學士，那方國安就更加能夠恣意妄為了。」那姓陸的罵道：「好一對狼狽為奸的逆臣！」

鄭森見那姓張的書生神骨清奇、豪邁不羈，彼此年歲又相近，不由心生好感，更加留神傾聽。

一名操著杭州口音的中年商人道：「這方國安甚是可惡，若不是他，咱們杭州也不會早早降了清人。當初馬士英在杭州扶持潞王監國，想以此自贖其罪，但杭州人恨馬士英入骨，又畏懼方國安手下縱兵剽掠，因此閉城不納，甚至提供清兵箭枝、約期開門獻城。馬、方二賊知道不得人心，渡江而走，結果潞王才監國三天就投降了。」

「馬士英已然敗壞南京、逼失杭州，絕不可讓他再為禍紹興朝廷！」姓張的書生道，「從前復社前輩在南京以〈留都防亂公揭〉防範阮大鋮復出，端的是大快人心，咱們也來寫張檄文聲討馬士英之罪，乞請監國將之梟首以謝天下！」眾人聞言轟然稱是，一時熱烈地討論起檄文的內容，有的說馬士英「蠹國僨師、禍延宗社」，有的說他「養私兵以致寇，為凶暴於國門」，又說他「擁天子以出奔，遂賣君於中道」，洋洋灑灑羅列了十大惡罪。

鄭森默聽良久，雖然同感義憤，但一直不曾開口。這時聽得眾人提起防亂公揭，驀然想起與復社文友們過從的許多往事，心中百感交集。同時他也明白，此一時也，彼一時也，光憑一張檄文恐怕沒有甚麼作用，於是道：「打擾諸位，請聽在下一言。」

眾人轉頭看向鄭森，頓時安靜下來。姓張的書生道：「這位兄臺有何高見？」

「檄文固然甚好，但當年阮大鋮只是一介閒廢官員，現在馬士英卻仗著方國安的兵勢，只怕王上不能不買他的帳。」鄭森道，「除了檄文之外，應該還要有其他的辦法，同時並行。」

中年商人攘臂道：「不錯，我來聯絡城中百業同行，一起罷市！好叫監國知道民意所在，不可讓杭州城因恨馬士英而降清之事再次發生！」此語一出，眾人紛紛叫好。

鄭森道：「除此之外，應該聯絡一支義兵，倘若馬士英膽敢硬闖紹興城，義兵便群起攻之，執赴朝廷正法！」眾人聞言凜然，那姓陸的書生道：「倘若方國安派兵護送他進城呢？」鄭森毅然道：「他已失過杭州人心，我料他不敢再以兵犯闕，自絕於朝廷和天下。」

「好！」張姓書生道：「這位兄臺說得不錯，我張煌言願持戈追隨，絕不讓馬士英這狗賊踏入紹興城一步！」姓陸的書生則說：「在下陸宇鼎，和張兄都是鄞縣諸生，卻不知兄臺怎麼稱呼？」鄭森毫不遲疑地道：「在下田大川，泉州諸生。」

陸宇鼎為鄭森介紹在座諸人，多是浙東書生。待彼此見禮已畢，陸宇鼎道：「若說忠義之士，現成有一支追討過馬士英的義兵在那裡，咱們都極熟的，何假外求？」張煌言一拍額頭：「對啊，我怎麼把世忠營給忘了！」

「世忠營！」鄭森驚喜地道：「可是黃宗羲所領的義兵？」張煌言道：「不錯。田兄也識得太沖兄？」鄭森點頭：「我們在南京時曾有往還。太沖兄現在何處？」張煌言也喜道：「這可巧了，原來都是自己人。世忠營現在與王之仁將軍的侄子王正方所部聯軍，協守西興。太沖兄現以兵部主事統領世忠營，近日入紹興城公幹，借住在龍山下的快園裡。」

陸宇鼎說明道：「快園主人乃是張岱，方才提過，他曾請旨捕殺馬士英，當時他便是向世忠營借兵。這次咱們力阻馬士英進城，仍可借重世忠營和張岱之力。」

鄭森道：「既然如此，在下想找太沖兄計議一番，可否請幾位兄臺領路？」眾人討論之後，決定分頭行事，由杭州商人聯絡罷市、陸宇鼎等留下擬定檄文，張煌言則偕同鄭森到快園尋找黃宗羲和張岱。

快園不遠，距離縣西橋只有里許。鄭森二人自府橫街往西，沿著龍山腳下向北繞行到鯉魚橋，倏忽便達。龍山是城內一座不到百尺的小丘，前山一帶有古松百餘棵，個個姿態離奇，極盡變化，樹下則有百餘頭麂鹿盤桓來去。快園的長牆在一大片參天竹林之後若隱若現，牆內又是密不透雨的松林。

然而如此幽深的宅院，大門外人群駐足圍觀，家人忙進忙出，不知發生甚麼大事？張煌言見張府管家從街上匆匆返回，上前攔著道：「老丁，府上辦得甚麼大喜事，怎麼卻不知會我一聲。」老丁抬頭一看，趕緊道：「唉呦，原來是張爺，小的匆忙趕路，竟沒看見您。您還不知道？今兒個國主駕幸敝府，裡外忙得屋頂都要掀翻了呢。」

「國主駕幸貴府？這可是莫大榮寵！」張煌言又驚又喜，「是了，你家老太爺耀方公曾在魯王府當過右長史，乃是國主舊臣，所以駕幸貴府。」老丁道：「可不是——張爺來找我家老爺？」

鄭森暗忖：常常聽說魯王之事，倒想親眼見識一下是個甚麼樣的人物，和皇上比較起來如何？正巧張煌言也是一般心思，道：「今日來訪，巧遇國主駕臨，卻不知咱們閒雜人等可否列於末席，遠遠地瞻仰天顏？」老丁道：「皇上仁厚，派傳事公公說了，不須警蹕、排場，以免擾民。您瞧這門外等候的陣仗，都是想看國主聖貌的呢。張爺想陪席，我看應該不妨。」

「那真是太好了！」張煌言道：「府上想必正忙，可好進去打擾？」老丁道：「底下人忙壞了，我家老爺倒像沒事人似地，正在不二齋整治菊花呢。張爺先請進。」張煌言道：「那我自個兒去尋他，你忙去吧。」

張煌言時常來訪，熟門熟路，自領著鄭森到後院不二齋去尋張岱。快園之內景致變化多端，流水蜿蜒腸迴，一屋一舍無不面山傍水，自成天地。小池中蓮葉田田，池畔芙蓉正開，紅、白相間甚是美麗。而各屋之前，遍植竹、橘、梅、杏、梨、楂等物，於風雅中見質樸，帶著毫不造作的村家意趣。鄭森自家安海宅邸相連七、八里長，其中固然亭榭樓臺、朱欄錦幄極盡工巧，卻遠不如此園處處留心而又渾然天成，不禁讚嘆真是高人手筆，還未見到主人便已十分傾慕神往。

園徑一轉，赫見一株大梧桐挺立在一座齋院中，高有三丈，枝葉疊翠，遮掩得滿天皆綠。後窗邊有方竹數竿，瀟瀟灑灑。此時天光正好，透得綠蔭晶沁一如雲母，好一片清涼世界。踏進齋院，北窗下高低錯落地擺著五層菊盆，顏色空明，在陽光下如沉秋水。菊花大如瓷甌，都成球形，帶著金銀荷花瓣，大異於尋常凡本。

花臺前一名中年文士背門而立，姿態雍容閒雅，正指揮著家人布置桌、燈、爐、盤等賞花器具。

張煌言上前笑道：「國主大駕將臨，老兄還是一派閒情，果然是越中雅士第一。」

那文士回頭淺淺一望，淡然道：「我乃一介布衣，國主駕幸寒舍，接待儀注無所考證，只好以意為之。」他指著一應器物道，「你瞧，此乃魯工藩邸風氣，賞菊之日，凡食盒、餚器、盆盎、杯盤、大觥、幃帳、暖褥，乃至酒漿麵食、衣服花樣，無不用菊裝飾。晚上燭火一照，蒸蒸烘染，較日色又更浮出數層呢。以此接待，當能使國主歡然如歸。」

鄭森覺得那文士的聲音樣貌頗為熟悉，走近一瞧，忽然醒悟：「您是陶庵公！」

文士端詳鄭森，也喜道：「這不是秦淮河上品茶的朋友嗎？你於品茶一道頗有悟性，可說是我的知己。今日如此重逢，也是奇緣！」

鄭森道：「當日一別，惜乎不知高士大名，後來想再次拜訪請益，竟無從尋起。」文士道：「萍水相逢，心契為貴，談不上甚麼請益。我乃越中布衣張岱便是。」鄭森正待報上名號，看見張煌言在旁，猛然想起自己正隱著身分，遂執禮道：「晚生泉州田大川，多多拜上張先生。」張岱道：「好啊，原來你們也是老相識。」張煌言笑道，「太沖何在，索性叫出來一道見見。」

「太沖怕吵，又不喜歡盛宴應酬，一早就出門去了，恐怕明日才會回來。你們專為找他而來？」張煌言道：「同時要找你們二位，議論阻止馬士英這奸賊入閣一事。」

「此事我亦有耳聞，正該好好商量個計策。馬士英這樣的奸賊，早該翦除。上次我向太沖借兵追擊，只可惜不能一舉成擒，此次更不能讓他出來興風作浪。」張岱隨手拾起一個成化窯的菊紋瓷甌，一邊凝視著，緩緩道：「我年近半百而一無功名，本來早已絕意仕進，只圖優游林泉以終老。但國有大變，凡我忠義天性，怎能無動於衷？今日盡心接待國主，也是國主念在先父是魯藩王府舊臣，能破格讓我為國效力。」

鄭森道：「陶庵公今日面見王上，乃是一個難得的大好機會，正可向王上奏陳時事，反映輿情。」

張岱點點頭：「若有適當的機會，我自要進言。」這時一名家人進來通報：「老爺，國主御駕已經出宮了，請老爺準備接駕。」張岱對二人拱手道：「我得到前邊去準備一番，明日再議如何？」張煌言道：「陶庵公趕緊忙去。但不知咱們可否留下來一睹天顏？」張岱道：「那就委屈二位，混充是我家族親，一道陪席侍奉吧。」

傍晚時魯王駕臨，他乘一頂小轎，和王妃同來，另外只帶著幾名書堂官，從人甚少，且一路不設警蹕，頗為親民。然而全身衣飾一絲不苟，頭戴翼善冠，身穿玄色蟒袍，腰懸玉帶，上繫朱色絲綬。魯王一下轎，等候多時的群眾便彼此推擠上前，起初還不敢造次，待魯王傳旨：「不用辟退眾人。」眾人們頓時更肆無忌憚地圍了上來，甚至取來梯子和椅凳踩著觀看，擠得魯王幾乎無法前進，好容易才走入大廳，登上當中的御座。

鄭森由張岱安排在大廳內陪同迎接，魯王就從眼前走過。鄭森仔細端詳，魯王臉皮白淨，劍眉入鬢，身軀甚為傀偉，手指修長，一部美髯烏亮齊整，果然貴冑風度。鄭森不免暗暗將他與隆武比較，魯王養尊處優，不像隆武自幼多歷苦難，因而舉手投足間優雅合範，也有人君資望，只是溫良平和，少了一股英毅之氣。

張岱上前行君臣之禮已畢，獻茶、進湯點，接著優人隊舞七回、樂班鼓吹七次，便正式開宴、演戲，王妃也在一旁的簾座內觀賞。

張岱安排演出《賣油郎》傳奇，說的是宋朝時臨安城中一名賣油郎秦重，因為愛慕青樓花魁王美，勤奮走販、省吃儉用年餘，積了一十六兩銀子，只求與王美共度一宿。王美嫌他身分低下，無心接待，甚至酒醉嘔穢，秦重卻毫不埋怨，反而體貼照顧，因此獲得芳心。後來又經一番波折，終於獨得美人青眼，自贖下嫁。

這齣傳奇發生在南宋初年，秦重與王美都是在靖康之變後，自北方逃難到臨安的。劇中前面幾折，有「泥馬渡康王」的故事，說康王趙構在建康登基成為宋高宗之後，金人忽然揮兵南下，高宗倉皇出逃，躲在長江邊一座神祠之中，半夜卻見廟中泥塑之馬躍然而動，載著高宗安然渡江脫困，最終得以在臨安建立南宋朝廷。

鄭森看張岱選了此戲，心中頗為佩服。「泥馬渡康王」與魯王渡江南來、進位監國對抗清人的時事巧合，且又帶著明主中興的彩頭，在今日演來確實再適合也不過。果然魯王一看大喜，頻頻大加讚賞。

演完康王那幾折，戲入正題，時敲二鼓，魯王轉席入內到不二齋小坐，大廳裡則繼續宴飲演戲。須臾魯王再次出來，已換過平巾小袖，命人在御座旁設兩個席位，讓張岱和名畫家陳洪綬侍飲。三人諧謔歡笑，盡泯君臣分際，一如平交之友。魯王左右顧盼，目光輕浮，連連舉起犀角大觥一氣而盡，很快就喝了半斗。一時酒酣性發，竟自唱起歌來，拿著象牙筷子擊節與歌板相應。

唱完幾曲，魯王將筷子一放，起身走入簾中，擁著王妃坐下，毫不顧忌地大聲笑語，雖然隔著竹簾，人人依然都可見其浮浪的舉止。魯王三進三出簾席，不住豪飲。陳洪綬不勝酒力，竟嘔穢在御座之旁，魯王也不介意。

《賣油郎》一戲演完，又加演了各色戲碼十餘折。饒是魯王海量，至此也已喝得臉色酡紅，陪席眾人更是東倒西歪，醉態百出，乃至起身與歌妓伶工同舞，一時優人、官人混雜一片，幾乎不能分辨。

鄭森起初認真跟著看戲、陪飲，但見眾人益發放肆縱樂，便再也無心喝酒。心中怒火漸生，尋思：弘光被稱昏君，但那時江北尚有雄兵數十萬，並且有南京堅城和長江天險可資固守，也不曾聽說他如此淫樂。如今紹興與杭州之間只有錢塘江一衣帶水之隔，魯王手下兵微將寡、糧餉拮据，而清兵鐵騎就在對岸虎視眈眈，他卻脫略一至於斯，彷彿太平天子行樂，實在叫人失望。

鄭森對張煌言忿然道：「紹興是古越國所在，乃臥薪嘗膽之地，怎地卻君臣兒戲成這個樣子？」張煌言同樣憤怒地道：「不是只有國主這樣，守江諸將也都每日裡置酒唱戲，吹歌之聲相連百里。剛才聽陶庵公說他想入朝效力之事，不好掃他的興——朝廷濫發虛銜，根本不能任事。

其實我受國主任命為兵科給事中，兼在錢肅樂大人帳下籌贊軍旅，但義兵餉源都被正兵所奪，一無作用，早已十分寒心。」

兩人附耳談論，越說越氣，再也坐不下去，正打算趁亂離席，書堂官忽然拉長了聲音喊道：「國主有旨，起駕回宮——」眾人連忙起身恭送，但大多身軀不穩，歪歪扭扭，還有人打翻了桌上杯盤，弄得一片狼藉。魯王醉得無法邁步，在兩名書堂官扶掖下才能上轎。張岱等人直送到大門之外，轎子走出一段距離，一名書堂官還快步奔回，哈著腰笑傳旨意：「爺今日大喜，爺今日喜極！」眾人省不得又是一陣歡然謝恩。

鄭森和張煌言辭別出來，張岱本想留二人就在園子裡住一宿，但鄭森心中隱然抗拒，只說明日再來拜訪，堅持辭出。

二人沿著水路旁的石板路走著，手中的燈籠在黑闇中照出一圈晃晃蕩蕩的幽光。張煌言將一顆石子踢入水中，「沉」地一聲，在夜裡顯得格外大聲。張煌言恨恨地道：「如此朝廷，實在不堪立國！我輩所能用力者，竟只有阻止馬士英入朝而已，真不如棄官歸里。」

鄭森道：「既然如此，張兄為何不入閩為皇上效力？」張煌言一楞，道：「入閩？」鄭森道：「不錯，皇上登基以來，各省都已上表入賀，可說眾望所歸，只有浙東獨奉魯王，使天下而有二主，於中興之局大不利。」張煌言詫道：「田兄……你……」鄭森停下腳步，拱手道：「我其實並不姓田，本名鄭森，家父便是平虜侯。因為這個身分在紹興多有不便，才以假名行走，不是有意欺瞞張兄，請張兄恕罪。」張煌言道：「那麼鄭兄來紹興，究竟意欲何為？」

「實不相瞞，我是隨同皇上使臣劉中藻大人來的，要助他順利宣諭魯王、詔誥群臣。」鄭森低聲道：「金華的朱大典大人已經開詔受職、奉表祝賀皇上登基了！張兄既為錢肅樂大人所重，在下想請張兄為劉大人引見。」張煌言腳下一個踉蹌，差點往水裡跌去，鄭森連忙伸手扶住了。張煌言按著腦袋，恍惚地道：「我酒沉了，此事明日再說吧。」鄭森道：「大丈夫臨事，可則可，否則否，不過一句話！我知張兄忠義血性，遂以真名相告。張兄若不肯幫忙，我就當沒提過這件事。」

張煌言看著燭火將自己映在對岸白牆上的身影，不住跳躍晃動，遂道：「茲事體大，咱們明天見了太沖兄再一起商量吧。」

第貳拾柒回

宣諭

次日鄭森二人再次前往快園，張岱受詔入宮，黃宗羲倒是在園內，二人遂請門房通報。過了一會兒，一個孤高的身影自門內穩穩邁出，正是黃宗羲。他頭上方巾無比周正，一襲素布長衫極其挺括，面上皮膚光淨，但細紋深深刻入膚中，表情似傲非傲、似憤非憤，比以往顯得更加嚴峻深沉。

鄭森五月與他在南京一別，雖只過了四個多月，但時勢變化太快，今日重逢大有恍如隔世之感。鄭森不無激動地迎上前去，黃宗羲卻只端重地一拱手，殊無喜悅之情，話音厚沉如有千鈞般道：「自從媚香樓一別，常感掛懷，大木兄無恙。」鄭森道：「聽聞太沖兄以世忠營起義，弟亦時時祝候捷報。」黃宗羲微一點頭：「承蒙二兄來訪，但我在快園也是客身，不宜僭作主人接待。這龍山展望甚好，咱們便上山邊走邊聊如何？」

三人過橋，循著一道石階上山。龍山高不及百尺，一盞茶時間便能登上山頂，但十分清幽雅致，自古以來便是紹興城中名勝之地。三人進了望越亭，四周形勝一覽無遺。紹興城牆就在西邊傍著山腳繞築，東北方天地盡處隱隱可見錢塘江奔流入海。山下城內屋舍櫛比鱗次，河道交錯。鄭森不自覺地往杭州所在的西北方望去，但紹興距杭州城有七、八十里遠，無法望見。只有一道運河筆直地在蒼莽的平野上畫向天際。

鄭森讚道：「真是大好風景！」張煌言笑道：「今日咱們正好在此指點江山。」他對黃宗羲大略說了阻止馬士英入朝一事，黃宗羲聽罷道：「馬士英亡國之罪不用說，當事者既然不能將他正名定罪，人人得而碎其首而誅之！只是世忠營駐守在西興，人數又少，單憑我軍恐難截堵得滴水不漏。不如將檄文抄寫數十份，尤其要強調國主之前所頒『先殺後聞』之旨，到處張貼，號召各處軍民義士群起而攻，令馬逆於浙東再無藏身之處，才是萬無一失之計。」鄭森和張煌言聽了大聲叫好，都說稍晚下山之後就立即依此辦理。

「大木兄在這時節間關越嶺到紹興，不會是專為馬士英之事而來。」黃宗羲對鄭森道，「皇上派劉中藻使浙，大木兄應是來協助宣諭國主退位的吧。」

鄭森道：「果然瞞不過太沖兄的法眼。我想請太沖兄為劉大人說服王之仁將軍、請張兄說服錢肅樂大人，開詔奉表，效忠朝廷。」

黃宗羲忽然厲聲道：「清朝貝勒博洛、勒克德渾，貝子屯齊和叛將張杰、田雄領兵五萬到杭州。張閣部趁其陣腳未穩，正命方國安全軍渡江決戰，福京此時遣使宣諭退位，大壞我軍士氣，這不是罔顧復國大業，故意與浙東為難嗎？」

鄭森正色道：「天下義士執戈矛以圖恢復，四處都在血戰，不獨只有浙東發兵；然而天下都奉皇上為主，只有浙東不顧全局、獨樹一幟，恐為世人所不值。」

黃宗羲道：「當初浙東諸郡多已降清，後來剃髮令下，各地義師重舉義旗反正，正在群龍無首之際，因為同奉國主進位，才將潰散之人心糾合起來。倘若此時監國退守藩服，人心無所依靠，福京又鞭長莫及，猝然有所變故，到時候悔之無及！」

「太沖也是親眼看到南京淪陷的，難道你忘了大敵在前，朝廷卻自樹藩籬、分崩離析之悔恨？」鄭森道，「魯王他秉性庸懦、放縱逸樂，實在不是中興之主；皇上雄才大略，一生多遭患難，磨礪甚堅堪當大任。登極以後勤政儉約，不葷、不酒，後宮不滿三十人，半數都是服侍起居的老嫗，如此自勵，較諸崇禎先帝亦有過之。」

黃宗羲道：「我何嘗不知皇上乃是英主？雖不曾親睹天顏，但觀皇上親手所撰的登極三詔，令人流涕感動。其他御製序文、詔令，也都曲雅可誦；且禮敬士人、遍讀群書，真乃天生之令主。」他銳利地看著鄭森，質疑道：「然而皇上詔告親征至今，幾番欲行，卻一步不能出天興府；閩中糧餉，盡歸鄭氏之手，但始終不肯發兵，逼得首輔黃道周自行出征，較諸馬士英逼走史閣部的往事更有過之。令尊和令叔父既無鞠躬盡瘁之忠，又怎會有席捲天下之志？皇上手足俱縛，如何能一展所長？國主若在此時退位，浙東頓失首腦，只有讓局勢更加混亂而已！」

「太沖兄此言差矣！家父手下頭號總兵施天福出兵贛北，兵鋒直指蕪湖，南京震動，怎可說無席捲天下之志？」鄭森堅定地道，「家父作風特立獨行，實話說，我也頗有不能苟同之處。要知正因皇上受制家父，天下更需早日歸於一統。魯王退位，家父便無理由阻止御駕皇上入浙，而一旦皇上離開福建，勳戚大臣齊集輦下，何愁家父擅權弄政？」

黃宗羲冷冷地道：「有馬士英的例子在前，怎可重蹈覆轍。」

鄭森憤然道：「太沖兄就真這麼認為魯王是能成中興大業的明主嗎？」

「不，正如你說，國主仁慈懦弱、並無主見，又習於逸樂，並非明主。我所堅持者，是不可在此成敗關頭輕言去號撤位。」黃宗羲遙指遠方，從西向北數道：「主上監國以後，各軍列兵江上，分地戍守。合正兵、義兵總數，近二十萬人。義旗初建，士氣蔚然可吞吳楚，清兵席未暇暖，江南豪傑也亟待響應，倘若大軍不顧利害慨然渡江，定可與天下爭衡！」

鄭森道：「話是不錯，然而就我所見聞，魯王鎮日安臥行宮，張國維命人在沿江要害處設木城防禦，只打算做持久之計；聽說前線各軍，每日早飯後鳴鼓過江搏戰，過午便轉舵回來戍守，以此為常，並無進取之心。」

「所以我極力對王之仁將軍說，兵多餉乏，必須火速渡江決戰！」黃宗羲沉吟良久，廢然道：「王之仁雖同意此語，卻不願採納，無時無刻想的只是和幾位督師爭名位長短，毫不以國家為念，可嘆，可恨！」

鄭森道：「太沖兄既知如此，為何還是堅持成見？」

一陣秋風吹過黃宗羲略顯斑白的鬢角，他舉起手似乎想拉高領子，但卻微微整了襟口便又放下，只把眉頭攢得死緊。默然良久才道：「起初紹興降清時，先師劉宗周先生絕食二十三日殉國。死前奮力起身，取筆寫下一個『魯』字。我隨侍在側親眼見此，因此不能不遵其遺訓，為魯王效力。」

鄭森知道這位「太沖牛」性子直拗，甚且搬出恩師之命來，一時難以相勸，只好另做打算。遂道：「好吧，且看江上之戰結果如何再說。」

●

十月八日，督師張國維與方國安領兵渡江，約定連戰十日。張國維在開戰前大肆宣揚軍中一門「神砲」的威力，說他在蕭山縣衙署地下挖到四十二尊銅砲，上面鑄有「洪武六年」字樣，因此耗費千金，將之融鑄成一尊神砲用以攻城。眾人穿鑿附會，傳言這是太祖英靈顯佑的大祥瑞，此戰必然成功，士氣果然大受鼓舞。

當日一早，張國維將神砲用船運到江心，對準杭州城轟擊，一砲打坍城頭雉堞數丈，一時令清兵大駭。然而再次發砲時，神砲便壞裂不堪使用。眾人見狀啞然，都覺得是不祥之兆。

方國安攻下富陽，並前進到轉塘口立柵設營。然而在清風嶺與清兵大戰而敗，清兵趁勢攻營，又連敗兩陣。方軍憑著寨柵殊死血戰，但倉促之間發砲，逆風倒吹火星將藥箱炸裂，清兵趁亂攻入，方軍遂登舟撤回。此役方軍損失數千，聯兵出擊的馬士英也被殺傷五百餘人。

十四日，清兵趁勝大舉渡江來攻，張國維和方國安嚴陣以待，用火攻阻敵，陣斬清兵一名緋衣大將，發砲幾乎擊中清總督張存仁。清兵潰敗逃回，方軍追擊到杭州城下草橋門，忽然疾風驟雨，槍砲弓矢都無法使用，只好收兵。

兩軍渡江都不能獲勝，原本火熱的戰意被連日大雨漸次澆熄，局勢再次恢復僵持。

數日後，鄭森和劉中藻在張煌言的帶領下，冒著雨勢前往錢塘江口瀝海鎮的錢肅樂營中。錢肅樂在崇禎朝任刑部員外郎，浙東降清後，他和張煌言等人在寧波起義、勸服已剃髮的王之仁來歸，又遣人到臺州迎接魯王，因此他雖然官卑職小，但聲望甚高。錢肅樂此際是以「太僕寺卿上下協防」的職位任事，行營設於一座小廟裡，在黑沉的雨雲下顯得格外幽暗。廟前只有兩個落湯雞般乾瘦的哨兵，還有幾面濕溽纏結的旗幟，絲毫沒有一點中軍大營的樣子。

錢肅樂親出營門接待，隨即在正殿焚香開詔，並奉表向隆武稱賀。詔書上命錢肅樂以僉都御史巡撫浙江，但錢肅樂不肯收下誥券，堅持以原官任職。

大禮已畢，錢肅樂請眾人入內室擦乾身體，傳上薑湯驅寒。一端上來，湯色卻清澄如水。錢肅樂無奈地道：「生薑性防積冷，本需加點沙糖以活血散寒，但軍中至為匱乏，竟連一點沙糖也找不出來，怠慢諸位了。」

劉中藻道：「軍旅中本來多所不便，巡撫大人不必客氣。」

「行軍遇雨乃是常事，生薑、沙糖都是營中必備之物，怎麼紹興戶部卻不供應？」鄭森不平地道：「當初浙東降清，是錢大人與張兄首先在寧波倡義舉事，後來才有各地風起雲湧、同奉魯王監國之事。魯王怎可不念推戴之功，讓大人窘迫至此？」

錢肅樂咳嗽幾聲，嘆道：「一點沙糖算得甚麼，我軍斷餉多日，手下兵卒甚至有人在路上行乞呢。」

鄭森和劉中藻都詫道：「怎會如此？」

張煌言恨恨地道：「還不都是方國安和王之仁，提出『分地』、『分餉』之議，斷絕義兵糧餉。」鄭森不解：「分地、分餉？」張煌言解釋道：「方、王所部原本就是官軍，自稱『正兵』，而把錢大人等幾位揭竿而起的督帥稱為『義兵』。他們要求浙東的正供糧餉由兩支正兵瓜分，義兵另外自行徵募義餉，或者聽任解散。」

鄭森叫道：「這樣豈不等同藩鎮了！當初江北四鎮就是這樣坐地分餉，而最終喪師誤國的。」

「正是如此。」錢肅樂道，「然而兩軍如此奏請，國主不能不與理會，下旨會議。戶部說，正供應該由朝廷統籌，核對兵冊而後斟酌先後給餉，這才是朝廷事權統一的正辦。沒想到方、王兩軍司餉者竟在大殿上咆哮喧譁，甚至拔刀露刃，強逼國主同意。從此義兵乏餉，士卒飢餓逃散，幾位督師所部，不過數百人而已。」

劉中藻道：「方、王跋扈到這分上，實在叫人髮指。待魯王退位，事權歸於福京朝廷，浙東之事還須巡撫大人費心整頓。」

「我開詔奉表，乃是為了社稷，而非為一己功名。這浙江巡撫一職，我也是要上表推辭的。」錢肅樂見劉中藻要開口勸慰，擺擺手道：「紹興朝政紊亂自不待言，浙東生民有十死而無一生，處境更是堪憐。今年七月大雨，浸壞廬舍千百家；壯者徵召入軍、弱者疲於轉輸，死於戰禍；水鄉倚靠舟船為命，但各軍將船徵調一空，小民生計無著；兵士入鄉抄掠，雞犬不留，一營才去另一營又來……唉，竭盡小民之膏血，不足供藩鎮之一吸。而藩鎮之兵馬，不足衛小民之一髮。很多人都說，這樣下去，不如剃髮或許還有生路。」

「沒想到浙東情勢，竟如此不堪聞問。但巡撫大人切不可因此懷憂氣沮。」劉中藻不愧是能言之士，激勵道：「當初大人義旗一舉而浙東全境反正，如今國家危亡之際，大人名重九鼎，有左右世局之力。閩、浙和合，只待大人登高一呼！」

錢肅樂連連點頭：「你的意思我明白。我老病衰頹，也無所顧忌。我這就上奏魯王，請他撤去監國之號。同時並致書各營，勸諸臣開詔受職！」

●

有錢肅樂帶頭，加上劉中藻善加折衝，除了宣揚隆武賢明，也以浙東餉源不濟的利害相告，於是不數日間，自義興將軍鄭遵謙以下，浙東文武內外諸臣都紛紛開詔受命，奉表稱賀。最後連方國安都接受隆武所賜「鎮東將軍」銀印；監國朝廷首輔方逢年雖未公然表態，但也密奏魯王：「請與福建合。」

同時紹興城中，為了抗議馬士英尚未正法，士民洶洶罷市，高聲群呼。監國行宮中甚至因此無法將一應日用之物採辦齊全。

劉中藻見時機成熟，奏請謁見魯王。魯王見諸臣爭相奉表於閩，又紛紛上疏勸自己開讀隆武詔書，加上城中大鬧罷市，不免心灰意冷，於是下令返回臺州。

鄭森見大功告成，到驛館祝賀劉中藻。兩人談話之時，張煌言卻神色不豫地快步而入。鄭森因問：「發生甚麼事？」

張煌言目光銳利地道：「我今日上朝，聽聞鄭芝龍託陳謙遞來一封密奏，大力稱頌魯王功德，說當初立唐王並非夙願，將棄唐王而為魯王內應。」

「甚麼！」鄭森大驚，忙道：「家父乃是閩中第一勳臣，軍政大權悉在手中。他雖非純臣，但說他背棄皇上改投魯王，未免太過匪夷所思。你的消息確實嗎？」

張煌言冷冷地道：「令尊的使者現就在中書舍人謝龍震的府邸。」

鄭森道：「張兄可知使者身分？」

「使者乃是鄭芝龍的心腹，名叫馮聲海！」

鄭森渾身發涼，如入冰窖，心知此事千真萬確。他聽說父親派馮聲海截堵劉中藻，星夜奔馳入浙，好不容易護衛劉中藻平安抵達紹興，眼看就要成功勸退魯王，沒想到父親為了分隔閩浙，竟無所不用其極。

張煌言厲聲道：「大木兄，這是怎麼回事？」

鄭森咬牙道：「家父恐怕是不願承當浙東二十萬大軍的籌餉之責，藉口陸兵尚未練成，故而意圖保留監國朝廷以為福建的屏藩。」

劉中藻顯得毫不意外：「這就是權臣弄國的手段。留著魯王在紹興監國，鄭芝龍才好脅迫朝廷，繼續把持朝政。」張煌言表情凝重：「除此之外，督師張國維大人得知消息，星夜趕回紹興，今天一早上朝，奏道：『唐、魯同宗，都是太祖高皇帝之子，並無親疏之別；兩王同時起義，也無先後之分。誰先恢復杭州和南京，克成大功，誰就稱帝！如果國主稱臣，江上諸將都須聽命於福京，國主就再也無法發號施令了。』督師熊汝霖也上疏請魯王不要開讀詔書。」

鄭森急躁地道：「張國維是何居心？浙東諸臣大多都已開詔奉表，天下歸心於皇上正統，他卻要獨持異議。」

「我持皇上手詔遍諭諸臣，絕大多數都仰慕皇上賢明而開詔，只有張國維、熊汝霖和二、三廷臣不願奉表。」劉中藻感慨地道：「鄭芝龍手握福京權柄，而勸魯王不退；張國維和熊汝霖在紹興官位最高，而不顧眾臣歸心之勢，一意孤行。權臣只為謀私，都不顧天下大局。」

張煌言道：「張閣部說，如果唐王殿下提兵北伐，他願為前驅；但至今皇上始終只在福建當閉門天子，又拿高官厚爵分化浙東抗虜之心，他不能奉詔。」

「一派胡言，皇上正是為了親征入浙，才先宣諭魯王退位的。倘若魯王未退而朝廷大軍貿然前來，豈不激起疑慮，乃至兵戈相向？」鄭森激憤道：「難道大事就要壞在這三、五人的私心堅持嗎？」

眾人正待商議對策，忽有魯王內廷書堂官前來請劉中藻入宮謁見，語氣頗不客氣，眾人互看一眼，都知情況不妙。

劉中藻匆匆換了朝服，隨書堂官而去，過了一頓飯時間，便又臉色青白不定地返回，憤然道：「魯王果然改變心意，說各軍暴師江上，福京不助一兵一餉，卻要坐享其成，他不能接受。說甚麼除非福京能大舉轉輸糧餉、派兵協守再說，甚至當殿草草批寫回書，無禮已極！」

鄭森忙道：「咱們趕緊分頭聯絡大臣，出面把局勢穩住。」

「來不及了，張國維和熊汝霖極力堅持，又有鄭芝龍那封密函，魯王心意已決。」劉中藻廢然道，「我在此間已無作用，只能盡速返回福京覆命，讓朝廷另做打算。」

鄭森氣極，問張煌言道：「馮聲海借住的謝龍震家在哪裡？」張煌言道：「在十字街學宮旁。」鄭森霍地起身，二話不說出了驛站，直奔十字街。他向路人問明謝家所在，才到門口，就見幾個僕役正在搬運行李到一艘烏篷船上，一個身形瘦長、留著三綹鬍子的中年人在一旁等候下船，正是馮聲海。

鄭森快步上前，劈頭喊道：「馮叔！你幫阿爹做的好事，魯王都已下令回臺州，又被你們給壞了！」馮聲海見是他來，毫不驚訝，淡然道：「森舍平安無事，真是太好了。」鄭森怒道：「一點也不好！覆巢之下無完卵，國家要是亡了，何來平安！」

「森舍言重了。這回你也看得很清楚，魯王左右只剩下三、五個人支持，要拔掉他輕而易舉。」馮聲海渾不當一回事地道，「留著監國朝廷再抵擋清軍半年，等開春天氣暖和，咱們陸兵也練好了，隨時都能讓魯王退位。」

鄭森道：「浙東各軍已為爭餉鬧得不可開交，也摧殘得地方民不聊生，如何能再等半年？」

馮聲海表面上依舊恭謹，但語氣裡已帶著長輩訓責之意：「一官在幾次會議上說得很清楚，朝廷現在收納浙東，幾百萬糧餉都得著落在咱們頭上，太不合算；等明春浙東各軍餓得半死不活，到時候就是他們苦苦哀求收留、任咱們撿現成便宜了。」

鄭森嘶吼道：「說穿了，阿爹只不過是不想讓皇上出關脫離自己的掌握！機關算盡，自以為可以隻手翻弄世局，當初南京就是這樣被馬士英敗壞掉的！」

「你要提南京，眼下紹興情勢比當初南京還糟，咱們還急忙往懷裡揣？方國安幾萬亂兵、那些個忠臣義士手下又都是烏合之眾，沒的糟蹋了兵糧。」馮聲海冷冷地道，「多說無益，我得趕回福京了，森舍也早日回去吧。」

鄭森大聲賭氣地道：「我不回去！」

「你娘回來了。」馮聲海聲調雖緩，每個字卻都如同驚雷一般。

鄭森睜大眼睛，不敢置信：「你說甚麼？」

馮聲海拉拉袍角，一腳踏上跳板，好整以暇地道：「田川夫人得到幕府特准，從平戶前來中國與家人團聚。九月底開的船，這會兒想必已經抵達安海了。」

「阿娘……阿娘真的來了？」鄭森張大嘴巴，喃喃道，「怎麼我一點都不曾聽說？」

馮聲海道：「此事耽擱太久，一官怕萬一又不成，讓你太過失望，所以交代大家不可透露。」

鄭森與母親分隔十五年來，日夜期盼著能夠再次相見，如今事情成真，一時卻有些難以置信。馮聲海微微一笑，拍拍他肩膀道：「別犯傻了，你娘一定也十分想念你，快回家看看她吧。」

鄭森心中激動，幾乎落下淚來，恨不得插了翅膀立時飛回安海。但想到父親兒戲國事，而自己與他相對總是處處受制，這次又被「母親回國」一句話就給洩了氣，實在太不甘心，於是含著淚光昂然道：「大丈夫先國後家，我雖思念母親，卻不能以私廢公。」

馮聲海從小看著鄭森長大，深知他的秉性，心底頗為同情，遂道：「好吧，你再想想。不過你娘等了十五年，你別再讓她等太久。」

鄭森咬緊下唇，勉強道：「馮叔一路小心。」說罷轉身就走，霎時淚流滿面。

他在紹興城中沒頭蒼蠅似地低頭疾走，不知走出多遠，跨過了多少橋梁，不覺在一座拱橋頂上停步，撐著欄杆望向水中，只見倒影裡那人披散著頭髮，伸手一摸，頭巾不曉得甚麼時候掉落了，卻一無察覺。

鄭森看著水中的自己，一瞬之間，彷彿看見了母親的面容——那是多年前便已遺忘、無數次搜索腦海深處卻再也想不起來的容貌——此刻就在水光之中，因著自己身姿形影中的莫名相像之處，猛然勾起回憶、呼之欲出。

「ははうえ[1]！」

鄭森心頭一震，緊抓著欄杆俯身急急張望，一艘烏篷船卻忽然從橋底無聲鑽出，畫過水面，

---

1 ははうえ：日語「母上」，對母親的敬稱。

蕩破一切夢幻泡影。

待烏篷船遠去，水面依然波動不止，倒影搖晃破碎，再也看不出甚麼端倪。鄭森恨極怒罵：「該死！」這才發覺往來行人都用奇怪的眼光看著自己，並且遠遠躲避開去。

方才來時，腦中一片空白，對眼前景物視而不見。此刻一回神，才發覺拱橋上下、前後左右人聲如沸、嗡然震耳。水道中烏篷船一艘接著一艘來來去去，竟無一刻平靜。

鄭森茫然環顧，只覺人們身上所穿裝束說不出的怪異。「故鄉的人不是這樣打扮的……」他急忙一拍前額，頭髮觸手濃密，心下卻是一陣懵懂。眼前浮起弟弟田川七左衛門的模樣：剃光了頂心髮絲，從腦後紮著一根短辮向前。自己若留在日本與母親為伴，也該做此打扮才對。但他旋即醒悟：不對，削去頭髮，豈不成了清朝夷虜？我乃堂堂大明臣子、漢家男兒，怎會剃髮！

他大吼一聲，拔步狂奔，一路奔到龍山腳下，又疾走至山頂望越亭。極目而望，東北邊隱隱傳來海潮雷鳴之聲，但天氣陰沉，甚麼也看不見。他眺望了許久，想起母親此刻已經不在日本，而就在中國。他頹然背靠亭柱滑坐在地，心中一個聲音冒出來：也許我是不敢回安海去和母親相見……

十五年朝思暮想，一旦成真，卻叫人無所措手足；十五年又著實太久，母親早已不是可以觸及的人物，而只是心中的一個幻影。從小每當自己受盡族人輕賤，就會在深夜裡格外思念母親。但想在人前爭氣，卻得裝作忘了自己是從海外而來、須得裝作忘了母親。

如今母親來了，就在安海家中，自然千想萬想，恨不得立刻就能見面。但見了母親之面，多年來大力遮掩的海外出身，也就昭然於睽睽眾目之下。

鄭森頓時了悟，這般心念實是自欺欺人，可鄙亦復可笑。丈夫生世，不能誠意正心，何以立身？

他一抹眼淚，堅定地想：我是出身平戶川內浦的福松，是成長於泉州安海的鄭森，也是受國厚恩的大明國姓朱成功！無論他人如何看待，我自為我。是海外之子，也是中華男兒，更是大明忠臣！

●

鄭森在龍山頂獨坐良久，直到天色昏暗，這才起身下山。

心緒一旦放寬，腹中便忽然大感飢餓。路旁恰有一個賣炊餅的擔子，小販見他探頭探腦，喚道：「公子爺，吃點炊餅吧。」鄭森上前道：「那就買兩張。」賣餅的道：「剩下五張，公子爺索性都買下吧。」鄭森道：「我吃不了這許多，兩張就行了。」賣餅的道：「天晚，我要收擔了，公子爺就當作幫小的一個忙。原本一張十文，五張只拿您二十五文算了。」一邊說著已經把五張炊餅包好，一股腦兒塞在鄭森手上。

鄭森一楞，想起馮聲海所說：「等各軍餓得半死不活，到時就是浙東各軍苦苦哀求收留、任咱們撿現成便宜」之語，忽有所悟，匆匆掏了一把銅錢，也不及細數就放在餅擔上，拔腿就走，不顧賣餅的在身後直喊：「公子爺，您給得太多了……」

鄭森奔回驛站，問明劉中藻還未動身，不等通報便逕自闖了進去。一見到劉中藻便道：「劉大人！事情尚有可為！」劉中藻見他沒頭沒腦地闖進來，疑惑道：「國姓爺有何妙計？」

鄭森道：「魯王雖然還未撤號，但江上各軍多已開詔奉表，如此便是皇上名正言順的臣子。劉大人回去之後，請皇上速派官員，到各營中監軍！」

劉中藻沉吟道：「道理上確實說得過去，然而各軍真會接納朝廷派來的監軍嗎？」鄭森篤定地道：「魯王勢弱，又無餉可發，大家都知道監國朝廷撐不久的。」他目光炯炯地道：「另外請皇上務必排除萬難，勻出一筆餉銀撥給江上各軍，尤其是斷餉多時的義兵。如此一來，各軍必然俯首聽命，魯王即便不退，也只是一個空架子了！同時皇上御駕親征浙東，到時各軍歸附便能水到渠成！」

劉中藻慨然道：「好，我回去就將國姓爺的建言稟告皇上。我也會自請到處州任事，聯絡金華、溫州等地，好為皇上入浙做準備！」

●

鄭森建議的計策雖妙，但浙東朝廷也非省油的燈。魯王決心不退之後，旋即大封諸臣：首先加朱大典為兵部尚書；接著又晉封方國安為荊國公、王之仁為寧國公、鄭遵謙為義興伯；自孫嘉績、熊汝霖、錢肅樂以下，無論是在外的督師或者內廷諸臣也都各有晉升。

魯王依張國維之議親自到西興前線勞軍，並效法漢高祖拜韓信為大將的故事，築壇拜方國安為上將軍，賜尚方劍、便宜行事，得節制諸軍。經過這番布置，魯王重拾威信，浙東原本躍躍而向福京的情勢又穩定下來。

只是如此一來，方國安變得更加肆無忌憚；而錢肅樂因為首先疏請魯王退位，被政敵大加攻擊。萬般無奈下解散部眾，到溫州隱居去了。

鄭森目睹一切，只恨隆武遠在福京，無論派遣監軍或者撥餉都嫌太遲；悍帥方國安拜為大將，而錢肅樂這樣首先起義的忠臣竟被排擠得不能容身，也在在令他喟嘆。事情變化至此，繼續待在紹興已然無益，遂有南歸之念。

臨行之前，鄭森到快園找黃宗羲話別。黃宗羲出門相見，不多客套：「大木兄來得正好，我也要出城了。」鄭森點頭道：「今日一別，怕又有好一段時間不能相見，因此來和太沖兄敘話。」

黃宗羲道：「我要到蕺山的先師靈柩前一拜，大木兄不妨一起去吧。」鄭森道：「劉宗周大人乃是當代儒學正宗，我輩儒生自當瞻仰禮拜。」

蕺山在紹興城內東北，兩人雇了一隻烏篷船前往。烏篷船瘦長低矮，極貼水面，無論在狹窄的水道上會舟，或者從一座又一座橋底穿越，都十分靈便。從船中外望，兩岸房屋如在天上。艙裡頗為逼仄，鄭森和黃宗羲對面促膝而坐。小船鑽進一座橋底，黃宗義的身影倏然幽暗下來，很快又豁然開朗，水光映得他臉上明暗交錯。

黃宗羲凝重地道：「自從方國安拜為大將，浙東正兵欺凌義兵之勢變本加厲；而文臣之間竟又延續兩京黨爭，分為紹興和寧波兩派，彼此攻訐不休。從前黨爭尚有忠義之辨；此次黨爭，卻只是為了一口兵糧而已。多數小股義兵早已流散不存，就是幾位威望素著的督師所部，也都快要難以為繼了。」

鄭森道：「如此則浙東不復再有義兵，而正兵驕恣跋扈，魯王難有所為。」

「浙東絕不可無義兵！」黃宗羲鐵鑄般堅定地道，「孫嘉績、熊汝霖兩位督師願移撥所部精銳，與我世忠營合為三千人。我軍將由錢塘江口渡海到北岸，直入太湖，與江南義兵會師。只要在江南打開一番局面，杭州就成一座孤城，不戰可下。」

鄭森道：「太沖兄之遠略和膽識，比正兵的將領強多了。」

烏篷船又鑽進一座幽暗的橋底，鑽出來時恢復光亮，四周卻白茫茫一片，竟忽然起了大霧。霧氣一團團凝聚著撲面飛來，越來越濃，將小船包圍其中，清冷非常。鄭森心中詫異：這時節怎地起了好大霧？黃宗羲一言不發，目光深邃地望著，彷彿在迷茫中也能觀望出甚麼端倪。

不多時，船已靠岸，二人在戒珠寺前下船。黃宗羲引著鄭森從寺後上山。黃宗羲對此地頗為熟悉，即便在濃重的霧氣中，依然行走無礙。

鄭森道：「雖有如此大霧，叫人不辨方向。幸虧太沖兄明白路徑，一步一步循路而前，倒也不至迷途。」

黃宗羲卻道：「我自二十歲拜入先師門下，十六年來不知在這條路上走過多少回。本以為一草一木盡皆了然於胸，今日大霧中，才知路旁腳邊最是疏忽。方才遇到分岔轉折之處，還著實猶豫了一番。」

霧中行走雖慢，但蕺山不高，很快便來到劉宗周講學的蕺山書院。白茫茫之中，更顯門牆高聳。黃宗羲逕入後殿，當中停著一具靈柩，柩後桌上供著劉宗周的神位。他乃是當代儒學正宗，提倡誠意慎獨之教，一堵陽明心學末流的空疏之弊，被譽為是宋儒以來能決千古之疑者。鄭森不曾見過劉宗周，但此刻在靈柩前，依然能夠感染一股浩然正氣，心中頗為震動，隨著黃宗羲肅然禮拜。

敬拜已畢，鄭森問道：「先生靈柩為何停放於此，卻不下葬？」黃宗羲道：「紹興起初降清時，先生絕食二十三日而死。只因先帝梓宮未葬，所以不肯先行入土，遺言停柩三年。」鄭森嘆道：「先生孤忠耿耿，行誼悲壯，真教人敬佩無已。」

黃宗羲低聲道：「我在餘姚家中聽說先生絕食的消息，徒步前來探望，趕到時先生已經彌留，只能握手對望而已。他臨終前卻還是奮力起身，說自己以絕食之法緩緩死去，乃是因為諸君不忘大明之故……」

鄭森自幼有志於學，不僅僅是為了在科舉上謀出身，也是求以儒道立身。然而國變以來，時局混亂，眼見多少名儒或死或降，處世之道各異，令他深感迷惑。因此問道：「太沖乃是劉先生傳人，我心中有一大疑問，正好請教。」

「大木兄請說。」

「我朝儒者，自東林以來，莫不以氣節自勵。冷風熱血，可謂冠絕前代，然而朝政依舊腐爛不堪聞問。」鄭森回想起自己親身見識過的人物，一一細數道：「吳應箕慷慨悲歌，但行事激切，差點在假太子一案釀成大錯；侯方域倜儻不群，但因父親曾投降李自成而不能施展；黨爭之下，陳貞慧避居荒山、方以智流落嶺南。復社舊友零落星散，當年的風發意氣，都如夢幻。

「史可法壯烈殉國，但堅守揚州卻招致數十萬人慘遭屠戮；錢謙益為保全百萬生靈性命而降，然而率先剃髮，成了清人的馬前卒；黃道周忠忱耿介，可是無法說服家父，竟自請出關，領著幾百名倉促烏合的『扁擔兵』就要上陣拚搏，於時局並無實益。

「這次我來浙東，親見監國朝廷局勢，覺得十分憤怒。魯王昏庸荒淫、將帥彼此爭鬥，大非中興復國氣象。多數大臣都已奉表效忠皇上，只因張國維等二、三人反對，竟又作罷。張國維素有清正之名，卻也不能捐棄門戶，定要讓時勢往分崩離析的路子上走去。」鄭森沉痛地道：「史可法、錢謙益、黃道周、張國維都是名儒碩彥，遇著這天崩地裂、正道不行的局面，卻也都難有作為；更有甚者，大臣之間分黨別派，各是其是、各非其非，東林和閹黨相爭、福建和浙江相爭，正兵和義兵相爭……總不能和衷共濟。我輩儒者，究竟應該如何立身處世？」

「大哉問！」黃宗羲撫著劉宗周的靈柩，緩緩道：「我年輕時在這裡受學，只知高談氣節一流，又不免牽纏於科舉習氣，所得尚淺，未能真正領略先生學問真髓；如今遭逢患難，才曉得那些都是過時之學，胸中窒礙逐漸消釋。」這時一陣霧氣漫入殿中，沁得肌膚清寒，彷如身處雲端。黃宗羲眼神銳利，似能望穿空茫，續道：「儒者之學，本來經緯天地！然而後世不以六經為根柢，抱著前人語錄從事游談，彷彿便已廁身於儒者之林。把賦稅之道說成聚斂、統兵戰守視為粗魯卑下、讀書作文等於玩物喪志、留心政事則是俗吏之事；滿口『為生民立極、為天地立心、為萬世開太平』一類的空言，真的需要報國之時胸中卻無一策。滿天下都是這樣的迂儒，世道才會如此潦倒糜爛。」

鄭森若有所悟：「難怪太沖兄除了經史百家以外，於天文、曆算、音律都有鑽研，追求經世致用的實學。」

黃宗羲道：「不錯！就拿這次張國維鑄『神砲』的事來說吧，他在土裡挖到四十二尊洪武年間的舊砲，用以鑄成一尊神砲，並大肆宣揚太祖神靈護佑的祥瑞。但神砲澆鑄不得法，才發兩砲就裂壞了，於戰事有何益處？『以半部論語定天下、半部論語致太平』，只是妄言。」

鄭森頓時大有徹悟之感。他雖然一直以儒生自命，但在父親身邊耳濡目染，對經商、練兵諸事也不陌生，深知務實的重要。這兩年間，他觀看左良玉練兵、親見南京朝局變化、參與商人大會、遊歷海外……於此更是深有心得。他也曾思考過學問與務實之間該如何融會，但不如黃宗羲所言來得透徹。

「這幾年我著實體會到，要做實學，還得從實事上去磨練。譬如家父造砲，便從海外招聘高手匠人，切實依法鑄造，因此砲隊威力甲於天下。」鄭森沉吟道：「然而世論卻非如此，朝廷以科舉用人取士，我輩想為國家效力，只好勤習八股文章；又譬如家父與黃道周大人爭位之事，顯出文、武之間鴻溝甚深。武將不習經傳義理，固然不宜爭先，但文臣不屑武將、鄙賤兵事，總以為只要高舉義旗就能所向無敵，也實在太過天真。可是朝廷以文臣居先，決策盡出於文臣，這又是誰也更改不了的事。」

「其實二程熟知史事、朱子擅長考據、陽明精通兵事，前輩大儒們並不畫地自限。可嘆自從科舉興盛，世間不復知有書矣。數百年間億萬人之心思耳目，都用在揣摩因襲制藝，腐臭不堪。而先聖先王的大經大法，以及兵、農、禮、樂，下至九流六藝，切於民生日用的學問，都成了荒煙野草。」黃宗羲嚴正地道：「儒學之體，必須是有用之體。舉凡文苑、儒林、道學、理學、心學，都應與兵書、農政、戰策、治河、城守、律呂、鹽鐵和經史百家合為一有用之儒學！朝廷覆滅兩京，慘痛之餘也該醒悟，任用通曉實學的大臣，才有希望！」

鄭森被他恢弘的氣度所鼓舞，彷彿看見一個全新的境界就在眼前，幾乎壓抑不住興奮之情。心中僅存一點未能應舉登第的遺憾頓時煙消雲散，慨然道：「從今往後，我再不為科考功名、文臣出身的雜念所惑，要坦坦蕩蕩地在實事上磨練，成為一個能帶兵滅敵恢復，懂得開闢餉源、度支稅賦，並能利厚民生的真儒者！」

「好！尤其是『利厚民生』一語，見得大木兄仁民愛物的胸襟。」黃宗羲慨然道：「天下之治亂，不在一姓之興亡，而在萬民之憂樂！我輩當以安樂萬民為己任！」

鄭森深一層想去，道：「若論做實事，家父可說是頂兒尖兒的人物。他雖是海盜出身，但平定沿海百餘年來的亂局，使商業藩盛、人人生計無虞；他養著一支無敵於海上的大軍，十餘年來卻不花朝廷一分餉銀。無論是經營生理、製造兵器、操練士卒還是安撫民情，都有一套辦法。放眼天下，他最能與清人一爭雄長。但家父只看一己和一地之利害，不能為天下萬民著想，更無大忠大義之心，恐怕難以期望。」鄭森明白了自己往後的道路，下定決心：「這麼多年來，我被這一點頭巾氣所誤，竟放著家父第一等的實學不屑一顧，想來真是可惜；但也幸好自幼嚮慕儒學，才不至於走上父親褊狹的路子上去。我要將父親的全套務實之法盡數學會，然後用以興復國家、安樂萬民！」

下了蕺山之後，兩人分手作別。鄭森依依不捨地道：「今日蒙太沖兄點破迷津，一掃我胸中疑惑。」黃宗羲道：「大木兄本就懷抱大志，我只不過助你看清本心而已。」

鄭森道：「太沖兄這就要離開紹興了嗎？」黃宗羲道：「回快園取點隨身行李，馬上就要走了。」鄭森道：「他日再會，不知又是何時。讓我陪你到快園走一趟吧。」黃宗羲道：「也好。」

鄭森想起張岱接待魯王在快園縱樂飲宴，對此事頗感不值，遂問道：「張岱是何許人，太沖兄與他十分相善嗎？」黃宗羲道：「他曾向世忠營借兵追討馬士英，也算得忠義之輩。除此之外，我與他鮮有私交。借住在快園，是因為張家三代藏書，共有三萬卷，數紹興城中最多，看書甚是方便。」鄭森笑道：「原來如此。陶淵明可置酒而招之，太沖兄卻須置書相招了。他日我若想請太沖到寒舍一訪，可得先備上幾萬卷藏書才行。」

黃宗羲道：「你去看看張岱也好，前幾日方國安遣人奉上聘禮，邀他出山商榷軍務，他正在疑惑。」鄭森詫道：「方國安邀陶庵公商榷軍務？其中莫不有詐！」黃宗羲道：「方國安粗疏狂妄，哪裡真的是禮賢下士。我料他不過是為了勒索『助餉』罷了。」鄭森道：「定然如此。浙東餉源有限，正兵搜刮不足，已在左近大加劫掠、勒派富戶，這是明擺著的事。」黃宗羲道：「然而此老報國之念正熱，甚是動心。」鄭森道：「真是君子可欺以其方。我與陶庵公雖無交情，但受過他一甌茶，頗獲啟發，是該去勸他一勸。」

兩人來到快園，黃宗羲向管家表明向主人辭別之意，管家入內不久，回報張岱在後進的梅花書屋，請他們進去。

黃宗羲熟門熟路，自領著鄭森到後進。快園本已極雅，而此間又更顯清幽。只見四牆較尋常稍高，牆邊砌著石臺，錯落插著數峰太湖石。幾株梅樹古樸蒼勁，樹下種西番蓮[2]，藤蔓纏繞如纓絡。後院階下草深三尺，其中疏疏雜著幾株秋海棠。書屋前後窗明几淨，西窗外搭設竹棚，由綠而暗，層次分明。

書屋裡傳出一線清泠幽緩的琴聲，更顯意境空寂。

鄭森想起曾在南京流連的幾個雅處，讚歎道：「真是一個遺世獨立的大好所在。」黃宗羲卻道：「這時節上，哪能容你遺世獨立？」

須臾琴聲杳然，只聽張岱在屋中說道：「這首〈山居吟〉，乃是幽居深山之中，忘塵絕俗、高古從容之作。奈何小娘彈來卻似風過樹梢，心動不止？」

鄭森二人本以為琴聲乃是張岱所彈奏，這時才知屋中另有他人，且是名女子，一時不敢擅闖。

屋中靜默片刻，彈琴的女子並不作聲。張岱嘆道：「我知道妳心中有事，自難表現這〈山居吟〉的意趣。既然如此，何妨直抒胸臆？」

過了一會兒，琴聲再次揚起，曲調婉轉淒楚，才聽得三、兩聲，鄭森便幾乎要落下淚來。

琴聲一頓，那女子悠悠唱道：

我生之初尚無為，我生之後漢祚衰。天不仁兮降亂離，地不仁兮使我逢此時。干戈日尋兮道路危，民卒流亡兮共哀悲。煙塵蔽野兮胡虜盛，志意乖兮節義虧。對殊俗兮非我宜，遭惡辱兮當告誰？笳一會兮琴一拍，心憤怨兮無人知。

鄭森認出這是〈胡笳十八拍〉，細細品味曲辭，越聽越感悲涼。這是東漢才女蔡琰流落匈奴多年，被贖歸漢時感嘆身世之作。在此半壁江山淪陷、外族勢焰高張之時，正也貼切地訴出女子遭逢戰亂流離南來的心聲。

而唱曲之人正是他熟悉不過、牽掛思念的張宛仙。鄭森再不遲疑，步入書屋喚道：「宛兒！」

半年來鄭森託人多方打聽，但因南北隔絕，始終沒有張宛仙的消息，如今見到她平安無事，心中一塊大石終於放下，又是欣喜，又是愧悔，呼喚之餘，甚麼話也說不出來。

張宛仙看到鄭森，身子一動，容顏開霽，然而卻隨即黯淡下去，一語不發，彷若不曾相見。

張岱在一旁看著，心中有數，微微一笑，朗聲道：「你們來得正好。宛仙小娘雅奏高妙，兩位是知音之人，不妨一起欣賞。」

黃宗羲道：「不了。世忠營重整在即，不日就要出兵渡江，我得趕緊回營。這幾日多有叨擾，特來辭行。」張岱道：「既然如此，我也不多相留。但且喝一杯茶再走。」黃宗羲只好和鄭森在榻上坐下。

張岱換過一壺水，撥動爐火，重新煮了起來。鄭森看張宛仙始終低頭斂眉，不知為何並不

2 西番蓮：即百香果。

與自己相認。再細一看，她身前的那張焦尾古琴十分眼熟，鄭森忽然想起，先前張宛仙負氣獨自離開杭州時，偶然邂逅一位黃衫儒商，借用他的古琴彈奏，轟動了運河旁的小酒樓。這張焦尾古琴，就和當時那張琴十分相像，莫非張宛仙逃難艱險，已投奔那人？念及於此，鄭森胸口如遭重擊，一時心血翻湧，甚且有些失魂落魄。

四人各有心事，俱不出聲，爐上之水逐漸沸騰，滾滾作響。張岱不等水老，俐落地提壺沖瀉，姿態賞心悅目。他將茶倒作四杯分給眾人，鄭森接過茫然一飲，心不在焉，絲毫不辨滋味。

張岱首先問黃宗羲：「如何？」黃宗羲道：「很好。」張岱道：「僅此而已？」黃宗羲斷然道：「僅此而已。」張岱道：「太沖胸中包羅群藝，論茶怎能如此簡略。」黃宗羲一貫嚴肅地道：「依我看，『濃、熱、滿』三個字便能將茶理說盡，陸羽《茶經》真可以一火焚之。」張岱笑道：「太沖兄不是常說，九流六藝都是儒者之學，怎麼茶理就不是學問了？」黃宗羲道：「有益於民生日用者，方才是儒者之學。茶之一道，只要能滌腸胃、清心神也就夠了。若是過於講究，乃至流於奇技淫巧，便成奢侈之時弊。」

「太沖此語質樸，足見拳拳救世之心。然而茶之為物，空靈清洌，乃君子之德，與酒食鋪張不可同日而語。」張岱轉向鄭森道：「大川兄以為此茶如何？」鄭森想起張岱仍以為自己是「田大川」，這時卻也無心解釋，只搖搖頭道：「茶韻通心，國家巨變之餘，在下方寸已亂，實難品評先生的佳茗。」

張岱又問張宛仙：「小娘怎麼說？」張宛仙欲言又止，忽然望向鄭森，煙視迷離，眉睫間又似深情，又似孤絕。良久才道：「陶庵公此茶，從前我也喝過許多次，原是極清雅的。今日不知怎麼，卻彷彿黃昏時在橋上遠望，只見日暮煙生、林木幽冥，四下蒼茫無邊。」

「橋上遠望，必是有所等待，然而歸人卻遲遲其來，自然有股獨立蒼茫的況味。小娘確實喝出究竟。」張岱緩緩點頭，「此茶本來清芬可愛，但此際抑鬱難出，正是久盼不得的意味。」

鄭森聽見「有所等待，然而歸人遲遲其來」一語，心道：莫非宛兒一直在等候我的消息？他舉起杯子再次品味，果然如此，因問道：「清芬抑鬱，卻是為何？」

張岱道：「往昔我製蘭雪茶，都是聘來徽州、歙縣一帶茶工，將會稽日鑄嶺所產雪芽，以焙松羅茶法製之。然而今年苦於戰亂，徽州道路阻隔，茶工難來，遂再無蘭雪茶矣，這甌茶乃是去年所製，氣味已老。」他又沖了一瓷甌，分給大家，續道：「何況鳳凰非醴泉不飲，這蘭雪茶也需好水才能出其香氣。無奈江南淪陷，無錫惠泉之水已不能傳遞，而城中禊泉被徵以釀酒供應內廷，只好用陽和嶺上的玉帶泉瓜代，殊少空靈之氣，蘭雪茶遂隱其香了。」

鄭森原本覺得，在此國難當頭之際，張岱還在那裡叨叨絮絮地講究製茶、用水，未免太過耽溺逸樂，後來卻慢慢聽出他其實是在感嘆自身懷才不遇。

張岱看著鄭森道：「前年與君在秦淮河上巧遇，當天所沖之茶，可說是我平生傑作。幸而有君與月生小娘兩位茶中知音同舟品茗，令我不至於只能孤芳自賞。說起這月生小娘，不僅色藝雙全，甚且含冰傲霜，不流凡俗，曲中上下三十年無其比。我曾有首詩，以蘭雪茶比王月生——」說著沉沉吟哦起來：

白甌沸雪發蘭香，色似梨花透窗紙。舌間幽沁為同誰？甘酸都盡橄欖髓。及余一晤王月生，恍見此茶能語矣。蹴三致一步斋移，狷潔幽閒意如冰。依稀籜粉解新篁，一莖秋蘭初放蕊。
縠霧猶嫌弱不勝，尖弓適與湘裙委。一往情深可奈何，解人不得多流視……

張岱感傷地道：「可惜這樣一般人物，在此亂世卻竟凋零委地，一如胭脂白雪遭染泥汙。」鄭森好奇道：「她怎麼了？」張岱嘆道：「慘，慘！她被閹黨高官以重金購置為妾，後來又被清兵擄去。韃虜武人粗俗不解文雅，只想玷汙她，月生小娘不屈大罵，終被刺死。」

張宛仙「噫！」地一聲，雙手掩著心口，臉上驚疑不定。

鄭森同樣悚然心驚。當日與王月生並肩喝茶的情景依然歷歷在目，也記得看著她喝茶的容貌神態時，心中暗想：「觀音菩薩喝茶，大概也就是這般光景。」而這樣一位絕俗麗人，下場卻如此不堪，真叫人不能相信。

鄭森看向張宛仙，和她的目光對個正著，兩人眼神中都似有千言萬語。鄭森心想：不知宛兒一路南來，路上受了多少苦？天幸她不曾落入歹人手裡。

黃宗羲道：「陶庵公以茶比人，實則也是自況吧。」張岱道：「可不是。」黃宗羲道：「陶庵公自如這蘭雪茶般清雅，然而方國安卻非甘泉，邀你入幕府參贊一事，恐怕只是想要索餉。」

「方國安卑辭厚幣至誠相邀，看來應不欺我。」他意味深長地道：「何況蘭雪再雅，也不經久存。到得明年再飲，那麼就算有惠泉之水也沖不出半點滋味了。」

這時管家老丁匆匆奔入，狀甚狼狽：「老爺不好了，縣太爺領了一大班皁隸硬闖了進來，說要催促老爺即刻到方元帥軍中，攔也攔不住……」

「有這等事？」張岱持杯不動，似乎不信，門外已傳來一陣粗魯的叫喚：「就是這！前後看好，別讓張岱那廝走脫了！」

張岱起身到門口察看：「是誰在舍下這般大呼小叫？」

一群皁隸闖進書院，手中水火棍不住在地上敲擊，發出刺耳的聲響，顯得來意不善。後頭一人身穿七品官服押隊，張岱認得乃是會稽縣令，於是迎上前道：「縣尊光降，有失遠迎。卻不知舍下哪一位犯了甚麼事，須得勞動這般陣仗？」會稽縣令端起官架子道：「張岱！方元帥請你入幕參贊，已催請過好幾次了。軍務緊急，元帥命我親來敦促，這就請赴軍中吧。」

張岱聞言有氣：「即便是方元帥邀我入營參贊，也是以上賓之禮相待。縣尊卻怎地像來押解人犯一般，叫我如何跟隨而去？」

「大軍不日又要渡江廝殺，軍情急如星火，怎能再拖延下去！」會稽縣令從懷中掏出一張文書：「元帥親令，命本縣即刻將城中一應世家富戶都請到營中商議助餉之事，不得有誤。」

張岱詫道：「縣尊必是誤會了，元帥邀我，乃是為其獻策謀畫，與助餉何干？」

「如今軍中大事，只有需餉孔急，除此之外哪裡還有甚麼需要謀畫的？」會稽縣令將文書向前一招，「先生大名，在這令書上寫得清清楚楚。不必囉唆，這就走吧！」他向身旁皁隸示意，眾人旋即提起棍子，準備一擁而上。

「慢著！」鄭森走到張岱身前，朗聲道：「紹興乃魯王居城、監國輦轂之下，你身為縣父母官，卻敢公然行劫嗎？」

會稽縣令道：「本縣奉方元帥軍令行事，不相干的人趁早走遠些。」

黃宗羲也走了出來，剛正地道：「我乃兵部主事黃宗羲，管領世忠營。朝廷徵餉自有法度，你們光天化日之下穿著官服行劫勒派，成甚麼話？」

會稽縣令漫不在乎地一拱手：「世忠營是王之仁元帥麾下的吧？兩位元帥早就商議好了，會稽縣歸方帥徵餉，王帥的餉源則是在山陰縣，彼此井水不犯河水。您大人管不著這樁閒事！」

鄭森怒道：「紹興城中已有童謠到處傳唱：『清兵如蟹，遲遲其來！』你們這般勒索壓榨，大失百姓之心，遲早把朝廷根基蠹蝕殆盡！」

「豈不聞『覆巢之下安有完卵』？萬一元帥所部乏餉譁散，清兵渡了江，可不是『助餉』就能夠了事，恐怕快園大片基業，都要拱手讓給敵軍去。」會稽縣令理直氣壯地道，「何況國主封了方元帥為上將軍，元帥不久便將移駐紹興城內，你們不趁現在率先助餉，到時更有得肉痛的。」

鄭森等人見他如此恬不知恥，都覺十分氣憤。正待發話時，另外一班皁隸押著一名青年闖進書院，那青年看到張岱，連聲高喊：「爹，爹！」張岱驚呼：「鑣兒！」他對會稽縣令道：「你們究竟意欲何為？」

會稽縣令道：「請先生和令郎即刻到方帥營中去便是了。」他忽然看見書屋中張宛仙的身影，眼睛一亮，不懷好意地道：「看這位小娘的衣著打扮，想必是位歌妓。元帥有令，要本縣徵集優伶歌妓演劇勞軍，這位小娘也跟著一道走吧。」說罷一揮手，眾皁隸便分成兩撥，氣勢洶洶地上前拿人。

鄭森大喝：「不許亂來！」皁隸們卻哪裡肯理會他，一把捉住張岱，另一班人則逕往書屋中去。鄭森大張雙臂攔在書屋門口，當先的皁隸粗魯地道：「識趣的就趁早讓開，免得小的們動手就難看了！」一邊足不停步地逼近。

鄭森見對方人多勢眾，自己赤手空拳實在難以抵擋，心下暗忖：無論如何，只有拚死護得宛兒周全。然而書屋排門大開，鄭森雙手再長也無法封阻，兩個皁隸一左一右闖了進去，眼看就要捉住張宛仙。鄭森未及多想，一個箭步上前，舉腳照著右邊那名皁隸腰上踹去，接著往左一推，將另一人推倒在地，引得皁隸們齊聲斥罵。

鄭森背上忽感劇痛，挨了一棍，整個人向前撲倒在那張焦尾古琴上。一抬頭，見張宛仙焦急地指著自己身後，鄭森往旁邊一讓，水火棍猛然砸在焦尾古琴上，發出極其悅耳的「劈啪」巨響，登時將古琴砸成兩截。鄭森回身一個掃腿，將偷襲之人放倒。但更多皁隸持棍攻來，鄭森不擅拳腳功夫，一時左支右絀，十分危急。

「住手！」張宛仙站起身來，手中一柄精光耀眼的短刀對著心口，「我義不受辱，就此自裁，你們不許傷及旁人。」

會稽縣令譏諷道：「婊子也講節操？真是笑話奇譚！大家上，她不會真的自裁！」張宛仙聞言，便要將刀刺入胸中，鄭森大呼：「不可！」電閃般夾手奪下短刀，又趁皁隸們猶自發懵，踹開最近的一個，搶過一根水火棍，持刀揮棍衝出書屋。

他將棍子大力甩出，逼開幾名皁隸，循著空隙捉住會稽縣令，反剪臂膀，將短刀抵在他喉頭上，暴喝一聲：「都不許動，將棍子拋下！」會稽縣令嚇得屁滾尿流，急道：「都拋下，都拋下！」一面哀告道：「公子英雄了得，大人大量，下官奉命行事，身家性命都在方元帥手上，也是萬不得已……」鄭森見他如此窩囊，更加有氣，將刀尖微微刺入知縣脖子，喝道：「放開張先生！」縣令殺豬般叫嚷起來：「還不快放人！」皂隸無奈，隨即扔下水火棍，並將張岱和張鑣放開。鄭森加勁折拗縣令的臂膀，道：「叫他們滾出快園，不許再來騷擾，否則我立刻扭斷你的胳膊！」縣令忙道：「都聽見了，收班，收班！唉，唉唉，公子輕手……」眾皂隸們面面相覷，別無他法，只好退出書院。

鄭森憤然道：「你不配穿這身官服。」說罷將他的外衣剝下，割斷褲帶抽出，就用褲帶將他雙手反綁。

這時管家老丁領著幾個家人進來，鄭森將縣令交給老丁看管，對張岱道：「方國安不會善罷甘休，必將再派人來，咱們趕緊走吧。」張岱驚魂未定地道：「走，走……我在剡中有座別莊……」黃宗羲見他心神昏亂，竟當著會稽縣令面前說出往後的行蹤，趕緊打斷：「陶庵公既然有意從戎報國，不如到我世忠營來。」張岱會意，趕緊改口：「不錯，我隨太沖兄到世忠營便是了。老丁快去收拾幾樣必要的東西，咱們馬上就走。」

鄭森走到張宛仙身邊，關切地道：「宛兒受驚了。妳有甚麼要緊東西，快收拾了上路吧。」張宛仙搖搖頭：「我一路奔逃南來，隨時都要能夠動身，手邊別無長物，只有這張古琴。如今琴也毀了，更無甚麼要收拾的。」她似乎還未從方才的驚悸中回過神來，楞然輕撫著兩截斷琴，顯得頗為痛惜。鄭森瞧在眼裡，心中難辨滋味。

張岱走了進來，嘆道：「可惜了一張絕世之琴。」他環顧書屋，更是無限惋惜，「我自垂髫以來，購聚書籍四十年，總數不下三萬卷。方國安所部一旦入城，這些書恐怕都將灰飛煙滅。」

鄭森安慰他道：「武人不好書，劫奪財寶之事是有的，書籍卻應該不至於有礙。」張岱絕望地道：「你有所不知，我有族親住在嚴州，方兵占據他家，每天撕書紙點菸，上陣前還把書本塞在鎧甲內藉以抵擋弓箭和銃彈——這些珍本祕笈若是讓好書之人拿去，總也算是個歸宿；但是落在目不識丁的丘八手裡，卻真是一大浩劫。」他面色如土，彷彿已經看見方軍兵卒隨手撕書玩樂的情景。

鄭森看著滿櫥圖書，知道其中必有不少宋元珍版、海內孤本，都是前人苦心孤詣之作，更是世間學問之大藏。這間書屋不僅僅是張岱四十年的蒐藏功夫，更是數百年間哲人志士殫精竭慮之大成，而不知其貴重之人，一翻手就能糟蹋殆盡。斯文積累如此艱難，毀喪卻又太過容易。一時不由想，無論是王月生也好，焦尾古琴也罷，乃至於眼前這座書屋，都是舉世無雙之珍稀。而在此亂世，又似賤如糞土。念及於此，鄭森不禁打了個寒噤。

管家老丁匆匆進來，稟道：「老爺，那群皁隸一直待在大門前不走，而且還召集了更多人手，像是隨時要衝進來，咱們快動身吧。」張岱道：「大夥兒都準備好了？」老丁道：「老夫人、幾位夫人和少爺們都上車了。」張岱黯然道：「那就走吧，從後門出去。」他見黃宗羲進來，道：「幾乎拖累兩位仁兄，實在過意不去。我帶著一大家子人，實在也不能隨太沖兄到世忠營去，還是得往南到剡縣山中避一避難。」黃宗羲本就無意招攬他入營，方才只是故意誤導會稽縣令，因此理所當然地點點頭。

鄭森對黃宗羲道：「咱們將會稽縣令眼睛蒙上，太沖兄將他帶到城北郊外放了，讓他以為陶庵公隨你入營；我陪陶庵公走一段，好做個照應。」

黃宗羲看著鄭森，緩緩道：「大木兄善自珍重，小心保全有用之軀，待陶庵公一家安頓，便儘速回閩圖舉大事吧。」鄭森知道黃宗羲是在規勸自己不要像剛才一樣為了私情而輕率犯險，他言辭懇切，實是對自己期望極深，於是慨然道：「鄭森不敢須臾而忘王事。太沖兄，今日一別，暫時恐難再見。但知彼此戮力從公，卻也猶如並肩抗敵。有朝一日，咱們在南京會師！」說罷伸出手去，黃宗羲重重地與他一握手，也道：「好！咱們南京再會！」

眾人隨著張岱離開書院，從後門登上馬車，各自揚鞭就道。鄭森探頭張望黃宗羲所乘之車，只見帷幕緊閉，再看不見他的身影。不一會兒，馬車便奔逸絕塵地去了。

第貳拾捌回

拜將

張岱一家的車隊在暮色中向南疾馳。鄭森獨自乘馬押隊，手握獵弓以備退敵之用。待車隊遠遠出城，這才鬆了口氣，將馬交給張家的家人，登上張宛仙所乘之車。

兩人重逢之後，直到此刻才終於能夠安然獨處。鄭森看著張宛仙的身影，依然親近熟悉，彷彿從未與她分別。

千言萬語，正不知從何說起，四目相會的瞬間，一切卻已盡在不言之中。雖然身處幽暗的篷車內，張宛仙依然妙目晶亮，如深潭潛流，靈光隱隱。兩人對望良久，心意相通，都知道這段時間裡，對方無時不掛念著自己，只盼著有一天能夠再次相逢，從此長相廝守。

張宛仙忽地眼眶一紅，怔怔地掉下淚來：「那日我隨蘇師父離開南京，一路南奔到紹興，後來師父要回蘇州，我不想去，他便把我託給陶庵公。我原先也不曾多想，只是一逕往戰火未及的地方走，見到你才明白，其實就是想距離你近一些，也許天可憐見，讓咱們再見上一面。」

兩人緊緊相擁，一時都把烽煙遍地、追騎在後的危境，以及茫然的前程拋在腦後，只盼篷車的路程無止無盡。

張宛仙娓娓訴起別情，那日鄭森和侯方域前往揚州之後，張宛仙起初留在媚香樓等候，然而不久便傳來揚州陷落、史可法殉國的消息，南京城中一時民心惶惶、混亂不堪。鄭鴻逵撤守鎮江之後，鄭家在媚香樓的僕役更是四處逃散，張宛仙也無法再孤身守候下去。恰好這時蘇崑生從左夢庚軍中回到南京，兩人碰巧相遇，張宛仙遂隨他離開。

鄭森也說了自己回媚香樓尋找張宛仙不成、返回福建後的種種經歷。最後說到母親已來中國之事。

張宛仙高興地道：「你盼望母親十多年，終於讓你等到這一天，想來應該歸心似箭吧。」

「不錯，我恨不能插翅而歸。」鄭森點點頭，又道：「不過我蒙皇上賜封國姓，任御營中軍都督，以駙馬都尉體統行事，如此殊恩，自開國以來也屬罕見。這次前來紹興事出突然，並未向皇上稟告，已屬不敬。此番回安海之前，還得到福京面聖告假才行。」

張宛仙「嗯」地一聲，臉上倏然黯淡下來。鄭森察覺了，忙問：「怎麼了？」張宛仙勉強笑道：「沒甚麼，只覺得你當了大官，規矩也多，連想回家與母親團圓也做不得主。」鄭森道：「朝臣奉公，都是如此。」

張宛仙道：「如果皇上不肯准假呢？」鄭森一楞：「皇上乃至孝之人，御下也極仁厚，不會不准的。」張宛仙道：「我是說如果嘛。譬如軍情緊急，或者皇上非要留你在身邊參贊。」鄭森一想，確實不是沒有這樣的可能，略感苦惱起來：「我必向皇上將這一十五年母子分離的苦衷訴說明白，大力請求。倘若萬不准允，也只好暫留朝中等待時機。或者請我爹將母親接到福京來相會便了。」

「如此身不由主，好生無奈。」張宛仙默然半晌，絕望地道：「到頭來，咱倆終究是沒個了局。」

鄭森詫異地看著張宛仙：「宛兒何出此言？咱們這不就在一起了嗎？」

「雖然今日重逢，與當日南京分別時卻又有甚麼不同？你為國家東奔西走，怎能讓私情牽絆？」

「總會想得出兩全其美的辦法的。」鄭森深深地看著張宛仙，「我曾說過要護得妳周全，南京別後，沒有一天不掛心妳的安危，也恨自己不能謹守諾言。從今往後，我不會再讓妳涉於險境了。」

張宛仙漠然搖頭：「從前你不過一介布衣，尚且以天下為己任。如今封了國姓，當了大將軍，多少大事擔在肩上，又怎能放得下手？」

鄭森道：「國姓也好，將軍也罷，我仍是我。無論派駐在何地，我都要把妳帶在身邊好生護著。妳若嫌軍旅不便，也可住在安海老家，我一得空就回去看妳。」

張宛仙道：「倘若你一戰打了十五年，我也得在你家苦守十五年嗎？」

「十五年？怎麼會的……」鄭森心中一凜，醒悟到十五年前父親離開平戶的時候，定然也是告訴母親不會去得太久，很快便會回來一家團聚。後來父親嘯聚海上，又被招安為官，就算有心想回平戶，也是莫可奈何。想到此節，不免語塞。

張宛仙眼望虛空，幽幽地道：「我好想回到那時候，大夥兒每天在媚香樓說說笑笑，何等快活自在。如今各自飄零，過著朝不保夕、惴惴不安的日子，一點做人的樂趣也沒有。」

鄭森想起她從前無拘無束、清靈灑脫的樣子，對照方才彈奏〈胡笳十八拍〉的幽怨，心中大感憐惜。一時暗忖道：倘若將宛兒養在安海老家，豈不像是把金絲雀兒關在籠子裡一般，再不能讓她自在翱翔。國勢如此艱難，誰也不敢說三年五載裡就能把局面收拾下來。何況兵凶戰危，自己早已抱定或許會殉國成仁的覺悟，萬一真有那一日，宛兒又該如何？頓時滿腔鬱悶不可抑制，痛苦萬分。一瞬之間，只想帶著張宛仙遠遁海外，再也不去過問世間紛難之事。

張宛仙看鄭森表情不住變化，知他心下交戰，撫著他臉淒然一笑：「求道也難，求樂也難，唉，鄭公子你可真是左右為難。」

鄭森想起這是兩人在媚香樓頭一回見面時，張宛仙對自己詩作的評語。詩中句子一時浮上心頭：「真諦不能窺，好景聊相娛；相娛能幾何？景逝曾斯須。」心中一痛，明白今日分離在所不免，咬牙道：「總有一天，要教世間回復太平安樂，讓街衢市井笙歌處處！到那時，我必辭去一切職務，和妳載酒江湖，閒吟皓月清風。」

張宛仙眼中光芒閃動，堅定地道：「從今往後，我將以『香隱』為號，不復彈歌，等著這一天到來。」

當晚車隊在紹興城南平水鎮的韓店投宿，隔天早上，鄭森不等天亮便獨自上路。待天色大明，已走出數里，不免腹中飢餓，遂在一處野鋪打尖吃飯。

此路乃是通往浙南的要道，野鋪裡南來北往旅客交會，竟是熱鬧非凡。而行商走販之人又特別關注各地的軍情消息，因此眾人三兩句話便談到時事上頭。鄭森留神傾聽，很快理出其中幾條緊要之事：

一是八月間施天福在贛北的廣信大勝之後，吸引江西境內清兵大舉向該處調遣，一時贛南、贛中次第恢復；然而九月底時徽州義師被清兵擊破，施天福的北側門戶洞開。為防腹背受敵，施天福不再向前進兵，移師到仙霞關外的常山縣固守。

十月初，黃道周出分水關進駐廣信，隨即發兵北向徽州，但受阻於婺源。同時間，隆武下令鄭鴻逵自福京出發，經仙霞關、馬金嶺攻打徽州，與黃道周東西兩路夾擊。但鄭鴻逵藉口乏餉，始終不願意行動，他本人甚至以督造火器為名返回福京。

商旅們議論紛紛，對局勢優劣各執一詞。一名商人道：「聽說皇上派人傳命，要方國安自嚴州發兵往西攻打徽州，如此一來，便成為三路夾擊之勢，功成可期。」

另一人道：「別傻了，方國安乃是魯王監國的上將軍，才不會奉皇上之命出兵！」

又一人道：「聽說那鄭鴻逵不肯出兵，百般遷延，看來並不肯實心打仗。」

「他福建鄭家強的是水兵，陸戰非其所長，自然提不起勁。」

「那黃道周雖然忠肝義膽，但所部倉促招募，拿著旗竿、木棍當武器，號稱『扁擔兵』，一聽就知道是打不了仗的。鄭鴻逵不肯合擊呼應，倘若黃相悶著頭衝進敵陣裡，恐怕是凶多吉少。」

「唉，黃相身繫天下志士之望，倘若他一死，不僅將使朝野震動，士氣民心也必大受打擊……」眾人紛紛長吁短嘆，感慨世道不行。

鄭森暗忖，眾人說的雖然不錯，但他更加顧慮全局之變。徽州倘若有失，則浙東的側翼露出，閩、浙門戶的衢州也直接受到威脅。清軍若得衢州，不只能夠切斷閩、浙之間的聯繫，頓時更與贛北的清軍成為夾擊之勢。施天福被迫由攻轉守，就是明證。必須趕緊想出計策，促成閩中大軍出擊，力挽危局。

鄭森吃完飯繼續趕路，少不得披星戴月倍道而行，急急返回福京。

到了福京之後，鄭森並不回家，逕往宮內請見隆武。隆武聽說是他來了，當即傳見。

鄭森一進御書房，便即跪奏：「微臣叩見皇上，恭請聖安。」隆武歡然起身，扶著他道：「朕躬安。快起來，快起來。」鄭森並不起身，續道：「臣未請旨便行出關，請皇上治臣擅離職守之罪。」隆武將他扶起，道：「你平安回來，朕比甚麼都高興。這一路上著實辛苦了吧，朕看你臉上竟有了二分風霜之色呢。」說著一面交代太監：「張鳳鳴——給國姓成功賜座。方才朕用的參湯，也熱一碗給他。」

鄭森見隆武並不責備擅自離京之事，也不急著詢問浙東諸事，關懷之情溢於言表，彷彿親族長輩一般，心下感動，道：「臣何德何能，蒙陛下如此殊恩！」

「朕拿你當自己兒子看，父親關愛兒子，哪裡有過逾的？」隆武和他促膝坐下，拍著他的背道：「成功在浙東的義行，我全都聽劉中藻說了。幸虧有你，劉中藻才得保全性命，並詔諭諸臣奉表。你不僅無罪，並且有功！」

鄭森遜謝道：「臣愚鈍，未能助劉大人宣諭魯王退位，實是惶愧無已。」

隆武忽然嘆道：「功虧一簣，並非你的錯。」他看著鄭森，幾番欲言又止，卻只是頻頻愁嘆，顯得胸中積鬱難平。鄭森見他髮際灰白，兩個多月不見，卻似一下子老了十歲。隆武雖然嘴上隻字不提，但必然已經知道鄭芝龍裡通魯王、力阻其退位之事，只是對著鄭森，有苦難言罷了。

念急於此，鄭森又是羞愧，又是義憤，胸中五味雜陳。一時心緒激動，大聲道：「陛下鬱鬱不樂，無非是因為臣父不忠！臣受國厚恩，義無反顧，誓當以死報答陛下！」

隆武猛然抬頭，在愁容中露出些許欣悅之色，嘉歎道：「好，好！難得成功有這樣的忠心。光憑你在浙東所為，足見與令尊不同。」他略一沉吟，慨然道：「國姓成功聽宣，朕封你為忠孝伯！」

鄭森本無半點逢迎求官的念頭，一時受寵若驚，忙道：「臣受賜國姓、駙馬體制，尚無半點微功報效，不敢再受此高爵。請皇上慎重朝廷名器，免啟小人倖進之心。」

隆武道：「先前賜你國姓，一半是看在令尊面上；今日封爵，則是因為你以公忘私，確實是朕的忠心臣子，是朕的心腹！」

鄭森見隆武說得誠懇，且毫不顧忌自己就是鄭芝龍之子，足見信任之重。又設身處地替隆武一想，他雖貴為天子，空有滿腔復國之志，但軍政大權都掌握在鄭氏兄弟手中，事事不能自主，實是處境孤危、心境寂寒。鄭森一時胸中熱血翻湧，激盪不已，涕泗交下地道：「臣遵旨，謝恩！」

「還有一層。」隆武深沉地道，「你在浙東之舉，與令尊相衝突，這次回來不免受他責罰。我封你爵位，你便可開府建衙、自立門戶，繼續為朝廷效力。」

鄭森更加感激：「皇上為臣設想如此周到，臣敢不披肝瀝膽，效死盡忠！」

「有臣如此，朕心何愁？」隆武很快收起欣慰的表情，正色問道：「你剛從浙東回來，外面形勢多有見聞，你以為眼前的當務之急是甚麼？」

「當務之急，莫過於皇上親征！」鄭森趕緊舉起袖子抹了把臉，毫無保留地道：「株守一隅，只能坐而待亡，此事路人皆知。然而臣父隻手總綰朝廷軍政大權，卻處處計較利害得失，並無一舉雪恥復仇之心。如今只有皇上親總六軍，才能恢復皇輿。」
「那麼，朕的中軍，該取哪一路進兵？」
「佯入浙東，中途轉向贛北，直往湖廣長沙依何騰蛟。」
「喔？」隆武眼中放光，「諸臣都勸朕速往浙東，成功卻為何勸朕入楚？」
鄭森毫不遲疑地道：「唯有入楚，皇上才能脫離臣父的牽制，放手於恢復大計；也唯有打破臣父獨攬朝政的局面，臣父才會實心出兵，與其他督撫爭先報效。」
「好，好！這確實是純臣之見！」隆武坐不住了，起身繞室而走，忽然指示張鳳鳴：「快傳觀生先生、金堡和王忠孝進來！」
不多時，剛入閣的東閣大學士蘇觀生、兵科給事中金堡和光祿卿王忠孝入殿參見。隆武道：「這幾日，江廣總督楊廷麟疏請朕駕幸江西贛州、督師何騰蛟疏請迎駕湖南，而浙東諸將也聯名上章請朕到衢州。你們都是力主朕即刻親征的，朕百般思量，確實不出閩不成。今日咱們就把親征大計定下來。」
三人看了一眼鄭森，卻顯得有些戒心。隆武道：「你們不要拿他當鄭芝龍的兒子，國姓成功乃是朕的心腹。」
鄭森在隆武授意下，把方才的意見再次陳述了一遍。王忠孝是泉州惠安人，與鄭森是舊識，深知他可以信任，於是率先道：「浙東現有數十萬之眾，諸臣多已奉表，人心期待恢復。陛下應盡速入浙，指揮各軍向前，直取南、北二京。」
金堡反駁道：「魯王並未撤號退位，近日更大封諸臣，勢力又見穩固，皇上驟然入浙，恐怕將有同室操戈之禍。依臣之見，陛下宜先入楚。」

隆武對勸退魯王功虧一簣之事耿耿於懷，因此不悅地道：「據劉中藻所言，堅持不肯開表奉詔的，不過寥寥數人而已，足見魯王未得人心。朕一旦入浙，諸臣難道不會望風歸附嗎？」

「御駕入浙，還是得靠鄭氏軍隊。然而鄭芝龍必不可恃。」金堡機敏地道，「反之，何騰蛟過去幾番寧死不肯附逆，忠義之名傳揚天下，足堪依靠！何況他招募左良玉舊部和流賊李赤心數十萬之眾，合為十三鎮，都是百戰精兵，與閩軍只擅水戰不同。陛下親入其軍，仿效光武率降將大破敵軍的故事，此乃中興之道！」

隆武一向最欽佩漢光武帝劉秀，處處仿效其作為。光武起事之初，收服河北銅馬的農民軍，以此征戰天下。如今流賊也是出身農村，戰力強悍，因此隆武聽得金堡此言，不免十分心動。沉吟一番後問：「觀生先生以為呢？」

蘇觀生並非科甲出身，而是以歲貢[1]出仕，後來和鄭家兄弟一起擁立隆武，因此超擢入閣。他頗善觀望風色，八面玲瓏，因此道：「江西乃是三省咽喉，進可戰、退可守，事急無論入楚、入粵，乃至返回福建都極暢通。請陛下先幸江西，以為長遠之計。」

隆武猶豫道：「朕頗欲往長沙，然而江南百姓盼候王師久矣，黃道周先生也已到廣信，朕動身往西，豈不使浙東失望，並陷黃先生於孤立？」

金堡知道隆武還是捨不得「逕取兩京」這條捷徑，更不甘心魯王安坐浙東，於是道：「浙東義興將軍鄭遵謙願奉皇上號令，臣自請前往監軍，並說服各軍奉我朝廷正朔。待陛下御駕自湖廣順流而下，浙東諸軍也將同時出擊，會師金陵。」

「此計甚好，有你在浙東，朕可放心入楚了！」隆武滿意地不住點頭。

「臣有一策！」鄭森奏道，「臣父必不樂見陛下入楚，屆時恐將百般阻撓。為瞞過臣父耳目，陛下須得先佯作前往浙西。一旦衢州成為主戰之地，江西清兵移師於此，等於讓出了贛北道路，御駕正可平安通過。同時，鄭家主力投注在浙東，除了可援護黃相，更無暇阻止陛下西行！」

「這真是一石二鳥之策，難為成功設想周到！」隆武忍不住拍案稱讚，「好！朕固然要入楚，浙東也還是要進兵！朕這就準備誓師出征，並且命鄭鴻逵即刻出京。還要傳下嚴令，朕的中軍一到建寧，諸將便須到金華、衢州備戰。朕一到金、衢，諸將就須攻下杭州、徽州！」

鄭森感染隆武的激憤，一時壯志勃發，自告奮勇：「臣願往閩浙交界之處，為陛下開道！」隆武道：「成功忠勇可嘉！朕親征之日，即派你到水定關清理道路。」鄭森大聲道：「臣領命！」

蘇觀生見隆武大策已定，而鄭森、金堡各自分派重任，自己身為閣臣更不能落後，趕緊道：「臣也請先到江西，領兵迎駕。」

隆武喜道：「入贛為朕預作安排，沒有比觀生先生更好的人選了。那就請觀生先生入贛募兵，修城池以待。並聯絡何騰蛟，出兵一萬東來迎朕。」隆武冷不防將臉一板，嚴厲地道：「佯作入浙，實往湖南之事，只有爾等知道，務須保守秘密。倘若消息外傳，定斬不饒，莫怪朕言之

1 府、州、縣每年按照定額，選拔資格較老的廩生，貢於京師，入國子監講習學業，稱為「歲貢」。

不預！」

●

鄭森出宮，想到此後與父親分道揚鑣，壯懷激烈之外，不免也有些神傷。無論如何，都須回家一趟，向父親分說明白。

走到自家太師府前，遠遠就看見大門外人潮洶湧，幾隊兵士圍出一塊方整的空地，群眾圍觀得水洩不通，卻都不敢高聲喧譁，顯得氣氛肅殺。同時門前一對旗竿上掛著兩串長長的鞭炮，又像是有喜慶，叫人不知究竟發生了甚麼事？

鄭森擠到前列，見父親站在門階上，照例全身雪白，隱身於一眾白衣親衛之中。鄭鴻逵肅立在他的身旁，神情嚴峻。門階下另有一名將領，身材十分短小，全身戎服披掛，顯得極精神，左右並有軍士擎著大將旗色。鄭森一眼認出，這是鄭鴻逵手下一名悍將，綽號「陳三尺」的忠勇侯鎮海將軍陳霸。

空地上跪著八名遭到五花大綁的軍官，各個滿臉塵土風霜，疲憊與悔恨交加，當中一人更忽然哀聲哭嚎起來。

鄭鴻逵斥道：「王之達，你等犯了軍令招致大敗，損傷手下近千人，丟失糧餉舟船器械無數，依法當斬。是好漢就爽爽快快地吃下這刀，還在那裡啼哭甚麼？」

王之達挺直身子，哽咽道：「末將手下全軍覆沒，本該在潮州就跟著戰死。但是兄弟們死得太冤，末將苟且偷生，就是要回來把兄弟們的冤屈向太師稟報。」

鄭鴻逵道：「還有甚麼好說的，潮州一帶情勢複雜，不可硬取。太師早有嚴令：緩兵退讓、令敵鬆懈，伺機從中分化。你們卻乒乒乓乓和劉公顯打起來，鬧得連揭陽城都差點丟掉。這樣違紀抗令，還說冤枉？」

王之達抗議道：「劉公顯早有反意，連『後漢』的國號都打出來了，當地沒有人不曉得他早晚要攻打揭陽。可是主帥鄭聯既不剿、又不撫，把咱們幾個營擺在揭陽城外協防，嚴令死守，卻又不准反擊。賊軍一來，咱們打也不是，不打也不是，等刀架在脖子上再出手已經來不及了，全營一下子就給衝垮。」王之達放聲哭喊，「可憐弟兄們啊，末將死不足惜，但請太師斬鄭聯以謝全軍！」

「住嘴！」鄭芝龍忽然暴喝一聲，場中八名軍官人人戰慄。他指著王之達道：「不許反擊的命令是我下的。你可知違令開戰，壞了朝廷多大的事！潮州一帶物資富饒，我軍糧餉器械都指望著從該處轉輸，然而土豪連寨，最是難以收治。好不容易分頭一個個安撫了，這仗一打下去前功盡棄！斬你不是因為你全軍覆沒，而是斬你失機誤國！」

失機誤國一頂大帽子壓下來，王之達張口結舌，懵然無言。鄭芝龍大手一揮，刀斧手隨即上前，一刀一個，將八名軍官盡數斬訖。府門前頓時人頭滾滾、鮮血四濺，令人目不忍睹。

這時一名贊禮的軍官高喊：「祭旗已畢，大將請行！」陳霸俐落地一轉身，單膝跪地，抱拳道：「末將請行。」鄭鴻逵平伸右手，道：「忠勇侯鎮海將軍、鎮守漳泉興汀惠潮等地總兵陳霸，即刻率三千水兵、戰船一百二十艘，援救揭陽，相機平定潮陽一帶。」陳霸大聲道：「末將領命！」鄭芝龍淡淡地道：「劉公顯也是能打仗的，國家用人之際，若能招撫下來，就盡量招撫，明白？」陳霸毫不遲疑地道：「末將必定不辱使命！」鄭芝龍輕輕一擺手，三聲砲響、軍樂高奏，陳霸旋即起身率隊出發。

鄭森原本正自詫異，父親一向愛惜部屬，今日卻一口氣斬了八名軍官。尤其並非在教場上行刑，而是在自家大門前，不知何故？原來卻是以「祭旗」的名義殺雞儆猴，要陳霸此去務必以撫代剿，收服潮州。

鄭森知道，父親自從失去江南的絲綢和瓷器來源，亟欲打開在廣東的局面，取得當地的生絲、沙糖和糧餉軍需。潮州乃是粵東最宜泊舟通運的門戶，卻不斷被水寨土豪騷擾，因此鄭芝龍派鄭聯前往經營。王之達等人與其說誤國，其實是誤了鄭家的生理和糧餉命脈。

陳霸走後，圍觀群眾逐漸散去。鄭森看著地上八具軍官屍首，頗感不忍，又想陳霸乃是智勇兼備的宿將，臨行卻遭如此威嚇，著實叫人寒心。再一思量，父親此舉和往日頗有不同，可見他心裡實在急了。

鄭芝龍忽然在人群中發覺鄭森的身影，喊道：「森兒回來了！」他走下門階，也不避繞滿地血泊，直接大踏步而來，滿臉歡然地握住鄭森雙手，道：「我兒國姓成功，方才蒙皇上賜封為忠孝伯！這是我鄭家無上光榮，來呀，放炮迎接！」守門軍士連忙點起掛在旗竿上的長串鞭炮，一時劈哩啪啦響聲震天，炮紙滿天飛散、煙霧瀰漫，大隊鑼鼓鐃鈸更熱熱鬧鬧地敲奏起來。對映著滿地血泊屍首，情景說不出的詭異。

鄭芝龍拉著兒子向府門走去。鄭森覺得父親似乎有些親熱過頭，轉臉一瞧，父親臉上皮笑肉不笑，實無半點欣悅的神情，頓時從背脊底感到一陣冷麻。

還沒進大門，從鄭鴻逵以降，一眾家人、部將都蜂擁上來賀喜，忙得鄭芝龍父子接應不暇。一名軍官奉承道：「太師一家父子封爵，真是開國以來罕有的異數！」鄭芝龍看著鄭森，意在言外地道：「軍務繁忙，我正愁忙不過來，小兒國姓能在皇上身邊輔佐，我也能稍微喘口氣了。」眾人起鬨要鄭芝龍請客，鄭芝龍舉手道：「應該，應該。但今日實在太忙，小兒國姓另外選個吉日再宴請大家。這就散了吧！」說罷遣散眾人，往屋內走去。

一進了廳堂，鄭芝龍忽然將手一甩，冰冷地道：「國姓爺開府建衙、自立門戶，搬家甚麼的想必有一番忙碌，我就不多擾你了。」說罷逕自閃入內室，留下鄭森呆立廳中，愕然不已。

鄭鴻逵過來拍拍鄭森肩膀，道：「皇上幾番催我出兵，近日就要動身。你隨我去教場巡閱士卒，陪四叔聊幾句！」

鄭森隨著鄭鴻逵到城外演武亭，一路上思前想後，雖然是自己決定要忠於皇帝、違逆父親，但見到鄭芝龍對自己如此氣憤，心裡依然很不好受。

一回神時，已到了演武亭上。主持操練的軍官前來迎接，鄭鴻逵擺擺手示意不要停頓，逕自登上將臺觀看。

鄭鴻逵一語不發，默看良久，忽然對鄭森道：「你爹有他的苦衷，你要多體諒他。」

鄭森不想他忽然提到這個，楞了一下，不以為然地道：「國難當前，倘若人人都只顧自己的苦衷，一旦國家亡了，又待如何？」

鄭鴻逵並不直接回應，卻道：「你爹對你期望很深，一直希望你跟著他學生理、學帶兵。

你滿心只想著要讀書考功名，他也都由著你。你爹嘴上不說，但他的心思我知道，其實還是希望你有朝一日能夠繼承他的事業。」鄭鴻逵看著鄭森，懇切地道，「你熱心報國本是好事，但處處和他對著幹——他反對黃道周出兵，你偏要帶人跟著出征；他要留著魯王在前線抵擋清兵，你就去浙東為劉中藻奔走；現在好了，皇上封你為忠孝伯，誰都看得出來皇上把你從他身邊拉攏開，他在人前還得裝作歡天喜地的模樣，免得有人以為他聖眷已衰、見縫插針，你說他氣不氣，苦不苦？」

鄭鴻逵一向忠謹寡言，難得說了這番話，足見其關心。鄭森從小就和鴻逵親近，這時也坦率地道：「我自然不是存心和阿爹作對，但也恨爹總不肯實心為朝廷辦事。」

「你知不知道長崎絲綢價格大落的事？」鄭鴻逵道，「北京失陷以後，絲綢在北邊沒有銷路，一股腦兒攏總運到日本去，價格就大落了。無論黑色花緞、彩繪花緞、錦緞還是寬紋布，很多都賠本賣出。只有生絲價格還挺著，白絲一擔三百五十五兩，稍稍可以扳本。但今年日本貿易的利頭是不能指望了。」

鄭森道：「難怪阿爹對潮州失利之事這麼生氣。我剛才還在想，阿爹會不會是因為氣我，才遷怒那幾個軍官。」

「並非如此，大哥煩心的事真的太多了。除了日本，上個月咱們打聽到和蘭巴達維亞總督給臺灣長官的指令，嚴格巡捕中國人前往馬尼拉的船隻。臺灣長官也拒絕再與咱們和談。這樣一來，多的絲綢就難以調往呂宋去了。」鄭鴻逵嘆了口氣道：「咱們是海盜出身，從浪頭刀尖上打滾出來的，甚麼場面沒見識過？就算是再大的困難，我也沒見大哥皺過一下眉頭。可這復國的擔子落在他一個人的肩上，內外交迫，真有點把他逼急了。」

鄭森知道這位叔叔不會說假話，他心憂如此，可見情勢危殆。於是問：「四叔，依你看，朝廷目前的上策是甚麼？」

「上策莫如憑關固守，生聚練兵！」鄭鴻逵想都不想便道，「福建有山道天險可以固守，又有海洋貿易可以自足，閉關練他三年兵，把糧餉積飽了，才能有一支與清兵爭雄的大軍。」

鄭森脫口道：「三年！那怎麼成？」鄭鴻逵也知道這與朝廷的期望相差太遠，道：「若皇上等不了三年，最快也要等明春之後，練兵才能有所小成。可皇上一刻也等不得，非要我馬上出兵，這根本是豎子賭博的方法——閉著眼睛孤注一擲！」他指著教場上凌亂不齊的隊伍，「你瞧，這就是我鄭家陸兵的底細。無敵水師一旦上陸，就像龍離滄海，蝦子都打不贏。」

鄭森看得分明，教場上這支部隊並非勁旅，進退行動既無法度，又不合拍，遂詫道：「水師精銳，為何一上陸卻變成這樣？」

鄭鴻逵道：「水兵和陸兵完全是兩回事。在海船上，人人各司其職。海象瞬息萬千，舟夫操作必須隨機應變，彼此心照靈通。譬如風浪來時，不必等船頭下令，大夥兒就知道得各自拉篷索、轉帆向、收舵牙，還得彼此呼應，方能與大浪一搏；然而在陸上，卻不容士兵擅自行動，務須謹守陣法、整齊畫一。水兵在海上自主慣了，要他們依著口令操演，得費點時間。整個鄭家陸兵之中，只有施天福一支算是精兵，其餘戰力參差不齊，暫時難有作為。」

鄭森心想，如果連鄭鴻逵的老營都如此，遑論其他，一時頗感震撼。同時更加堅定決心，必須幫助隆武離開福建，投靠湖南的何騰蛟。

「不過我軍畢竟是老行伍，只要給點時間，總會磨練出來。」鄭鴻逵欲言又止，沉吟半晌才道：「真正令我擔心的是，最近大哥給逼得太緊，似乎已著手安排後路。」

鄭森悚然而驚：「四叔是說，阿爹他有不臣之心？」

「前幾日，大哥向皇上奏明，要將洪承疇留在安海老家的長子用厚禮送到南京。」

「甚麼！」

「明面上，這是要招勸洪承疇反正。」鄭鴻逵憂心忡忡地道，「骨子裡，又何嘗不是先賣洪承疇一個絕大人情，為日後做準備！」

鄭森聽得如此，並不十分意外。只是過去隱隱埋藏在心中、不敢認真以對的憂慮，似乎竟要成真了。聽著鄭鴻逵的語氣，似乎對父親此舉並不以為然，但不知他的態度究竟如何，於是試探地道：「前一回軍議上，芝莞叔和天福叔都說過可與清人合作，乃至要迎清兵的話，但阿爹從未透露過降清的意思。阿叔仔，你一定要好生勸著阿爹，千萬不能讓他做出背叛朝廷，讓萬世唾罵的舉動！」

「我知道，你對我撤守鎮江一事很不諒解。但我絕不是投降韃子之人。」鄭鴻逵意味深長地看著鄭森，緩緩說道：「當時死守鎮江只是白白犧牲，我必須保住全軍，以待他日。然而福建是咱們的家，自己的家都不守，卻還要守哪個？」

鄭森道：「這麼說來，咱們鄭家是分成戰、降兩派了。」

鄭鴻逵道：「不錯！芝莞和老施他們以為，咱們靠海為生，橫豎誰坐龍廷都無所謂；然而我和芝豹卻不這麼想，清人打關外來，不懂得海洋是怎麼一回事。他既不懂，咱們在海上又太令他畏懼，他豈能誠心招降？就算一時敷衍，將來也必會處心積慮將我鄭家連根拔除。因此咱們絕不可降！」

鄭森道：「阿叔這真是一針見血之論，相信以此不難說服阿爹。」

鄭鴻逵話鋒一轉，忽問：「最近無論浙東、江西和湖廣，都上疏請皇上駕幸當地。就我所知，皇上也頗為心動，已有入贛之意，你可曾聽說？」

鄭森心裡一突，不知消息如何走漏？想起隆武嚴令守密，面上強做無事，道：「侄兒不曾聽說。」

「皇上把與他最投契的蘇觀生派到江西去了，若非有意前往，怎會如此安排？」鄭鴻逵似已看穿鄭森的心思，率直地道：「你若有機會，無論如何要力勸皇上留在福建。」

鄭森道：「侄兒不懂。皇上留在福建，局面難以開展，若從復國大業著眼，為甚麼不能離閩呢？」

鄭鴻逵看著鄭森，目光懇切而充滿憂慮，道：「皇上在閩，大哥應該還會盡力扶持著。我只怕皇上一旦離開福建、擺脫大哥，到時大哥的動向就難說了……」

●

隆武親征之事一直緊鑼密鼓地準備著，只待前線一傳來好消息，就要立即出發。

千盼萬盼的捷報，終於自撫州前線傳來，以兵科給事中出任鄭彩監軍的張家玉，率領陳輝、洪旭、林習山等人西出杉關解撫州之圍，在滸灣鎮設伏大破清軍，盡殲敵人步兵五千，逼得騎兵捨馬渡河逃命，溺死過半。兩天後又與撫州城中守軍在千金坡夾擊清兵，殺敵五百餘人，救出婦女三百餘人，撫州圍解，全郡克復。

兵部尚書張肯堂立即將這封飛報大捷疏遞入宮中，隆武隨即召集路振飛、曾櫻、張肯堂和鄭森一眾大臣入內商議。

路振飛首先恭敬地道：「賀喜陛下，此乃福京開國以來戰功第一！不僅滅敵大軍，並且使官兵在贛北聲勢大振。」

鄭森振奮地道：「請陛下即刻傳旨起駕親征，鼓舞各軍向前！」

「何喜之有？」隆武臉上非但沒有喜悅之色，反而嚴峻地道：「朕甫一登基就下令五路出擊，三個月過去，才有這場勝仗。若各軍依令出擊，前鋒這會兒已到南京城下了！」他起身背著手急急地踱起步來，一時想起人君該有的儀態，剎然緩下腳步，道：「鄭彩身為大將，躲在杉關裡畏縮不出。張家玉新進少年，今年不過三十一歲，名為監軍，卻竟是他督師迎敵，制勝出奇！你們讀讀這一段——」說著指向奏章中破敵的細節：

十一月十三日，夜人定後，營忽火起，臣令諸軍堅壁，敢救火者斬；且搜暗處置伏，旦，清兵果大至。令前鎮蔡欽衝鋒，四面突擊。臣親率各軍出營大戰。日午，清糾難民數萬人繼進。矢雨下，沿山舉火，赤地震裂。

敵將以書招副總兵趙珩降，眾將惶惑。臣執趙珩手，拔劍斫案曰：「敵行間離我兄弟，我等益當戮力，為國吐氣，軍中敢疑謗者斬！」遂設高皇帝位，牽諸將泣拜，置賞金於前。使趙珩等分帥死士百人伏谷中，陽拔大營走。清萬人來追，入伏，大營鼓譟回軍大破之……

鄭森讀得熱血沸騰，慨然道：「張家玉有勇有謀，大破敵兵，令人不勝神往。臣雖不敏，請赴前線效命，為陛下前驅。」

「好！看來我朝中興，還得靠一幫少年英雄。」隆武終於露出一點喜色，隨即又板起臉孔道：「有此大捷，足見我軍實能一戰！真不知一班老臣宿將究竟都在遷延甚麼？內閣擬旨——優詔嘉獎張家玉，待其克復南昌，即封『進賢伯』世爵；命欽天監擇日，朕要從速親征；鄭芝龍、曾櫻留守福京，轉輸糧餉；嚴命黃道周自廣信北上、鄭鴻逵自仙霞關北上、方國安自嚴州西進，合擊徽州；國姓成功先隨駕出征，待御駕到建寧，再前往永定關，兼巡杉關，為張家玉後勁，相機出援！」

路振飛道：「陛下親征，御駕何向，還請示下。」隆武看了一眼鄭森，道：「御駕往浙東！」張肯堂忙道：「陛下出浙東，原是上策。但張家玉往贛北，黃相、逵帥往南直，朝廷三面用兵，局面一下子拉得寬了。是否應集中一面，全力往浙東打出？」

鄭森心知隆武佯出浙東，實際上要往湖南，因此道：「今日腹心之患在南昌，咽喉之患在徽州。徽州已失，則廣信危殆。若廣信不支，則崇安不可守，大事去矣。陛下分兵出擊之策，縱然不能前進，亦足以自救，乃是良策。」

「國姓成功說的固然有理，但只見其一，不見其二。朕意全面出擊，就是要把局面打開！」

隆武似乎忘了日前與鄭森、金堡等人的密議，壯志勃發，毅然道，「各路軍有進無退，朕要一舉攻下南京！」

●

然而江西的勝利只不過是曇花一現。

隆武在十二月二日戎服登舟，溯江西上，在廿八日駐蹕建寧，以巡道署為行宮。不久旋即傳來一個震動全閩的消息：黃道周北向徽州途中，在婺源兵敗被俘了。

黃道周自從帶領學生子弟離開福京，一邊募兵一邊前進，雖有若干地方官軍響應，但多數仍是村落新募，農人荷著鋤頭從軍，號稱「扁擔兵」，總數只有四千三百二十人。黃道周五度上疏請兵、請餉，但鄭芝龍當然不肯支援，朝廷也無兵、餉可撥，隆武只能發給空箚數百封，讓黃道周書寫褒獎之語頒賞義兵，聊作鼓舞。不幸的是，黃軍還未到前線，又遭遇瘴癘襲擊，兵士病亡、逃散許多。

施天福八月攻下廣信，黃道周隨後在十月接替進駐，並派兵收復附近數縣。隆武親征時，嚴令各路進擊，黃道周雖然兵微將寡，依然奉命出兵，但屢戰屢敗，手下七名總兵陸續戰歿。此時一名曾為黃道周門生的清兵將領，致書願為內應，眾人都說有詐，勸黃道周返回廣信再起爐灶。然而黃道周嘆道：「成師既出，義無反顧。」親率千名鄉兵出發，結果兵飢乏食，行軍十餘日後只剩下三百人、十匹馬和三日之糧。如此與清兵一觸即潰，黃道周也被生擒，押往南京。

同時間，浙東不願落後於福建，由方國安率領大軍渡過錢塘江攻打杭州，結果慘敗而歸。魯王朝廷從此不再有力量渡江進擊。

江西情勢也十分不利。十二月中，清軍再次大舉包圍撫州，鄭彩前往援救，見清兵勢大，立刻掉頭躲回杉關。張家玉率領少數親兵奮戰，中箭昏厥，被手下拚死救回。而撫州城就在隆武元年的最後一天失陷了。

隆武二年正月朔旦，一大清早，鄭森和文武百官就到行宮外等候行新年拜賀禮。雖然巡道署規制簡單，行在工部仍造了簡易的御營大明門、午門和奉天門，左右以黃繩代替欄杆。御營管事也依然循規蹈矩地跪請令箭、鳴鉦奏樂，由內官傳令、錦衣衛齊聲吶喊，方才將門一道一道打開。

首輔路振飛率隨征文武百官進殿，準備朝賀，卻見殿中並未安排任何喜慶布幔、燈籠、儀仗等物，上首只設著一張神壇，立著太祖神位。

這時太監張鳳鳴拉長了聲音喊道：「皇上駕到——」

只見隆武一身布衣，面色蒼白，走到殿中，憂戚地道：「朕以涼德，中興事業至今茫無頭緒。朕平日穿著布衣、食僅蔬菜，以此自勉，豈能安然接受臣工們朝賀？只是行在公所，禮不可廢，總是用太牢一分，遙祭太祖列宗。」說罷對著太祖神位致祭，羣臣跟著跪下祭拜。

致祭已畢，隆武轉過身來，早已是淚流滿面，痛哭道：「朕正位已然半載，有三大罪！孝陵尚未得見，一大罪；疆土未復，二大罪；海內生靈倒懸而未救，三大罪！朕他日有何面目見高皇帝於地下？」羣臣盡皆低頭，有的也跟著涕泣起來。

隆武忽然又提高語調，嚴厲地指責道：「朕固然是百世罪人，諸臣難道卻都無罪？文官在朝因循苟且，武將在外擾害地方！往後百官都以青衣角帶辦事[2]，官銜前都加上『戴罪』二字！諸臣工應該深懷憂懼，戴罪圖功！」

此語一出，羣臣微起騷動。有些忠心的老臣羞愧拭淚，但也有人不以為然，左右交換眼色，暗道：「把過錯怪罪給臣下，這不是和崇禎一個樣兒？」更多人則是想：「軍政大權都在鄭芝龍身上，他不肯出兵，卻來罵我們！」

隆武一甩袍袖，正要踏步入內，殿外忽然一聲焦雷乍響，閃電不止，接著狂風怒吼，下起滂沱大雨。本來天色已經大亮，這時又陷入一片昏暗，殿頂更傳來霹靂啪啦密集而堅硬的敲擊之聲，像是有無數石頭擊中屋瓦，殿外地上也是一片硬物墜擊。

不知是誰喊道：「冰雹！」眾人一看，果然是許多冰雹不斷落下，一顆顆竟都比拳頭還大。龍吟般長嘶的風聲裡，夾雜著殿頂屋瓦遭到擊打乃至碎裂之聲，眾人面面相覷，黑暗中又看不見彼此神色，瀰漫著一片慌張的氣息。過了好一會兒，風雨之勢才逐漸減弱。出身福建的曹學佺喃喃地道：「冰雹多出於盛夏，哪有元旦之日下雹的？這樣大的雹塊更是閩中數十年未曾聞見……」

太監們匆匆點燃燈燭，殿內微微亮起，顯得幽影幢幢。隆武臉上明滅不定，冷峻地道：「這是太祖威靈示警！眾卿不可再等閒視之，必須痛切反省！」

「臣有一本！」御史艾南英踏步上前，大聲道：「請陛下容臣稟奏。」

隆武看著艾南英，道：「准奏！」

艾南英凜然道：「臣要參劾平虜侯鄭芝龍貳心撓駕，以致陛下坐失親征之期，失信於天下！」殿外風雨未歇，但這句話卻似乎格外清楚，眾人心中都是一凜，暗道：終於有人發動了。

隆武對鄭芝龍早有許多不滿，但未離開福建之前，還不能輕易表露，於是咬著牙，勉強從齒縫裡擠出聲音道：「平虜侯隻手撐起福建兵、餉，已然竭盡心力，並非有意阻撓御駕。艾南英不必多言。」

艾南英並不罷休，率直而憤怒地道：「鄭芝龍田園遍布閩、粵，多是據海不軌而來。如今福建正供盡歸其手，他不用以練兵，卻拿去增置莊倉五百餘所，駑馬戀棧，無心經遠，陷陛下於不義。今日天象大異，顯示朝中被奸臣盤據，這個奸臣，就是鄭芝龍。」

鄭森默默聽著，心知艾南英說父親「田園遍布、增置莊倉」乃是空穴來風。福建正供一年才幾十萬，還不及鄭芝龍貿易歲入的零頭，何況鄭芝龍以貿易為命脈，銀錢唯恐不能滾動調度，哪裡會大肆購置田園莊倉，自己把頭寸釘死在地上？但鄭森也恨父親不肯實心為國，乃至漠視黃道周飛蛾撲火般陷於清軍之手，因此不發一語。

御史陸清源也出班奏道：「臣日前奉命至仙霞嶺巡視，見鄭鴻逵正領兵出關，孰料兵疲卒弱、甲朽戈鈍，一無可為。臣料他只能駐守衢州一帶，並不能長驅直入。徽州失陷已經三個月，我軍逗留觀望，毫無爭先之氣。失土之上，清虜的號令逐漸通行，民心日變。將來要謀恢復，可

2 青衣角帶：明代官員以紅衣或錦衣搭配玉帶為吉服，以青布衣袍和犀角衣帶為喪服。

謂日難一日。鄭氏兄弟出身海濱，實無報國之心，請陛下明鑑。」

艾南英又接著道：「黃相督師出關，鄭芝龍不給一兵、一餉。黃相揮軍向前，鄭鴻逵觀望落後、見死不救。鄭氏兄弟心中之無國家、無朝廷、無大義，可見一斑！」此言一出，許多官員紛紛隨聲附和：「黃相確實敗得冤枉！」「鄭芝龍誤國有罪，請陛下究治！」

隆武看得十分清楚：黃道周兵敗被俘一事，在文臣中已然引起公憤，不可等閒視之，否則連自己的威信都要減損，然而一時又還不能明著和鄭芝龍翻臉。他正思忖著該說些甚麼，這時一名兵部主事從殿外匆匆走入，大聲秉道：「啟奏陛下，金堡大人從仙霞關飛遞來一封軍情奏章。」隆武關心地道：「你請張尚書拆看。」

那名主事將奏章交給張肯堂，張肯堂拆閱之下臉色大變，凝重地道：「鄭鴻逵派手下大將黃光輝出仙霞關攻打徽州，施天福出開化、郭芝英出連嶺……黃光輝在馬金嶺大敗而回，所部甚且鬧餉譁變。鄭鴻逵旋即召集各軍退回仙霞關，棄守衢州，並且不再進兵。」

殿中頓時一片譁然，交頭接耳、咬牙怒罵之聲嗡嗡然地和殿外的雨聲連成一片。傳旨承事太監張鳳鳴剛扯起公鴨嗓子喊道：「朝儀！肅靜！」隆武忽然一聲暴喊：「該死！」他怒不可遏地罵道，「可惡的黃光輝，都是他畏葸不前貽誤戰機，才致使黃先生有失。如今大敗、譁變，還有臉回來？路先生——」

「臣在。」路振飛出班答應。

「朕命你持尚方劍，即刻入鄭鴻逵軍中處斬黃光輝！安撫譁變將士！內閣擬旨，降鄭鴻逵一級，改太師為少師。好讓世人知道，朕肅清軍紀，以求中興恢復之心！」隆武看著官員們振奮的表情，更加堅定地道：「傳鄭芝龍即刻前來御營行在，商議籌餉、出兵事宜！」

●

三天後，鄭芝龍來到建寧巡道署行宮，隆武和御營內閣正在簽押房議事，當即召見。簽押房並不寬敞，幾位名滿天下的重臣並肩站著，頗顯侷促。鄭森看著父親進來，雖然才分別數日，卻覺得無比隔膜。朝中不敘私誼，鄭森只向父親微微點頭，鄭芝龍卻像是沒見到他似地，毫無反應。

「今日請先生來，是因衢州戰事不利，加上馬金嶺兵士譁變，諸般軍務須與先生細細商議。」隆武存心給鄭芝龍一個下馬威，簡短寒暄之後，便刻意提到：「黃光輝進兵徽州，不但在馬金嶺大敗、激起譁變，竟還擅自逃歸。朕已派路先生持天子劍前往，即軍中斬之，以肅軍紀！」

「黃光輝該殺！」鄭芝龍冷酷地道：「喪師糜餉、違令抗紀，確實該殺。就算皇上寬大不加處置，臣也必傳令臣弟斬之，傳首各軍！」

隆武本以為處斬鄭鴻逵手下頭號大將，必能使鄭芝龍措手不及、出言求情，如此便能壓壓他的氣焰，趁機立威。沒想到鄭芝龍卻出乎意料地做此反應，原本準備好的一番做作與說詞，頓時都派不上用場了。

鄭森見狀，朗聲道：「肅清軍紀是一回事。臣叔鴻逵檄調各軍入關，衢州竟不設防，福京門戶空虛，豈不是開門揖盜？」

隆武被這麼一提醒，忙道：「不錯，衢州乃朝廷門戶。先生不可推卸遠調之責，自撤藩籬。應即刻增兵衢州、廣信和江山等地。」

「皇上聖明，臣連日與諸將商議進兵之法，畫成一幅《浙直水陸地圖》，請皇上御覽。」鄭芝龍有備而來，恭敬地遞上一幅地圖。隆武當即接過展開，鄭芝龍就在一旁解說：「皇上請看，我師自仙霞關、分水關、杉關出兵，這是正著。水師自海道直抵舟山，這是奇著。另檄調浙東將士，與我五路併出，合太湖義兵為策應，首尾夾擊，可使敵人疲於奔命。」

鄭芝龍口說手畫，頭頭是道，果然好一套進兵方略。然而數月來，無論朝廷如何催促，鄭芝龍始終不肯出兵，今日他一反平常主動提出，倒叫隆武有些難以置信，遂道：「先生所奏都是急務，應速速規畫進取，而非僅在圖上談兵。」

鄭芝龍道：「數月前，臣曾提議招募戰兵十萬，守兵十萬，但因故未行；如今閩中四路齊發，臣請增兵六萬，連同兵餉、器械、衣甲，共需銀一百五十六萬，請皇上責成戶部撥給！」

「一百五十六萬！」戶部尚書李長倩驚呼：「這個數目，就算竭盡三省之力也還不夠。」

隆武見鄭芝龍繞著彎子推託，無奈地道：「國促民貧，錢糧只有區區之數，戶部已十分吃緊，實在無法撥給。」

鄭芝龍搔搔頭，一臉為難：「馬金嶺譁變，便是因為糧餉不濟所致。有兵無餉，等於無兵。萬一脫巾四散，甚至淪為盜匪，反成一患！然而增兵又是勢在必行……」他靈機一動，開朗地道：「對了！日前黃相出關請餉，戶部李大人收各州縣歷年缺廩俸和學租，加上追贓、納贖、留貯各種款項，也理出不少財源嘛。李大人定有辦法。」

李長倩惱恨鄭芝龍賣乖，沒好氣地道：「該追比、催納的，都已經盡數徵出，總共也不過十三萬。何況——黃相是用以出征，可不是龜縮在關內。」

鄭芝龍大搖其頭：「臣早勸過黃相，手下倉促招募，未經訓練，貿然出關不僅無功，敗了還要傷及朝廷威信和軍民士氣。糧餉撥給那些『扁擔兵』實在浪費，應該留給武將所練的正兵才是。」

張肯堂聽他語中頗為輕視黃道周和一眾文官，忍不住道：「誰說文臣不會帶兵？張家玉不就在滸灣打過大勝仗，前後殲敵近萬！可見只是肯打不打肯罷了。」

「滸灣大捷，出死力戰鬥的陳輝、洪旭和林習山等人都是我閩軍宿將，可不是甚麼扁擔兵；何況張家玉後來也敗了，不是嗎？」鄭芝龍冷冷看了張肯堂一眼，「臣打了一輩子仗，知道甚麼是能打的仗，甚麼是不能打的仗！絕不會輕易把手下斷送在不能打的仗上。」

鄭森嚴正地道：「阿爹卻不知世上只有該不該打的仗，而無能不能打的仗！」

「癡兒，該打也得知道怎麼打！如黃相那樣飛蛾撲火，對國家有甚麼好處？」鄭芝龍口稱「癡兒」，目光卻掃過一眾文臣，「皇帝不差餓兵，這是千古不變的至理。糧餉先撥下來，才能談到打仗。」

李長倩不滿地道：「閩賦都已盡數解給三關將士，平虜侯待要怎地？」

鄭芝龍道：「區區之數，光是仙霞一關都供應不上，差額還是臣一力承擔，李大人卻問我『待要怎地』？」

隆武見這樣討論下去沒個了局，道：「朝廷缺餉是事實，但敵兵已在門戶，豈容推託？無論如何，請鄭先生即刻發兵。」

「臣明白了。」鄭芝龍歪著腦袋，「皇上命臣勉為其難出兵，臣不敢不從。但臣也請戶部勉為其難撥餉。」

「無餉可撥！」李長倩賭氣道，「平虜侯貿易理財，那才真是天下第一，你倒出個法子，幫朝廷生些餉銀來。」

「我給李大人出三個法子——納貢、捐官、借餉！」鄭芝龍不假思索，「去年八月，朝廷開納貢之例，廩生資格每人一百五十兩，附生三百兩，社生四百兩；七月時開捐官之例，太僕卿、布政使和郎中之職各賣了三千兩；同時在正供之外，每石糧預借賦銀一兩。如此這般，盡可以擴大來辦嘛。」

鄭森率先道：「崇禎爺時一再加派『遼餉』、『剿餉』和『練餉』，鬧到官逼民反。阿爹之前論及於此，也總是反對的，如今怎可重蹈覆轍！」李長倩也斷然拒絕：「捐納之例，可一而不可再。出銀免考，敗壞學政；賣官鬻爵，更使倡優廝隸都得以盡列衣冠，萬古遺羞。」

「朕每遇加派錢糧，總如芒刺在背。諸臣應以朕心為心，以民命為命。」隆武看看鄭芝龍，又看看眾人，毅然下定決心道：「此前已有成議，以三萬守關口，一萬守腹裡，四萬兵每年共撥銀八十六萬二千兩。此數之外，不可再增，先生應當遵從。如果再有爭執推卸，那便是蒼天不欲我大明中興，朕也只有退位讓賢而已！」眾人聽隆武說得如此決絕，都深吸了一口氣。

「皇上乃令世英主，眾望所歸，萬不可退。」鄭芝龍語調放軟，看似退讓，不料語出驚人：

「臣屬下諸將出身海濱，不明禮義。倘若勉強出兵，又不給足糧餉，諸如馬金嶺譁變之事必不可免，萬一有陣前倒戈之事，臣更是萬死莫贖，因此不敢奉詔出關；至於朝廷財政，加派也罷，不加派也罷，非臣所能干預。但總是糧餉撥到之日，臣即刻出兵便了。」

隆武按捺不住，疾言道：「鄭先生攬權逗兵，究竟意欲為何？」

鄭芝龍從容摘下冠巾，叩首道：「臣一介武夫，憨直不能逢迎。如今既然皇上疑心，怎敢再負此重任，臣情願改換布衣角巾，隱居私宅以終餘生。」

隆武被他反將一軍，臉上一陣青、一陣白，心下怒極，卻又不能發作。好不容易忍住了，咬著牙道：「鄭先生兄弟純忠大節，擁戴朕躬，豈有半點相疑。中興大事，不託先生卻又要託給哪一個？先生不要多心。」

鄭芝龍再次叩首道：「陛下如此看重，臣豈敢不披肝瀝膽以報！臣另有一事啟奏！」隆武不知他要趁機變甚麼把戲，不情願地道：「鄭先生有何見教？」鄭芝龍道：「中興大計，首重人才。如今朝中閣部大臣們，雖然都飽讀詩書，於軍務和理財之道卻都十分陌生。臣要推薦一個經天緯地的大才，入閣為陛下分憂。」隆武謹慎地道：「有這樣的人才？是哪一個？」

「馬士英！」鄭芝龍不顧群臣一片譁然，俐落地道，「馬士英曾任首輔，曉暢軍機，更長於糧餉轉運之道。南京失陷之後，他護送聖母皇太后到錢塘江以南，並數次率兵渡江出擊，昭忠之心，天日可表……」

鄭森忍不住打斷：「馬士英乃奸邪小人，南京朝局，都是壞在他和阮大鋮手上，此事路人皆知。如今若讓他入閣，乃是引狼入室，更會失了天下人之心！」

張肯堂也道：「不錯。馬士英此前七次上疏朝廷，欲入福建效力，內閣在御前會議，早已決議不許，皇上更定其罪名為『逆輔』，記錄在案。平虜侯引他入閣，是何居心？」

鄭芝龍道：「我的居心，是在為國舉才。馬士英風評不好，其實多遭冤枉，且看他並不投降，再三出戰，就知其心。再怎麼說，他畢竟是總督出身，軍功卓著，懂得前方將士真正需要甚麼。引他入閣籌畫全局，大有益於中興事業。」

「一派胡言！」「豈有此理！」朝臣們紛紛大加反對。

隆武既不願接受馬士英入閣，又不能不給鄭芝龍面子，只好緩緩說道：「鄭先生所奏知道了。馬士英雖是人才，但以罪逆之身，入朝恐怕有失人和，就有再好的政務，也難推動。且讓他仍在方國安軍中，暫以布衣辦事，待克復杭州，再行復職。」

鄭芝龍知道朝臣反對者眾，原不期望能說通，只是要借這個題目向隆武和朝臣們耀武揚威一番，因此並不堅持。隆武見他無語，遂道：「先生在福京軍務倥傯，若沒有別的事，朕就不多留你。」

鄭芝龍也不多做作，當即道：「臣告退！」說罷便風一般地去了。

殿中君臣相對默然良久，鄭森忍不住道：「請陛下治臣父不忠之罪！」

「鄭先生隻手扶著朝廷，朕拿什麼罪治他？」隆武此時反而異常冷靜，毅然決然地對李長倩道：「朕決意預借賦稅，如平虜侯所奏，每石預借一兩！」

「陛下，此事萬萬不可！」張肯堂和李長倩異口同聲地道。

「為了中興大業，這也是萬不得已。他日復國，朕必將福建畫為義田，蠲免三年。」隆武堅決地道，「戶部即刻擬個章程來。」

李長倩見隆武心意已決，退而求其次地道：「士民溫飽者可用大義感召，零星窮戶連繳納正供都有困難，哪裡能借？請准歲獲只有一、二石的小戶免課；至於預課者，每石之中只借五錢。」

「好吧，這是老成謀國之見。」隆武點點頭，「小民助義，官紳更不能袖手。前些時，浦城訓導王兆熊有個條陳，建議開徵『義餉』，分為官助、紳助和大戶助，捐輸者授與官旌、門獎或銀牌，俾使官、紳、富家大戶並赴國難。朕覺得也可一試。」

張肯堂憂心地道：「這是飲鴆止渴，臣料閩中民心將為此沸騰，再無寧日。」

「朕亦知道此非上策。」隆武臉上表情深沉得駭人，「但朕不可坐困於此，一定要打通道路，早日出關。」

鄭森疑惑道：「陛下真要增餉撥給臣父？」

「不！借餉和義餉另有用途。」隆武在頃刻之間已有成算，「御營內閣即刻傳旨，著張肯堂為東閣大學士，仍兼兵部，總制北征。著兵部侍郎吳春枝為東閣大學士，留守浦城。著江西等七省總督萬元吉為兵部尚書……」他一口氣晉升了七、八個大臣，眾人幾乎記憶不住。

好不容易等隆武說完，張肯堂連忙推辭道：「臣並無微功，不敢奉詔。且按此晉升，內閣大學士多至二十人，朝廷名器太濫，反失內閣輔弼之責。」

「張先生不必推辭，朕此際實在需要多幾個幫手。為了出關，還有幾步棋非走不可。」隆武逕自繼續發號施令：「著禮科給事中金堡就近宣諭魯王，說朕至今無子，為宗社萬年大計，願以魯王為皇太侄，待恢復兩京，朕即行讓位！」

「陛下！萬萬不可！」眾人紛紛驚呼。

隆武擺手制止眾人：「衢州撤守，福建門戶已開，浙東一定要安撫下來——著僉都御史陸清源以十萬兩犒賞浙東諸軍。」

這本是鄭森在紹興時，請劉中藻代向隆武建議之策，如今獲得採納，甚覺鼓舞。他並不居功，只道：「浙東諸軍缺餉已久，陛下犒餉，必能爭取諸軍向心！」

隆武嘉許地看著鄭森，微微點頭，接著道：「穩住浙東，朕便可安心入贛！」隆武決意經由江西前往湖南之事，原本只有鄭森等少數大臣知悉，此刻他當朝宣布，眾臣方才恍然。隆武道：「傳旨江西督師楊廷麟和尚書萬元吉，儘速備兵迎駕；著張家玉巡撫廣信，清理贛北道路，聯絡江西迎駕之兵。」

眾人明白隆武西進之意，紛紛躬身道：「遵旨。」

「臣有一本！」鄭森見隆武似要退朝，忙道：「陛下日前有命，臣隨駕至建寧後即領兵前驅。臣請即刻到永定關履任！」

隆武終於打破嚴肅，笑道：「愛卿不必著急，朕還有一條未宣——著忠孝伯國姓成功掛招討大將軍印，總理中興恢剿，得便宜拜封官職，文官至六品，武職至三品。即刻赴永定關駐守，兼巡杉關，相機進兵！」

鄭森抱著滿腔壯志離開行宮，想到自己終於受命統兵，能夠實際為國效力，心中之激動興奮實在難以言喻。然而他想到，自己手下無兵無將，隆武只從禁軍中撥出五十人讓他帶去，算是親兵，幾乎可以說是兩手空空。同時對永定關和杉關一帶形勢也很陌生，此去卻該從何著手？

鄭森忽然靈光一閃，想起光祿卿王忠孝出身泉州惠安，乃是同鄉前輩，日前才剛奉命巡關回來，對前線情勢頗為熟悉，正可前往求教。鄭森兩手一拍，忘情喊道：「照啊！」座下馬不知何事，以為鄭森驅使前進，放開蹄子奔跑起來，差點讓鄭森仰頭倒栽。鄭森趕緊拉穩轡繩，趁勢向王忠孝的住處飛奔而去。

到了王家，王忠孝正穿著朝服準備進宮。他聽說鄭森來意，蹙眉道：「永定關位在杉關和分水關後方，一關而能控扼兩門戶，乃是閩贛間的要道。然而守關兵士只有二千，當地光澤、平和等縣民風強悍，山區盜賊不下萬人。國姓爺恐怕須得請令尊多派兵將、才能談到進取，否則還是以保守為先。」

鄭森早知前線處境困難，並不以為意，只想問個仔細。但王忠孝卻道：「我趕著入宮，回頭詳談——對了，我有位學生，是鄉試同年陳鼎之子，雖然才只十五歲，但聰穎非凡，人稱神童，你不妨一見。」說著便對一旁家人道：「去請華舍出來。」

須臾，從內室門後邁出一個淵沖靜穆的身影，渾不似少年步態。然而其面貌英秀白皙、爾雅溫文，又貌似婦人。尤其是一頭長髮，至少二尺有餘，十分引人注目。

「這是陳永華，字復甫，同安人。」王忠孝向陳永華介紹了鄭森，便道：「我得走了，你們先談。」說罷一面告罪，一面匆匆去了。

陳永華訥訥不語，但也毫不拘謹，一派悠然自在。鄭森對他頗有好感，但畢竟見他年少文弱，不知是否真如王忠孝所說的見識過人。因而試探地問：「王大人巡視三關，永華兄可曾隨行？」

「亦步亦趨，未有一處遺漏。」

「那麼，陳兄對前方形勢有何心得？」

「遼帥和彩帥相繼兵敗之後，只知憑關固守，如此則朝廷危矣。」

鄭森認可此論，卻裝作意外地問：「三關險要，一夫坐鎮萬夫莫開，怎麼說守關不可？」

陳永華微微一笑：「國姓爺是考我來著——當年遼東全局大壞，朝議退守山海關，袁崇煥卻堅持出關進駐寧遠城，才有後來的寧遠大捷。今日之勢也是一樣，三關雖然形勢雄勝，但官兵龜縮其中，自以為有恃無恐，不免疲老廢弛。何況兵勢如水，關隘間難以開展迴旋，無法出擊爭勝。雖然清兵一時未必攻得下來，但留下幾支偏師即可將我堵死在福建一隅，大軍自往他處攻略，等天下盡喪其手，區區福建也無可作為了。」他指畫大局時，慷慨縱橫，切中肯要，頓時像是變了個人似地。

鄭森暗暗吃驚，不敢相信這個十五歲的少年能有這般見識。他接著問道：「黃光輝新敗之際，皇上命路振飛大人持尚方劍即營中正法，陣前斬將，恐怕仙霞關軍心搖惑，一時難再出關征戰。」

「黃光輝不會死。」陳永華淡然道。

「不會死？」

「黃光輝乃逵帥手下頭號大將，逵帥必不肯坐視他被殺。路大人雖為內閣首輔，但手上既無兵權，又不曾掐著糧餉命脈，空提一劍入軍門，呼大將而斬之，黃光輝會乖乖束手就擒嗎？」陳永華十分篤定，「況且朝廷眼前只有您鄭家可以依賴，路大人乃有識之士，定會盡力從中維持，斷不會貿然打壞局面。」

鄭森對陳永華疑慮盡消，誠懇地問：「請教永華兄，對永定關戰守之策有何建議？方才王大人說守關兵士只有兩千，而山寇多達萬人，這可怎麼備戰？」

「山寇萬人，乃天賜國姓爺！」陳永華不疾不徐地分析道，「鄭軍原本多為水兵，不擅陸戰。光澤、平和寨眾熟悉地理，又慣於山野之間作戰，正是朝廷亟需的一大戰力！」

「你說得對！」鄭森高興地道，「我料想這些人結寨自保，只是抗納苛政和糧稅，並無反叛朝廷之心——咱們泉州等地早些年海盜猖獗，也多是官逼民反。只要有個體察民情的官兒從中主持，不難招撫安輯。」鄭森十分讚賞陳永華，頗欲延攬，當即道：「陳兄乃命世之才，不知是否願意隨我到永定關為國效力？」

「國姓爺少年英雄，在下多有耳聞，能夠追隨左右，本是求之不得。」陳永華委婉地道，「然而在下讀書未成，見識尚淺，請容三、五年後，再效力於麾下。」

「陳兄何必過謙，甘羅年十二而拜上卿。以你天資稟賦，實不遜於那一班智謀名士。」鄭森故意激道：「除非你覺得我不值共事，那我便無話可說。」

「國姓爺言重！在下就直話直說了。」陳永華沉穩地道，「國姓爺固然是名將世家、文武全才，這次畢竟不是率領自家兵將，而是隻身上任，得先收服軍心才好指揮戰守。在下年少德薄，若與國姓爺並肩入關，那些個老行伍、老兵痞們怎能服氣？到時光是收拾人心就得費去許多功夫。此所以在下眼前不可隨國姓爺從戎。待他日時機成熟，自當效犬馬之勞！」

「陳兄說的也對，就外人看，你我竟是一對娃娃兵了！」鄭森臉上笑容一閃即逝：「但天下將傾，不能再等你蟄伏三、五年了，待我將軍心收拾好，便來請兄共舉大事！」

第貳拾玖回

重逢

鄭森率領五十名士兵，迅速往永定關而去。這日接近中午，隨行的汀州副總兵陳秀道：「國姓爺，前面就是大安驛，離永定關不遠了。是不是就讓兄弟們在此用過午飯，再進關去？」

鄭森道：「也好，弟兄們兼程趕道，著實辛苦。就找個客店借鍋灶做飯，但不許騷擾店家和往來客人。」陳秀答應了，自去指揮。

鄭森在道旁休息，忽聽路人奔相走告：「出紅差殺人了，快去看看。」鄭森心下疑惑，對一位老人招手問道：「老丈，這裡並非縣衙所在，怎會有處決人犯之事？」那老人道：「永定關的郭將軍逮住了十幾名山寇，要在鎮上斬殺，以儆效尤。唉，這時節，前邊到處打仗，山寇還在後面作亂，實在可惡，原該就地正法的。」另一名路人卻道：「說是山寇，哪個不是官逼民反的呢？」那老人忙道：「慎言，慎言。」說罷搖了搖手，逕自匆匆去了。

鄭森好奇心起，對陳秀道：「我去看看。」陳秀道：「不過是殺幾個小賊，沒甚麼看頭。」鄭森道：「不打緊，你們仍舊打尖做飯，我去去就來。」陳秀只好道：「末將陪國姓爺去。」

兩人來到驛鎮中心的十字街口，早已人潮麇集。鄭森心想，前幾日才剛在自家府門口看過處刑，今日又看到一批，然而氣氛卻大有不同——法場中跪著十餘名黝黑精瘦的漢子，雖然五花大綁，卻是人人抬頭挺胸，傲氣不減。圍觀眾人騷動不已，私下談論，倒有一大半同情這些山民。

一名大將戎服披掛，大踏步登上監斬臺。陳秀低聲道：「這就是永定關守將，都督同知總兵郭熺。」待他坐定，身旁一名參將便大聲道：「山寇萬禮等人，聚眾戕官殺人，更兼清兵逼臨之際，作亂於後，為禍國家甚巨，罪無可逭。今日軍前處斬，以正國法！」

郭熺抽起桌上令箭，揮手擲在地上，道：「萬禮乃是首謀，留他到最後再斬，讓他看看手下一干賊夥的下場！」

山民當中一人昂然道：「姓郭的，我本名『張要』，你可知為何改名『萬禮』？這是因為鄉官肆虐，百姓受苦不過，義結同心，以『萬』為姓，這萬字，乃是萬民之萬。你殺得了我一人，卻殺得盡山中萬民嗎？」

郭熺哼地一聲道：「你幾度率眾騷擾驛鎮、關隘，為清兵作內應，還有甚麼說的？」

萬禮怒道：「我等殺的都是貪官汙吏、土豪劣紳，從沒害過半個良善好人。攻打驛鎮和關隘，只為救出失陷的兄弟。今日既然被你用下三濫的計謀捉住，我也認了，本來不必多說廢話，但你不可含血噴人，說咱們為韃子作內應。」

郭熺卻不肯多與他爭辯，道：「你以為拖延時間，就會有人來救嗎？有甚麼話跟閻王爺分說去吧。時辰已到，即刻行刑！」

鄭森見萬禮正氣凜然，一點也不像是作惡多端的盜匪，心中暗生好感，低聲問陳秀道：「萬禮說的可是實情？」陳秀道：「賊寇作亂，那個不推說是官逼民反？清兵大敵當前，實在不容他們在後方騷擾。」鄭森道：「我想制止行刑，問個清楚再說。」陳秀面有難色：「爺，咱們還沒進關，您就在大庭廣眾之間削了老郭面子，恐怕之後不好指揮呢。」鄭森心想，自己確實不明萬禮底細，陳秀的顧慮也有道理，貿然制止確實孟浪了些。遲疑之間，刀斧手已走上前去，開始行刑。

刀斧手拔去一名山民背上的木排，舉刀相了半天，用力一砍，卻未能砍中骨節縫隙，將刀卡在骨頭上。那山民一刀未死，脖頸劇痛，腳下一蹬，竟跳起四尺來高，又重重落在地下。刀斧手尷尬地抽刀再砍，但慌張之下更加不成刀法，幾乎是亂砍一通。那山民血流滿地，一時還未斷氣，虛弱但淒厲地哀嚎著，刀斧手無奈，只好照著山民咽喉一割，這才結果了他的性命。群眾大感不忍，一時議論紛紛。

「幹恁娘的郭熺！」萬禮罵道：「要殺就殺，憑甚麼這樣糟蹋人！」

郭熺臉色鐵青，一時無言，他並非故意如此，但軍中不像縣衙有正牌的劊子手，而是臨時找人充數。要知砍頭也是門手藝，輕易砍不俐落的。郭熺看這下鬧得群情激憤，民心反而倒向山民，拍案怒道：「混帳東西，砍個人也砍不好，還敢說是當兵吃糧的？換個人上！」

隊伍裡推出另一名刀斧手，走到第二名山民前，雙手僵硬地握著大刀，顯得有些畏縮。好容易瞅了半天，勉強舉起刀來，卻抑止不住微微顫抖。萬禮冷不防大吼：「怎地換了個更窩囊的？」那刀斧手一驚，竟失手將大刀掉落在地。

郭熺喝道：「沒用的東西，難道要我動手？」萬禮叫道：「郭大將軍，你手下無人，不如讓我來砍，待送完兄弟們上路，我自個兒抹了脖子就是。」郭熺怒不可遏：「豈有此理！」

萬禮忽然探身大聲呼喊：「陳國祚，陳國祚，陳國祚！快點出來！」郭熺拍案道：「你個死囚，在那裡鬼吼鬼叫個甚麼勁？」萬禮不屑地道：「我的拜把兄弟陳國祚，在你郭將軍標下吃糧。他雖誤入歧途，刀法是好的，叫他出來，給大夥兒一個痛快！」

「甚麼誤入歧途？」郭熺一楞，登時明白萬禮是在譏諷自己，冷笑道：「我只知道上妓院挑窯姐兒，今日倒是第一次聽說過砍頭還能指名——陳國祚出列！」

「陳國祚在！」一名把總應聲而出，在監斬臺前抱拳單膝跪下。

郭熺道：「萬禮說他是你的把兄弟，可有此事？」陳國祚道：「回將軍，萬禮是標下的結義兄長不錯。」郭熺一捋鬍子，賊笑道：「這倒有意思。你把兄要你為他送行，你可願大義滅親？」陳國祚為難地道：「標下刀法拙劣，只怕活兒辦不俐落，請將軍另派他人……」他忽然將另一邊膝蓋也跪壓在地，連連叩頭道：「標下的鄉親聚眾抗官固然不對，但標下自幼相識，他們其實都是善良純樸之人，請將軍網開一面……」

萬禮罵道：「陳國祚，我要你給個痛快，卻不是要你對那姓郭的告饒，沒的丟了本鄉人的臉面！你若還有一分香火之情，就爽爽快快地上來給一刀！」

郭熺道：「好，本將軍成全你！陳國祚，上前行刑！」

一眾山民們也都鼓譟道：「阿祚仔，你送咱們痛快上路，大家只有謝你，絕不怨你。」

陳國祚腦中一片空白，旁人塞給他一柄大刀，糊裡糊塗接在手裡，腳步虛浮地走進場中，忽然嘶吼道：「天公伯啊，你這是開甚麼玩笑！」他將刀拋在地下，對郭熺道：「啟稟將軍，萬禮等人都是和標下穿著同一件褲子長大的，情同手足，標下實在下不了手，請改派他人吧！」

郭熺表情猙獰地道：「你們平和縣出了這等亂民，騷擾地方、裡通清虜。今日派了你，也是給你機會為平和全縣洗刷汙名，快快動手！」

萬禮罵道：「阿祚別再龜縮了，你要任郭熺羞辱咱們到幾時？我雖不屑你當官兵，但寧可死在本鄉人手上，不肯讓外地人欺侮！」

陳國祚嗚咽道：「咱們平和是犯了甚麼孽，竟得如此手足相殘？」

鄭森再也無法忍耐，正要出言阻止，大街上馬蹄聲響，一騎飛也似地奔來，馬背上是名旗總，人群連忙慌亂地從中讓開。

那旗總直奔到監斬臺前，下馬報道：「稟將軍，平和縣山寇千人，朝著驛鎮而來，欲劫法場。」圍觀群眾聞言一陣騷動，郭熺卻喜不自勝地道：「我早料到賊夥必來劫囚，假裝只派五百人守著驛鎮，暗中布置千人在要道上，專等賊夥上鉤，他們果然來了！」旗總故意扯開嗓門奉承道：「將軍料事如神，標下等依將令設下埋伏，擊傷十餘人，並且捉得一人。其餘賊夥知道厲害，已經逃走了。」郭熺有些失望：「只捉到一個？也罷，提上來一併斬了！」

旗總得令，隨即將那俘虜押到場上。萬禮一看，失聲叫道：「阿元！你何必為咱們犯險，反而失手落在賊官兵手裡！」那俘虜仰天狂笑道：「哈哈哈，姓郭的，你自以為聰明，不把法場設在關裡，故意選在驛鎮，引誘咱們來劫，然後設伏攻打。這等詭計，卻只好去騙三歲小兒，咱們才不上你的當！」

郭熺道：「死到臨頭還嘴硬，你若不是中計，卻為何被綁縛於此？」

那俘虜毫無懼色地道：「憑你們這群蝦兵蟹將，也想抓到我李昌元？我是特地來告訴你，往驛鎮來的兩百人只是佯攻，真正大隊人馬，一萬好幾千人，現在正在攻打永定關了，哈哈哈哈！」

郭熺臉色大變，踢翻桌子，從監斬臺上一躍而下，急令道：「驛鎮上的五百人即刻隨我回關防守！傳令鎮外一千人，速速追趕上來，不許落後！」

他身旁的參將問道：「將軍，那這些死囚該怎麼處置？」郭熺揮手道：「砍了，都砍了。這會兒沒工夫一個個慢慢剁，抹脖子了事！」說罷拔出腰間配劍，上前往萬禮喉間刺去。

忽然橫裡寒光一閃，長劍被人格開。郭熺回神一看，是名年約二十上下的青年，罵道：「好賊夥，竟敢公然劫囚，拿下了！」

青年正是鄭森，他高舉手中寶劍，大聲道：「住手！大家看清楚，此乃皇上御賜的尚方寶劍，誰都不許上前！」

陳秀與郭熺乃是多年袍澤，趕緊上前道：「老郭！這位是忠孝伯，招討大將軍，欽命駐守永定關的國姓成功大人。你應該已接到兵部題行文書，永定關上一切事務，都聽國姓爺指揮。」

郭熺知道陳秀所言不假，但正自激動之中，鄭森又來得突然，教他怎能甘心？於是抗聲道：「國姓爺，這幫山寇害了關上許多兄弟的性命，不可輕易縱放！」

鄭森見他竟不服從自己，也沒把尚方劍看在眼裡，不免有氣，遂率直地道：「郭將軍難道瞧不出來，這李昌元故意傳訊，說有萬人正在攻打永定關，為的就是要誘你匆匆趕回，然後在半路設伏邀擊，以其人之道還諸其人之身！」

郭熺心下暗罵：自己帶兵征戰多年，打過大小無數惡戰，輪得到你這小鬼來教？一時道：「賊人既有準備，此時必已在攻打關隘。關上守軍只有五百人，恐怕抵擋不住，末將須得趕緊回去。」

鄭森氣道：「將軍沒有聽懂嗎？此刻匆匆回去，正中了對方計謀。」

郭熺拗上了，毫不客氣地道：「那麼請問國姓爺，眼下該作何方略？」

「暫時留著萬禮等人不殺，將李昌元放回去，讓對方知道咱們已識破機關。他們投鼠忌器，便不敢恃強來攻。」鄭森說著，一面從懷中掏出一分文書，在陽光下抖開，環顧四周道：「這是皇上御筆親書——『光澤、平和兩地荒殘，民窮可憫，本年正供錢糧准予減免六分，以恤災黎。』當地鄉官欺壓小民，惡形惡狀連福京都有所聞，因此特旨減免稅賦。皇上還說，普天之下都是他的赤子，若嘯聚之眾願意解散回家，甚至反正從軍，一概既往不咎！」這張手諭是陳永華建議他向隆武請來的，這時果然派上用場，無論山民或者圍觀群眾盡皆高呼萬歲，稱頌皇帝仁澤深厚。

郭熺見今日已殺不了萬禮，賭氣道：「末將雖然確實看到兵部的行文，但國姓爺畢竟還未進關到任，此刻關隘有失，都是末將之責，不能不回。」

鄭森板起臉道：「不許輕舉妄動！此刻應先將一千五百人盡數聚集，並派人招諭山民，分說誤會。倘若有失，由我一力承當。」

郭熺心道：說得倒輕鬆，你的身家性命、妻妾財寶又不在關上，自然不痛不癢。又想只要自己打退山寇，一切自然好說。於是把心一橫道：「國姓爺尚未進關到任，此刻仍歸末將指揮，軍情緊急，請恕末將少陪！」說罷轉身上馬，飛也似地去了，鎮上官兵見狀，紛紛跟隨郭熺出鎮。

鄭森攔住正準備往鎮外傳令的參將：「郭熺抗令，事後我必有處分；鎮外千人，此刻起都聽我指揮！」他對陳秀道：「你持我令牌，和他一道將鎮外千人集結起來，聽候指令！」陳秀當即領命而去。

鄭森揮動手上尚方劍，削斷萬禮等人身上繩索，道：「我以天子劍去你綁縛，暫赦爾等之罪。我相信你們原本並無反叛之意，但今日倘若攻破永定關，那便是真謀反了。你速去聯絡鄉親，立即退兵。」

萬禮渾身冷汗直流，跪下道：「草民的鄉親出於義憤，幾乎犯下大錯。皇上體恤我平和、光澤兩縣，國姓爺又如此仗義，大恩大德無以為報。草民這就去勸說鄉親退兵，事定之後，再自己綁了到營中向爺請罪！」說罷與一眾山民拔步便走。鄭森又將陳國祚喚來，吩咐道：「你是本地出身，熟悉地理，快去探查關上情況，前來回報。」

不多時，陳秀已將千人集結完畢，連同親兵五十人，在鄭森率領下行列嚴整地向永定關前進。到了半路上，陳國祚飛馬而來，焦急地道：「啟稟國姓爺，郭將軍遭遇埋伏，正與山民血戰！」鄭森道：「山民有多少？郭熺還撐得住嗎？」陳國祚道：「總數不下數千！雖然多持斧頭、柴刀和獵弓，未經訓練，但占著地利，把山路前後封住了，郭將軍情勢危急。」

「陳秀，你率步兵千人，由陳國祚帶路，自後方衝擊山民陣腳，打開道路！」鄭森明快地下令，「其餘凡在馬上的，隨我營救郭熺！」說罷不顧陳秀大聲反對，一夾馬肚，逕自衝向前去。

鄭森率領百餘騎一路飛馳，見山道下方一處較為開闊的谷地中，五百名官兵遭到重重圍困，郭熺披頭散髮、肩上插著半截箭桿，十分狼狽。山民們雖然器械不精，但預先布置了柵欄機關，同時人人擅使弓箭，郭熺幾次奮力突圍，都被箭雨阻了回去。

鄭森縱馬衝下山坡，呼嘯道：「兩邊罷手！萬禮已經釋放，兩邊罷手！」然而雙方劇鬥方酣，誰也無心聽他說了甚麼，依然激烈交戰。

他一馬當先衝入重圍，左一箭、右一箭逼退圍攻的山民，卻不射傷性命，如同天兵下界。接著百餘騎陸續跟著衝入，氣勢驚人，山民們以為大軍來援，一時稍稍向後退卻。

鄭森舉起尚方寶劍，高聲道：「眾人罷手，且聽我一言！萬禮已經釋放，皇上也已減免平和、光澤兩縣稅賦，聚眾之事既往不咎，大家不要再打了！」

這時山民們已經看清楚，鄭森一行不過百人，且自行進入包圍之中，並無威脅。忽然有人高喊：「官兵最會騙人，大家莫要上當；好不容易圍住姓郭的，別讓他走了！」

話音未畢，對面樹林中激飛出一支羽箭，逕取郭熺。鄭森想也不想，抽弓就朝那支羽箭射去，「叮」地一響，竟把來箭打偏，谷中之人無不驚呼。忽然又一箭射出，卻是對著鄭森而來，鄭森身在馬上無法閃避，再發一箭，又將來箭打落。谷中霎時陷入一陣沉寂，緊接著又爆出如雷采聲。

領頭的山民喊道：「萬箭齊發，看他擋得了幾箭？」霎時羽箭如飛蝗般射來，鄭森舉劍撥打，窮於應付，也無法分心關照他人，不一會兒，手下便紛紛中箭。鄭森暗忖，萬禮不知為何還未前來勸阻，莫非食言了？重圍之中萬分凶險，不可坐以待斃。於是對郭熺道：「將軍隨我來！」掉轉馬頭，往原路奔去。然而山民如同潮水一般，早將道路堵得嚴嚴實實，根本無法闖出。

進退兩難之際，側面山上忽然喊聲震天，從稜線後面冒出大隊官兵，漫山遍野殺奔而來，正是陳秀所領千人到了。雖然人數仍不及山民遠甚，但出其不意、威勢迫人，很快就將圍圈衝開一道口子，眼看就要與鄭森等人接應上。

山民頭領罵道：「幹伊娘，今天跟狗官兵拚了，大家上啊！」說著從樹林之中奔出。郭熺看見，喊道：「擒賊先擒王！」竟奮不顧身地衝上前去。鄭森大驚，心想要是再纏鬥起來，兩邊領頭人物有所損傷，那就無可排解了，於是催馬追上。郭熺奔至那頭領正面不遠處，抽弓拽滿，眼看一箭就要將對方射倒。鄭森大喊：「不可！」但已不及阻止，情急之下從馬背上飛身而出，將郭熺撲倒，箭勢一偏，從那頭領頂上掠過。

頭領見鄭森似乎是救護自己，一時不明所以，下令凝弓不發，上前察看。鄭森爬起身來，身周已被山民們團團圍住，幾把板斧、柴刀立時架上了他的脖子。

遠處忽然傳來虎嘯般的呼喊：「萬禮來了，大家住手，萬禮在此！」萬禮和李昌元等原本被俘的十多名山民飛奔而來，大力揮手道：「快住手，莫傷了國姓爺！」山民們紛紛叫道：「是萬大哥，真的是萬大哥！他平安無事！」谷中雙方頓時罷手。

萬禮直奔到鄭森身旁，喝叱眾人將刀斧放下，跪下道：「小人方才先到前面，勸退攻打永定關的鄉親，這才來遲，險些誤了大事，幸好未曾傷了國姓爺，否則小人萬死莫贖！」

鄭森扶起萬禮，哈哈笑了起來，而且越笑越是歡暢，聲音直在谷中迴盪。萬禮覺得奇怪，暗想，國姓爺該不會是驚嚇過頭，有些傻了？鄭森看出他的疑惑，笑道：「我好歡喜，今日彼此雖有誤會，終究不曾結下不可解的死結。」鄭森對著數千山民，把隆武減免稅賦、不追究聚眾抗官之事再次宣布了一遍，山民們歡聲雷動、山呼萬歲。萬禮也將鄭森解救自己之事說了，山民們更是無不動容。

鄭森道：「各位鄉親願解散回家的，我這就傳令地方官，聽任大家安生度日；然而國難當頭，更需大家一同效力，對抗清人，興復我大明朝。請鄉親們隨我從軍，成就一番事業！」

萬禮首先大聲答應：「萬禮願追隨國姓爺，任由國姓爺差遣！」李昌元等十餘人跟著道：「情願從軍，任由國姓爺差遣！」一時山谷中數千人紛紛舉手高呼：「情願從軍，效忠國姓爺！情願從軍，效忠國姓爺！」

平和縣聚眾山民，最後共有一萬零一十三名投效朝廷，鄭森上疏奏報，隆武十分嘉獎，命就歸鄭森節制。鄭森令陳秀、陳國祚和萬禮一同帶領，日夜操練，以期成為一支骨幹強兵。郭熺既被鄭森救得性命，也就俯首聽命，一時永定關上士氣昂然。

如此到了三月間，情勢忽然又有變化。清兵以梅勒章京屯泰、江西巡撫李祥鳳等為主力，大舉攻打江西吉安，威脅撫州。隆武命駐守杉關的鄭彩前往救援，鄭彩派總兵劉福、副將林引迎戰，遭遇大敗，傷亡數千人。接著副將趙珩又在高山嶺敗陣，鄭彩所部潰退逃散，奔回杉關固守。撫州孤立無援之下，終於陷落，在其中堅守數月、屢退清兵的永寧王朱由[木息]也力盡被俘。

消息傳到建寧行在，隆武大怒，當即革去鄭彩之職，命鄭芝龍追繳其永勝伯印、征虜大將軍印、黃鉞劍和歷來封賜的敕書。

永定關前每日都有從杉關逃來的潰兵，鄭森命人嚴加巡緝，將潰兵收留在營中，不使奔竄騷擾地方。

朝廷很快派了以文淵閣大學士督師江西的傅冠前來。他是江西人，崇禎時便已入閣，原本致仕在家，南昌失陷後逃入福建，隆武遂派他督師恢復南昌。

傅冠來到永定關上，當即宣讀詔書，命鄭森「招致鄭彩逃兵，毋得令其驚擾地方百姓；與輔臣傅冠速出分水關，以復江省。並派軍師蔡鼎入國姓成功軍中參贊。」

詔書中雖未明說，但顯然是以鄭森取代鄭彩經略江西。鄭森深覺任重道遠，恭敬地叩頭謝恩，彷彿隆武就在身前。

頒詔已畢，傅冠與鄭森平禮相見，指著身後一人道：「這位便是皇上新封的軍師蔡鼎。」蔡鼎拱手，皮笑肉不笑地道：「在下也是泉州人，和國姓爺乃是同鄉。」

蔡鼎生得一副奇相，頭臉遠看似與常人無異，細瞧之下才發現他中停甚長而下頷極短，像是被人用力打過一拳，整個縮進脖子裡。整張臉遍布皺摺，如南海鬥犬一般。而一對瞇縫眼，又似在一塊枯乾的木頭上鑿出的兩道裂隙。

鄭森好奇地問道：「請恕我孤陋，朝廷職官中，似乎並無『軍師』一職，蔡先生可是來任監軍的？」

蔡鼎嘿然一笑，臉上露出一種「早知道你不懂」的自負神情，卻並不答話。

傅冠道：「蔡軍師精通天文、韜略，與皇上奏對稱旨，亟言有退敵之策，又自請出關效力，因此受封此職。」他語氣不溫不涼，顯得對蔡鼎並不十分信任。

蔡鼎輕咳一聲，搖動手中羽扇，道：「詔旨裡只說要我等恢復江西，但皇上親口賜命，要我等護駕出關。」他左一個「我等」，右一個「我等」，竟把自己和鄭森、傅冠相提並論。

傅冠不多理會，逕自道：「皇上的意思，由本閣部西出杉關到瀘溪一帶，招集自撫州流亡的永寧王舊部；國姓爺則往北收復鄱陽湖以東，倘若鉛山、廣信告警，也須兼顧，以鞏固崇安。」

鄭森道：「皇上有命，自當即刻出關。不過我手下萬人，都是新近招撫的平和山民，一來兵餉無著，二來缺乏器械，用的還是斧頭、柴刀一類，三者也還需要訓練。須得向皇上奏明，一一備辦，方有把握進兵。」

「這有何難？」蔡鼎漫不在乎地笑道：「軍興以來，外鎮都是就地籌餉。國姓爺只消派人在左近邵武等縣徵集就行了；至於器械，新任工部尚書鄭瑄是我舊識，我寫封書信，讓他請皇上將御營鳥銃、戈矛直接撥一些給國姓爺，也省得慢慢打造曠日廢時。」

鄭森見他說得輕鬆，也不知是否可信，但一時也沒有更好的辦法，於是道：「無論如何，我還是上疏奏陳兵、餉、器三事，請皇上定奪。同時本鎮先行移駐杉關，加緊訓練，準備隨時出兵。」

「在我看，三事還是其次，兩位大人都遺漏了真正的大事。」蔡鼎搖著羽扇，故意賣起關子，見鄭森二人專注地看著自己，才續道：「皇上要國姓爺取代鄭彩出關，然而鄭彩可願被取代？倘若他不從，又該怎麼辦呢？」

鄭森醒悟，這確實是一大問題，於是道：「蔡軍師有何妙計？」

「擺下鴻門宴，杯酒釋兵權。」蔡鼎壓下眉頭，低聲道：「國姓爺預先埋伏甲士，他若不從，那就——」接著手刀虛劈，暗示將鄭彩斬於席間，「如此一來，還怕諸軍不肯聽令嗎？」

鄭森心下大驚，沒想到蔡鼎肚子裡盤算的是這樣陰狠的詭計，頓時生出戒心，但他是隆武親封來輔佐的軍師，明面上還是只能先敷衍道：「在鄭彩的地盤上，要動手恐怕不易。何況他是朝廷大將，未有朝命不可擅殺。」

傅冠也道：「鄭彩雖敗，並無死罪。而且他性情凶暴，弄得不好，會出大亂子。我看這樣，皇上本來有道詔書，恢復鄭彩爵位，但改封『恩宥伯』，激勵他自新。我暫且告病在永定關，這詔書就由國姓爺先帶去頒賜，藉此殺殺鄭彩銳氣，也就是了。」

●

鄭森指派郭熺留守，隨即率兵前往杉關。

即將抵達杉關時，遠遠就看見關門大開，道旁士兵列隊迎接鄭森大軍到來。然而漸漸走近，眾人卻越來越感到不對勁，仔細一瞧，只見這些兵士手腿或身軀上都包紮著破爛的布巾，大片血漬早已變作乾褐之色，卻無法更換。人人臉色木然，身軀僵硬，眼神空洞地望著鄭森所部，氣氛沉悶已極。

一名守關兵士步履緩慢地橫過道路，眼看就要與隊伍撞上，萬禮叱道：「讓開，你不知道衝陣乃是大忌嗎？」那名兵士卻似盲聾一般，自顧茫然走著，隊伍只好任由他穿越，而路旁其他兵士始終冷眼旁觀。

萬禮忍不住道：「這就是御營右先鋒迎接國姓爺的排場？」路旁一名士兵聽見了，懶洋洋地道：「你們又是哪一路山賊，衣甲旗幟甚麼都沒有，就想混充官兵來著。」另一人也講起風涼話：「看他們手上拿著柴刀，是來幫忙砍柴燒飯的吧。」萬禮怒道：「幹恁娘，放甚麼臭屁！」掄起拳頭就要上前理論。

「不得生事！」鄭森斷喝一聲，制止萬禮，依舊默默前行。他自然也覺心下不快，鄭彩派出這些老弱傷殘迎接，竟像是要觸霉頭似地。然而行前已知鄭彩不好應付，因此壓下怒氣，心想，倒要看看你變甚麼把戲。

這時六乘馬從關內奔出，當先一人全身披掛，打著總兵旗幟，直奔到鄭森跟前下馬行禮道：「末將江美鰲，特來迎接國姓爺。」陳秀怒道：「鄭彩奪爵戴罪，卻還不知省悟嗎？國姓爺大駕進關，卻不親自來迎，怎麼說得過去？」江美鰲告罪道：「各地探子來報，清兵不日叩關，元帥正在加緊練兵、商議軍務，以致未曾出迎。」陳秀還要再說，鄭森一擺手，只道：「請江總兵領我去見彩帥。」

江美鰲領著鄭森進關，頭頂上冷不防一陣霹靂啪啦連番爆響，眾人嚇了一跳，全都縮起身子。鄭森知道這是鳥銃擊發之聲，他從少年時便在銃隊旁練出膽氣，毫不驚慌，抬頭一看，山壁高處有一隊銃兵正在操練，故意越過眾人上方開槍，威嚇之意甚明。

鄭森冷笑一聲，並不說話。繼續往前到了教場，一隊旗號嚴整的士卒忽然齊聲「喝」地呼喊，山谷間回聲未歇，士卒們抽出強弩硬弓輪番抽射，人人都是百發百中，毫不虛發。鄭森所領的部眾們原本被鳥銃驚嚇，正自氣憤，這時又都張口結舌，自愧不如。

鄭森對江美鰲笑道：「傷兵示警、銃隊威嚇、弓手炫耀。彩帥為了給我接風，可真是煞費功夫。」江美鰲尷尬地道：「關上兄弟每日都要操練的，並非有意安排。」鄭森淡淡地道：「排場看完了，這就請領我去見彩帥吧。」

江美鰲領著鄭森到中軍營房，通報之後，請他自己進去。鄭森一入內室，就見鄭彩坐在當中的太師椅上，並不起身相迎。旁邊另有一人歪著身子半躺在椅中，一邊蹺腳抽著一桿菸，乃是另一名族兄鄭聯。

「呦，這不是國姓爺森舍來了嗎？」鄭聯沒好氣地道。

鄭森想起鄭聯早先殘殺太湖長蛟幫，以及數月前經營潮州指揮失當，害得手下數營全軍覆沒，將領王之達被父親問斬之事，用心險惡，害人不淺，卻不曾受到任何懲處，還能在這裡快活，實在可惡。但鄭森提醒自己不可因私怨而壞了大事，強自壓抑怒火，取出詔書，朗聲道：「聖旨到，鄭彩聽宣！」

鄭彩略感意外，不得不起身跪下道：「臣，鄭彩聽旨。」鄭聯啐了一口，道：「甚麼玩意兒——這鬼菸絲越來越不能抽了……」心不甘情不願地起身躲在一旁，依然一口接著一口地抽著。

鄭森念道：「征虜將軍，御營右先鋒鄭彩，前因喪師失機奪去一切爵祿。姑念其勞績，著加恩封為『恩宥伯』，戴罪圖功，欽此！」鄭彩毫無表情地道：「謝恩。」恭敬地接過聖旨，方才起身。

鄭森趕緊扶著鄭彩，道：「阿彩哥好，這一向在關上辛苦了。」

鄭彩「嗯」地一聲，拂袖抖去灰塵，不著痕跡地將鄭森甩開，冷冷地道：「大木遠來辛苦。」

「哈！」鄭聯在一旁輕蔑地道：「恩宥伯？這是羞辱人吧！」

鄭森正色道：「雷霆雨露俱是天恩，皇上的意思，還是在激勵關上將士奮起。」

鄭彩陰沉地道：「看來我這中軍帥營，也得讓給大木吧？」

鄭森不卑不亢地道：「皇上命我出兵江西，而非駐守杉關，我軍稍事訓練便即出關，乃是客身。關上事務，自然仍是阿彩哥作主。」

鄭彩見他頗識大體，原本的防備之心便去了一半，朝著客位一比，請鄭森上座。鄭聯見了，伸個大懶腰，嚷嚷道：「這屋子裡悶死人了，我得出去走走，阿彩和森舍慢慢聊啊！」說罷竟自去了。

鄭森看著鄭聯背影，心中暗道：總有一天叫你知道國法！回過神來，見鄭彩正看著自己，趕緊端正坐姿，懇切問道：「皇上命我出關收復鄱陽湖東，可我人地生疏，還是得請教彩哥，這仗該怎麼打？」

「不能打！」鄭彩斷然回答。

鄭森疑惑：「方才見阿彩哥麾下將士操練，端的是軍容壯盛，為何卻說不能打。我不明白，難道清兵真就有這麼強？」

「清兵？還不都是那些投降清朝的官兵和流賊在打，幹伊娘娘的！這些個賣國賊，為了做樣子給新主子看，打起仗來比以前凶狠十倍！清朝騎兵在後面納涼，等降將和咱們都耗得差不多了才出來衝殺，咱們哪裡抵擋得住？」鄭彩飛快地搖頭，「說到底，咱們根本不應該出關去打。閩軍就是水軍，那怕在海裡無敵，一旦龍困淺灘，王八烏龜都能騎到咱們頭上去。」

鄭森自進關來，為顧全大局，一直壓抑怒氣。這時見鄭彩牢騷滿腹、毫無鬥志，忍不住道：「水軍，水軍，這話聽也聽得厭了。大家都推說閩軍不能陸戰，鎮江連打都沒打就拱手讓人，浙西、贛北也是稍觸即退，根本不曾好好打過嘛。再這樣下去，國家遲早亡了！」

「稍觸即退？」鄭彩瞪了一眼，「日前援救撫州，我派手下幾員大將出擊，總兵劉福、副將林引和趙珩戰歿，兵士損傷上千。要我拚命，我也拚了，將領們血戰身死，還有假的？」

鄭森卻不客氣地道：「杉關有兵數萬，傾全力與敵周旋，與撫州守軍內外合擊，未必便輸了。」

「你懂個屁！蒙著眼睛衝出去，一下子把部隊打垮，這就能復國了？」鄭彩被激怒起來，「打仗有打仗的『鋩角』[1]，不是亂打一氣！」

鄭森針鋒相對地道：「我這就是來請教你打仗的『鋩角』。如今撫州已失，杉關暴露敵前，阿彩哥有何方略？」

「第一條，先叫皇上別一天到晚催著出兵！陸兵練不到半年，糧餉有一頓沒一頓地供應，又急著出關到人家的地盤上去打，天時地利人和沒一樣占先，哪裡有半點勝算？」鄭彩臉上橫肉一顫，靠回椅背上，道：「先借地利守著三關，好好把陸兵練成，糧餉器械備足了，還有點機會。」

鄭森道：「你說得不無道理，但只見秋毫，不見輿新。撫州與吉安一失，江西重鎮只剩下南部的贛州，清兵幾乎將福建往西的道路全部封住，切斷朝廷與湖廣的聯繫。如此偏守一隅，氣路不通，大局再無可為。」

鄭彩道：「我當你是自己人才這樣說——你帶著一班山賊，出去只是送死。就算打下一、二座城池，也無兵可以分守。還是先待在關上，等候你爹指示吧。」

鄭森聽他搬出鄭芝龍，更覺不以為然，堅定地道：「土能生糧，糧能生餉，餉能生兵。反

1 鋩角：閩南語，指事物細微之處，引伸為做事的精細竅門。

之，愈是退縮，愈是自絕生路。總之，我部在此訓練、整裝，三個月之內出關！屆時請阿彩哥並肩而出，一起成就不世功業！」

●

到了杉關之後，鄭森每日裡加緊操練部伍，並仔細擬畫了一道籌集「兵、餉、器」的疏章，飛奏朝廷。隆武覽奏之後，除了令月餉於邵武近處撥給，別無舉措，只是賜諭好言嘉許一番，並准允鄭森自行鑄造「總理中興恢禦兵餉器」銀關防，便宜行事，其實也就是要鄭森自行籌集。至於蔡鼎信誓旦旦能夠奏請撥下的鳥銃等武器，隆武批答道：「國姓圖功雖是急務，御營兵器關朕命身，鳥銃豈可全發？」一句話推掉了。但鄭森毫不氣餒，反而更加意氣高昂地派人四處徵集糧餉器械，製作衣甲旗幟，漸漸地讓部隊粗具規模。

這一天，隆武派人傳諭，贛北義兵大舉，迫近南昌，要傳冠和國姓成功盡速出關應援。鄭森於是召集陳秀、陳國祚、萬禮和蔡鼎等人商議出兵日期。幾位將領都說，諸事尚未齊備，希望一個月後再行發兵，只有蔡鼎獨排眾議，信誓旦旦地堅持即刻出兵必能獲得大勝。

正在商議間，忽然來了一個意料之外的訪客——馮澄世。鄭森驚喜地出帳迎接，卻見馮澄世臉色凝重地僵立著，詫道：「怎麼了，該不會是甚麼壞消息？」馮澄世謹慎地道：「阿森你定神聽我說，千萬別急……」鄭森聽他言語支吾，心頭大感不祥：「究竟是甚麼天大的事情？」

「田川夫人——你娘她病危了！」

鄭森睜大眼睛，一時四周像是陷入一片靜默，再聽不到任何聲音。馮澄世忙抓著他雙臂叫喚：「阿森，阿森！」鄭森腦中空白，茫然地轉頭看著教場上揮汗操練的士卒們，喃喃道：「我為國家大將，理應奉公忘家，何況出兵在即，豈可因為私情擅離職守……孩兒不孝……不能回去看您……」

馮澄世見他有些失了心神，用力搖晃他的身子，大聲道：「你醒醒，你娘好不容易回到中國，你們卻見都不曾見過一面，你快回去一趟！」

「回去一趟，對，我要回去一趟。」鄭森身子一顫，頓時清醒許多：「你先說說，母親她怎麼了，消息從何而來？」馮澄世道：「管家蔡仔的兒子蔡輔，前幾天急急忙忙從安海到福京來通報，說叔母去年十月到泉州，一直水土不服，開春以後時疫盛行，她便染上了。這是我親耳所聞，一官叔要我來告訴你。」

鄭森知道消息確然無疑，心下盤算，部伍器械尚未備齊，也還須再加訓練，一時未便發兵，告假暫離應該無礙大事。於是回到帳中，宣布一個月後再行出關，並且派熟悉道路的萬禮即刻到行在投遞告假奏章。

心焦如焚地等待了幾天之後，萬禮回報：隆武御駕已移到延平，准許鄭森先到行宮述職。鄭森早已備好行囊，星夜奔馳直抵延平，隨即入行宮求見。

隆武見鄭森風塵僕僕、歸心似箭，問道：「清兵窺伺三關，而贛北義兵正欲收復南昌，愛卿當此有事之際，何忍捨朕離去？」

鄭森連連叩頭，哽咽道：「臣非敢輕離陛下，奈何臣七歲與母親分別，倏忽一十六載。去年秋天好不容易將母親接到泉州，但以國事繁忙，始終未曾回家探望。如今忽然病危，為人子者於心何安？」

隆武道：「可是出兵之事，又該怎麼辦呢？」

鄭森道：「臣所部仍缺衣甲器械，也還需加操練，最快一個月後才能出關。而且臣此刻方寸大亂，也不能好好任事。將來報答陛下之日仍長，故敢暫為請假。待臣母稍癒，臣立即兼程趕回。」

隆武既無奈又不捨，感嘆道：「孝子乃忠臣根苗，朕不能不勉允所請，准假一月，並許馳用驛站歸鄉。但望成功省母之時，莫忘君父之憂。」

鄭森謝恩，直道：「陛下待臣如子，臣無時不敢或忘。」

隆武道：「那麼卿所部，就暫由軍師蔡鼎統領。」

鄭森一聽，心下頗覺不妥，本想請隆武諭令蔡鼎切勿發兵，但自己既然請假，也不便多說甚麼，只好再三謝恩，辭別而出。

鄭森未曾在建寧稍做停留，上了馬又直奔福京而去。得到隆武准假，倏然鬆了一口氣，擔憂之情卻也從此際開始蔓延開來，生恐回去遲了一步，就要抱憾終身。

到了福京，匆匆回家拜見父親。這段時間，鄭森與鄭芝龍漸行漸遠，然而這日鄭芝龍見了他，不但毫無芥蒂，甚且顯得十分慈藹。

鄭森見他並無戚容，懸著的心先自放下了一半，關切地問：「阿娘現在好嗎？」鄭芝龍道：「昨日的消息，說是暫無性命之憂，但隨時都還可能有變化。」鄭森道：「兒想回家探望母親。」鄭芝龍點點頭：「我已備下一艘最快的同安梭給你，就在碼頭上，隨時可以走。我也很想看看阿松，不過實在走不開身，你幫我多問候她。」說著拍拍他的肩頭道：「這十多年，苦了你和阿松了。」

鄭森不料父親如此體諒，眼眶一紅，差點沒落下淚來。暗忖道，自己雖與父親意見不同，畢竟父子至親，在這種時候就看出來了。

鄭森搭上船，從閩江直放出海。從船艙望出去，這大海行船的風景應是看得慣了的，此際卻覺得彷彿第一次得見。他試著回想母親的種種，怪的是一時竟勾不起太多回憶，眼前泛起的，只有自己剛來到安海時，每天晚上獨自在海邊默默眺望的情景——闃黑的海上不見一物，卻隱隱能夠感覺到有甚麼東西正洶湧地起伏著，海浪不住拍打著岸邊，發出刷刷的潮聲，海水退去時，沙灘上無數氣孔又密密響成一片。

他自責地想：莫非是近來忙於國事，竟然將母親的事情都給遺忘了？

數日後，同安梭終於接近泉州海面，向著圍頭灣底、安海港深處的鄭家大宅駛去。鄭森站在船頭，看著這再也熟悉不過的景物。船頭蔡輔站在他身旁，閒話道：「國姓爺，您這回離家幾乎一年了。走的時候大夥兒還叫您『森舍』，誰想得到您都賜姓封爵了呢……」

鄭森滿腹心思，並不想搭理蔡輔，只顧眼望著陸地。忽然間，岸上出現了一個熟悉的身影，鄭森心頭一驚：是母親！雖然相隔尚遠，但那身影再熟悉不過。鄭森揉了揉眼睛，確認不是幻影，頓時大聲叫道：「向岸邊靠過去！」

距離稍稍拉近，岸上女子的容貌漸漸變得清楚，雖然氣度雍容，卻不是鄭森記憶中母親風華正貌的模樣，而是髮色略顯花雜、微露初老之態。轉念一想，十六年過去，母親早已不是當初的少婦，正合著岸上那婦人的年紀。於是定睛細瞧，只見那婦人也正殷切地望著自己，臉上又是期待，又是疑惑。鄭森左看右看，怎麼也不敢確定她是否就是母親。

蔡輔忽然喊道：「咦，這好像是田川夫人？不對呀，她怎麼會自個兒跑到這個地方來……」

鄭森聞言，胸中一熱，忍不住對著岸上大喊：「ははうえ——」那婦人也驚喜地喚道：「福ちゃん——[2]」

鄭森再無疑惑，母親就在眼前。蔡輔正忙著指揮水手停船，準備放下小舟登岸。鄭森早已等不及，從舷邊縱身一跳，鑽入海中，向著岸上奮力泅泳。這海岸太遙遠，卻又很快就抵達了，鄭森腳底踩到沙灘，排開海水，三步併作兩步奔上岸，而那婦人也踏入水中相迎。

婦人眼中炯炯有神，又帶著些許遲疑。鄭森抹去臉上水珠，同樣端詳著對方，眉眼之間的神態彷彿熟悉，但滿臉風霜，與記憶中絕不相同，於是試探地喚道：「ははうえ。」

婦人噗嗤一笑，從懷中取出一張畫像，用日語道：「我帶著你十歲時的畫像來認人，眼裡已經噙著一包眼淚了，看到你滿嘴這圈鬍子、渾身濕淋淋的樣子，竟哭不出來呢。雖知你定然長大了，但還是很難想像，你竟然長成了這樣一個堂堂的偉丈夫。」

鄭森在船上想了千百次，本也以為自己和母親定會相擁而泣，沒想到卻是以這般方式見面，也覺失笑，因問道：「母上怎會在此？」

「我每天都到這裡來散心，想著說不定你就回來了。」田川松悠悠地道，「當年大海船把你帶走，今日又是大海船把你帶了回來。」

鄭森一聽，頓時跪倒在地，嗚咽道：「孩兒真是太不孝了……」田川松矮身抱住鄭森，淚流滿面地道：「今天真是我這輩子最歡喜的一天！」鄭森想起離開平戶那天，一艘大海船停靠在川內浦，臨要登船，才知道母親並不隨行，一時便不肯走。母親為了哄自己，直說她搭乘下一艘大船，隨後就來。自己年幼天真，不疑有他，興奮地奔上海船，揮手作別，沒有想到這一分開就是十六年。這些年裡多少思念、多少委屈、多少孤單，頓時翻湧而出，不可抑止，遂抱著母親嚎啕大哭起來。

兩人抱頭哭了好一會兒，田川松取出手巾，為他擦乾頭臉，不捨地道：「你就是貪玩，怎麼不等船靠岸呢？把自己全身都弄濕了，可要染上風邪的呀。」

聽她這麼一說，鄭森才覺得春風吹在身上果然頗為寒冷，不由得微微發顫，但心下歡喜，不以為意地道：「孩兒身子精壯，不礙事的。」他忽然想起母親正生著重病，倏然警醒道：「倒是母親怎能在此吹風呢？您不是還沒痊癒嗎？」

「痊癒？」田川松詫道，「我沒有病啊！」

鄭森一楞，道：「孩兒得到消息，說您……得了時疫，病勢不輕。您別是怕我擔心，故意瞞著我吧。」

「生病？喔，前些時是微微有點風熱，但是很快就好啦，哪裡就這麼大驚小怪。」田川松恍然悟道，「不然就是你爹故意把事情說得嚴重，好叫你回來看我。一官就是這樣，盡喜歡哄人。」

---

2 福ちゃん：日語「小福」。

鄭森心頭一磕磴，隱隱然覺得又被父親欺騙了，但與母親相見的喜悅很快就將這念頭掩去，遂也歡然道：「母親無恙，那真是太好了，孩兒終於可以放心了。」

●

回到家中，鄭森住處隔壁新建了一處院落，即是田川松所居。鄭森一看大感驚喜，院中主屋仿照田川松的平戶舊宅喜相院而造，庭園布局也作日本樣式。門匾上卻非「喜相院」，而是「旭松院」。鄭森低頭一想，隨即悟到：旭為日出，松則是兼取母親和自己的名字。一時感嘆，難為父親設想得如此周到。

待沐浴更衣已畢，田川松道：「你阿公也回來了，先去見見他。」鄭森驚喜地道：「阿公也回來了，孩兒立刻去拜見！」

田川松的母親當年先嫁入田川家，生下松，不久夫婿過世，隨即改嫁給移居平戶的泉州鐵匠翁翊皇，田川松便成為他的繼女。父女倆相處數十年，早已情逾骨肉。這次田川松來到中國，翁翊皇擔憂孤身寂寞，又頗為思念故鄉，遂與她一同返回。

鄭森來到一間榻房，此屋以木板架高地面，鋪以疊蓆利於趺坐。剛到室外，就聽見外公熟悉而蒼老的聲音，開朗地道：「……這日本人的切腹之法，又分為『十字切』與『一文字切』。所謂十字切，就是在腹肚上一橫、一縱地切開兩刀。一文字切則是橫切一刀，到底之後轉上半圈，再斜斜提起……」

鄭森眉頭一皺，心想外公怎地和人說起這個來？轉念又想，小時候曾聽聞過切腹一語，但不明其詳，倒想聽聽是怎麼回事。

翁翊皇在屋中續道：「要做到十字切實在太難，切一刀就已經痛得去見佛祖了，哪還有力氣切這第二刀？所以後來多半是用一字切。可是問題又來了，只切一刀太不容易斷氣，只能慢慢等渾身血液流盡方死，受苦不堪，所以改為同時請人『介錯』——當腹肚一切開，旁人就持刀替他斬首，省去痛苦。」

「阿彌陀佛，善哉善哉。」屋中一個老者口宣佛號，顯然是一位僧人。「佛經裡雖然也有自盡之事，但都是捨己為人，或者求法殉教，絕無這樣自殘自苦之法。看來日國一地，仍是亟待弘法的大塊福田。」

翁翊皇道：「日本的事啊，你想都想不到！他們的和尚，吃肉喝酒、娶妻生子樣樣都來，全無半點清規戒律，真需要像大師這樣的高僧去好好管一管。」

老僧道：「敗壞戒律，大違佛法，日國僧眾怎生變得如此？」

一名中年人插口問道：「叔啊，自盡之法甚多，日本人為何獨獨要切腹呢？」鄭森聽出來，這是父親小妾黃益娘的兄弟，自己的姨表舅黃徵明。

翁翊皇道：「日本人相信腹肚乃魂魄之所居，人無論是犯罪還是蒙冤，切腹可以滌心除穢，恢復清白之身。」

黃徵明嘖嘖嘆道：「奇怪，奇怪。我也常去日本，今日聽叔一說，倒覺得自己真不懂日本人是怎麼回事。」

鄭森聽得屋中話題告一段落，大聲道：「お爺さん[3]，福松來看您了！」說罷拉開紙門逕自而入。

屋中三人正盤膝坐談，翁翊皇一看見鄭森，高興地跳起身來，跨過疊蓆上的茶壺茶杯，一把抓住鄭森用力搖晃：「福ちゃん！你來啦！」翁翊皇毫無老態，一時手舞足蹈起來。鄭森滿心歡喜地道：「阿公，你都沒變，還是跟以前一樣硬朗。」翁翊皇故作附耳狀道：「該硬的地方早就不硬啦！阿哈哈！」眾人聞言哄堂，黃徵明笑道：「叔真是一樣沒大沒小。」

翁翊皇忽然想起來還未互相紹介，拉起鄭森的手，對那老僧道：「這是小孫福松……不，鄭森……喔不，現在叫做國姓爺成功大人閣下了！剛剛封了一個忠……忠……」他轉頭問鄭森道：「皇上給你封的忠甚麼伯哪？」鄭森有些難為情地道：「忠孝伯。」翁翊皇嘿嘿笑道：「是啦，忠孝伯，掛的招討大將軍的大印，在前頭帶兵殺敵！」他看了那老僧一眼，忙摀嘴道：「大師面前，不可妄說『殺』字。老鐵匠口沒遮攔，老和尚別見怪啊。」

那老僧微微一笑表示無礙，翁翊皇又對鄭森道：「這位是黃檗山萬福寺的住持，隱元大師。」鄭森看隱元生得一副長尖臉，鼻丘甚大，留著花白的山羊鬍子，眼睛雖小而曖曖內含光，氣宇調暢，乃是有道之僧，趕緊合十禮敬道：「見過大師。」隱元也隨即還禮。

翁翊皇道：「咱們正在聊日本的事情，福松，呃，國姓爺坐下陪外公一道聊。」

黃徵明道：「森舍來得正好，其實咱們是在商議到日本借兵之事。」

「到日本借兵？」鄭森詫道。

黃徵明道：「不錯。我福建軍隊不足，僅堪憑關自守，難以大舉出戰；日本歸於一統未久，各地武士頗為熟悉戰鬥，又有建功立業之心，正可向其借兵以利復國。」

鄭森疑惑道：「這是我爹的主意？」

「不是他的主意，卻是哪個的？一官盤算，若使日本發兵二路，一往南京，一指天津，必能擾動天下，我軍便可趁勢掃平淮揚以南。」黃徵明道，「其實去年十二月，一官便已命水師副將周崔芝修書請日本發兵相助。今年正月，書信遞到江戶，在德川將軍前宣讀，執政的老中們計議後，雖然明面上拒絕出兵，只願略撥軍糧相助，但暗地裡修葺長崎至江戶間三千餘里的馳道、橋梁、驛遞和公館，專等中國使臣前往，也利於往後發兵運送之用。」

翁翊皇插口道：「咱們還探知，幕府密令京都所司代[4]暗中準備，下了十一條出兵計畫，打算派出二萬二千名大軍。薩摩和柳川藩主也都請纓自任先鋒。」

「真有此事！我怎麼從來未曾聽說。」鄭森興奮的道，「那麼朝廷真應該快些派出使臣。」

「你表舅不才，已蒙皇上欽命為『出師徵兵恢復正使』，還賜了一品服職，方便與德川將軍交涉。」黃徵明笑著說罷，取出八封書簡攤在疊蓆之上。「這些是皇上的敕旨，以及一官致日本的『乞師狀』。兩封給京都的皇帝，三封給江戶的德川上將軍，三封給長崎奉行。並且準備了禮物，希望先借勁兵五千。」

鄭森拾起隆武致「日本正京皇帝」的敕旨，匆匆瀏覽一番，旨中引經據典，說秦朝時泰伯和仲雍的子孫千人渡日避亂，繁衍至今，兩國可謂親誼；而元朝幾度發兵攻打日本，韃靼乃是大明

3 お爺さん：日語「爺爺」。

4 京都所司代：幕府派駐京都的最高官員，負責彈壓京都治安、監察朝廷和公卿，並監視西日本諸侯。

與日本共同的仇敵；又以周代的彭濮和唐代的回紇為例，請日本發勁兵相助。

鄭森讀著讀著，愈發感到望外之喜。他一直對父親不肯出關決戰頗不以為然，近日更懷疑父親對朝廷不忠。有這番借兵之事，則可見得父親是真心想要恢復，一時心中竟激動不已，又是欣喜，又是寬慰。於是殷切地問：「阿舅何時啟程？」

黃徵明道：「隨時都可出航，但若要不辱使命，得先來向翁太爺請教。太爺在日本多年，熟悉國情，和平戶藩主稱兄道弟，又是一官的探子頭，不問他問哪個？」

「是啦，方才原來是說到這裡，老鐵匠嘴碎，竟支開來一路說到切腹去了。」翁翊皇自失地一笑，續道：「話說回頭，我說啊，你們準備的那些個綵緞金帛等禮物，人家未必看在眼裡。」

黃徵明道：「這還不夠貴重？那麼咱們卻該備些甚麼去？」

「禮物現成在此，卻看老和尚是否願往日本一行，弘揚佛法去。」翁翊皇嘿嘿一笑，對隱元道：「日本最敬佛、法、僧三寶，若能得大師這樣的得道高僧前去，又有普陀山藏經為贄見之禮，包管水到渠成，禮到兵發。」

鄭森和黃徵明恍然，這才知道為何邀請隱元同來討論乞師之事。

「原來檀越將老衲當作了禮物。」隱元並無慍色，從容地道：「只是拿我這出家人去換刀兵，說起來似乎不大對頭。」

「以神僧換倭兵，那自然是咱們吃虧，便宜了日本。」黃徵明長於言詞應變，立即道：「大師毋須長久駐錫日本，待中國恢復太平，到時還要請大師回來遍霑法雨、度化人心。」

「中國有此兵戈之厄，乃是夙昔之業果報不爽。老衲正應廣宣佛法，以消泯人心的貪嗔癡和我執，還得清淨之世，怎能輕離？」隱元頓了一頓，又道：「何況老衲一介方外，哪裡就有偌大面子，能勸得動日本的將軍貴人們？」

翁翊皇道：「大師何必過謙，您是臨濟正宗首座，法名傳揚海外已久。您的《隱元禪師語錄》由長崎傳入日本，不只京都妙心寺的僧侶競相搶購，各宗各派的僧人也都來借閱傳鈔。」他從懷中掏出兩封書信，展開來放在隱元身前，「大師請看，長崎興福寺住持逸然性融法師——他是浙江人——懇請大師渡日住錫，並願將住持一位相讓；崇福寺四大檀越王引等人，還有穎川藤左衛門、彭城太兵衛共十三人相偕署名請您前往弘法，並已大力整修寺觀、鑄造梵鐘。我聽說，連江戶的德川將軍都有意招請您。大師方才不也說，日本是一塊亟待弘法的大塊福田呢。」

鄭森見隱元似乎有些鬆動，跪坐叩首道：「我中國遭逢亂世，誠乃不幸。佛陀慈悲，也須有韋陀天將護法降魔。清人害我人民，亦如邪魔，請大師發慈悲心，顧念眾生苦於兵禍，赴日本請兵息災。」

隱元微微點頭：「借兵一事，老衲願效微力。雖然一時未必便能成行，至少也會指派得力弟子隨黃檀越一同前往，我萬福寺中藏經，也盡可送去日本。」

●

鄭森在安海老家與母親朝夕相處，只覺歲月靜好，白雲悠悠，飛鳥安閒，天地間渾不似再有煩擾。獨處時往往自忖：原來這就是天倫之樂。然而又會忽然感到莫名的不安，就像捧著一只珍貴的瓷瓶，不知何時會失手打破。

不覺十日過去，假期將屆，必須返回建寧行在向隆武覆命。臨行前一晚，鄭森輾轉難眠，起身到旭松院閒步，見母親房中燈火未熄，悄然近前，忽聽得房中一陣劇烈咳嗽之聲，忙出聲詢問：「母上還好嗎？」田川松一面咳嗽，一面開門道：「不要緊，只是喝茶嗆著了。」

鄭森拍著母親的背，待她舒坦些，問道：「母上還沒睡？」田川松道：「我向來有不寐少眠的毛病，不妨的。你卻怎麼過來了？」鄭森道：「孩兒一想到明日要離開安海，就無法入睡。」田川松道：「那就再陪我說說話。」她看著門外星空，道：「天氣倒好，不如出去走走。」鄭森道：「夜裡涼，還是屋裡說話吧。」

田川松忽問：「我聽說你剛到安海的時候，經常獨自在深夜到海邊去？」鄭森道：「那是因為思念母上，又不能回平戶，只好獨自空望大海。」田川松若有所思，沉默半晌之後道：「我想看看你望海的地方，你帶我去。」鄭森道：「海邊風大，而且黑漆漆的甚麼都沒有。」

田川松卻道：「有甚麼並不要緊，我只要去你看海之處。」

鄭森見母親說得認真，於是道：「那麼母上多穿幾件衣服再去。」

兩人不帶僕從，從圍頭灣一側的小門而出，沿著海邊緩緩走著。田川松道：「你一個小孩子，大人們卻肯讓你在夜裡出門？」鄭森道：「最初是鴻逵叔看我每天晚上總是唉聲嘆氣，帶我出來海邊走走。後來大家見我出門慣了，有時我獨自前往，也便不管。」他指著前面，「其實只是到海灘上望望罷了，並不走遠。」

這日初九，月光薄薄地照在沙灘上，一片朦朧，勉強能夠看清腳步，海上黑闃幽深，除了不時拍擊的浪花，別無一物。

鄭森道：「我問鴻逵叔，平戶在哪裡，他胡亂往海上一指，我就信了。長大一點才知道，海灣向著南邊，方位天差地遠。不過海船要去日本，總要循灣出海，也不算錯。」

海風吹得田川松幾縷髮絲在臉上亂拂，她卻毫不在意，逕自走到潮線上，默望大海。良久嘆道：「平戶海邊夜景，與此並無分別。福松啊，媽媽雖然未能陪著你，卻也時時在海邊和你看著相同的景色呢。」

鄭森眼眶一濕，心中不勝唏噓，口頭上卻寬慰道：「天幸終於令我母子重逢，不必再彼此空望了。」

田川松撫著他臉道：「可憐的孩子。」

兩人並肩看海，似有所見，眼中實又空無一物。

鄭森心想，母親在平戶思念父親和自己，真不知是如何寂寞。一時問道：「母上怨恨父親嗎？」

「不。」田川松想也不想，「男子志在四方，不可徒守妻子坐困。一官成就功名事業，是他分所當為，後來彼此不能相見，乃是因為日本國法所限，並非他的過錯。」

「母上難道並不覺得孤單嗎？」

「孤單難免，但我有你，有小左，還有外公和外婆，也就夠了。」田川松望著大海，彷彿看見了甚麼似地，「一官是我見過最好的人了，豪邁、爽朗、達觀，又聰明又勇敢，甚麼事都難不倒他……不，我想起來了，那時他浪跡天涯，先去了濠鏡澳，又去了馬尼拉，最後來到平戶販賣針線、縫補破鞋為生，落魄不得志。那一天忽然下起驟雨，他的針線打濕了，坐在道旁哭了起來，我剛好經過，隨口說了句：『男兒漢應當頂天立地，哭甚麼呢？』後來他果然再也不曾流過一次眼淚，成了最了不起的男兒漢……那時哪裡想得到，他後來竟四處打聽我，還請平戶最有力的大商人來提親，而我就嫁給了他。」

鄭森默想，父親白手起家，一生傳奇，當年的性格模樣，早已不可同日而語。

「他是海裡的長鯨，天上的遊龍，本來就不該守在川內浦這樣小小的地方。他當了大海賊、大商人，又當上大官，也就漸漸不能到平戶來。起先我也盼著他早一天把我接去，但日子久了，我也就習慣了。」田川松回想往事，無限嚮往地道，「啊，那時真好。我剛懷了你，每天都陽光明亮，家裡總是歡聲笑語。誰知一晃眼就是二十四年過去，彷彿是上輩子的事情了。」

鄭森問道：「母上到安海之後，與阿爹見過了嗎？」

「見過了。但我早知道，分別二十年，一官已經不是當年我等待的丈夫了。」田川松看著鄭森，「我是為了與你相聚才來中國的。」

鄭森見母親對此淡然，反而替她感到生氣：「阿爹落拓於平戶，都是因為與母上相遇才得發跡，他卻棄我母子而去。待我長到七歲，又硬生生拆散我天倫親情。實話說，阿爹對我母子真是殘酷，大有虧於人夫、人父之責。」他一口氣將這些深藏心中多年、從未對人提起的想法說出，這才醒悟，原來自己一直暗中埋怨著父親，所以也才不肯聽從父親安排學習生理和兵事，執意走上不同的道路。

「我也曾想過，如果我有他一半會哄人，留他待在平戶當個平平凡凡的小商人，一家人和樂融融永不分開，那有多好。」田川松帶著事過境遷的淡然道，「然而如此一來，一官也就不是一官啦。」

「我這次回來，是因為阿爹派人傳來母上身體違和的消息，可是母上根本沒有生病。這幾日仔細一想，阿爹故意騙我回家，為的是不讓我出關打仗。」鄭森思緒紛亂，迷惑道：「我越來越弄不清楚，阿爹究竟是好人還是壞人？」

「這世上的好事與壞事，原也難分。譬如他擔心你一心想著國事，都不回來看我，又怕你打仗有甚麼損傷，哄你一哄，於我來說就是天大的好事。」田川松笑道，「我只知道，你爹他是一個對自己誠實，最忠於心中志向的人！」

●

次日一早，鄭森收拾好行囊，到旭松院向母親辭別。

田川松一見了他，隨即招手道：「快來，我差點忘了一件要緊事。」鄭森忙道：「母上有何吩咐？」田川松笑道：「小左一直叨念著想請哥哥寫幅字，過兩個月就是他的生日，你今日寫了託船送去，剛巧趕上，豈不正好？」說罷就指揮侍女在長桌上鋪紙磨墨起來。

鄭森笑道：「上年在長崎，多虧小左照應，是該好好謝他。」於是援筆蘸飽墨汁，不假思索寫下：

禮樂衣冠第，文章孔孟家。
南山開壽域，東海釀流霞。

由於是寫給弟弟七左衛門的，鄭森以行草一揮而就，寫來輕鬆自在、飄逸可愛，自己甚覺滿意，隨即取出「鄭森私印」和「成功」兩枚圖章，鈐在正中下方。

田川松道：「筆勢如此生動，寫得真好。詩句必然也是好的，寫的是甚麼？」

鄭森道：「不過是幾句祝賀的普通言語。頭一聯稱讚小左生於通曉禮樂的衣冠門第、學習孔孟聖教的文章之家。次一聯取『福如東海，壽比南山』之意，略做變化罷了。用作賀詞還算得體，但稱不上甚麼好詩。」

「好極了，好極了。」田川松連連點頭，「禮樂衣冠、孔孟文章。森兒就算當上了大將軍，骨子裡畢竟仍是個讀書人。小左從小與你通信，受你激勵，也頗以儒生自任，他見了這幅字，不知會有多高興呢。」田川松命侍女將字幅拿起，以便觀看。那紙張甚長，侍女高舉著手，方才不會拖到地上。田川松端詳了好一會兒，無限寬慰地道：「森兒，往後無論遇到甚麼事，都儘管循著你的路途前進，忠於你的志向吧！」

鄭森心頭一陣溫暖，向母親辭別道：「待兒完成復國大業，定當辭去一切官職，回到海濱好好侍奉母親。」

田川松笑道：「瞧你說的。來日方長，咱們相處的機會還多著呢。放心去吧！」

第參拾回

焚服

鄭森一離開安海，滿腦子又開始盤算起紛亂的國事。與母親幾次交談之後，對父親有所改觀，尤其是遣使向日本借兵一事，更顯出父親確實有心恢復。因此鄭森回到福京，就想與父親細細商量軍務。

到了太師府前，只見一大隊儀仗促擁著兩頂官轎抵達。府邸中門大開，幾聲炮響，鄭芝龍穿著朝服親自出來迎接，挽著兩名官員之手，顯得十分熱絡。

鄭森看這排場，料想是隆武派使者前來頒詔，甚或還有封賞。兩名官員十分面生，不知是誰。細看時，高腳牌上寫的官銜分別是「山東道御史林必達」和「左軍都督平波將軍裘兆錦」。鄭森心下奇怪，暗想：怎麼沒聽過這兩位大人？

正在疑惑間，忽聽得身旁看熱鬧的一名儒生咬牙切齒地道：「鄭芝龍目無皇上，竟然堂而皇之地私迎魯王使者，是可忍，孰不可忍？」鄭森才醒悟這是浙東的使臣。隆武先前派劉中藻到浙東拉攏監國朝臣，沒想到魯王如法炮製，也派人來私會父親。

鄭森趕緊搶進門去，一到前堂，門外左右分列著金鼓樂隊，大廳正中設著龍亭香案，鄭芝龍北向而跪，林必達捧著詔書，和裘兆錦立於香案東側，正大聲頌讀道：「……即封鄭芝龍為泉國公，欽此！」

鄭芝龍伏地四拜，拱手加額，朗聲道：「謝監國千歲！」

林必達與裘兆錦趕緊上前扶起鄭芝龍，滿臉堆笑地道：「賀喜泉國公！」鄭芝龍也開懷地道：「兩位大人遠來辛苦，裡間酒宴已經擺下了，請移步。咱們邊喝邊聊！」

鄭森明白父親受了魯王所封「泉國公」，渾身如入冰窖，一時茫然無措。等回過神來，鄭芝龍已領著兩名使者往後進去了。鄭森見廳上人多紛亂，遂從前門而出，繞到廳後。

他望見鄭芝龍等人在長廊上行走，正想上前理論，馮聲海忽然從側邊出來，對鄭芝龍附耳說話。鄭芝龍聽畢，隨即拱手道：「忽有要事須得暫離，兩位大人請先入席，本爵去去就來，怠慢之處還請恕罪。」說罷便獨自往書房的方向而去。

鄭森心念一動，暗忖道：阿爹撇下魯使，必有更加要緊之事，且去察看一番。於是小心地穿過花園，遠遠跟著鄭芝龍。府裡警衛雖然嚴密，但親兵都認得鄭森，只一敬禮便不多盤問。鄭森見父親果然進了書房，遂繞到書房後面，矮身躲在窗下，隨即聽見馮聲海領了一個人進來。

那人緊張地道：「見過太師！」鄭芝龍道：「你便是蘇忠貴？」蘇忠貴道：「是。我家黃老爺，承內院大人之命招撫福建，本該親來拜訪，但道路不通，只好由小的先來拜見致意，非敢怠慢，請太師不要見怪。」鄭芝龍溫言道：「來，先坐下，別拘謹。熙胤公往昔與我熟不拘禮的。他現在的身分，自然不便入閩，怎會怪他。」

鄭森搜索記憶，暗想：「黃熙胤，黃熙胤？啊，是了，御史黃熙胤是泉州晉江出身，但他早在清兵剛入關時便在北京投降了；至於『內院大人』，指的必是洪承疇[1]，這一定是清朝派來離間阿爹的細作。」

蘇忠貴道：「內院大人和我家老爺，重重向太師致謝。太師不但派兵保護兩家在泉州的老家，還將內院大人的長公子護送到南京，兩國交戰之際而能如此關照，太師恩德深重，內院大人

1 內院：清初仿明朝的內閣制度，設置內國史院、內弘文院及內祕書院掌理國事。洪承疇時任內祕書院大學士，故被稱為內院大人。

至為銘感。」

鄭芝龍淡然道：「這有甚麼，洪大人是我南安縣同鄉，熙胤公也出身泉州府，雖然今日各為其主，但親人無罪，自該照應。」

蘇忠貴見鄭芝龍態度友善，漸漸較為自在，道：「內院大人及我家老爺問候太師安泰，祝太師如意。」鄭芝龍道：「人都看著我位高權重，其實我並不如意。」蘇忠貴不料他有此作態，詫道：「太師隻手扶立唐王，一人之下，萬人之上，哪裡會有不如意之事？」鄭芝龍長嘆一聲道：「就是這『一人』麻煩。隆武皇帝性情暴戾，心意不定，經常朝令夕改，讓人無所適從。這千斤重擔，我時常覺得有些承擔不起呢。」

蘇忠貴大受鼓舞，乍著膽子道：「小的此行目的，本瞞不過太師。小的就直說了，我大清朝上承天命，下應人心，如今聖天子在位，一統江山之日不遠。只有福建一省，因有太師在，內院大人不敢輕率騷擾，盼太師以天下為念，早日歸我聖朝，以成就萬世不移之功業。」

「承蒙洪大人看得起，本爵不勝光榮。」鄭芝龍正兒八經地道，「不過洪大人卻弄錯了一件事。」

蘇忠貴以為鄭芝龍打算拒絕，緊張地道：「請太師指教。」

鄭芝龍一笑，道：「本爵所在，不止一省。且不說我朝廷版圖七省，就是本爵部下固守之處，也有江西大半，以及粵東潮州一帶。」

鄭森暗罵：阿爹虛張聲勢，竟是在討價還價。

蘇忠貴忙抱歉道：「是，是，太師威震天下，內院大人敬重得很。是小的失言。」

鄭芝龍故作姿態道：「我領有三省，又受封平虜侯，官至太師，早已位極人臣，再也沒有甚麼好奢望的了。」

蘇忠貴聽鄭芝龍話說到這，知道不能不提出條件來了，於是道：「太師清高，令人敬佩。但戰禍連年，生靈塗炭，請太師以天下為念。內院大人再三提及，閩粵兩省衝要煩難，須得一位威望素著的大員鎮守。待福建歸入一統之後，朝廷仍要借重太師總督閩粵。同時爵加一等，晉為國公。」

鄭芝龍笑道：「說到這個，方才魯王監國遣使封我為泉國公，使者還在花廳等我去開席呢。」蘇忠貴反應也快，起身道：「小的不知侯……公爺進爵，還請恕罪。如此一來，他日朝廷必封以王爵，恭喜公爺，賀喜公爺！」鄭芝龍哈哈大笑：「今日與你一席閒談，竟就加了王爵，得了個三省總督。說出去，恐怕還沒有人相信哪。」一句話裡，又把價碼往上喊到「三省王爵」。

蘇忠貴知道他要的是憑證，趕緊道：「內院大人說，今日遣小的來，乃是向太師致謝、問安。至於封爵、封職等事，待小人回去覆命之後，便會立即向朝廷請求敕書。」鄭芝龍道：「這就是了。我與熙胤公素來相識，彼此信賴，否則另有人混充使者，信口開河，我豈不成了天下人的笑柄。」蘇忠貴連連稱是，一再說等領到敕書，隨即就會送來。兩人接著說了幾句場面話，蘇忠貴便先行告退。

鄭森聽得血脈賁張、怒氣沖天，更交雜著憤恨羞辱之感。正欲起身，又聽得馮聲海回到房中。「不愧是一官，講斤論價，哪個都比不過你，三言兩語就從公爵改成了王爵。」馮聲海忽然語調一變，「你又在轉扳指了，有甚麼事情那麼難決斷嗎？」

「只要能把廣東拿在手裡，無論是由明朝還是清朝一統江山，這東南沿海都將成為國中之國，不，是海上之國。」鄭芝龍聲音中殊無歡快之意，「你還記得當年我是怎麼說的？」

「當然。」馮聲海一字一句地道，「咱們沿海子民太苦。這片海圍著中國，應該由咱們來管，讓大家豐衣足食，讓中華商人不再受外洋挾制。從日本到呂宋，從美洛居到爪哇，若在咱們掌握之中，那真是曠古以來未有的事業。」

鄭芝龍緩緩說道：「大明也好，大清也罷，北京龍廷哪裡懂得甚麼是滄海汪洋？一旦這海上之國建立起來，貿易蕃盛、貨物暢通，外國的銀子便會如流水般源源不絕地淌進來，到時人人都有好日子可過……」

鄭森對這番議論無比熟悉，他深深記得，三年前父親帶著自己乘一艘小船出海，在銀河星空下慷慨而談，說到閩人「出海死一身，不出死一家！」的困苦，說到父親掃平諸寇讓沿海恢復平靜的努力，更說到要將和蘭人逐出東海、由中國人作主的遠大志向。是這番話，讓鄭森頭一次答應為父親辦事，前往南京奔走，勸退左良玉大軍。匆匆三年過去，崇禎殉國、清人入關、南京失陷……誰想得到世局會有這樣天翻地覆的變化？更沒想到，父親即便擁立了隆武，官居太師，也從未改變過內心的想法。然而鄭芝龍這番宏願，如今聽在鄭森耳裡卻是百味雜陳。

鄭芝龍沉吟半晌，接著道：「這幾年時勢變化得太大、太快了。咱們花了一輩子工夫，用盡全部心神力氣才走到這一步，稍有不慎卻便有可能滿盤皆輸。」他問馮聲海道，「依你看，外頭還能撐多久？」

「杭州的細作探知，清軍打算趁著夏天水淺，渡過錢塘江攻打紹興。魯王手下諸軍糧餉不足，師老兵疲，恐難抵擋；此外江西那邊也會在五月圍攻贛州。最遲秋天以前，清軍就會兵臨福建省境了。」馮聲海壓低聲音道，「最要不得的是，皇上派去浙東犒師的陸清源被馬士英給殺了！」

鄭森差點叫出聲來，豎直耳朵傾聽，深怕聽錯了。

「道路傳言，陸清源說老馬是逆臣，不肯撥餉給他，因此被殺。其實以老馬那樣精明之人，才不會做這種不上算的事。」鄭芝龍陰沉地道，「皇上派陸清源捧著十萬兩銀子到浙東犒師，明火執仗地去挖魯王牆腳，浙東必然有人不樂見於此。暗中殺了姓陸的，嫁禍給老馬，警告浙東諸將別想有二心。只是這樣一來，閩浙反目成仇，刀子尖兒向內，大局再無可為，真是愚蠢至極。」

「不錯，魯王怕皇上報復，還將督師張國維從敵前調開，改駐衢州，也不管江上守禦因此更為削弱。」馮聲海嘆道，「關著門自個兒鬥起來，正如病入膏肓，我看這大明朝的中興事業，不復可以聞問了。」

鄭芝龍不屑地道：「可笑隆武還在夢裡，不知己也不知彼，只會一個勁兒地叫出兵。老施、老四和阿彩三次出關，死傷上萬，家底都讓他玩光了。其實他盤算甚麼我還不明白？他想出閩入贛，到湖廣去，好脫離我的掌握。想得美！」他頓了一頓，道：「我擔心森兒過於耿直，真的拚死命打出江西去，才把他騙回安海。他手下那班山賊一點屁用也沒有，你說這回他們死傷了多少？」

馮聲海道：「蔡鼎領兵出關，在黃土隘慘敗，一萬人馬死傷了一半。」

鄭芝龍道：「活該！蔡鼎根本就是騙吃騙喝的江湖術士，隆武會信任那種人，還封了個不倫不類的『軍師』，命他即刻出戰，你就知道隆武也不過就是個草包。幸虧森兒沒去，否則以他的性子，非戰死在黃土隘不可……」

鄭森聽得全身寒毛直豎，不勝悚然，沒想到自己好不容易招撫、整頓的一支軍隊，就這樣給糟蹋了。卻不知陳秀、萬禮和陳國祚等人生死如何？震驚之餘，後面幾句話就沒有聽到。

回過神來，聽見鄭芝龍續道：「……魯王為求補救，這才派了林必達二人前來。我受他封爵，讓他先安安心，好對付眼前之敵。其實這兩人只是來投石問路的，魯王後面還派了陳謙當正使，要和皇上修好。」馮聲海道：「他不是寫了封信給你？」鄭芝龍道：「他怕在這當口入閩，成了皇上的出氣包，給逮問了治罪，問我能不能來？」馮聲海道：「你怎麼回他？」鄭芝龍哼哼一笑：「有我在，還怕老兄弟傷了一根屌毛？不過我得到延平行在去，才能保他無事——說到林必達，他們兩個還在等我去開席呢，走！」

鄭森癱坐在窗下，渾身濕透，今日聽聞之事，每一件都如此驚心動魄，叫人難以招架。父親方才說，要在閩粵稱王，成立一個海上之國，為此，即便讓清人一統江山也無妨。鄭森不敢相信父親怎能這樣渾不當一回事地談論這樣無國無君、遺臭萬年之舉。

定下神來冷靜一想，如今再去找父親理論也是枉然，只有盡力維持住福建與清朝敵對之勢，並且絕不能讓清使拿來敕書，和父親商定成議。

「須得殺了蘇忠貴！」鄭森下定決心，隨即起身離開書房。

鄭森並未見到蘇忠貴的長相，但推想他應該不會從大門出入，因此先回自己的舊臥房取了柄匕首，逕往後門等待。

後門不時有人出入，但都是府中下人送柴薪、買蔬果。直到天色稍暗時，忽有三人出來，個個頭戴斗笠壓住臉面，鬼鬼祟祟地東張西望。鄭森當即上前，低聲喚道：「蘇忠貴？」中間那人冷不防被這麼一問，答應道：「是……不，不是……」

鄭森聽出他正是方才與父親對話之人，取出匕首便刺，但刺到半途，看見蘇忠貴臉上恐懼的表情，心中一念閃過：彼亦人子也。出手去勢略偏，便刺空了。蘇忠貴一時嚇得哇哇大叫。

鄭森暗罵自己，不可因為一念之仁壞了大事，抽回匕首待要再刺，手腕忽被後面一股大力抓住，向內一折，將匕首尖抵在自己喉頭上。鄭森掙脫不開，對方卻鬆了勁，夾手奪去匕首，低聲道：「森舍開甚麼玩笑。」轉頭一看，卻是馮聲海。

馮聲海看了蘇忠貴一眼，見他並未受傷，遂對手下親兵一揮手，命他們護送蘇忠貴快步離去。

馮聲海對鄭森道：「方才得罪了。府裡的親兵統領說森舍回府進了書房，咱們卻沒見你來，就知道必有緣故。」鄭森忿忿地道：「我不能眼睜睜看著阿爹行此大逆不道之事，一失足成千古恨！」馮聲海道：「兩國交戰不斬來使，殺了此人，麻煩可不小。」

「蘇忠貴乃是奸細，並非使者，本來該殺。」鄭森嚴正地道：「賣國求利，天地不容！馮叔代我勸勸阿爹，請他好自為之。」說罷頭也不回地去了。

鄭森乘船溯江前往延平行在，下船時才發覺鄭芝龍的座艦緊跟著靠岸，父親在煊赫的儀仗前導下，一派從容地上岸。鄭森忍不住上前，語帶譏諷地問道：「阿爹的南京朋友可好？」

「託你的福，已平安回去了。」鄭芝龍彷若無事，淡淡地道，「今日陳謙大人奉魯王之命自浙東來，正值閩浙彼此誤會，咱們務必要護得陳謙周全。皇上頗信任你，萬一有事，還請國姓爺出言相救。」

鄭森想起陳謙挾持劉中藻之事，又聽聞他以駐守衢州之便，依違於閩浙間，引以自重，對此人實是十分痛惡。然而陳謙奉使前來，若有閃失，閩浙兩朝廷便將徹底決裂，卻又非維護不可，只能在心中暗暗生氣。

兩人一同入行宮請見隆武。隆武正與張肯堂議事，在慣有的愁容之外，更增添幾分唏噓傷感。兩人請安已畢，鄭森問道：「陛下何故煩憂？」隆武道：「成功還不知道嗎？黃先生在南京遇害了！張先生給成功說說——」

張肯堂說道，黃道周在上年十二月底兵敗被俘，押解到南京。清朝幾位漢臣輪番勸降，都被他嚴詞拒絕，洪承疇親自求見，道：「先生何必自苦，我可以保先生不死。」黃道周喝道：「青天白日，哪來的鬼？松山之敗，洪承疇全軍覆沒，先帝痛哭遙祭，死去已久。你們見鬼，難道我也肯見鬼嗎？」洪承疇知道無法勸服，依然以禮照看，並上疏乞求清廷免其死，但未獲准許。

黃道周被囚期間，絕食十數日以明不降之志，並與門人講習吟詠不輟，一如平時。四方來求翰墨者眾，他也從不推辭，一一書寫相贈。臨刑之日，囚車經過西華門，黃道周忽然跌落車下。

一名指揮使上前攙扶，道：「先生不要驚恐。」黃道周瞋目喝叱：「天下豈有怕死黃道周！此地與高皇帝陵寢相近，市街上又豎有『福建門』的牌子。福京有我大明天子在，我不可乘車經過，是故下車。但因絕食腿腳虛弱，方才仆倒，我哪裡驚恐了！」指揮使愕然改容，道：「此地萬人瞻仰，先生不如就在這裡完成盡忠大事吧。」

黃道周首肯，援筆寫下：「綱常萬古，節義千秋，天地知我，家人勿憂。」向南禮拜已畢，便從容就義。

張肯堂說到此處，感嘆道：「曾有侍者奉茶，黃相躊躇未飲，侍者說：『求相國用清茶一杯。』黃相聽見『清茶』二字，當即擲杯於地。真是難得孤忠啊。」

隆武淚流滿襟，吟起黃道周辭世前的詩句：

> 諸子收吾骨，青天知我心。為誰分板蕩，不忍共浮沉。鶴怨空山曲，雞啼中夜陰。南陽歸路遠，恨作臥龍吟。
>
> 為世存名教，非關我一身。冠裳天已定，得失事難陳。姓氏經書外，精神山海濱。高懸崖上月，遍照夜行人。

隆武吟罷，泣不成聲。鄭森與張肯堂也同感震悼。

鄭芝龍朗聲道：「黃相矢心盡忠，朝廷應與厚卹，以彰大節。」

「黃先生絕食明志、罵賊求死，不愧為大明宰相！他至死猶抱著君父國家、名教綱常。朕讀這幾首遺詩，真是刺心流涕。」隆武舉袖拭淚，稍稍定下心神，續道：「今日卹典，應當破格，諡號尤其重要。黃先生經緯天地、化成天下，當得起一個『文』字，至於這第二字……張先生看呢？」

張肯堂道：「黃相自崇禎朝起，一向正言直諫、剛塞簡廉，可諡『文德』。」

隆武沉吟道：「德字雖好，似乎還不足以彰顯其人。聖能作則、奉若天道曰『明』，我看還是諡『文明』。將此諡號昭知天下，以勉來者。」

張肯堂感動地道：「陛下對黃相的恩典，真令臣下感愧。此諡頒示出去，必能激勵忠義。」

鄭芝龍暗暗冷笑，心想這一對文人君臣放著多少軍政大計不管，卻在那裡字斟句酌，還以為這等身後虛名能起甚麼作用？但他面上仍然裝作十分嚴肅地道：「諡號已定，請陛下頒賜其他榮典。」

隆武不假思索地道：「黃先生贈為『文明伯』，妻封一品夫人，長子為錦衣衛世襲指揮、次子為錦衣衛世襲正千戶、三子著做行在尚寶司丞、四子著做中書科中書舍人。另外在本鄉漳浦和福京都立廟，家祠名『報忠』、京祠名『憫忠』，春秋致祭！」

張肯堂欠身道：「臣遵旨，這就傳諭各部盡速奉行。」

隆武議完卹典，心緒又起，流淚道：「朕有負於道周，當他孤軍深入之時，朕卻未能加以營救；道周不負於朕，他不僅真誠擁戴，尚且身先士伍，垂斃不辱。天奪我黃先生，難道真不欲我大明中興？」

鄭森深受所感，潸然落淚，見黃道周如此志節，對比父親暗中與清朝聯繫的行徑，更覺慚穢，慨然道：「黃相雖死，精神長存。臣雖不敏，願奮志殺敵，為黃相雪恥。」

「朕知道成功的忠心，盼望愛卿回來久矣。」隆武頗感欣慰，「朕出京也有四個多月了，不能長久坐困於此。朕決意先到邵武，相機出杉關，親自到撫州節制諸軍，如此一來江西必可克復。成功先往各處巡關，然後便派兵迎朕。」

鄭森深知此時局勢已變，自己所部新遭大敗，一時也無力出關作戰。但同時又知道只有早日護送隆武離開福建，到湖廣投靠何騰蛟，將朝廷維持住，才能阻止父親降清。他一路上設想清楚，須得自己擁有實力，方能力挽狂瀾。於是奏道：「臣願為皇上前驅，奉御駕克復江西。然而臣部新敗，亟需招募兵將，請准臣在粵餉中挪用部分，以練新軍。」

隆武遲疑道：「福疆戰守，必取閩餉；浙、直、江、楚戰守，必取粵餉，不得有一分一毫僭差。這是朝廷成議，不可推翻。」

鄭森道：「陛下明鑑，贛北、贛中目前淪於敵手，可否就將此二處本來之餉暫撥給臣，用以攻略江西，也不算僭差。」

隆武聞言，略帶戒心地看著鄭芝龍一眼，見他背著手裝作事不關己，卻一臉正中下懷的模樣。原來朝廷能夠支配的餉源，主要只有閩、粵兩省。鄭芝龍兄弟總攬軍政大權，唯有動用粵餉一事，隆武百般不允，堅持撥給江西、湖廣，以羈縻諸軍歸心。如今鄭森開口要餉，隆武自不免疑心是鄭芝龍在背後指使。即便不是，此例一開，鄭芝龍也必要求跟進。遂道：「贛中雖失，各軍齊集贛南，餉源仍然十分吃緊。挪用一事，不得再議。」

鄭森卻哪裡知道隆武這些心思，急切地道：「臣探知清兵欲攻打贛州，刻正大舉集結於贛中。陛下御駕出關，須得有一支勁旅護衛才行。」

隆武知道此言屬實，又見鄭森說得真摯，不似作偽，沉吟道：「這樣吧，督師傅冠受命出兵之後，始終未到前關一步，又連番上疏乞休，實在有負委任。他那裡有貯庫銀一萬四百餘兩，可充六千人一月兵餉，讓他先撥給你，其餘的另外再想辦法。准你精募兵將，限期二十日，即來覆命。」鄭森知朝廷財政拮据，本難強求，遂叩頭謝恩。

張肯堂忽道：「陛下，臣有不同之見。此刻贛中已淪於清軍之手，御駕不宜輕入江西。臣日前上了一道〈水師合戰之議〉，願親自領兵由海道直抵吳淞，招浙東與太湖諸軍為犄角。請皇上御駕親出衢州，合諸軍之力直搗黃龍，方為長策。」

「好，好！」隆武見兩位大臣競相爭取出兵，大感寬慰，「出兵江西和海道北征，兩者可以齊頭並舉，並不衝突嘛。朕著即封張肯堂為『總制浙直中興恢剿部院』，賜敕書一道、旂牌十面、鳳紐銀方印一顆、尚方劍、坐蟒。得便宜行事，專理兵馬錢糧，節制撫鎮。」

張肯堂眼含淚光，下拜謝恩：「遵旨，謝恩。臣誓取金陵，以迎陛下！」

隆武對鄭芝龍道：「由海道北征，也是鄭先生所提『五路出兵』的計策之一。就請鄭先生督造戰船，分撥軍士糧餉。」

鄭芝龍聞言一笑：「前次黃相督師，率的是陸兵，都已沒有糧餉可以支應。這回張閣部督師要用水兵戰船，開銷十倍，卻不知糧餉又在哪裡？」張肯堂忿然道：「臣願捐家貲一萬兩，另請朝廷撥付三萬兩，以成北征之局。」鄭芝龍失笑道：「張閣部想用四萬兩造幾艘船呢？」

隆武道：「鄭先生所部舟船甚多，先撥一批給張先生吧。」鄭芝龍唯唯否否，卻不答話。張肯堂怒道：「皇上問話，平虜侯為何卻不回答？」鄭芝龍懶懶地道：「張閣部學問雖好，畢竟沒帶過兵，舟船兵卒帶出海去，不又成了另一個黃道周嗎？」張肯堂氣得說不出話，只能指著鄭芝龍：「你……你……」

鄭森想起父親暗通清人，卻在這裡譏諷忠義殉國的黃道周，忍無可忍道：「黃相舉動光明，松柏節操，剛剛皇上才賜謚號『文明』，千萬年後留芳青史，阿爹豈可輕慢！」

鄭芝龍道：「國姓爺何必發這麼大脾氣，我只是說，像這樣『知其不可而為之』的事情，一次就已經太多了。我心裡還是挺敬佩黃相的。」

隆武怒火中燒，咬牙道：「鄭先生若不贊成此議，於方今情勢又有甚麼良策？」

鄭芝龍從容地道：「依臣之見，朝廷眼下最急之務，不是入贛，也不是由海道往江南，而是與監國魯王修好。閩浙唇齒相依，應當同仇敵愾。御史陸清源遇害，閩浙大起誤會，然而這不是出於魯王之意，所以他派了靖夷侯都督陳謙為使，前來分說。陳謙此刻已在臣邸，請陛下召見。」

隆武聽見陸清源及魯王之事，更感不快，一時不語。張肯堂質疑道：「陳謙既為使者，應該住在驛館，怎麼待在太師府上？」鄭芝龍道：「延平地方小，驛館破舊狹隘，用來接待使者有失朝廷威儀。陳謙係臣舊交，讓他暫住臣邸，好生接待，也是令他知道皇恩浩蕩的意思。」鄭森聽出來，鄭芝龍是在暗示隆武，陳謙有他護著。

隆武心中煩悶已極，沉默了一會兒道：「朕有些乏，晚點再見他，先散了吧。」

鄭森在延平並無住所，又不願去鄭芝龍宅邸，出了行宮後在城中隨意尋個地方用過飯，便打算直接前往杉關。剛在飯館坐下，就聽說隆武傳旨召見陳謙。等吃完了正準備起身上路，街上卻紛紛轟傳：隆武將陳謙逮捕，押到宮外問斬。

鄭森心下大驚，魯王遣使化解誤會，隆武若將他斬殺，閩浙之間就結下不解之仇了。街上市民蜂擁擠向行宮看熱鬧，鄭森一邊排開人群疾奔向前。

到了行宮之外，見一人被剝去了官服跪在宮門前，一旁劊子手已將大刀高高舉起，眼看就要斬下。鄭森高喊：「刀下留人！」衝上前去表明身分：「我是忠孝伯國姓成功，且慢行刑！」

這時街上馬蹄聲響，鄭芝龍也到了。他翻身下馬，蹲在那死囚身旁道：「謙兄受驚了，幸虧沒有來遲。」那人正是陳謙，仰起頭哀求道：「芝龍兄救我！」鄭芝龍問：「發生甚麼事，怎麼才剛覲見就給拿問？」陳謙慌亂地道：「皇上拆閱魯王所呈書信，看到啟函稱『皇叔父』而不稱陛下，頓時大怒，不容分說就命人將我推出問斬。」鄭芝龍詫道：「僅此而已？」陳謙無辜地道：「就是這樣。皇上同時還將林必達、裘兆錦兩位大人也逮問下獄了。」

鄭森在一旁聽見，不敢置信。清兵已然逼臨關前，閩浙正應同禦外侮，隆武卻為了魯王不肯承認其皇位，就要斬使決裂，似乎太過固執於私忿。

鄭芝龍道：「我這就進宮去向皇上求情，謙兄少待。」說罷命監刑官暫勿行刑，急急入宮，鄭森也趕忙跟上。

鄭芝龍一進御書房，當即奏道：「請陛下赦免陳謙！」

隆武左顧右盼，迴避鄭芝龍的視線，道：「魯王藐視朕躬，乃大逆不道之罪！這次絕不能再寬貸！」

鄭芝龍道：「魯王固然有萬般不是，陳謙畢竟只是使者。臣願免去一切官職爵位，以贖陳謙之死。」

隆武道：「聽說陳謙乃是鄭先生至交，可有此事？」鄭芝龍道：「陳謙與臣乃是刎頸之交。然而臣保陳謙，乃是為了閩浙大局，非關私誼。」隆武冷笑道：「魯王私下招徠鄭先生，封了公爵，很是看重啊，難怪鄭先生也要為魯王講話。」

「陛下明鑑！」鄭芝龍躬身道，「林必達到福京臣邸之日，臣便將此事上疏奏聞，並將公爵銀印上繳朝廷，已蒙陛下褒語。臣接待林必達，乃是給魯王面子，以利閩浙修好，絕無私心。」

鄭森這才知道，父親受了魯王封爵，又將印信上繳，兩不得罪，十分油滑。但隆武顯然已經生出戒心，怕鄭芝龍倒向魯王，所以才要殺陳謙立威。鄭森於是道：「魯王多行不義，陳謙確實應該拿問。然而兄弟鬩於牆，外禦其務。如今清人虎視眈眈，隨時準備渡江、叩關來攻，請陛下為中興大計，赦罪責功，推赤心於天下，以安反側。」

「赤心？朕的赤心還不夠嗎？」隆武忽然大為激動，「朕登基已近一年，吃的是蔬菜，穿的是布衣，宮裡不用金銀器皿，沒有一樣奢華之物。鄭先生進的十名美女，朕只見過一面，從不召幸；百官大小奏章親自批答，直至深夜。四鼓起身接見群臣，廷議國事，得空還舉行經筵，傳習聖教，每天睡不了兩個時辰。朕雖不及太祖列宗英明神武，但凡是人君該盡的責任，朕都勉力做了，敢說無愧於天地神明。」隆武顫抖著手，向宮外一比，「那個魯王，庸懦荒淫，每日裡只知宴飲享樂，從不過問政事，更從不與將士同甘苦。只不過有一、二佞臣，為了貪圖擁戴之功，才將他推上監國之位，他哪裡配！朕為了國家委曲求全，幾番優容魯王，不但願立之為皇太侄，承諾恢復兩京之後傳位於他，聽聞浙東諸軍乏餉，還派陸清源前去犒師。孰料浙東將領殺了陸清源，他自知理虧，遣使分說，卻依然稱朕為『皇叔父』，就是不肯稱一聲『皇上』。」隆武在御案上重重一拍，萬分痛苦地道，「為什麼就是有人不肯認朕為天子，為什麼諸臣就是不肯實心扶持朕？」

隆武一陣疾風驟雨般的宣洩之後，御書房裡陷入了沉默。鄭森看著隆武，驚愕震撼之餘，也感到深深的同情。

鄭芝龍臉上閃過一絲不屑的神情，隨即抹去了，木然道：「陛下乃令世英主，天下所共仰望。一、二奸臣投機，不足為慮。陛下勤於政事，操煩過甚，請陛下善保龍體，以為國家萬年基業。」

隆武自知失態，環顧左右道：「這幾日軍務繁重，朕確實乏透了，陳謙就先收在獄中，改日再議吧。」

鄭芝龍與鄭森告退出來，天色已晚，鄭森只好尋個客店歇宿。

次日一早，天才剛亮，鄭森便即準備動身，卻聽得街上傳言：陳謙已在昨晚伏誅，屍首棄市。鄭森匆忙趕去一看，果然見陳謙身首異處，被棄置在菜市口。鄭芝龍已先一步抵達，伏在陳謙屍身上痛哭道：「我不殺伯仁，伯仁因我而死！謙兄，是我害了你！」

鄭森腦中一片空白，茫然湊上前去。鄭芝龍見是他來，恨恨地道：「我昨晚派人在行宮門口守夜，就是擔心皇上變卦。誰知皇上昨天夜半傳出手諭，將陳謙移往偏僻處斬殺，以避我耳目。身為皇帝，卻這樣偷偷摸摸地殺人！」

鄭森嘆道：「皇上也許擔心陳謙是來反間阿爹改投魯王，才出此下策？」

「你把他想得太好心了！」鄭芝龍表情陰沉得嚇人，「他其實是恨我，只不過把氣出在陳謙身上！他也恨魯王，恨朝廷諸臣。他自幼圈禁高牆，一生都在牢裡，無法相信任何人，更恨極了所有人！這下你看清楚了，心胸狹窄、不能容物，操切急躁、一意孤行，咱們的皇上就是這樣一個人物！」說罷起身，頭也不回地去了。

鄭森瞧出來，鄭芝龍心中已經不把隆武當成皇帝來看待，並且已然生出異心。他看著陳謙的屍首，對隆武的偏執和失信感到無比失望，然而也想到，一旦父親通清，甚至拿隆武獻降，大明朝廷也就徹底瓦解了。念及於此，背脊一陣冷麻，權衡輕重之下，還是必須竭力維持朝廷。而他能做的，便是趕緊練成一支勁旅，打通江西道路，將隆武送到湖廣去依附何騰蛟。

於是鄭森兼程趕回杉關，招募了兩千多名新兵編入舊部，日夜勤加訓練，希望能夠早日出關。不料閩西一帶，由於朝廷徵餉、借餉搜刮得太急，一時詔安、光澤、寧化、沙縣、永安等地民變蜂起，甚至將永定關門打破。鄭森派兵四處彈壓，卻是一縣方平，一縣又亂，令人窮於應付。率兵出關之日，竟變得遙遙無期。

如此到了六月，內外情勢大變。當年夏季苦旱，錢塘江水淺，僅到馬腹，清兵趁機大舉渡江，浙東諸將一戰而潰，紹興隨即失陷。消息傳到延平，隆武朝廷卻竟然酗酒相賀。魯王逃到臺州之後，上表向隆武謝罪，請求入閩，也遭到嚴詞拒絕。

當月底，隆武的長子琳源誕生，延平行宮上下一片喜慶。隆武加封鄭芝龍為平國公，鄭鴻逵為定國公，然而鄭氏兄弟與朝廷早已貌合神離。

浙東失陷同時，江西清兵大舉包圍贛州，督師楊廷麟向朝廷求援，隆武命鄭森前往解圍。鄭森兵力有限，但知贛州存亡乃是朝廷命脈所關，因此決意盡速出兵。

然而就在動身前幾天，鄭家家人蔡輔持著鄭芝龍的軍令來到杉關，宣令道：「令都督同知總兵郭熺、汀州副總兵陳秀，即刻率所部移往仙霞關守禦，不得推遲耽誤！」

鄭森驚怒：「我軍正要出關援救贛州之際，為何有此調動？」

蔡輔委婉地解釋道：「逵帥撤出仙霞關，皇上命太師接替守禦之責，因此調派郭、陳二將前往，這也是萬不得已。」鄭森大驚：「你說甚麼？鴻逵叔撤出仙霞關？他調到哪裡去了？」蔡輔道：「逵帥削髮為僧，回到安海退隱，所部大將黃光輝等人也都撤往安海一帶。」

鄭森抓著蔡輔雙臂急問：「這是怎麼回事？」

蔡輔道：「皇上詔封逵帥為定國公的同時，嚴命他即刻揮兵北上，收復浙東失土。國姓爺您也知道，逵帥所部在馬金嶺一敗後元氣大傷，至今尚未恢復，糧餉也一直供應不足。在山上守著幾座關隘還成，可是要餓著肚子到平地上去跟人家打，那不是自己找死嗎？逵帥幾番上疏請求固守仙霞關，皇上就是不准，逵帥無可奈何，只好退隱了。」

鄭森跌足道：「四叔退隱，棄國家於不顧，實非丈夫所為……這，怎麼會這樣呢？」鄭鴻逵雖不像鄭芝龍有赫赫之名，但素來忠勤謹慎、治軍有方。鄭森知道父親與清朝密款，但從未懷疑過鄭鴻逵對朝廷的忠誠，如今卻連他都不肯再為朝廷效力，足見鄭氏一族與隆武之離心。

然而事已至此，仙霞關守禦不能任由空虛，萬無不准郭熺和陳秀前往之理。只是自己手下更形單薄，出關援救贛州之事更加無望了。

蔡輔見鄭森冷靜下來，若有所思，試探地道：「大帥還有話，他說二將調走之後，杉關和永定關兵力不足，國姓爺不妨回泉州招募兵將，以實守禦。」

鄭森原先還覺奇怪，父親為什麼派一個家人而非官員來傳令，聽了這話登時明白，因為自己回家探望母親時，正是由蔡輔駕船相送，父親派他來，是要令自己思親想家，撤關而去。

念及於此，對父親的算計大感煩膩，不等蔡輔再開口，當即嚴厲地道：「敵軍迫近關門，我軍又糧餉不濟，這幾天連飯鍋都空了，但我絕不離關一步。我已將妻小都接到關上，並將她的衣服首飾變賣用作軍餉，你可以到後面親眼看看，她現在一身荊釵布裙，再無奢華之物。」鄭森意在言外地道：「你速速回去請太師急發軍餉，並轉告他，慎勿輕率將封疆付於一擲！」

蔡輔本來受鄭芝龍之命，要來勸說鄭森撤兵，但見鄭森聲色俱厲，眼中還帶著殺意，頓時不敢多言，只將令書遞交，便匆忙辭別去了。

郭熺和陳秀調走之後，鄭森已無餘力出關。但江西探子絡繹來報，說清兵自五月起強攻贛州不下，築起長圍將贛州困為一座孤城。兩個月來城中糧食越來越少，守城的七省總督萬元吉自斷其指，封入書函中向廣東和湖廣求援，但始終無人相應。

鄭森憂心贛州一失，江西全境失陷，不止福建陷於孤立，更將使人心震動，大不利於全局。他每日裡咬牙忿恨，直想把心一橫率全軍出關。但自己糧餉不濟，士卒已逐漸開始逃散，貿然出兵，只怕全軍潰散更速。

然而坐困愁城也非良策。蔡輔回去覆命之後，鄭芝龍始終不發一糧一餉，而左近州縣能徵之處都已搜刮殆盡，再也擠不出更多來。眼看士氣日益隳壞，鄭森終於忍不住去找鄭彩，想約他盡起關上之兵，往贛州孤注一擲。

然而他到鄭彩營中，卻見全營正在收拾行裝，準備開拔。士卒們並未穿著戎裝，且將全副家當挑在肩上，將校們則忙著把值錢的東西裝上車，顯然是要撤退。

鄭森衝進帥帳，劈頭問鄭彩：「誰讓你撤了？」鄭彩瞥了他一眼，自顧指揮手下搬運，冷冷地道：「一官叔下令各關之兵盡數後撤，他自己也離開延平行在，到福京去了。你沒得到消息？」鄭森難以置信地道：「是阿爹下的令……他真的離開延平了？」鄭彩道：「據說海上傳來警報，敵人將要來犯。現在三關餉源都是取自一官叔，一官叔的錢又都從海上來，海上有警，不能不管。」鄭森質疑道：「海上平靜多年，卻是哪一路敵人？」鄭彩漫不在乎地道：「也許是紅毛，也許是倭寇，或者是哪一路海賊也說不定，誰曉得？你也別拖延了，趕緊回去準備撤退吧。」

「我不撤！」鄭森渾身汗毛豎起，大怒道：「未得朝命，怎能擅離職守！」

「省省吧，朝廷又沒糧餉撥下，朝命還能當飯吃嗎？」鄭彩拍拍肚皮，「這五臟廟也委屈多時了，趁早回泉州去吃吃烤魚、蒸蟹、土筍凍！」

鄭森指著鄭彩鼻子，激憤地道：「清兵就在關外，一旦撤兵，閩西門戶洞開，疆域誰來把守？」

鄭彩揮手打開鄭森之手，只道：「你沒算算，這個月手下逃散多少人啦？何況仙霞關和分水關的兵都撤了，等清兵南下截斷歸路，杉關左右被圍，若不肯投降，便只能無謂地戰死。老子不想死，也絕不剃髮降清，回到海濱，那就是咱們的地盤，到時清兵就知道老子的厲害！」

「皇上呢，皇上又該怎麼辦，又有誰去護衛？」

「皇上若願回福京，我自然誓死護衛。不過我聽說，皇上已經準備起駕往南去汀州，再看是要往贛南，或者去廣東。」

鄭森楞了一下：「皇上不是要先到邵武，再隨我軍從杉關出撫州嗎？」

「贛中、贛北已經是清軍的天下，這時候誰還楞著頭闖進去呢？」鄭彩不再理會鄭森，袖子一甩入內去了。

鄭森頓時感到何謂「孤臣孽子」。然而他不願相信鄭彩所言，也許這只是鄭彩怯戰退兵的藉口。於是鄭森立即返回自營，嚴令全軍不動，有妄言撤兵者立斬。同時讓萬禮派出熟悉道路的手下，趕赴各地探聽消息。

不幸的是，鄭彩所言屬實。消息陸續傳來，七月三日，臺州失守，方國安降清。十六日金華失陷，朱大典引燃滿倉火藥壯烈殉國。前方陷於混亂，軍情傳遞困難，鄭森在八月十六日才知道，衢州在當月二日就已陷落，此時清兵可能已經由仙霞關入閩，不僅威脅隆武安危，也將切斷自己的歸路。

事到如今，坐守杉關已無意義，鄭森下令全軍在次日出發，前往延平護駕。然而所部多是當地山民，許多人不願離家，又久經飢餓，最後跟隨鄭森出兵的只有三千餘人。

沒想到離開杉關不遠，才到邵武，鄭森所部就與清兵遭遇。雖然敵人數目不多，但是許多兵卒一聽說清兵來了，還沒見到敵人蹤影，竟然就一哄而散，只有數百親兵和萬禮、陳國祚等人跟隨鄭森上前交鋒。

這批清兵甚弱，其實都是剃了髮的漢人，一衝即潰。抓住幾個俘虜詢問，探知清兵大軍已在十三日入仙霞關，關隘前後二百里空無一人，不曾遇到抵抗。只有從浙南撤退到浦城的楊文驄負傷奮戰，不屈而死。清兵既到浦城，離延平便不遠了。至於鄭森遇到的，只是趁機四出打劫的散兵游勇。

鄭森聽說楊文驄死訊，不免一陣唏噓，但局勢不容他感傷，隨即繼續趕路。如此總算搶在清兵之前，於二十二日抵達延平。然而只見城門大開，市街一片凌亂，也沒半個官兵的影子。

入城時，路旁一名官員過來求見，原來是光祿卿王忠孝。鄭森急問：「皇上在哪裡？」王忠孝道：「皇上御駕前往汀州，已經先走一日了。我從惠安老家趕來，想要從駕而行，但是沒有趕上。」鄭森道：「有誰護駕？」王忠孝搖頭道：「行在百官都跟隨而去，但兵士逃亡甚多。聽說清兵昨日已到建寧，離此不過百里，真叫人擔心……」鄭森心想，現在只能盼隆武能走得快些，讓贛南和廣東的官兵接應上。不料王忠孝又道：「御駕出城，皇上依然嚴守規制，穿戴戎冠和金蟒袍，打著黃傘蓋，還載了十餘簏的書。」

鄭森聞言啞然，追兵在後、火燒眉毛的當口，隆武卻還好整以暇地維持「親征」的體面，甚且攜書相從。行前光是檢選裝載就不知花去多少時間，更必然拖慢車駕。隆武謹守朝廷禮制、尊學崇道，在平時本是好事，臨敵之際卻顯得食古不化、毫無權變。

鄭森拉著王忠孝登上城牆，四面眺望。王忠孝問道：「國姓爺，咱們是否應該立即動身，追上御駕？」鄭森遠望南方，只見天朗氣清，山色大好。他暗忖道：自己手下所餘不多，萬無可能抵擋清兵。即便捨命護駕，不過以一死換取忠義之名罷了。念及於此，眼眶一濕，嘆息道：「御駕先行，若能拋棄累贅、間道飛馳，那麼咱們和清兵都追不上，不必多慮；反過來說，咱們若追得上，清兵也便追得上，徒死而已，無益於國家。此際大明朝需要的不是更多史可法和黃道周，而是郭子儀、韓世忠。你隨我回福京重圖再舉吧！」

●

隆武在二十四日到順昌，聽說清兵已在二十二日不戰而入延平府城，遂又倉促上路，在二十七日抵達汀州，遇到率兵相迎的福清伯周之藩，這才稍微鬆了口氣，準備在二十九日出發。

然而二十八日清晨五鼓，追跡而來的清兵八十三騎，謊稱是來護駕的明軍，騙開城門，襲殺前往察看的周之藩，直入府署行宮。隆武當時晨起飢餓，宦官剛到府前市上買了兩顆湯圓呈進，隆武還沒舉起筷子，就被清兵從後一箭射中，和皇后、嬪妃一起當場死去，終年四十五歲。

一說隆武死在朱紫坊趙家塘，百姓將他殮葬於羅漢嶺。又有人說清兵生擒住隆武、諸王和家眷，後來將他們押送到福州處死。也有說是押送到建寧處死的，消息紛亂，莫衷一是。

無論如何，隆武一朝至此結束，前後不過十五個月。

清兵入關消息傳到福州，鄭芝龍指揮部屬，將大砲列於洪塘，並把戰船停泊在南臺，一副準備與清軍決戰的樣子。但是防務備妥之後，他卻加緊將城中北庫所藏的火藥和兵器盡量搬運上船。最後剩下一些火藥搬運不走，便引火焚毀。一時巨響震發，勢如山崩。其後鄭芝龍便率全軍登船，揚帆而去，直抵安海。

清兵總帥，征南大將軍貝勒博洛在九月中進占福州，隨即派固山額真韓岱[2]南下攻打興化和漳、泉等地。韓岱到了安平城外，見鄭芝龍尚有樓船五、六百艘，軍容烜赫，砲聲震天，不敢輕近，遂派使者與鄭芝龍接觸。

鄭芝龍卻不理會韓岱，直接派人求見博洛，說他早已約降，博洛卻派兵進逼，至為無禮。博洛立即命韓岱退兵三十里，並且派人持書招降。

●

韓岱暫退之後，兩軍遙遙相持月餘，表面上一時恢復寧靜。如此轉眼到了十一月中，時序入冬，天氣變得無比陰鬱。

這天烏雲密布，北風大作，午後驟然下起一陣冷雨。鄭森和鄭鴻逵一起坐在簷廊下觀雨。鄭鴻逵雖已削髮退隱，但仍穿著常服，叼著一個瓷菸斗咂吧咂吧地抽著，沒半點出家的樣子。

鄭鴻逵邊吐著煙道：「咱們叔侄倆許久未曾這樣閒話了。」

「可不是。」鄭森見他神馳天外的樣子，伸手將瓷菸斗摘過抽了幾口。鄭鴻逵詫異地望著鄭森：「你幾時也抽菸了？」鄭森道：「在杉關上練兵，將士們嗜此若命。為了與兵卒同心，也就抽上了。」鄭森將煙氣吹入簷外雨中，看著一團白煙散入雨絲，頓了一會兒又道，「每次抽菸，就想到小時候和四叔看雨閒話的光景。」

鄭鴻逵將菸斗取回，又抽了起來，不經心地道：「我老奇怪，你一個小孩子，怎麼這麼愛看雨景，只要下了大雨就非得拉著我看。」

「落雨時，舉目所及，滿天地之間都是水啊。怎麼想都覺得奇妙無比。」鄭森望著雨幕灰濛的景象，忽然醒悟：「現在想起來，也許是在平戶時，因為阿娘最愛看雨，跟著她看慣了吧。」

「你娘愛看下雨，是因為她初次遇到你爹那天，正好下了雨……」鄭鴻逵話說一半，便不再說下去。

鄭森知道接下來父親委屈哭泣，母親一語激勵他奮起的故事，不由得嘆道：「阿爹也有那樣的時候啊，和現在彷彿是不同的人似地。」

鄭鴻逵道：「其實他本心還是一樣的。只是人在江湖，很多事情身不由己。」

鄭森看著鄭鴻逵，想起他棄守鎮江、削髮歸隱等事，也都難令自己釋懷，忍不住問：「四叔，你為何非要退隱？」

鄭鴻逵噴出一道長長的白煙，緩緩道：「皇上嚴令我率全軍出關，但這樣一來若是打了敗仗，只會讓朝廷滅亡更速。我本是以不惜退隱來勸諫，誰知皇上竟不挽留，而後來朝廷也還是亡了……」說罷空望著雨景，臉上無限遺恨。

---

2 固山額真：八旗制度中每一旗的最高長官，後來改用漢語稱為「都統」。韓岱為愛新覺羅氏，時為鑲白旗固山額真。

忽然近處電光一閃，天地耀白，緊接著焦雷霹靂作響，震撼胸臆。鄭森嚇了一跳，鄭鴻逵更將瓷菸斗失手落地，摔個粉碎。

鄭鴻逵看著一地碎瓷，和被風吹得到處亂走的菸絲，苦笑道：「我老了，竟變得如此不中用。從前打仗，就是千砲齊發也不眨一下眼睛。」他抬頭看天，不解地道：「只是冬天裡怎會打雷？真是奇怪。」

「山無稜，江水為竭；冬雷陣陣，夏雨雪。」鄭森憂心地道，「天有異象，恐怕大非吉兆。」鄭鴻逵聞言默然。

這時蔡輔忽然進來通報：「四爺、國姓爺，太師有命，請全軍將帥即刻齊到大堂議事。」鄭森問：「全軍將帥都去？清軍打來了嗎？」「小的不知。不過城外未聞警報，也許是其他的事。」蔡輔躬身敬禮，便又往別的地方傳令去了。

鄭鴻逵眼神一變，精光閃爍，低聲道：「必是大哥得了博洛回書，要商議戰降大計。」

鄭森深吸一口氣，堅定地道：「阿爹若要投降，侄兒一定拚死勸諫，四叔也多幫著勸他。」

鄭鴻逵俐落地一點頭，更不打話，起身便往大堂而去。

到了大堂，果然各軍將領來得齊全。待眾將坐定，鄭芝龍從裡間出來，滿面春風地朗聲說道：「給大家報個喜訊，日前我給貝勒爺捎信，方才他差了原任兵部尚書的郭必昌大人前來覆書。我本來擔心，咱們擁戴唐王，得罪於清朝，恐怕難以言和。沒想到貝勒在信中對我推崇備至，極盡誠意。」說著便將博洛的來信交給馮聲海，讓他朗聲誦讀：

……我之所以重將軍者，以能立唐藩也。人臣事君，必竭其力，力盡不勝天，則投明而事，建不世勳，此豪傑之舉也。今兩粵未平，鑄閩粵總督印以待。

鄭芝龍喜不自勝地道：「貝勒願來招降，就是看重咱們在海濱的力量，並不介意唐王之事；先前洪承疇許我封為王爵，任閩粵總督，但僅止於口頭之約。如今貝勒爺白紙黑字，閩粵總督一職，清朝可就不能抵賴了。」他說到得意處，忍不住哈哈大笑：「眾位兄弟辛苦了這些時，總算有個結果，不必再費力打仗了。大家就隨我奉表出降吧！」

鄭森當即道：「且慢，我等都受大明朝高爵厚恩，絕不可出降！」

鄭芝龍臉色一沉，冷冷地道：「你鬧夠了沒有？朝廷都已經亡了，如今大勢底定，眾人也無異議，你還有甚麼話說？」

鄭森有備而來，侃侃而談：「閩粵之地，不比北方，清兵無法任意驅馳。咱們只要憑高設險，埋伏截擊，或者誘敵入海決戰，敵兵雖有百萬，也難插翅飛過；只要守住根本之地，靠著海上興販，餉源可足，接著選將練兵，號召天下，再圖進取都不是難事。」

鄭芝龍叱道：「你個毛頭小子，帶過兩天兵就敢妄談軍務，不知天時地勢。弘光朝廷憑著長江天塹，又有四鎮雄兵，尚且不能抵抗，何況偏安一隅。」

鄭森道：「天時地利不同。北京朝廷乃因文臣弄權，釀成崇禎爺殉國的慘禍，清兵只不過是趁虛而入。南京朝廷則是君闇臣奸，才使英雄飲恨；然而我鄭軍無敵於海上，阿爹若憑藉崎嶇險要，則地利尚存，人心可收。」

鄭芝龍「哼」地一聲道：「識時務者為俊豪。清朝既來招撫，必然以禮相待，還得拿些好處來換。倘若貿然與之交戰，一旦失利，就只能搖尾乞憐了，到時後悔莫及。」

「我也不願投降。」鄭彩站起身來，大聲道：「咱們出身海上，當不當官倒無所謂。但要我剃頭當韃子，我絕不幹！」

「對！」鄭芝豹也附和道：「我軍雖在陸戰失利，但清軍欺到海上來，正該給他們點顏色瞧瞧，好教那個甚麼貝勒曉得，海上是誰的天下！」

鄭芝龍看著眾將，發覺鄭鴻逵以及來夷侯周崔芝、安南侯楊耿、安洋將軍辛一根等人雖未發言，但不滿之情寫在臉上。鄭芝龍一時警醒起來，心想自己過於一相情願，竟沒察覺在這樣的情勢底下，依然有許多將領不願投降。但他不急著駁斥，只將眼光望向另一邊，果然鄭芝莞立時跳出來罵道：「放屁！放屁！咱們打了一輩子仗，好不容易可以享點清福，你們又在那裡叫陣，這是在演哪一齣？」

「打了一輩子仗？」鄭芝豹不屑地道，「別人還有得說，你打過甚麼仗了？只怕你在軍中的時間，比森舍還少呢！」

鄭芝莞哇哇大叫：「老五有甚麼資格說我，打整個隆武朝，你還不是從頭到尾窩在泉州，你又跟清人打過甚麼仗了！」

鄭芝龍眉頭一皺，心想讓芝莞這莽漢一鬧，事情就攪渾了。於是伸手制止二人爭論，道：「老施出關最早，和清兵接仗最多，你來說說。」

「我一年半前就反對擁立隆武。明朝和清朝對幹，那是他兩家的事，咱們本不該蹚這趟渾水。何況窩在福建的皇帝是扶不起來的，果然讓我不幸言中。」施天福強硬地道，「咱們當年受大明朝招安，從來就不是貪圖當官封爵，我還是那句話──這不過就是樁買賣。朝廷買的是沿海平安無事，咱們買的是打開海禁、貿易無礙。如今換了朝廷，買賣仍舊是同一樁，管他皇帝是誰呢？」

鄭泰也道：「天福叔說得不錯，貿易才是咱們的根基！當官不過是為了做生理方便。過去十多年來，咱們平定海上，為朝廷鎮守一方，都是自己出糧、自己募兵，連戰船都是自個兒打造，從沒跟朝廷伸手要過一個銅子兒。幫他守到今日，早已仁至義盡了。」

馮聲海一拍大腿，接著道：「我當初是贊成擁立唐王的，沒想到文臣們卻始終瞧不起咱們。明明是咱們一手扶持起皇上，出錢、出力、出兵、出餉，連皇宮也是一官的宅邸，沒有咱們，皇上甚麼都沒有！可是皇上重文輕武，文臣們也都眼高過頂，處處不相容讓，還不斷上疏彈劾一官，左一個『遷延觀望』，右一個『不忠誤國』，倒像是咱們欠了朝廷似地。鬧到後來，鴻逵兄被迫退隱、阿彩奪爵，搞個灰頭土臉。大明朝廷的恩義，我見識夠了，可不想再跟他們牽扯下去。」

鄭軍的骨幹大將、大帳房和智囊連番發言，都贊成降清，鄭芝龍直系人馬有志一同。然而鄭芝龍實際上並非閩軍至高的統帥，僅是盟主，也無法事事由他一言而決。諸如鄭彩、周崔芝、楊耿等部都是客軍，甚至連鄭鴻逵也帶著一半客將的意味。因此這時鄭芝龍不能不看他們的態度。

鄭鴻逵知道是自己表明態度的時候了，遂緩緩起身道：「人生於天地之間，彷彿朝露一般短暫。能夠有建功立業、名垂後世的機會，便不可錯失。大哥當國難之際，位極人臣，畢竟還是受了朝廷大恩。假若時勢真的不可為，我也不敢多說廢話。」一向溫文內斂的他，忽然激昂起來，「然而如今咱們手上還有甲士數萬、戰艦五百、巨砲千門。無論是另立新皇，或者輔佐魯王以號召天下，自會有豪傑響應。這才是真正能夠稱霸海濱、君臨大洋之道！方才幾位說一定要委身於人，我實在不以為然！」

鄭芝龍搖頭道：「眼前看或許是如此，實際上卻非長久之計。從崇禎歸天至今，各路英雄逐鹿天下，清朝已奪得三分有二，大勢底定。若憑著一股小丈夫之氣，獨自與天下對抗，未免自不量力。不如乘其招降，表面歸誠，就像當年歸附大明一般，實際上沿海之事也還是由咱們作主嘛，何必動刀動槍的流血費力？」

鄭鴻逵抗聲道：「不，清人對海洋一無所知，咱們又太令他生畏。放我等在閩海，猶如眼中釘、肉中刺，怎能容忍？博洛眼前假意招降，待大哥入其彀中，他必翻臉加害。因此咱們絕不可降！」

此言一出，鄭彩、周崔芝等人紛紛大聲稱是。鄭森也道：「阿爹豈不見劉澤清和左夢庚投降之後，只得了個虛銜，隨即押往北京幽禁。人說『狡兔死，走狗烹』，他們卻連當走狗的機會都沒有。」

鄭芝龍不悅地道：「你卻不說洪承疇頭一個降清，深受重用，官封內院學士！我和洪大人聯繫在先，又護得他泉州老家周全，有這樣的人情在，他定會力保我等無事。」

「清朝畏懼我等海上無敵，哪肯理會洪承疇的人情？」周崔芝一直沉默不語，這時卻猛然起身，涕泗滂沱地道：「老一官二十年來縱橫東海，剪除俞咨皋、掃平許心素、剿滅鍾斌、劉香、李逵奇等群盜，大敗和蘭人，結束沿海三百年寇亂！更讓人佩服的是，你讓海上有所規範，讓貿易有所依循，更讓濱海子民人人都有飯吃。商人擁戴你，朝廷敬畏你，和蘭人懼恨你，這不是光憑幾斤蠻勇就能辦得到的！一官啊，你是這樣大眼光、大魄力、大智慧之人，如今卻怎麼鬼迷心竅，給博洛幾句空話就哄得團團轉，要去自投羅網？我亡命海濱，無關輕重。只可惜你二十年威望毀於一旦，被千百後世所笑，我閩人的海上天下，更將灰飛煙滅！我寧可死在你之前，不忍心見你鑄此大錯！」說罷竟抽出配刀，往自己脖子抹去。

鄭芝龍眼明手快，搶上前去將刀奪下，抓著周崔芝雙臂，動容道：「周兄弟何必如此？這實在誤會大了！」

他扶著周崔芝坐下，一邊好言安慰，心下暗道：沒想到一眾客軍們反對到這個分上！周崔芝和鄭芝龍相同，都是自營貿易給養大軍，在商人和閩軍中極具分量，今日以死相脅，一方面除了出於多年情義，真心為鄭芝龍擔憂，實則也是要阻止好不容易理出秩序的海上貿易被清朝摧毀。

明白了這一點，鄭芝龍隨即道：「周兄弟和大家這樣為我著想，真是令我感愧無已。然而大家都忘了一件最根本至要的事，我軍存亡依靠海上，海上靠貿易，貿易乃是互通有無。瓷器產於江西，絲綢出在江南。南北隔絕之後，貨源沒了，雖然咱們盡力在福建築窯、養蠶，終究不及往昔三分之一。大家問問阿泰，這一年咱們海外進項是多少？」

鄭泰道：「往年興販海外，歲入起落甚大，總在三、四百萬兩之間，至多曾到五百萬，少則也有個二百來萬。但是今年已過了一半，進項卻只有二十八萬。」

大堂裡頓時「嗡」地一響，眾人大惑詫異，議論紛紛。

鄭芝龍提高聲音道：「更嚴重事情的還在後面，上個月商人會議，江南和江西的幾位大老板們都說，南北再這樣隔絕下去，他們勢必得自己造船出海了。福建本無特產，全靠販運。如此一來，閩人貿易將會徹底瓦解！到那時，咱們就算將福建死守得鐵桶似地，又有何用？」

大堂裡人人都是海浪裡翻滾出來的，知道事態嚴重，一時鴉雀無聲。

鄭芝龍朗聲道：「諸位，咱們的命脈早就給掐得死緊。再這樣下去，不必等清人來打，咱們就要自己憋死了！」

鄭森卻不服氣：「阿爹蓄積多年，財富何止千萬，哪裡這麼容易憋死？」

鄭芝龍冷笑道：「銀錢又不能直接當飯吃。我福建山多田少，所產米糧難養大軍，憋不死也得餓死。」他見鄭森張口結舌，再無話說，慨然道：「只要國家一統，南北貨物暢達，咱們的命脈就活過來了；待我當上閩粵總督，把廣東這塊地盤也拿在手裡，沿海連成一氣，前程更是無可限量。到時候，管他大明、大清，就是成吉思汗再生，也動不了咱們一根寒毛！」他語帶悲壯地道，「我何嘗不知清人狡詐，此去萬分凶險。但為了海上萬年基業，我情願賭一把，也非得賭這一把！」

眾人表情各異，有的恍然大悟頻頻點頭，有的雖仍心有不甘，卻也莫可奈何。鄭森在心裡反覆喊道：不是這樣，不是這樣！但一時更說不出道理來與父親爭辯。

鄭芝龍目光橫掃，環顧眾人，知道大事已定，威嚴地道：「時機稍縱即逝，事情就這樣定了！各人回去固守汛地，除奉我帥令，不得妄動。同時曉諭各府、州、縣積貯糧草，備辦牛酒，以迎接大軍。我這就前往福州，面見貝勒請和。」

鄭鴻逵見事無轉圜，遂道：「大哥既然已有成算，我等也只有洗耳恭候佳音。然而仍不可不防貝勒失信。」

鄭芝龍沉吟道：「我只帶五百名親兵同去，各軍照常備戰，不可鬆懈。如此一來，料想清軍不敢輕舉妄動。」

鄭森看著父親滿布風霜的臉孔，和在這兩年間猛然變得花白的頭髮，想到他此去或許將遭不測，忽然感到無比驚恐，這才知道自己萬萬不想失去父親，上前跪拉鄭芝龍衣角，痛哭道：「阿爹！虎不可離山，龍不可離海。虎離了山就再無半點威風，龍離了海立時就會困殺。阿爹三思啊……嗚嗚嗚……」還未說完，已然涕泗縱橫、泣不成聲。

鄭芝龍心中一動，差點流下淚來。但他堅忍超凡，總能毫不猶豫斬斷私情，於是冷冷地道：「嘮嘮叨叨、哭哭啼啼，一點男子漢的樣子都沒有。森兒明天隨我同去福州！」

鄭森哭喊：「我絕不去，阿爹也不要去！閩中不能沒有阿爹，鄭家也不能沒有阿爹！阿爹不聽兒言，倘有不測，兒該怎麼辦？」

鄭芝龍深受觸動，但不願在人前露出一絲軟弱之態，假意不耐地道：「你倒不煩，我都聽膩了！」一甩衣袖轉身就走，一邊對馮聲海撇下話：「今天晚上讓森兒待在施郎營裡，好生看管著，別讓他亂跑！」說罷揚長而去。

周崔芝「嗐」地一跌足，起身離開。鄭彩也臉帶輕蔑地跟著出去。鄭森跪地痛哭不止，馮聲海過來攙扶道：「森舍勿憂，貝勒爺會好生接待你們的。你先隨老施回營去吧。」鄭森拭去眼淚，見馮聲海和施天福一左一右站在身旁，不容自己擅自行動，轉頭想向鄭鴻逵求救，卻已不見他的蹤影。

●

鄭森被送到施郎營中，反鎖在屋內，窗戶也都從外釘死。施郎隔著門抱歉道：「得罪了，我乃奉命辦事，不得不然。請你委屈一晚上，明天就能出來了。」鄭森喊道：「放我出去！我不跟阿爹去福京，那是陷阱！」施郎淡淡地道：「阿森看開一點吧，隆武皇上已經殉國，福州也不再是福京了。」說罷便自離開，無論鄭森如何叫喊，都再無人理會。

鄭森仔細觀察房間，所有縫隙都被堵得嚴嚴實實，屋內只有一張床，別無桌椅、燈燭或者任何工具可以砸窗撞門。鄭森繞室疾走，煩悶已極，心想，明天開門的時候怎生想個法子逃脫。

整個晚上鄭森都坐在床邊，一時氣憤，一時悲傷，思緒煩亂煎熬，不曾闔眼。最後實在疲累已極，靠在床柱上昏昏欲睡。不知過了多久，屋外忽有動靜，房門鎖孔轉動，正要開啟，想是來提他的。鄭森一躍而起，打算趁機衝出去。沒想到大門開處，卻是鄭鴻逵。他豎指示意噤聲，又招手要鄭森隨他走。

天色尚暗，只東邊有些微光。兩人默默出了施郎營區，一路無人攔阻地來到碼頭邊，鄭鴻逵在一艘同安梭旁停步，緩緩道：「你還記得小時候，我常帶你到金門賊仔港的宅子玩耍吧，你先到那裡去。大哥天一亮就要出發，倉促間找不到你，也莫可奈何。」

鄭森認出這是自己的同安梭，感動得說不出話來，只能緊緊握著鄭鴻逵的手。

鄭鴻逵道：「昨天晚上大哥說『森兒少年狂妄輕躁，不識時務始末。』我說：『你自己當年不也是如此？』大哥便笑了。他說我鄭家親族子弟雖多，但都不成材，只有你是人中之龍，將來能夠繼承他的事業。」

鄭森詫道：「阿爹真這麼說？」

鄭鴻逵點頭道：「我說大哥此行必定成功。然而萬一博洛背信，森舍跟著他去豈不讓人一舉成擒？大哥想了想，沒說甚麼，但指著我笑了一笑，就回臥內去了。我跟著他那麼久，心照不宣，他是要我把你放了。」

鄭森深吸一口氣，眼淚又不聽使喚地落下。鄭鴻逵按著他的手背道：「快去吧，天要亮了。希望一切無事，過幾天就能叫你回來。」鄭森重重地一點頭，大步踩上踏板，見船上水手們早已就位，隨時可以起椗揚帆。於是向鄭鴻逵一揮手，命船向金門航去。

●

鄭森暫住金門賊仔港，鄭鴻逵每天派人傳遞消息，都說無事。到了第七天上，卻沒消息過來。鄭森正微感不祥，哨兵來報，安海港內忽然大小船隻盡出，四散亂行，彷彿逃難一般。鄭森急忙登上山頂用千里鏡眺望，果見無數戰船、商船和各色漁船從圍頭灣裡爭先恐後竄出。鄭森暗道不好，隨即下山登船出航，命水手就近攔著一艘船詢問。

出港不久，見一艘烏船向賊仔港而來，尾樓上一人翹首張望，卻是馮澄世。鄭森忙教水手靠上去，然而海上浪大，船隻無法靠攏，兩人便倚著欄杆互相呼喊。

鄭森迎風吼道：「我爹遇害了嗎？」

馮澄世也吼道：「不是，一官叔投降剃髮之後，被挾持到北京去了。」

鄭森怒吼道：「清虜無信，果然食言！四叔和天福叔卻不曾發兵去救他嗎？」

馮澄世道：「博洛起先頗為禮遇一官叔，大肆宴飲三天，因此天福叔和許多將領都先降了。韓岱所部清兵卻突然攻打安海，鴻逵叔沒有防備，倉促逃入海中……」

「清兵攻打安海？」鄭森熱血上衝，頭皮發麻，「我娘逃出來了嗎？」馮澄世道：「我沒看見。」鄭森吼道：「我要回去找她。」馮澄世忙道：「不行啊，清兵到處亂砍亂殺。大宅有芝豹叔率兵守著，家眷們應當都能平安逃出。咱們先到金門再從長計議吧。」

鄭森望著圍頭灣，隱約可見黑煙四起，心中焦慮已極，一時高喊：「升帆！全速駛向安海！」

「萬萬不可！」馮澄世在欄杆上探出身子急急喊道：「你聽我說，伯母定然已經逃出，躲在安全的地方。你現在飛蛾撲火，倘若失了性命，卻教伯母該怎麼辦？」

鄭森聽他說得有理，只好壓下滿腔焦急忐忑，收回揚帆之命，忿然道：「軟禁降將，乃是清虜故技，阿爹被擒並不意外。卻不知長輩大將們，為何懈怠防備，致有此失。如此一來，我鄭家勢力豈不就分崩離析了？」他恨恨地在欄杆上捶了一拳，下令返回金門再做計較。

接下來連著幾天，鄭森都派人回安海刺探。頭一日探子還不敢靠岸，後來鎮上清兵漸少，大著膽子從遠處登陸打聽，回報說清軍大肆劫掠，婦女未及逃走的多遭淫虐，居民只餘十之一、二。原本繁華的安海鎮，瞬時隳敗如同鬼城。鄭家大宅自然也不能倖免，幸而家人都已逃出，並未聽說凶信，只是也不知躲避在何處。

這日鄭森打算自己回安海察看，待裝束停當，正要出發，一人急急闖入，卻是蔡輔。他一開口便道：「國姓爺不好了！」

「怎麼了？」

「田川夫人死去了！」

鄭森腦中「嗡」地一響，暈眩欲倒。卻又想起之前馮澄世誤傳母親病危之事，因此強自冷靜問道：「你從哪裡聽來？」蔡輔道：「是小的親眼所見。小的還親手幫忙翁老太爺將夫人遺體搬運回家，千真萬確。」鄭森無暇多想，拔步就走，馮澄世聞訊跟來，兩人一跳上船即命出航。

鄭森登上尾樓，望著安海的方向，氣息躁亂，似喘而甚長，似嘆而甚切，雙手十指腫脹僵硬。

馮澄世寬慰他道：「說不定是蔡輔弄錯了呢，我之前不也誤傳過消息？」

「不。」鄭森目光一動也不動，斷然道，「我今天一早便大感心神不寧，隨即傳來凶信，阿娘遇難恐怕不假。我當然盼望阿娘平安，但蔡輔與她熟識，不致錯認。我不敢希圖僥倖。」他忽然大聲對舵工發令道：「不必頂浪，船頭直向安海，別怕顛簸！」

馮澄世見他冷靜得有異，忙問：「你還好吧？」

鄭森眉頭緊鎖，一手按著上腹道：「沒甚麼，就是腹中甚疼，像是被人擰著似地。」馮澄世不知該說甚麼，也就不再擾他。鄭森心中一片空白，胸臆間一股沸騰之氣直貫腦門，只看著船首衝破一道又一道海浪，離陸地愈來愈近。

金門與安海不遠，很快便到了。同安梭從鄭家大宅水門進入，停在鄭森居宅前。大宅殘敗處處，景象淒涼，清兵不僅將所有值錢之物劫掠一空，就連牆壁、柱子上鑲嵌的裝飾之物，也都砸拆帶走。

鄭森下船直奔旭松院，一進園子就看到翁翊皇呆呆坐在田川松居室門口，雙手抱膝，滿身傷口血漬，臉上都是眼淚鼻涕。見鄭森來，身子一顫，卻說不出話。

鄭森半跪在翁翊皇身邊，扶著他肩頭問道：「母上在裡面？」

翁翊皇茫然地點點頭，道：「那日清兵忽然殺到，大家措手不及，家裡亂成一團，只能各自逃命。我和阿松逃到龍山寺後的林子裡躲了幾日，四處都是清兵，不敢出來亂走。好容易挨到前天，本以為已經沒事，卻還是讓一夥散兵撞見……他們，他們玷辱了阿松……」翁翊皇雙手掩面，自責地道，「我一個老漢，拚了命也打不過，挨了三拳兩腳便昏死過去。」

鄭森閉目深深呼出一口氣，接著仰天而望，問道：「後來清兵便殺害了她？」

「她是自縊死的。」翁翊皇道，「我昏倒不知多久，覺得有人幫我擦拭傷口，睜眼一看，卻是阿松。她細心幫我包紮完了，盈盈一拜，說今日受此大辱，不能再苟活於世，謝謝我的養育之恩。我趕緊說自己身受重傷，需人照顧，繞著彎子勸她不要輕生。她嘴上答應，其實只是哄我，趁我昏睡，便走到廟後用衣帶在樹上自縊了——那樹枝還不及她一人高，阿松硬是跪著自縊，直到氣絕，可見死志之堅。如此貞勇，就是鬚眉男子也不能及。」翁翊皇哭道：「阿松啊，妳在平戶獨守十餘年，每日思念丈夫和森兒，本以為來到中國，終於使天倫重圓，卻沒想到竟落得這等下場……我可憐的阿松……」

鄭森撫著翁翊皇，心中悲慟，但不知怎地卻無法哭泣。掛念著要見母親最後一面，遂起身進入居室。

前廳正中的大桌上擱著一張門板，田川松便仰臥其上。軒窗大開，薄薄的日光斜照進來，廳裡一片明亮，細細的灰塵在光影裡緩緩飄飛。

揭開面巾，田川松臉上並無痛苦的表情，而是顯得有些剛毅悲憤。脖子上勒痕甚淺，只有一道淡淡的淤青，反而顯得肩頸雪白無比。鄭森看著看著，猛然想起兒時和母親相處的諸般情景，無比寧靜美好，不由得心中吶喊：這分明是個玉潔冰清的身軀啊，怎麼能夠，怎麼能夠……只覺頭痛欲裂，胸中鬱氣沸騰欲炸，卻又一點也發作不出。一時咬破牙根，口唇滲血，反覆在心裡問道：天公伯，祢怎能允許這樣的慘禍？祢怎能讓這樣的好人蒙冤！

馮澄世在一旁見他痛苦萬分的模樣，過來勸道：「阿森節哀。人死不能復生，還是趕緊讓叔母入土為安吧。」

「入土為安？」鄭森愣然。

馮澄世道：「是啊，好生幫她收殮，請和尚道士做幾場法會，尋塊風水佳地安葬，也就是了……」

鄭森聽而不聞，只是在心中反覆思量道：若我勸得父親不降，或者我沒有離開安海，就不會有此大禍；若我當日執意前來尋找，說不定就能接著母上，救得她逃出生天；若我當年一直待在平戶，與母上、外公、弟弟一家人和樂融融，更不會有後來這些天崩地裂的慘事了。都是我不好，都是我不曾護得母上周全，都是我沒有即刻來救她！

鄭森忽覺手臂被人抓住，抬頭一看，馮澄世正在呼喊自己：「阿森，阿森！」

鄭森並不理會，兀自茫然地道：「不行，我須得為母上做點甚麼，我須得為母上做點甚麼。」他猛然將馮澄世推開，厲聲道：「不能讓她就這樣下葬。要去，也得清清白白地去！」他大踏步到房門口，直問翁翊皇：「外公，您上次說過日本人可用切腹滌心除穢、洗清冤屈，恢復清白之身，可有此事？」

翁翊皇詫道：「你問這個，莫非……想為阿松切腹？」

「不錯！」鄭森毫不猶豫。

「沒這個道理，沒這個道理。向來只有活人切腹，不曾聽說有幫死人切腹的；至於女子切腹，更是聞所未聞……」翁翊皇喃喃地道，「人死如燈滅，阿松現在安安靜靜地，你就別再折騰她了吧。」

鄭森渾身毛孔有如針刺，暴躁欲焚，狂喊道：「阿娘沾染清虜腥羶，死不瞑目，我要幫她清腸滌穢！」他飛奔到自己居處，在臥床下的暗櫃裡找出一柄只有四寸長的短刀，又返回旭松院來。

他揚起短刀，對翁翊皇道：「這是我離開平戶時，外公特地打造送我的短刀。」翁翊皇看了看道：「是我打的沒錯。這叫『懷劍』，其實是種護身符，放在小孩子身上辟邪消災用的。」

鄭森道：「原來如此，今日正好用此刀驅邪去厄。」說罷拔出短刀，迎著日頭檢視，頓時流光耀眼，顯然鋒銳異常。

鄭森貌似瘋狂地走入屋內，旁人不敢阻攔，紛紛退出。

他一到屋裡，見了母親遺體，頓時沉靜下來，合十為禮，然後慢慢揭開母親身上衣裳。只見肌膚血色尚未完全消褪，身軀雪白，在陽光下如一塊無瑕之玉。

鄭森心裡重重一揪，幾欲摔倒，扶著桌緣強自站定，用杓取水澆淋刀身，取紙擦乾，然後雙手倒握懷劍抵住母親臍下。他呆立良久，微微仰頭深吸一口氣，咬牙忍悲，忽然俐落地直刺而下。

「這是母親的身軀，是她胎含精血，孕我性命之處。」

鄭森心頭大震，看著刃口滲出幾粒血珠，又想：「豬狗清虜，竟敢玷穢如此白璧之軀！」一時暴怒攻心，腦中一片空白，回過神時，手下懷劍已將母親肚腹拉開數寸。

他忽然想起，自己雖然習武多年，但至今從未傷人。平生第一次以兵刃著人軀體，卻是剖割母親。

他也醒悟到，從今往後，自己與平戶的聯繫，對親恩的孺慕思念，乃至於種種昨日之我，也都一刀兩斷了。

鄭森無法動彈，又止不住渾身亂顫。翁翊皇拐著腿蹀進屋來，伸出一對粗厚的老掌按著鄭森雙手，輕輕將懷劍拔起。鄭森手掌蜷曲、僵硬得舒展不開，只好半握拳頭撐著大桌，抬頭問道：「這樣一來，母上的冤屈便能洗清了嗎？」

翁翊皇噙著眼淚，溫言道：「洗清了，洗清了，她可以清白地去了。」

鄭森猛然跌坐在地，放聲大哭。

國家喪亂之際，安海鎮又剛遭敵軍洗劫，鄭森無法替母親好好修齋、辦七、開喪，更別說是大辦水陸道場。慎重地納殮之後，便隨即將田川松安葬在鎮外西郊康店村的鄭家祖墳。

待送葬回來，鄭森站在自家大宅門前，向著圍觀而來的鄉親們扠腰而立。他身披重孝，卻顯得神威凜凜。從人在他身後「啪」地張開三面大旗，大家紛紛探頭張望，只見當中那面寫著：「忠孝伯招討大將軍罪臣國姓」，左右兩面則寫著：「復國雪恥」、「報仇雪恨」。

他命從人舉起大旗，親自焚香禡祭，聲淚俱迸地道：「國仇家恨，沒齒不忘！清人奪我江山、弒我君父、殺我至親，此仇不共戴天！十日之後，本爵帥在浯嶼[3]樹旗招兵，凡我忠義血性之士，意欲為國為家報仇的，都來共舉大事！」安海方遭兵禍，人人含恨，聽他這麼一說，頓時山呼群應，激憤無已。

鄭森環顧人群，見陳永華站在前列，招手道：「永華兄來得好，我正需要你這樣的智謀之士共商大計。」

陳永華躬身道：「國姓爺欲伸大義於天下，兵需糧餉，卻不知囊中幾何？」鄭森不假思索地道：「囊空如洗！」陳永華道：「如此不足以聚集士眾。就算有數百義士相從，也不過身投虎口，自陷危險。」鄭森道：「我起兵是為雪恥，豈會吝惜身命！」陳永華道：「輕生赴死，無益於事。其實起兵之資就在國姓爺身旁，只要您願意，直如探囊取物。」

鄭森凝視陳永華，道：「願先生教我，請入內細談如何？」陳永華欣然答應，隨著鄭森進入大宅中。

鄭森與馮澄世、陳永華到書房議事。陳永華才剛坐定，便指著窗外道：「太師縱橫海上數十年，以貿易給養大軍數萬，而不取官餉一文錢。如今太師被擒，鄭軍或降或走，流散各地，一時群龍無首。國姓爺乃太師長子，克紹箕裘名正言順，正可號召舊部、重拾貿易，以成就桓、文之業！」

「我也有一策！」馮澄世緊接著道，「方今富足莫如日本，不僅盛產鉛銅，而且刀劍鋒銳、盔甲堅固。一官叔與之貿易多年，交情良厚。你既出身於彼，可以外孫之禮與之互通，同時下販呂宋、暹羅、安南諸國，則糧餉充足、器械完備，出兵進取也就不難了。」

鄭森聽二人左一句「太師」，右一句「一官叔」，心下不悅，並不回答。

馮澄世疑惑道：「怎麼？我們說得不對嗎？」

鄭森恨恨地道：「母親就是被阿爹給害死的。他若不降，哪裡會生出這些事來？如此不忠、不義、不仁、不智之道，我不屑繼承。」

馮澄世道：「你何必如此彆扭？一官叔降清固然乃是千古大錯，但他貿易、帶兵的法子是好的嘛。」

鄭森拗道：「不要再說了，往後在我面前，不許再提到他的事！」

---

3 浯嶼：即金門。

「哈哈哈哈！」陳永華忽然縱聲大笑起來。鄭森惱怒道：「你笑甚麼？」陳永華起身道：「我本以為國姓爺乃是豪傑，沒想到卻竟為了怨恨父親，將國家興復大業當作兒戲！這就告辭，請了！」說罷拱手一揖，逕自大踏步而去。

鄭森猛然醒悟，喚道：「請留步！」他起身攔住陳永華，嘆道：「在下遭逢喪亂荼毒，痛貫心肝，以致方寸大亂，幾乎誤了大事，多謝先生提醒。從今往後，我將收拾父親事業，報仇雪恨；好教世人知道，我明三百年天下，豈盡無忠義之士！」

●

鄭森帶著平日穿戴慣了的儒巾和藍衫，前往文廟。此時他以「日本夷法」為母剖腹滌穢之事已然轟傳遠近，人們紛紛蜂擁圍觀。

鄭森穿過泮池，來到大成殿前。早有從人架起篝火，熊熊燃燒。鄭森取出一件儒巾，凝視良久，忽然決絕地揚手擲入火中，引起圍觀眾人一陣驚呼。鄭森將儒巾、儒服一件又一件丟出，默默看著絹布燃燒起來，絲條、軟巾和垂帶受熱捲曲，冒出黑煙，散發濃重的焦臭，不知何時，已然淚流滿面。

待焚服已畢，鄭森進入大成殿中，對著至聖先師牌位四拜，仰天吟道：

昔為孺子，今為孤臣；向背去留，各有作用。謹謝儒服，惟先師昭鑒之！

吟罷拱手高揖，頭也不回地邁步而出。

鄭森走到殿外大埕，從懷中取出翡翠扳指，對著日光照看，只見碧光璘轉，彷若深潭流水，如同父親剛剛交給自己時一般耀眼。鄭森再不遲疑，將扳指牢牢戴上。

●

鄭森即刻返回安海家中，尋著掌管鄭家海外貿易帳務的三媽黃益娘，開門見山地道：「父親被擒，我鄭家群龍無首，恐怕分崩離析。我將起兵為父親雪恥，亟需兵餉，請姨娘相助。」

「老爺才出門沒幾日，我這兒竟成了鬧市，每個人都來問卦問卜。我若開一座佛寺，香油錢都收不完呢。」黃益娘皮笑肉不笑地道，「老爺還不定甚麼時候回來，我既然替他管帳，就得好好守著。否則今天你來要，明天他來討，我卻怎麼跟老爺交代？」

「清人就是顧忌阿爹才將他擒往北京，絕不會縱龍入海、放虎歸山。」鄭森面如鐵鑄，強硬地道，「一旦鄭家勢力煙消雲散，清朝留著阿爹毫無用處，就會下手除掉他；只有我軍在閩海鬧他個天翻地覆，清朝投鼠忌器，才會好生相待阿爹。請姨娘想想清楚。」

黃益娘詫異地看著鄭森：「老爺總說森舍前程無量，果然見識不凡。」她抿著嘴深思一番，慎重地道：「明日有三艘商船從海外回港，該怎麼做，你自己看著辦吧！」

次日，鄭森領著手下到碼頭邊等候。三艘鳥船果然如期進港，吃水甚深，顯見裝滿貨物。

一俟船隻停妥，鄭森便逕自登上船去，呼喚船頭出來說話。那船頭乃是鄭芝龍多年舊部，見了鄭森，雖然面上禮數周全，骨子裡卻並不十分恭敬。

鄭森道：「太師出門遠行，我乃其子，這船貨物暫且歸我。」那船頭道：「我赴外洋貿易，乃是老一官親下指令，怎可輕易給人？」鄭森揚手亮出翡翠扳指：「此乃太師長年配戴之物，傳授與我，託付事業之意無庸置疑。」船頭傲慢地道：「老一官無人可代。莫說你是他的兒子，就是他老子來，也不能動這船上一件東西。」

鄭森眉頭一揪，拔出腰間配劍，森然道：「我敬你是父親舊部，也算長輩，你卻執迷不悟。我手上拿的是皇上所賜尚方劍，可以先斬後奏，切莫自誤！」

船頭素知鄭森性情仁厚，又見慣了他的書生意氣，並不放在心上，遂輕蔑地道：「皇上？皇上早就到蘇州賣鴨蛋[4]去了！」

鄭森不再打話，面無表情地舉劍刺進船頭喉管。船頭不敢置信地摀著脖子，鮮血從指縫淌流而出，嗬嗬嘶吟兩聲，便即倒地而死。

鄭森凝視著那船頭的屍身，想起自己是頭一回殺人，然而覺得這一切理所當然。他高舉長劍，猛然喝道：「從今往後，違抗本帥之令者，定斬不饒！」

●

漫漫長夜終於將盡，東方天際微微露出一抹曙光。金門島上，大地依然幽沉一片，卻已朦朧朧朧透出萬物的影子。

朱成功雙手抱胸，眺望著洶湧掀動的大海。他的身後一排大旗招展，在冰寒的晨風中獵獵作響。

幽暗中，一個又一個人影從海灘上、巖石後、樹叢間緩緩走來，默默聚集在朱成功的旗下站定。他們不交一言、不施一禮，然而彼此心照不宣，在沙灘上聚成一支堅定的隊伍，一同等候著旭日升起。

天色亮了，幾片薄雲迤邐鋪展，天空如琉璃一般淡然透亮，更顯出雲闊天高。鼠灰色的雲底不知何時悄悄染上了一點胭紅，昭示著海線之下的朝陽即將躍然而出。

驀地裡一聲高唱，如雷奔，如虎嘯，如驚龍騰空。那是朱成功迎著長風慷慨悲歌，震得人人心頭凜冽。

海面上浪花如舞，一波推著一波，撲拍著永不止息的澎湃轟鳴。

（全書完）

4 到蘇州賣鴨蛋：閩南俚語，意指死亡。

主要人物簡介

何金定，泉州南安人，長居台灣經商，由和蘭大員商館任命為漢商領袖「架必沙」，往來貿易廣南（越南）、日本，並開墾台灣土地；其子何斌，隨同學習生理。

郭懷一，人稱五官，泉州同安人，曾為鄭芝龍手下伍長，後解甲到臺灣開墾。為漢人農民領袖，但因個性強硬未獲和蘭大員商館信任。

陳卯，泉州商人，組織船隊前往台灣、爪哇貿易。

周崔芝，福建福清人。海盜出身，與日本薩摩藩交往密切，拜藩主為義父。後受朝廷招撫，積功升到副總兵，但依然自營生理、自力維持軍隊。為鄭家在商、軍兩面的一大盟友。

黃道周，號石齋，福建漳浦人。崇禎時官至詹事府少詹事，直言敢諫，曾數度在崇禎皇帝面前激切辯論，觸怒崇禎，因而遭貶，有剛正之名。後崇禎欲重新起用，辭官不就。弘光時以禮部尚書召用，亦旋即辭歸。

施郎，泉州晉江人。通兵法、精謀略，隨族叔施天福從軍，積功升至把總，任職左衝鋒。後改名施琅。

鄭彩，泉州同安人，鄭芝龍遠房族侄，受芝龍器重。弘光時以副總兵領勇衛營水師；其弟鄭聯，弘光時為參將，駐守浯嶼（金門）。

曾櫻，江西臨江人。崇禎元年任福寧副使，以全家百口力保鄭芝龍領兵剿滅海盜劉香，深受芝龍感激。崇禎時官至兵部侍郎、薊遼總督。弘光時任東閣大學士。

唐王（隆武），朱聿鍵，明太祖朱元璋九世孫。因祖父唐端王厭惡其父，自三歲起隨父遭幽禁達二十六年。後襲封唐王，崇禎九年清兵入關寇掠，唐王未得朝命即率兵勤王，因此被廢，遭幽禁八年，弘光時獲赦。幽囚中刻苦讀書，嚴謹簡樸，有賢名。

魯王，朱以海，明太祖朱元璋十世孫，崇禎十七年襲封魯王爵位，旋即因北京失陷而南奔。弘光時奉命駐守台州，清兵獲得江南後，因頒布剃髮令激起各地強烈抵抗，江浙一帶文武官民遂迎魯王於紹興，進位監國以抗清。

張肯堂，南直隸松江（在今上海市）人。崇禎時官至福建巡撫，曾令鄭芝龍依朝命前往關外覺華島駐守未果。隆武即位後任兵部尚書。

劉中藻，福建福安人。崇禎年間進士，隆武即位後以兵科給事中召用。言語便給，善於應變。

張煌言，號蒼水，浙江鄞縣人。崇禎年間舉人，弘光覆滅後，與錢肅樂、沈宸荃等人起義兵抗清，奉魯王監國，授翰林修撰。

張岱，號陶庵，浙江紹興人。出身官宦之家，少為紈袴子弟，極愛繁華，對一切聲色享受無所不精，尤精園林、華燈、音律、詩賦、美食、茶事，自雇茶工改良焙製新茶。家中藏書三萬卷。

陳永華，字復甫，泉州同安人。聰慧過人，號稱神童。隨父親的鄉試同年王忠孝讀書、宦遊。

田川松，日本九州平户藩人。平户藩士田川氏之女，因母親改嫁給泉州人翁翊皇，故中文文獻中亦稱之為翁氏。與在平户發展的鄭芝龍結縭，生子福松（鄭森）及次郎左（田川七左衛門）。因日本幕府法令，無法隨鄭芝龍前往中國。

翁翊皇，泉州人。為技藝高超的鐵匠，移居日本平户，曾為藩主鑄刀。取田川氏遺孀為妻，成為田川松之繼父，以及鄭森的外公。

印刻文學 427

鄭森 下卷　焚服！從此便是國姓孤臣

作　　者	朱和之
總 編 輯	初安民
責任編輯	陳健瑜
美術編輯	黃昶憲
校　　對	吳美滿　陳健瑜　朱和之

發 行 人	張書銘
出　　版	INK印刻文學生活雜誌出版有限公司 新北市中和區建一路249號8樓
電　　話	02-22281626
傳　　眞	02-22281598
e-mail	ink.book@msa.hinet.net
網　　址	舒讀網http://www.sudu.cc

法律顧問	巨鼎博發法律事務所 施竣中律師
總 經 銷	成陽出版股份有限公司
電　　話	03-3589000（代表號）
傳　　眞	03-3556521
郵政劃撥	19000691 成陽出版股份有限公司
印　　刷	海王印刷事業股份有限公司

港澳總經銷	泛華發行代理有限公司
地　　址	香港筲箕灣東旺道3號星島新聞集團大廈3樓
電　　話	852-27982220
傳　　眞	852-27965471
網　　址	www.gccd.com.hk

出版日期　2015年 1 月　初版

ISBN　978-986-387-014-2

定　價　350元

國家圖書館出版品預行編目資料

鄭森. 下卷,
焚服！從此便是國姓孤臣 / 朱和之 著
--初版, --新北市中和區：INK印刻文學,
2015.1　面；　公分.（印刻文學；427）
ISBN　978-986-387-014-2　（平裝）
857.7　　103022782